抗战时期的外国剧作译介研究

Kangzhan Shiqi de Waiguo Juzuo
Yijie Yanjiu

陈传芝○著

中国社会科学出版社

图书在版编目(CIP)数据

抗战时期的外国剧作译介研究/陈传芝著.—北京：中国社会科学出版社，2015.5

ISBN 978-7-5161-6158-6

Ⅰ.①抗… Ⅱ.①陈… Ⅲ.①外国文学-戏剧文学-翻译-研究-中国-1937—1945②外国文学-戏剧文学-研究-中国-1937—1945 Ⅳ.①I207.3

中国版本图书馆CIP数据核字(2015)第107059号

出 版 人 赵剑英
责任编辑 曲弘梅
责任校对 王佳玉
责任印制 戴 宽

出 版 中国社会科学出版社
社 址 北京鼓楼西大街甲158号
邮 编 100720
网 址 http://www.csspw.cn
发 行 部 010-84083685
门 市 部 010-84029450
经 销 新华书店及其他书店

印刷装订 北京君升印刷有限公司
版 次 2015年5月第1版
印 次 2015年5月第1次印刷

开 本 710×1000 1/16
印 张 18.5
插 页 2
字 数 276千字
定 价 58.00元

序

外国文学作品翻译不啻为中国文学的一种兴奋剂。译作最初作为中国文学变革的触媒，具有典范性意义。绝大多数译作与接受者的文学图景相结合，出现了中国化改造和历史性误读。一部中国新文学发展史，在某种程度上又是外国文学接受史。在“重写文学史”的讨论中，著名学者谢天振先生就曾呼吁，要恢复翻译文学在现代文学史中的历史地位，为翻译文学研究这个“弃儿”寻找归宿。

《抗战时期的外国剧作译介研究》论述了译作的“效果史”和“接受史”，侧重研究了中国社会历史主体、民族主体和审美个体的译介选择。本书用比较文学的影响研究、平行研究与跨学科研究等方法，通过分析译作的“效果史”和“接受史”，梳理了中国现代文学性征与外国剧作译介的渊源。作者择取抗战时期主要译剧作，对中国接受阐释与剧创作共生的话语特征进行研讨。作者回避了泛泛而谈的空论，在接受主体对译作的择取与改造等译介选择的价值取向上下功夫做文章，仔细分析译剧作的性质意义与功能变化以及与中国现代文学话语生成的关系，其中不乏精当之论。

从比较文学的译介学和影响研究出发，作者在深层次挖掘历史、文化、民族接受心理的基础上，分析外国剧作译介对中国接受主体所产生的民族情感冲突与审美认同。如，抗战时期，话剧作为最能充分体现文学社会功能的样式，通过借鉴译作艺术手法诠释救亡主题，促进了中国戏剧创作和现代文学的现代化转换和民族化推进，并根据历史需求中的剧作译介接受来反思外国文学作品阐释与中国现代文学话语生成的历史意义。这正是重新审视文学批评的传统观念，为促进中外文学艺术的交流和对话作出的殊为珍贵的努力。

本书还从剧作译介接受阐释到中国剧作进行比较分析，集中探讨外国剧作译介在中国的接受性选择，在文本和史料的历史性阐释中，为中国现代文学的生成情状提供史料和理论补充。最重要的是，本书在回顾历史经验的同时，为当下影视剧作译介接受选择给予了启示。

作者在集中梳理史料后，又在戏剧文本比较分析上下功夫，研讨外国剧作与中国剧创作在抗战救亡背景下共生的话语特征，并将译作的思想性和审美特征与中国现代语境中的审美选择和文化冲突作为平行比较的中心点，在对经典剧作审美批评时，立足其话语体系生成的思想性，又不忽视深层次的戏剧艺术分析，这既为文学建设，又为当下的话剧、影视剧等文化输入选择提供了启示。

作者陈传芝，在四川大学由我指导攻读博士学位期间，好学善问，努力勤勉，该著是她在博士学位论文基础上，进一步深入思考修订而成。我期望她勇攀学术高峰，再接再厉，更上一层楼。

靳明全

2014 年 4 月于四川大学文学与新闻学院

目　录

下篇 战时言语活动的信息功能

绪　论

一

抗战时期的文学特征是："一方面，抗日救亡的现实直接推动了时代文化发展中民族意识的强化，形成了以民族意识凸现化、普泛化、共性化和现实化为特征的抗战文化；另一方面，民族矛盾的突出与深化，并未从根本上改变国内长期以来所形成的政治力量对立的格局。首先是这一时期文学存在区域化状态：国统区文学、抗日根据地——解放区文学、沦陷区文学和孤岛文学四个相对独立的发展区域。其次由于战争把文学与时代、社会、政治的关系扭结得更为紧密，不同文学观念的价值取向以及由此引起的广泛论争使该时期的文学更为复杂。比如关于民族形式问题的讨论，关于战国策派问题的论争、政治性与艺术性的论争、现实主义与主观论之间的论争等等，都可归属于文艺与政治的关系、现实主义的艺术精神和文艺与大众的关系等文艺理论命题。"① 这些论争主要集中于中国社会现实与西方作品阐释，中国传统文化艺术形式的挖掘和转换。

中国新文学诞生于中华民族内忧外患之时，民族的救亡图存把文学的现代化和现实的革命化需求相结合。面对民族危亡的抗战时期，现实、现时是最大的、最急切的理论精神检验场，场中的文艺思想工作者们，对西方文艺的再创造和依据现实的再学习性质表现为：为了现实而改编，为了现实而模仿，外来译作成为激发其创新意识、诱发其灵感的触媒。

---

① 朱栋霖、朱晓进、龙泉明等主编：《中国现代文学史》（上），北京大学出版社2007年版，第277—278页。

现代中国，作家大都是肩负启蒙与救亡使命的革命者，他们的使命意识与自我意识不存在主客观冲突。文学艺术创作者的内驱力是社会拯救的责任感和使命感。这些担负起历史责任的作家，“首要探究的基本问题，不是‘什么是文学’！而是‘它有什么用’……”[①] 文学的功利目的使中国现代文学以充分发挥自身的社会功能为主导，最能体现其工具性的文学样式一时成为文学创作活动的主流。抗日战争时期，话剧作为最能充分体现文学社会功能的样式，“其创作成就处于领先地位，成为代表性文学样式”[②]。在关乎存亡的“焦虑”情绪下，人们寻找现时共生的语言系统及其效用功能。话剧，作为传播效能最强的文艺样式，承载着这急切的效用功能，此时此地此景的即时创作和即兴演出，以服务救亡现时的极大张力，向历史、民间、世界敞开：民族与世界、传统与当下的界限模糊了，城市与乡村、民间与官方相融共生。

文学抗战，又属于全民总动员的社会活动。抗战初期，民族危亡关头，在缺乏现代大众宣传媒介的条件下，话剧便成为动员全民抗战的最佳传播方式。在抗战极端困窘的环境中，无论大后方、孤岛、抗日根据地，都把话剧作为同群众进行直接交流的重要艺术媒介。当时，“戏剧是群众宣传、群众教育最好的一个工具。尤其是在文化教育普遍落后的中国，戏剧更是教育和组织民众的一个重要的武器。我们要动员广大的民众，用文字不能够普遍的传达，用言语不足以感动，用音乐图画不能够充分说明：（却）能够在同时同地，直接普遍动员广大的群众的工具，就只有戏剧”[③]。对于当时文化素质普遍较低的中国民众来说，“文学艺术的效力是极微的，除了演剧之外是没有最好的良导体来使他们感受电流，使他们麻木了的意识会发生反抗

---

① 郑茂清：《日本文学思潮对中国现代作家的影响》，载贾植芳主编《中国现代文学的主潮》，复旦大学出版社 1990 年版。转引自孙庆升《中国现代戏剧思潮史》，北京大学出版社 1994 年版，第 13 页。

② 陈白尘、董健：《中国现代戏剧史稿》，中国戏剧出版社 1989 年版，第 301 页。

③ 《抗战戏剧》1937 年 11 月 16 日创刊号，第 1 页。

的精神和意识来”[①]。实际上，艺术中“谁也比不上戏剧的时代性，和现实社会的迫切，受社会情势的决定，同时是更比较容易反响到现实社会中去!”[②] 戏剧的社会传播功能，与时代需求的契合，使当时中国剧创作和演出达到了前所未有的繁荣。戏剧文学作品的数量“远超在诗与小说之上”[③]。此时的戏剧文学，不仅作为参与抗战活动的主要宣传工具，而且在其创作实践和理论探索中，又生发了新的讨论与尝试，是最富活力的文学样式，是该时期现实主义文学的代表。

抗战时期，戏剧创作与演出的多样性和丰富性，形成了极具特色的中国现实主义戏剧运动。“中国戏剧运动是中华民族解放事业的一部分。它的主要任务是通过戏剧艺术来争取整个民族解放的彻底实现。”“戏剧工作就不仅有宣传的任务而且有组织的任务，戏剧运动就不仅是一种文化运动，而且是一种群众运动。”[④] 现实主义戏剧运动，作为群众性的文化运动，战前是与时俱进的迁延与多变。“中国的话剧是随着中国的时代潮流的演变而发展的。因为有‘五四’、‘北伐’、‘九·一八’这几个伟大的时代，所以中国的新兴戏剧在本质上也是由家庭问题到社会问题，由社会问题进而到民族问题。”[⑤] 始自易卜生社会问题剧译介，新文学始端的“社会问题剧”，左翼剧运的“社会写实剧”、抗战剧运的“时事剧”等，每一个阶段的发展动力，都源自现实需求和“拿来主义”的译介策略。

二

中国现代文献书目[⑥]显示，“五四”以来中国翻译文学作品的数

① 叶沉：《演剧运动的检讨》，《创造月刊》第2卷第6期，1929年1月。

② 叶沉：《戏剧与时代》，《艺术月刊》第1卷第1期，1930年3月。

③ 葛一虹：《抗战以来的中国戏剧》，《中苏文化》第9卷第3期。

④ 钱堃：《剧运建设的诸问题》，载《抗战文艺论集》，文缘出版社1939年版。

⑤ 胡绍轩：《战时戏剧论》，独立出版社1940年版，第1—3页。

⑥ 北京图书馆书目编辑组：《中国现代作家著译书目》，书目文献出版社1986年版；商务印书馆：《图书目录（1897—1949）》，商务印书馆1981年版；北京图书馆：《民国时期总书目（1911—1949）》（外国文学卷），书目文献出版社1987年版；贾植芳、俞元桂：《中国现代文学总书目》，福建教育出版社1993年版。

目约占总书目的30%。早期译介的国别文学主要集中在俄国、英国、法国、美国和日本等国家。而20世纪三四十年代，虽然出版业遭到重创，文化人遭受战难困苦，曾经出现过外国文学译介减少的情况，但抗战时期的外国文学翻译却并未因此而衰落，此时的文学翻译转向俄、苏、英、法、美等国别文学。

抗战时期，“战争……使中国在为了抵抗帝国主义的入侵中进入了全面的政治、经济、军事、文化动员之中”①，外国文学的翻译事业也包括其中。在民族危亡之秋，不管是国统区、解放区的译者，还是沦陷区的译者都以顽强的精神，克服种种困难，翻译了一大批外国文学精品佳作。据《民国时期总书目（1911—1949）》（外国文学卷）一书统计，抗战8年间，所译各类文学书目多达1150种。

总体看来，抗战时期的文学翻译，既体现了中国人民压迫中民族意识的高涨和文化围剿中的突围，又体现了中国文学现代性进程的审美需求和价值取向。因为反法西斯战争的世界性，在思想情感上促使中国人民同全世界遭受战争疾苦的人民站在了一起。在这个特殊的历史时期，中国民众拥有强烈的民族意识，他们把目光放得更远，他们思想情感的开放性是前所未有的。这般历史背景的文学翻译，既具有世界反法西斯性，同时又具有世界文学名著的审美接受与价值认同。这使中国文学走向世界和接受世界文学的可能性在有限的空间里，得到了极大的拓展。

外国剧作的译介作为中国话剧的酵母、中国戏剧运动的触媒，其接受阐释在民族意识、文化突围、情感取向、价值认同等方面直接诱发了一系列语言共生现象，并在抗战时期体现了现时的信息修复功能。抗战时期，中国戏剧运动进入鼎盛阶段，外国剧作的译介发展较为成熟，大都是针对作家或流派的结集出版，或单行本的发行与再版。它们对中国戏剧运动所产生的影响，在抗战的现时性时段呈现为多元文化共融、多意义共生的话语特色和信息功能。

---

① 旷新年：《民族抗战与文学》，载《20世纪中国的学术与社会·文学卷》，山东人民出版社2001年版，第207页。

从某种意义上说，一部中国话剧发生发展的历史，也是一部接受外国戏剧理论思潮、流派和创作的历史。[①] 从1917年到1924年，西方戏剧史上各种流派——从现实主义、浪漫主义戏剧到现代象征派、未来派、表现派、唯美派、新浪漫派的戏剧几乎同时涌进了中国，呈现出新文化运动对外国文化的整体性认同。事实上，西方文学的现代化征途是漫长的，而在中国却在短短的几十年内被压缩为平面化概念“拿来”辅助当时历史的演变，促进中国文学的现代化转变。这范式“并不是将‘特别国情’来权衡容纳新思想，乃是将新思潮来批判这特别国情，来表现或解释他”[②]。汪晖认为，这范式是以历史的和逻辑的联系的丧失为前提的，他说：“尽管‘五四’时期全面引入了各种西方思潮和学说，但并不像人们想象的那样，是在几年的时间里‘走完了’西方几百年才走过的历程。……对于一个思想运动以至一个思想家来说，各种‘异质的’学说相并存的局面，是以这些思想学说之间的历史的和逻辑的联系的丧失为前提的，因为只有在这个前提之下，各种‘异质的’学说之间的那种对抗性、矛盾性和不可调和的分歧才能被忽略不计。‘五四’新文化运动在政治、伦理、哲学和文学等方面呈现了一种‘无序’而矛盾的特征，它的内在同一性从表面上是看不出来的：作为一个思想启蒙运动，它找不到一个共同的方法论基础，缺乏那种历史的逻辑的必然联系。然而，这‘同一性’存在于纷杂的观念背后，存在于表达这些乡土歧异的‘观念’的心理冲动之中，即存在于思想者的‘态度’之中。”[③] 从外国文学作品译介发生之初，态度或情感的立场问题，一直是外国文学作品译介选择的紧要所在。作为靠审美情感取胜的戏剧译作，情感立场更是不言而喻的关键。

在众多的西方思潮中，因为现实主义与现实结合产生的活力最

---

① 田本相主编：《中国现代比较戏剧史·绪论》，文化艺术出版社1993年版，第2页。

② 周作人：《文学上的俄国与中国》，《小说月报》1921年第12卷号外《俄国文学研究》。载温儒敏《新文学现实主义的流变》，北京大学出版社2007年版，第6页。

③ 汪晖：《中国现代历史中的“五四”启蒙运动》，载许纪霖编《二十世纪中国思想史》，东方出版中心2000年版，第35—38页。

大，而成为译介的主流。在西方，虽是已经“过时”的现实主义，但因其现实批判性与中国先驱们的历史使命和社会责任的一拍即合，而成为“拿来”的第一要义。当然，这也与现实主义自身的开放性有关，纵观世界文学史可发现：现实主义呈现出与其他文学思潮伴随始终的历史性特征。现实主义文学与理论的译介取向，与中国全面引进西方的多种文学思潮，并不形成相互排斥的问题，这有利于中国文学艺术立足于现实主义对西方各种文学思潮进行整合性的吸纳与借鉴。当然，其中最突出的是思想革命与现实主义选择的联系。当时新文学的先驱，文学革命的主将陈独秀、胡适、李大钊、鲁迅，以及稍后的郭沫若、茅盾等人都是双重身份——文学家与革命家。他们的革命立场与情感，首先是将文学作为表达改造、革新、革命愿望的载体，其背后是关注社会改造的满腔热情和实现未来理想的展望。开始，他们或许是朦胧的、迷惘的，甚至是彷徨忧郁的、苦闷的，问题不明确，只是发现问题、提出问题，通过文学创作以“引起疗救”为目的。就是这种潜在倾向，使易卜生以《玩偶之家》为代表的“社会问题剧”译介成为中国早期现实主义——写实主义理论原发性的触媒。这正如卢卡契所说：“任何一个真正深刻重大的影响是不可能由任何一个外国文学作品所造成，除非在有关国家同时存在一个极为相似——至少是一种潜在的倾向。这种潜在的倾向促成外国文学影响的成熟。因为真正的影响永远是一种潜力的解放。”① 在中国，现实诱因使外国文学译介得以发生，而中国接受阐释又衍生出一系列新的新文学话语体系。

从“五四”以来，中国新文学一直将外国经典作为自我建设和“潜力的解放”的武器。到抗战时期，出于救亡的现时性、民族意识的“本土化”需求，在民族意义和外国经典的协调中出现了一系列论争，整合出中国特色的现实主义理论体系。抗战时期的文艺论争分为前期和后期。“所谓前期即指 1937 年‘七七’事变起到 1940 年中

① ［匈］卢卡契：《托尔斯泰和西欧文学》（1944），范之龙译，载《卢卡契文学论文集》（二），中国社会科学出版社 1981 年版，第 452 页。

期。这时期，日本帝国主义全力倾注于侵略我国，占领大部土地，屠杀千万人民，然后诱和劝降以图瓦解我抗战阵线。因而，在抗战文学运动中，主要的问题是如何使文学适应抗战形势，于是有‘文艺大众化’问题，‘抗战无关’问题，‘暴露与讽刺’问题和‘民族形式’问题等。”①“后期是1940年中期到1945年日本帝国主义的投降。论争的主要有两个问题：一是‘战国’派问题，二是‘主观论’及‘生活态度’论问题。”② 前期的一系列论争，主要联系新文学传统与抗战现实，从不同角度对文学进行了理论提炼，后期的论争，则是对抗战现实主义文学的现象讨论。“事实上，这些讨论促进了中国抗战文论中的现实主义之深化。”③

抗战时期，中国现代文学发展到了一个较为成熟的时期，针对新文学问题出现的论争，既是对“五四”至抗战的文学的集中反思和批判，同时又奠定了后来解放战争文学和当代文学的基础和发展方向。因此，抗战时期具有“抗建”性质的文艺论争显得尤为重要。许道明在《中国现代文学批评史新编》中，将抗战时期的文学批评在历史上定位为“重塑”④ 阶段。该时期的文学理论建设，是在中国现代文学批评的建立、深入、发展后的“重塑”，“重塑”在新中国之后的一体化批评之前，自然就成为集中反思现当代文学的中心点。

三

现实主义作为一种创作风格来说，“相对于非现实主义，就是含蓄浑然到无迹的程度，而非现实主义风格，仿佛就是要给人以风格化

① 蔡仪：《中国抗日战争时期大后方文学书系·序》（理论），载林默涵、曹禺主编《中国抗日战争时期大后方文学书系》（理论），重庆出版社1988年版，第3页。

② 同上书，第10页。

③ 靳明全：《论中国抗战文论中的现实主义之深化》，《文学评论》2005年第3期，第31页。

④ 许道明：《中国现代文学批评史新编》，复旦大学出版社2002年版。

的印象”[①]。现实主义作为一种思潮，始于西方19世纪30年代，而现实主义戏剧思潮的发展却处于现实主义运动的后期，即19世纪70年代到20世纪初，始自1887年易卜生的社会问题剧《社会支柱》，到萧伯纳达到高潮，其影响力甚远。从易卜生始的剧作家常被称为“现代剧作家”。“现代剧作家已经形成一个意识到自我的派别。他们从事于两种戏剧，一种是现代戏剧，另一种是现代派戏剧。前者追求内容、风格和形式上的现实主义，后者则热衷于富有诗意和想象的艺术。”[②] 在中国，西方现代剧作译介，作为中国文学的现代化的一部分，自“五四”以来，意识到自我的现代作家，主要追求的是内容和风格上的现实主义。从“五四”“为人生而艺术”发展而来的现实主义内容，一直是历史现实斗争的反映。正如胡风所言：“在现实主义的道路上，是为人生而艺术，并不是为文艺而人生，这虽然是陈旧了的原则，但对于任何具体问题底解释都能取得新的意义。在现在，与其更多地担心文艺本身的将来，倒不如更密切地和当前的斗争相结合，因为现实主义者的第一的任务是参加斗争，用他的文艺活动，也用他的行动全部。”[③]

在中国，话剧作为“舶来品”，外国剧作的翻译和演出最初作为话剧样板进入中国，相对中国注重“写意”的戏曲，它因为“写实”而备受重视。“写实”之新与“写意”之旧的对立阐述直接助力新文学革新，这是中国新文学的现实主义探索之旅与写实剧作译介的渊源。挪威剧作家易卜生的社会问题剧直接诱发了“写实主义”文学创作论。“写实”的文学功能，使中国新文学走上了社会活动的中心，酿成了“写实主义”文学思潮的盛行不衰。正如董健所言：“‘五四’以来中国现代戏剧艺术发展道路的一个突出特点，是以现

① ［美］约翰·加斯纳：《外国现代剧作家论剧作·导论》，杨知译，载中国社会科学院外国文学所外国文学研究资料丛刊编辑委员会编《外国现代剧作家论剧作》，中国社会科学出版社1982年版，第2页。

② 同上书，第1—2页。

③ 胡风：《论战争时期的一个战斗的文艺形式》（1937年12月），《胡风评论集》中册，人民文学出版社1984年版，第23页。

实主义为中心、为主流的多层次、多渠道的美学追求。这是一条宽阔的道路，它在思潮、流派上复杂而有章，多元而归一。”① 爬梳中国现代文学史发现，“以现实主义为中心、为主流的多层次、多渠道的美学追求”的戏剧文学，在创作实践与理论探索上与外国剧作的译介策略和接受性影响水乳交融，甚至能够通过外国剧作的译介选择洞见中国现实主义文学理论的生成和发展。

抗战时期的戏剧创作，围绕“抗战”的主题可进行分门别类，如抗战前期剧作的五种类型：第一类是对将士杀敌的表扬，如《卢沟桥之战》、《飞将军》等；第二类是动员民众投身抗战的描写，如《放下你的鞭子》；第三类是反汉奸的宣传，如《魔窟》、《前夜》等；第四类是对不合理生活的暴露与讽刺，如《残雾》、《夜上海》、《雾重庆》（原名《鞭》）等；第五类是对抗战深入的反映，如《一年间》、《蜕变》、《国家至上》等。而戏剧译作自新文学革命以来，始终以艺术风格来归类，如《玩偶之家》的社会问题追问，《樱桃园》的抒情性特征，《钦差大臣》的讽刺暴露风格等。二者之间的错位与交集说明：服务于“抗战”的戏剧创作与外国剧作的共生关系，如同抽“丝线”织“嫁衣”，而二者共生的语言现象，具有现时言语活动的多重信息功能。

外国剧作艺术的“丝线”与抗战剧创作救亡的“嫁衣”主题，共生的现时语言现象纷繁复杂。但在此纷繁系统中，外国剧作译介选择的个体、个案提供了再现这段历史综合体的可能性。尽管这些作品并不能结构化地再现历史情状，但它们作为一个个特殊的、各式各样的历史单子与结晶体却体现了历史节奏。它们以现时言语活动的共生现象所体现的象征性、概括性，甚至修复性功能，正是接受主体需要寻找并重构的内容。

在中国，以《玩偶之家》为代表的易卜生剧译介，选择和发展了剧作所表现的凌厉的社会批判意识。《玩偶之家》的中国化过程，在抗战时期郭沫若的《娜拉的答案》之后，阶段性地完成了它的中国

---

① 董健：《启蒙与戏剧》，山东友谊出版社2009年版，第91页。

接受。《玩偶之家》能够集中体现抗战前后外国剧作接受阐释的特征。本书上篇以《玩偶之家》为例，研究抗战前后外国剧作接受阐释的迁延与沉淀，即抗战前的外国剧作译介阐释的“迁延”，战时外国剧作译介的现时性整合——“沉淀”下来的话语体系。

本书将多个个案文本译介纳入一个现时性时段，研究其参与多元文化共融、多意义共生的信息功能。德国剧作家沃尔夫的《马门教授》，作为外国剧作译介的战时策略选择，与中国剧创作共生的“救亡”话语，具有战时的现时拯救功能。而夏衍剧创作《法西斯细菌》与《马门教授》共生的“拯救”信息，具有“家国一体”的概括性功能。罗曼·罗兰的历史剧作《爱与死的搏斗》，与抗战时期的历史剧创作共生的“革命”话语，具有战时的历史拯救功能。而郭沫若的历史剧《屈原》与《爱与死的搏斗》共生的“革命”信息，则具有历史的“革命”激励功能。中国莎剧接受的“人民性”阐释，抗战时期的莎剧改编将其转换为“民族”话语，从李健吾由《麦克白》改编的《王德明》生成的“民族”意识来看，类似《王德明》的改编剧作具有“民族”化修复功能。契诃夫剧作《樱桃园》的“家园”象征性与抒情性，在家族、民族、家国拯救层面与夏衍剧和曹禺剧共生的“家园”抒情性，深层次地唤醒了个体的主体性参与，在象征性和抒情性层面整合了“家国一体”、“革命”、“民族”等信息。果戈理的《钦差大臣》，中国译介接受中的“批判”性阐释，与抗战时期以陈白尘为代表的讽刺喜剧创作共生的“批判”话语，践行了主体性的社会干预，赋予信息以切实的社会行动功能。

从接受美学来看，“文学的历史是一种审美接受与创作的过程。这个过程是在具有接受能力的读者、善于思考的批评家和不断创作的作者对文学文本的实现中发生的”①。中国对外国作品的译介接受过程，同样伴随着“文学史的审美接受与创作的过程”，即发生于译者、读者、善于思考的批评家和不断创作的作者对文学文本的翻译、

① 转引自蒋孔阳主编《20世纪西方美学名著选》（下），复旦大学出版社1988年版，第477页。

接受、阐释和借鉴过程。如果说，“一部文学史就是不同时代的读者接受作家文本从而实现之使之现实化的历史”[①]，那么，外国作品的译介接受作为中国现代文学史的重要组成部分，其译介接受史，即译介作品现实化的历史，就是文学史的重要组成部分。从这个层面来说，本书对外国剧作在抗战这个特殊背景下的译介研究，正是从新角度来充盈文学史的研究。

四

关于抗战时期的外国剧作译介研究，作为中西文化激荡下的中国文化变迁问题，散见于中国翻译文学史、国内外现代戏剧史和部分戏剧译介研究。相对于这些研究，本书截取历史横断面，通过绽放的戏剧之花，在中外交织的戏剧文本中，择取代表性个案再现外国剧作译介接受情况，是一种突破性尝试。

1. 翻译史研究现状

在“重写文学史”的讨论中，谢天振先生就曾呼吁，要恢复翻译文学在现代文学史中的历史地位，为翻译文学这个“弃儿”寻找归宿。自此后，翻译文学研究成果颇丰，到目前为止已出版的翻译文学研究有：陈玉刚的《中国翻译文学史稿》（中国对外翻译出版公司1989年版），孙致礼的《1949—1966：我国英美文学翻译概论》（译林出版社1996年版），郭延礼的《中国近代翻译文学概论》（湖北教育出版社1998年版），陈福康的《中国译学理论史稿》（上海外语教育出版社2000年版），罗选民负责的“外国文学翻译在中国”，是一些论文集和论文，没有相关专著，王建开的《五四以来我国英美文学译介史》（外语教育出版社2002年版），谢天振、查明建的《中国现代翻译文学史：1898—1949》（上海外语教育出版社2004年版），孟昭毅、李载道主编的《中国翻译文学史》（1897—2003）（北京大学出版社2005年版），查明建和谢天振的《中国20世纪外国文学翻译史》（上、下）（湖北教育出版社2007年版）。以上都是线性描述的

① 曹顺庆：《比较文学论》，四川教育出版社2002年版，第173页。

文学译介史概论，抗战时期的文学译介研究仅出现在部分章节中，戏剧译介研究则更为单薄，因此，《抗战时期的外国剧作译介研究》则能填补译介文学研究的空白，推进其研究进程。

2. 现代戏剧史或话剧史研究现状

1989 年，中国戏剧出版社出版了陈白尘、董健著的《中国现代戏剧史稿》。1990 年文化艺术出版社出版了葛一虹主编的《中国话剧通史》。前者着重于作家和作品分析，后者对话剧源头——“文明新戏”的畸形繁荣与没落进行了分析和总结，阐释了话剧兴起的历史原因。1993 年文化艺术出版社出版了田本相主编的《中国现代比较戏剧史》，与前两部著作相比，这是一部较为细致的中国现代戏剧发展比较研究史。它主要研究中国话剧创作同外国戏剧理论思潮、流派和作品，以及外国表演、导演体系的关系史，即把中国话剧史作为一部外来戏剧影响的接受史。1994 年北京大学出版社出版了孙庆升的《中国现代戏剧思潮史》。该书把戏剧思潮研究同创作研究结合起来，不仅考察外来戏剧思潮在中国的译介传播的情状，而且辨析外来思潮流派对中国剧作的影响。但在对现代戏剧思潮的回顾中，注重的只是粗线条的梳理，虽立足于史料，但对创作倾向中所体现的思潮流派进行评析时对个案文本的关注不够，致使整个研究虽然有明晰的线条，却缺乏对史实的具体分析，对整个戏剧思潮流派与西方戏剧思潮没有比较意识，有些概念依然存在误区。翻译文学史的线性梳理，对剧作译介中的文本缺乏深入探究，常忽略了多侧面、多层次的综合文学艺术研究。另外从美学方面，对中西戏剧进行比较研究的专著有：蓝凡的《中西戏剧比较论稿》（学林出版社 1992 年版），牛国玲的《中外戏剧美学比较简论》（中国戏剧出版社 1994 年版），焦尚志的《中国现代戏剧美学思想发展史》（东方出版社 1995 年版）。这些著作从审美批评方面对中西戏剧进行了整体比较研究，但对个案关注不够。从史学方面进行对比研究的有刘彦君的《东西方戏剧进程》（文化艺术出版社 2005 年版）等。此外，还有对现代戏剧集中进行史料整理的孙晓芬编著的《抗日战争时期的四川话剧运动》（四川大学出版社 1989 年版），田汉等编的《中国话剧运动五十年史料集》（中国戏剧出版社 1985 年版)，曹禺主编的《中国抗日战争时期大后方文学书系·戏剧》第七编（重庆出版社 1988 年版)。这些对现代戏剧的史料整理，多侧重于中国剧创作。

3. 戏剧译介研究现状

戏剧译介研究多是来自外语专业硕士学位论文，大多是 21 世纪成果：谢瑾的《论以舞台演出为目的的戏剧翻译——兼评英若诚先生的英译汉戏剧翻译理论与实践》（硕士学位论文，华中师范大学，2001 年)，李基亚的《从跨文化交际的角度探讨戏剧翻译的复杂性和创造性》(硕士学位论文，西北大学，2003 年)，纪伟伟的《言语行为理论在中国话剧翻译中的应用》（硕士学位论文，山东大学，2008 年）等。这些论文针对译介研究中的语言问题，属于译事研究。

叶庄新的《跨越文化的戏剧旅程——莎士比亚与中国现代戏剧》(博士学位论文，福建师范大学，2007 年)，王林的《论田汉的戏剧译介与艺术实践》(博士学位论文，复旦大学，2003 年)，都是从个体作家入手的剧作译介影响，本书则是将多个个案文本译介纳入一个现时性时段，研究其参与多元文化共融、多意义共生的信息功能。

本书参照本雅明历史拯救论的“现时”意义和法兰克福学派的历史批评方法，在平行研究、影响研究和学科交叉综合研究的基础上，赋予传统译介学以“现时”的哲学思辨。虽涉及中外戏剧史与世界文学史，却不进行线性梳理，而是立足个案译介研究。通过译介细节和多个个案分析，发现抗战救亡行动所呈现的文学激情，在家国伦理意义上所产生的共鸣，即作为一种建构、一个具有多意义层面综合体的现时显现。这样的研究能够为现当代文学研究提供史料与理论补充，为文学史和比较文学研究提供方法论意义，为当下纷繁的多元化、多层次文化现象研究以方法论启示。

五、关键词说明

1. 抗战时期：主要指 1937—1945 年的全面抗战。由于文学的创作与接受是灵活多变的，不可能精确地限制在某段时间内，因此，基于时空的复杂性和文学自身的延续性，在选择译作和作品时，对于时间上的要求并不是绝对的（如《升官图》的创作就是1945年10月）。

2. 话剧：以演员动作与对话为主干的戏剧，在中国叫“话剧”。在19世纪末20世纪初，当西方的drama传入中国时，中国人称之为：“戏剧”、“戏曲”、“新剧”、“新戏”、“新派演艺”等。田汉认为，不应将西方的舶来的drama称为“新剧”并以之与“旧剧”相对立，它们的差别不是“新”与“旧”的差别，而是两种戏剧种类——drama（话剧）和opera（歌剧）的差别。洪深同意这一分析，提议将drama译为“话剧”，因为这种戏剧样式由人物对话组成。洪深后来又再次强调：“话剧的生命，就是对话。”① 于是，“话剧”这一名称得以确定，而“戏曲”则专指中国传统形式的戏剧。本书中的戏剧所指是drama，即话剧。

外国戏剧译介的中国影响，表面看来始于剧场艺术和剧演，深层次上却生发于阅读。本书阐释点在剧作阅读层面，立足于文学性，侧重于中国接受主体的文本影响研究。

3. 译作：比利时学者利夫威尔把翻译分为译事与译作。“译事研究者热衷于通过训练使译者译出尽可能好的译文，认为创造出尽可能好的译文不仅是可能的，而且是近乎必然的。而译作的研究者们去估计译作对文化的冲击，或译作对文化交融的作用。”② 利夫威尔认为文学翻译研究的重点是译作功能，评价译作的标准不再是传统的文学标准，而是把重点放在译入文化系统中所起的作用上。本书的研究对象是戏剧译作，研究外国剧作对中国文化的冲击与交融中所生发的语言现象与信息功能。

4. 共生：相对于中国传统的新文学，在外国文学的影响中诞生，按照鲁迅的说法，就是“拿来主义”。他说：“我们要运用脑髓，放出眼光，自己来拿！”又说：“我们要拿来。我们要或使用，或存放，或毁灭。那么，主人是新主人，宅子也就会成为新宅子。然而首先要这人沉着，勇猛，有辨别，不自私。没有拿来的，人不能自成为新

---

① 洪深：《话剧浅说》，《矛盾》第1卷第5、6期合刊，1933年3月。

② 罗选民：《文学翻译与文学批评》，人民文学出版社2005年版，第18页。

人，没有拿来的，文艺不能自成为新文艺。”[①] “拿来”，就是接受，对于“拿来对象”而言就是对接受主体的影响。本书所言“共生”指影响与接受的相融而生。影响之所以发生，不是被动的，强加的，“是基于接受者主体结构的主动行为，对一部作品的接受可以揭示不同文化体系的特点，也可以反映出不同接受者的个性，通过接受研究还可以考察时代变化，或可能改变文学史写法，新的文学史可以成为一种文学思潮或作品的接受史”[②]。接受主体借助外力解放自身束缚的需求才能诱发影响的发生，“只有一个国家的文学发展中需要一种外来的刺激，一种动力为它指出一条新路的时候……一旦文学发现本身出现危机它就会有意识地或下意识地寻求一条出路——外国作家才能真正有所作为”[③]。然而，内在需求与外来刺激之间的接触，是一个较为复杂的过程，“在不同情况下其深度与广度亦有不同，有时候只是短短的插曲，有时候是一种持续的结合。但最初的接触总是仅限于最急需的几方面，这与这位大作家的全部丰富成熟的个性相比必然很抽象。大作家在国外的影响开始的时候也往往只是表面影响的结果——而且往往也只是出自偶然——他的影响后来才慢慢地向宽度和深度发展，直到全部才华展示出来”[④]。对于一部译作来说，它的影响过程也是如此。本书选取的外国剧作对中国的影响深度与广度各有不同，在八年抗战的时间横截面上既有“短短的插曲”，也有从“五四”到“抗战”的“持续的结合”，它们在接受阐释上衍生的话语正是中国抗战文学建构的话语体系。

5. 比较：本书将比较文学的影响研究与平行研究相结合，既研究接受主体价值取舍的独特性，又从接受语境和文学史发展角度研究

---

① 鲁迅：《拿来主义》，载《鲁迅全集》第6卷，人民文学出版社2005年版，第40—41页。

② 肖明：《中国比较文学学会第二届年会暨学术讨论会综述》，《文学评论》1987年第6期。

③ ［匈］卢卡契：《托尔斯泰与西欧文学》，范之龙译，载《卢卡契文学论文集》第2卷，中国社会科学出版社1981年版，第425—453页。

④ 同上书，第453页。

影响与接受的状况与变化。抗战时期，外国剧作影响接受的独特性，“一方面表现在内容形式上的创新，另一方面也是从不同模式中借鉴来的东西加以整合而给以新的阐释”①。对影响接受的研究，“一方面可以加深和促进人们对文学创作和文学批评、文学史和总体文学的理解和宏观把握，弄清文学发展的一般规律；另一方面，当我们换个角度或视野看问题时，便有利于解释本国文学不能解释的现象，从而更好地认识国别文学的个性和品质，使民族文学具有健康可持续发展的动力，同时也使世界文学和谐发展，让丰富性和多样性并存”②。其中影响研究中的流传学聚焦于接受者，表现在翻译、改编、模仿等方面，而这些又涉及影响研究的另一个范畴——译介学，即跨文化视野下的翻译研究。本书中虽多次提到“译介”，但并非翻译过程中的“文化信息的失落与变形”、“创造性叛逆”、文学译本、“翻译与政治意识形态之关系”③ 等，只是将译介作为事实，即翻译结果——译作来进行跨文化的影响接受研究。而在多元文化语境的比较文学研究中，又难以回避影响研究的另一个范畴——形象学研究。法国的让-马克·莫哈对形象学范畴的文学形象特征做了三个层面的界定：“A. 它首先是异国的形象；B. 其次是出自一个民族的形象（社会的文化的心理的层面）；C. 再次是由一个作家自身特殊的感受所创造的形象。”④ 本书的研究对象属于形象学的第二种情形（这个形象被视为“社会总体想象物”），考察接受主体形象接受的文化含义，集中分析接受者的“意识形态描述”和“乌托邦描述”。通过研究译作与想象创造之间的距离，洞察接受方的独创性，通过“整合功能”与“颠覆功能”之间的张力，意识形态和乌托邦之间的呼应，发掘译介接受选择中生成的语言现象与信息功能。

---

① 曹顺庆：《比较文学论》，四川教育出版社 2002 年版，第 85 页。

② 同上书，第 86 页。

③ 同上书，第 138 页。

④ 同上书，第 149 页。

上篇

抗战前后外国剧作接受阐释的迁延与沉淀

自1917年至1924年，西方戏剧史上的众多思潮流派——现实主义、浪漫主义、现代象征派、未来派、表现派、唯美派、新浪漫派戏剧几乎同时涌进了中国，表现了中国接受主体对外国文化的整体性认同。此时的中国，“在短短的时间之内重复了西方文学思潮一百年的演变过程——一个未完成的、未能充分实现各种内在可能性的重复，一个带着这个现代的历史特点的对西方文学思潮的接受”①。这种接受，因为“并不是将‘特别国情’来权衡容纳新思想。乃是将新思潮来批判这特别国情，来表现或解释他”②，所以，各思潮流派集体指向中国历史现实时，并未产生排斥现象。其中，因为现实主义剧作较强的社会批判力，对于中国亟须解决的现实问题具有方法论的指导意义而成为主流。“现实主义创作方法的实质，它的灵魂和核心就是社会分析，就是研究和描写人的社会经验，研究和描写人们的社会关系，个人与社会的关系以及社会本身的结构”③，因此，这“新的思潮”虽是西方已经“过时”的现实主义，但因符合中国的审美需求

---

① 伍晓明：《中国文学中的现代思潮概观》，载《西方文艺思潮与20世纪中国文学》，中国社会科学出版社1990年版，第22页。

② 周作人：《文学上的俄国与中国》，《小说月报》1921年第12卷号外《俄国文学研究》，载温儒敏《新文学现实主义的流变》，北京大学出版社2007年版，第6页。

③ ［苏联］鲍·苏奇科夫：《现实主义的历史命运》，傅仲选等译，外国文学出版社1988年版，第42页。

而焕发出新的活力。其现实批判性与先驱们的革命思想相结合，使新文学与改造社会、启发民众的启蒙与救亡运动紧密结合，成为中国社会思想文化革命的催生剂。并且，由于西方现实主义自身的开放性，即作为创作方法，与其他文学思潮伴随始终的历史性特征，中国新文学艺术立足于现实主义，能够对西方各种文学思潮在中国现实需求上进行整合或整体性的吸纳与改造，因此，西方现实主义剧作译介在所有的思潮流派中居于首位。

在中国现代文学史上，西方现实主义文学译介阐释与新文学创作的共生话语依次是：早期写实主义，20 世纪 30 年代左翼剧运的新写实主义、社会主义现实主义，终在抗战时期定论为欧美现实主义与社会主义现实主义。其话语特色是战前融于历史现实的迁延和战时融会过往阐释的现时沉淀。西方现实主义文学，在中国最富阐释活力的文学体裁是戏剧，外国现实主义剧作译介能够充分体现中国现实主义话语构建的迁延与沉淀。

抗战前，从写实主义到新写实主义，外国剧作译介与理论阐释共生的话语体系具有迁延性。而战时的欧美现实主义和苏联社会主义现实主义剧作译介与理论阐释，在战时则沉淀为现时繁复性的历史结晶体。

第一章

外国剧作译介的迁延

在中国，外国剧作译介与新文学的发生与发展密不可分。文学革命在摒弃传统文学怡情、娱人的审美功能后，以外国文学作品与理论译介为媒介，赋予文学以启蒙大众、疗救国民性的社会干预功能，这使得中国新文学的发生有了不争的可靠性，也注定其拥有取之不尽的资源与不竭的阐释性。尽管，新文学的熔炉被注入众多流派与主义，但因为新文学启蒙与疗救的介入性，也只是在中国具体的社会现实问题上，对西方思潮流派进行披沙拣金，“运用脑髓，放出眼光，占有，挑选”①。从中国现实出发，与外国剧作译介共生的中国新文学，择取具有现实问题干预性的现实主义之魂作精神支撑，以谋发展。抗战前，从代表新文学宣言的《易卜生主义》到新写实主义，外国剧作译介阐释一直依附于中国问题，与新文学亦步亦趋地迁延和发展着。

第一节　写实主义剧作的接受阐释

中国新文学运动不仅沿承传统的社会教化功能，而且还进一步赋予其拯救的疗效功能。新文学家们提出“为人生”的主张，力图将写实与开药方“调和”到极致。而其理论的权威性则是“拿来”的外国作品与理论。作为中国现实主义源头，即写实主义思潮的兴起与生成，则与西方现实主义的剧作译介紧密相关。

当时，最具影响力的是挪威的易卜生的现实主义剧作。之所以选

---

① 鲁迅：《拿来主义》，载《鲁迅全集》第6卷，人民文学出版社2005年版，第40页。

择易卜生，是因为“易氏虽为一有名的戏曲家，然亦一大革命家也”①，“易卜生之剧，刻画个人自由意志也”②。易卜生因其剧作的译介而对中国社会文化和文学产生的影响力，出自社会问题剧质疑现实的批判精神。该精神曾几何时成为中国接受主体的执着追求。在“五四”时期，对易卜生剧阐释最具权威性的胡适说：“我们注意易卜生并不是艺术家的易卜生，乃是社会改革家的易卜生。”③ 胡适对易卜生剧阐释最具代表性的文章，是他发表在《新青年》上的《易卜生主义》，该文是理解当时新文学现实主义精神的重要文献。傅斯年对此评价道：“……据我看来，胡适之先生的《易卜生主义》，周启孟先生的《人的文学》和《文学革命论》、《建设的文学革命论》等，同是文学革命的宣言书。”④

在中国，“易卜生主义”兴起的写实主义的思潮，并非指向创作艺术，而是择取社会批判精神，这正是最初“三界”革命（“诗界革命”、“文界革命”、“小说界革命”）所追求的文学革命效果。熊佛西将易卜生代言的精神实质集中阐释为：“我们知道易卜生，因为他鼓吹妇女解放。我们认识易卜生，因为他主张社会改造。我们同情易卜生，因为他反对因袭腐化虚伪狡诈。我们仰慕他，因为他提倡个人主义。……他的思想应用于我国近十年来的社会真是一个吗啡针，真是一剂清凉散。”⑤

易卜生剧作译介所产生的社会效果，使新文学作家们在联系中国社会现实进行阅读和创作时，对写实主义更是充满了信心。茅盾说：“我极力主张译现代的写实主义作品……我以为现在这样的社会里，最大的急务是改造人们使他们像个人。”⑥ 胡愈之则站在中国文学的

① 袁振英：《易卜生传》，《新青年》第4卷第6期。

② 陈独秀：《现代欧洲文艺史谭》，《新青年》第1卷第4期。

③ 胡适：《论译戏剧——复T. F. C. 书》，《新青年》第6卷第3期。

④ 傅斯年：《白话文学与心理的改革》，《新潮》1919年第1卷第5号。

⑤ 熊佛西：《社会改革家的易卜生与戏剧家的易卜生》，见《佛西论剧》，新月书店1931年版。转引自孙庆升《中国现代戏剧思潮史》，北京大学出版社1994年版，第205页。

⑥ 茅盾：《介绍外国文学作品的目的》，《文学旬刊》第45期，1922年8月。

发展史的高度认为，“因为写实文学最注意的是人的问题，所以近代文艺上，社会剧、问题剧、问题小说等作品，非常发达”，“要走向新文艺的路，这写实主义的摆渡船，却不能不坐”①。他们集中于中国现实的写实主义解读，正是当时中国接受主体对其译介选择的价值体认，这既促进了外国写实主义文学的译介，同时也推动了中国新文学的发生与发展。

中国接受者热衷于易剧，奉易卜生为偶像，是因为易剧人物所传达的力量。这些形象，对于中国“注视者”来说，则是“社会总体的想象物”，注视者创造了形象的文化含义，即“意识形态描述”与“乌托邦描述”。他们对易剧冠以“写实主义”中国化的阐释，旨在反映中国民众的信念和希望，反映时代革命的需求，使人们摆脱封建的伦理束缚追求个性解放。他们通过易卜生社会问题剧人物的理想化诠释，是为了再现群体的自我存在，强化自我身份。然而，中国接受吸取了写实主义对于社会分析和批判的方法论意义，却忽视了“写实主义”本身携带的方法论意义。正如美国学者安敏成说：“对于西方人来说，与现实主义关联最紧密的是模仿的假象，即一种要在语言中捕获真实世界的简单冲动。至少是在新文学运动的早期，中国作家很少讨论逼真性的问题——作品如何在自身与外部世界间建构等同性关系——叙述的再现性技术问题也受到冷落，而该问题对福楼拜与詹姆斯这样的西方现实主义者来说却是前提性的。”② 中国接受者有意无意地舍弃了“逼真性的问题——作品如何在自身与外部世界间建构等同性关系——叙述的再现性技术问题”，注重西方现实主义文学译介中的社会效果和新文艺的目的性。可以说“五四”文学，“20 年代前期的文学创作，与其认为是受了西方现实主义文学思潮与创作方法的影响，倒毋宁说是受了‘为人生的文学’这一口号的影响。前者仅仅是对后者的一种声援，一种补充，而后者所包括的现实主义的含

---

① 胡愈之：《近代文学上的写实主义》，《东方杂志》第 17 卷第 1 期，1920 年 1 月。

② ［美］安敏成：《现实主义的限制：革命时代的中国小说》，姜涛译，江苏人民出版社 2001 年版，第 40 页。

义，实际上指的是现代中国作家对现实生活的主观态度，并不是具体的创作方法”①。当然，因为瞩目“为人生”，域外的现实主义接受就不会局限于某一权威理论。这就回避了理论上争议的羁绊，同时也使中国的现实主义理论呈多元的开放性特征，只要题材和主题符合中国新文艺审美需求，即使不是易卜生式的社会问题剧或“写实主义”创作，也会成为译介选择的对象。这为后期30年代至抗战时期的现实主义文学的多元论争埋下了伏笔。其中尤为突出的是抗战时期有关19世纪以来的欧美现实主义的中国化论争和左翼文学发展而来的社会主义现实主义的中国化论争。

“为人生”的“五四”文学不仅根据易卜生的社会问题剧提出了“写实主义”，而且在1921—1922年，陈独秀也曾在系统介绍社会主义和马克思主义时，为马克思和恩格斯的现实主义美学引进做好了铺垫。因为中国共产党与苏共和共产国际的联系，致使中国现实主义理论来源，部分地来自苏联理论和共产国际理论，即苏联的马列文艺理论或日本转译的苏联文艺理论和共产国际理论。

第二节　新写实主义剧作译介

中国接受者对以易卜生为代表的写实主义阐释，意在唤醒中国人的生存意志，进而提出中国新文艺的写实主义理论。当然，这并不能说明他们对易卜生写实剧的接受是整齐划一的。在把写实主义文学当作“人的文学”的前提下，对于深受西方个人写作影响的作家来说，他们在自我意识的观照下，其人文关怀表现为个体生存关注，探寻的是人性的丰富性与复杂性；而对于关注社会改革的革命作家来说，其人道主义情感倾向于最底层的弱势群体，以传统儒家“舍生取义”和西方“重整乾坤”的救世情怀激起大众的救国之志。在“红色30年代”，国际无产阶级文学，在诸如苏联文学、日本左翼革命文学的影响下，以前卫的姿态实现了文学与无产阶级革命的结合。这种结合使

① 陈思和：《中国新文学整体观》，上海文艺出版社1987年版，第78页。

文学与社会革命密不可分，文学成为宣传的工具，进而出现了“阶级的人”的观念与话语。此时，择取写实主义社会关怀的作家，成为“阶级”话语的建构者。

1929年6月5日上海艺术剧社成立①，第一次提出了“无产阶级戏剧”的口号，认为戏剧“激动大众、组织大众，最直接而最有力，中国戏剧运动的进路是普罗列塔利亚演剧”②。普罗列塔利亚戏剧，又称左翼戏剧，因为与政治的密切关系而具有战斗性。“‘政治’是指争取分享权力或影响权力分配的努力，这或是发生在国家之间，或是发生在一国之内的团体之间。”③ 左翼戏剧的政治性发生在“一国之内的团体之间”，情感倾向是民众团体，“代表民众的感情、意欲、思想”④。其政治功能是“能给社会以一种正确批判的反射镜，阐明社会的矛盾，引导大众发生一种革命的热情来反抗奋斗，而达到革命的目的”⑤。“无产阶级戏剧”是民众的戏剧，它在当时的任务是：“一、促进旧剧及早崩坏；二、批判布尔乔亚戏剧，同时积极地学得它的成功技术；三、提高现在是普罗列塔利亚的文化水准；四、演剧和大众的接近——演剧的大众化。”⑥ 普罗戏剧家认为，“五四”以来的写实主义是“只开脉案不开药方”的静止的现实主义，指导思想不明确，显得犹疑和迟缓，对此应该检讨，认为根据现实需求提出新的戏剧观势在必行。在批判前期的戏剧观的同时，他们阐释了新的无产阶级戏剧观：“我们立场的写实主义是根本不同的。他是用科学的方法来仔细地精密地观察事实，再现事实，但是极应知道的是我们是

---

① 《剧场消息》，《申报》本埠增刊第2版，1929年6月10日。转引自陈白尘、董健主编《中国现代戏剧史稿》，中国戏剧出版社1989年版，第182页。另一种说法：上海艺术剧社建立于1930年1月。见孙庆升《中国现代戏剧思潮史》，北京大学出版社1994年版，第228页。

② 郑伯奇：《中国戏剧运动的进路》，《艺术月刊》第1卷第1期，1930年3月。

③ ［德］马克斯·韦伯：《学术与政治》，冯克利译，生活·读书·新知三联书店1998年版，第54—55页。

④ 冯乃超：《中国戏剧运动的苦闷》，《创造月刊》第2卷第2期，1928年9月。

⑤ 叶沉：《演剧运动的检讨》，《创造月刊》第2卷第6期，1929年1月。

⑥ 郑伯奇：《中国戏剧运动的进路》，《艺术月刊》第1卷第1期，1930年3月。

有意识的……我们是处于唯物论底立场……我们描写这一篇作品之先，必先有那普罗列塔利亚底目的意识的存在。我们不是见鸡描鸡，见狗描狗。演剧上是取 realism——积极地，真情毕露地，并且包有鼓励，启发，对丑恶性质进行暴露，阐明社会的矛盾，而引导大众发生一种革命的热情而反抗奋斗，而达到革命的目的。"①

在"无产阶级戏剧"观的指导下，艺术剧社于1930年1月6日在上海虞洽卿路（今西藏路）举行首次公演，上演剧目有《梁上君子》（美国辛克莱作）、《爱与死的角逐》（法国罗曼·罗兰作）、《炭坑夫》（德国米尔顿作）以及日本村山知义据德国雷马克同名小说改编的《西线无战事》等外国戏剧。虽然新的戏剧观和理论阐释者是中国剧作人，而首演的剧目却是译介的外国剧作，这说明了左翼现实主义戏剧运动早期理论与实践的外源性。

左翼戏剧理论延续了"五四"写实主义剧作译介传统，但不同的是其阶级观念和戏剧被赋予了战斗使命，因此命名为"新写实主义"。该理论源自1928年7月出版的《太阳月刊》上发表的藏原惟人的《到新写实主义之路》（林伯修译），该文提出了"新写实主义"。作者指出以福楼拜、易卜生等为代表的旧现实主义是资产阶级与小资产阶级的写实主义，认为新写实主义应当是："第一，用普列塔利亚前卫的眼光观察世界，第二，用严正的写实者的态度描写出它来。"② 深受日本藏原惟人"无产阶级现实主义"理论影响的林伯修，在谈及如何建设中国"普罗列塔利亚写实主义"文学时，首先强调的就是"普罗作家应该站在'辩证法唯物论'的立场上，并采取一种彻底客观的、现实的态度来看待、描写现实"③。1930年1月，《拓荒者》创刊号上又发表了藏原惟人的《再论新写实主义》，提出了三点要求：（一）掌握唯物辩证法，把无产阶级必然走向胜利的前途用

① 叶沉：《演剧运动的检讨》，《创造月刊》第2卷第6期，1929年1月。

② ［日］藏原惟人：《到新写实主义之路》，林伯修译，《太阳月刊》，1928年7月。

③ 林伯修：《一九二九年急待解决的几个关于文艺的问题》，《海风周报》第12期，1929年3月23日。

艺术表现出来，要把过去的“静的写实主义”，变成“动的或力学的写实主义”；（二）个人的性格和思想意识绝不是个人先天就有的，而是“代表某一一定的时代，某一一定的社会，某一一定的阶级、集团的东西”，必须“由社会的阶级的观点看一切”；（三）要注意到人的复杂性，“必须把人们在那复杂性里面，那些活的形象里面描写”，包括人的心理活动和潜意识，也要加以描写，但要“把那心理的由来向社会中探求，决定那心理的社会等价”①。至此，中国新写实主义理论的译介与接受已初具其理论形态。不过，其接受的完成则是论争后的统一。这是影响与接受的共生过程，新写实主义话语的建构在参照外国剧作的前提下，在中国剧创作实践批评中逐渐达成理论共识。

以激进的战斗姿态出现的左翼戏剧，因为外源理论与中国实践的错位与纠合，一开始总难免在实践中出现“误打误撞”的迷惘。陈勺水就曾指出当时革命文学创作存在着五种“错误”倾向：“专写无产者对资产者的怨恨和反抗；专写无产者对生活的悲惨痛苦；写模范理想的无产者；把无产阶级运动理论编入作品；专写社会内幕。”他提出新写实主义应当是：“（一）站在社会集团的观点上而不采取个人的英雄的观点；（二）不单是描写环境，并且一定要描写意志，无产者已主动地起来转变环境了；（三）不单描写性格，还要描写出社会活力；（四）应富于情热，引起大众美感；（五）应是真实的或根据事实的想象；（六）有目的意识，应该有教训的目的，与大众的人生观社会相符合。”② 这样以世界观标准简单定论新写实主义的做法，引起了很多的争议。冯雪峰也曾对此进行批评：“一九二九年和三〇年之间提出的新现实主义，虽然提到了现实主义，但因为一则我们对于现实主义在文学史上怎样发展起来，它与各时代各民族的历史条件与社会生活的具体关系的分析和理解是很不够的，二则只以为在旧现实主义的写实方法上加上了现在的无产阶级的世界观，就是新现实主

---

① 转引自孙庆升《中国现代戏剧思潮史》，北京大学出版社 1994 年版，第 231—232 页。

② 陈勺水：《论新写实主义》，《乐群》第 1 卷第 3 期，1929 年 3 月。

义了，这当然没有触到现实主义的核心，而是一种机械的结合。这世界观的提出，一方面在当时有积极的意义，另一方面是表示了我们对于世界观的理解是抽象的，教条式的，好像它对于文艺方法的关系是外在的，同时文艺方法也仿佛可以抽去世界观而独立了。于是，接着，我们就进一步地接受和提倡创作方法上的机械论来了——即唯物辩证法的创作方法。”① 机械论自然导致模式化，其模板是现实政治需求与外国剧作样板和理论阐释三者叠加的组合。

据茅盾介绍，当时的“拉普”文学界曾盛行一种公式：先有些被压迫的民众在穷苦愤怒中找不到出路，然后“飞将军”似的来了一位“革命者”进行宣传、组织，于是民众全体革命化，开始“行动”。“一些没有生活实感的革命文豪果然可以靠这‘公式’大卖其野人头，然而另一些真正有生活经验的青年作家在这‘公式’的权威下却不得不抛弃了他们‘所有的’，而虚构着或者摹效着他们那‘所无的’。这就叫做我们中国的‘新’写实主义！”②

瞿秋白则从另一个角度肯定了新写实主义理论方法的先进性，认为“辩证唯物论的文学创作方法，比资产阶级的创作方法更高出一个阶段。新的革命的和无产阶级的文学，将要继续巴尔扎克等人的资产阶级的现实主义而往前发展”③。1924 年，《现实》发表了他翻译的刊载在苏联共产主义学院《文学遗产》上的恩格斯的三封信，其中有《致玛·哈克奈斯》对现实主义“真实性”和“典型性”的阐释。马克思和恩格斯的现实主义美学观就这样首次被系统地介绍到中国。瞿秋白是周扬之前“左联”的重要领导人物，也是解读苏联理论的权威。1931—1933 年，“这二年半，是瞿秋白同志关于文学方面著译

① 冯雪峰：《论民主革命的文艺运动》，载《雪峰文集》（二），人民文学出版社 1983 年版。转引自孙庆升《中国现代戏剧思潮史》，北京大学出版社 1994 年版，第 234 页。

② 茅盾：《〈法律外的航线〉读后感》，载《茅盾选集》第 5 卷，四川文艺出版社 1985 年版，第 197—198 页。

③ 静华（瞿秋白）：《马克思、恩格斯和文学上的现实主义》，《现代》第 2 卷第 2 期。

最多的时期，同时对于那时的革命文学和文化运动的影响又是非常的大”①。在这期间，“左联”内部的论争较为激烈，在此之前的“革命文学”论争提出了以无产阶级世界观为主导的现实主义，此时又出现了“写实主义”和“唯物辩证法创作方法”的问题。瞿秋白为了实现“写实主义”和“唯物辩证法创作方法”的协调，不仅强调世界观的优越性，而且要求更彻底的写实精神。艾晓明充分肯定了他的努力，认为，“拉普”与“左联”从密切关联到解散的完整时期，正好是瞿秋白根据中国的实际情况，汲取和发展了“拉普”理论的合理部分，并且根据马克思主义的现实主义理论解决创作方法的问题，从而推动了中国“左联”开始向革命现实主义迈进，因而获得了“拉普”期望却没能实现的蓬勃生机。②

左翼戏剧创作的指导原则是“新写实主义”，剧演如果说有样本的话，也只有高尔基的《夜店》，先后有过八种译本③，分别是李谊译本、谢炳文译本、塞克译本、芳信译本、胡明译本、许德佑译本和柯灵、师陀的改编本。“高尔基把无产阶级革命和社会主义的成功加进了世界文学历史里面，不但使反映人类生活的文学没有被人类生活本身踢开，而且使它有力地推进了人类生活前进，证明了文学和政治的完全统一。”④ 高尔基象征着文学与政治的完美结合，苏联把高尔基当作一个无产阶级政权与文学相结合的神话，当作青年作家表示文学态度的无产阶级旗帜。20 世纪三四十年代中国翻译界一下子出现了“高尔基热”。高尔基已经不是作为一个“外来者”而受到欢迎，而是被视为当之无愧的领袖和导师而受到衷心的拥戴，与中国左翼革命文学运动息息相关。⑤ 中国左翼作家把奉高尔基为导师作为一种表

① 《冯雪峰谈左联》，见冯夏熊整编《雪峰文集》第 4 卷，人民文学出版社 1983 年版，第 558 页。

② 艾晓明：《中国左翼文学思潮探源》，湖南文艺出版社 1991 年版，第 286—294 页。

③ 智量：《俄国文学与中国》，华东师范大学出版社 1991 年版，第 280 页。

④ 胡风：《高尔基在世界文学史上加了什么?》，《胡风评论集》中册，人民文学出版社 1984 年版，第 85 页。

⑤ 李今：《三四十年代苏俄汉译文学论》，人民文学出版社 2006 年版，第 69 页。

态，表示他们“为着真正的文化革命而斗争”，“为中国几万万的劳动群众的文化生活而奋斗”① 的决心。高尔基在“五四”时期的翻译界，因为“不完整”、“粗杂”和“露骨的政治宣传”② 曾受到冷落。三四十年代的“热”译，标志着“中国文坛的主流从自我走向集体，从艺术的独立性走向服从政治，从人道主义走向阶级论的转变”。这转变需要文学艺术家“残忍地斫伐自己的过去”③。“高尔基的典范性正是在完成这一痛苦而艰难的转折中被树立起来的。苏联对于高尔基形象的阐释正为中国左翼作家展开了无产阶级新文化想象的翅膀，从而为完成精神与思想上的根本性转折发挥了巨大的说服力与‘指导’的作用。”④

对于普罗剧作家来说，普罗戏剧“不仅要求戏剧来激动他们自身，还想利用戏剧这种手段，发抒他们所有的不平和要求”⑤。作家在充当无产阶级心声的代言人时，他们郁积的不平与愤慨是煽动观众与读者激情的火花，是催促读者与观众行动的号角。他们高扬着理想的旗帜，实际是在诠释着自我品格的崇高。作家的自我陶醉与剧场效应、读者效应一起诠释的并不是真正的现实主义精神，作品的生命力将随着其时效性的消失而匿迹。这样的创作方法因为其革命的局限性而失去了现实主义的深度与广度，这样的文学披着激进思想理论的外衣，将丰富的社会生活的描写限定为阶级斗争的反映，其中的真实与客观早已被架空。

第三节　社会主义现实主义剧作译介

在中国，“新写实主义”、“唯物辩证法的创作方法”、“社会主义

① 鲁迅：《高尔基的四十年创作生活》，《文化月报》1932 年 11 月创刊号。

② 夏衍：《怎样的艺术品顶好》，载罗果夫、戈宝权编《高尔基研究年刊》，时代书报出版社 1947 年版，第 54—55 页。

③ 同上。

④ 李今：《三四十年代苏俄汉译文学论》，人民文学出版社 2006 年版，第 70 页。

⑤ 郑伯奇：《中国戏剧运动的进路》，《艺术月刊》第 1 卷第 1 期，1930 年 3 月。

的现实主义”的理论话语建构具有线性特征，从时间上看是依次发展下来的：1928—1930 年提倡“新写实主义”，1931—1932 年提倡“唯物辩证法的创作方法”，1933 年以后提倡“社会主义的现实主义”。①“社会主义现实主义”作为“唯物辩证法创作方法”的批判武器被引入，用以驳斥辩证唯物法创作方法将哲学方法与艺术方法混淆，将阶级的世界观转化为呆板的艺术创造法则。1933 年周扬在批判“唯物辩证法创作方法”，介绍“社会主义现实主义”时说：“他们用抽象的烦琐哲学的公式去绳一切作家的作品。他们对于一个作品的评价并不根据那作品的客观的真实性，现实主义和感动力量之多寡，而只根据作者的主观态度如何，即：作者的世界观（方法）是否和他们的相合。他们所提出的艺术的方法简直就是关于创作问题的指令，宪法。”② 同年，《文学》上又刊载了吴春迟翻译的卢那察尔斯基的《社会主义的写实主义底风格问题》③。卢那察尔斯基，作为苏联官方的文艺理论家，对马克思与恩格斯的文艺理论有较为深入的探讨，1933 年他将二人的文艺思想体系汇编成《马克思恩格斯论艺术》④ 出版。或许是因为对马克思恩格斯文艺理论的理解更为真切，他一直反对文艺作为政治的附庸，主张社会主义现实主义风格的多样化。

“九・一八”之后，中国形势越来越复杂，中国作家在救亡的“国防文学”号召下，民族救亡的热情逐渐高涨起来，他们急需多样风格的文艺参与文化救亡，因此当时对苏联社会主义现实主义理论的接受并不是尊奉某一权威理论阐释。陈顺馨认为，从 1933 年到 1935 年，社会主义现实主义在中国的译介包括这些方面：

---

① 孙庆升：《中国现代戏剧思潮史》，北京大学出版社 1994 年版，第 239 页。

② 周扬：《关于“社会主义的现实主义与革命的浪漫主义”》，《现代》第 4 卷第 1 期。

③ ［苏联］卢那察尔斯基：《社会主义的写实主义底风格问题》，载《国际戏剧》，国际戏剧协会出版社 1933 年第 5 期。吴春迟译文《社会主义的写实主义底风格问题》，载《文学》第 1 卷第 6 号，1933 年 12 月 1 日。

④ 参见叶水夫主编《苏联文学史》第 1 卷，中国社会科学出版社 1994 年版，第 269 页。

1. 否定以世界观为决定性因素的“唯物辩证法的创作方法”。

2. 以“写真实”作为新的艺术方法的基础，但这种“写真实”不应是日常生活的琐细的重复。英雄典型人物的创造是表现这种“真实”的重要手段。

3. 革命浪漫主义是其中的主要组成部分，可以利用幻想和逻辑推理达到表现人类美好的社会主义憧憬。

4. 具有政治倾向性，目的在于教育大众资本主义必会消亡。

5. 写作形式、风格可以多样化，但有别于自然主义和批判现实主义的手法。①

1937年“左联”解散，抗日战争爆发，从“五四”走过来的文学家们，历经多年的理论探索和创作实践后，对于中国现实主义文学的认识逐渐提高，虽然面对着同样的民族救亡、文化救亡，但他们依然根据自己的理解形成了个体和团体或地域性的不同理解。

20世纪初，现代中国人出于国家荣辱、民族前途等切身利害的考虑，首先感同身受地翻译弱小民族的文学。日寇入侵这一空前的历史劫难，进一步使中国文坛意识到了欧美文学的另一面——不仅仅与阶级压迫、民族尊卑相联系，而且要通过文字生动体现出另一半地球人的心灵世界。此时的文学翻译转向俄苏和欧美文学。20世纪二三十年代，俄国文学曾大量传入中国，而40年代中国翻译界的焦点却是苏联文学，尤其侧重苏联文学中的民族精神，这无疑是基于现实需要。翻译者们从俄罗斯文学精神中挖掘出的重要内容，便是爱国主义。不止一人介绍说：“俄国民族性中这种爱和同情的生长，一定可以有伟大的将来的……”② 基于此，中国抗战时期的戏剧运动在理论和实践上都与俄苏戏剧不无关系。剧作和剧演理论是“社会主义现实

① 陈顺馨：《社会主义现实主义理论在中国的接受与转化》，安徽教育出版社2000年版，第83—84页。

② 《世界文化》第3卷第1、2期合刊，1941年8月。

主义”创作论和斯坦尼拉夫斯基剧演体系译介，创作与演出上则出现大量的俄苏剧目翻译、改编与演出。除了具有批判现实主义特征的果戈理和契诃夫戏剧外，反映苏联内战与反法西斯卫国战争题材的戏剧对我国抗战戏剧的影响尤为直接。抗战时期，“仅重庆和桂林两地就出版了根据俄苏剧本翻译和改编的作品共约 84 种，其中苏联剧作家的作品约 48 种。列昂诺夫的《侵略》，古塞夫的《光荣》，西蒙诺夫的《俄罗斯人》、《望穿秋水》，考涅楚克的《前线》、《赴苏使命》，包哥廷的《带枪的人》和巴克梯利夫、拉佐莫夫斯基合著的《苏沃洛夫元帅》等，在当时轰动一时”①。这些作品大都与战争有关，具有极强的战斗性、现实针对性和革命的英雄主义精神。“特别是卫国战争文学不仅是学习的榜样和精神力量，而且成为军事的教科书，史无前例地对于中国抗日战争和解放战争发挥了彻底、直接、和广泛的武器作用。”②

抗战时期，翻译俄苏文学作品的译者，大都有配合中国的抗战文化宣传并影响中国文学创作的愿望。欧美文学的翻译者们，则一般没有这种直接借鉴或影响中国文学创作的急切要求，他们大都旨在丰富或加深中国文坛对西方现代文学动向的了解。欧美文学接受与苏俄文学译介相互补充，共同影响着中国文学的现代化与民族化进程。从这个阶段的剧作译介来看：有受到苏联文学的现实主义理论影响程度上的不同（特别是解放区与国统区）；有对 19 世纪以来欧美现实主义传统理解的不同；同时，还包括立足于中国民族传统的现实主义发展对欧美、俄苏理论中国化改造程度的不同。即使是同一团体或区域，也出现了争议和分歧，如苏联“社会主义现实主义”的接受就出现了分化：一是贴近苏联官方立场的阐释，以毛泽东《在延安文艺座谈会上的讲话》（1942）和周扬的阐释为代表；一是远离苏联官方立场，以胡风的“主观战斗精神”论及有关的评释为代表。

事实上，苏联对于社会主义现实主义的理解和运用也存在着分

① 廖全京：《大后方戏剧论稿》，四川教育出版社 1988 年版，第 103—104 页。

② 李今：《三四十年代苏俄汉译文学论》，人民文学出版社 2006 年版，第 29 页。

歧，或注重真实的、历史的具体的描写方法，或注重浪漫主义的理想化。斯大林侧重前者，高尔基以及以后的文艺领导人日丹诺夫倾向于后者，从浪漫主义理想化方面去认识社会主义现实主义的特点，加强文学教育人民的功能。高尔基的文学理论集中于两个方面：一方面是对于表现新的主题、人物以及生活等内容因素的阐述；另一方面则是对于社会主义现实主义创作方法的论述。高尔基认为，历史有“两种现实”，一种是“支配者的现实”，一种是“隶属者的、被征服者、服从者的现实”①，所谓“真实的现实”是苏联正在创造的“社会平等的第三种现实”，作家应以“这种现实为材料”，要获得“从现在所完成了的高处和将来的伟大的目标的高处来观察过去，并且创造对于我们是必要的新的倾向——社会主义的现实主义，唤起只有在社会主义的现实主义才能被创造的夸耀和欢喜的热情”②。他把马克思主义的社会主义理论，作为“真实的现实”，通过文学反映现实的倾向性和态度，激发读者和观众向往未来充满正义和公平社会的热情。

1934年后，在左翼新写实主义的背景下，周扬、瞿秋白等人引进“社会主义现实主义”，偏重于高尔基浪漫主义理想化的社会主义现实主义。周扬认为，现实主义和浪漫主义的区别并不在作家的创作技巧或者作品的文体特征，而是取决于作家对现实的根本认识。只要作家的认识从现实及其本身的客观规律出发，那么他的作品就是现实主义的。周扬甚至认为，这样的作品“即使有把现实幻想化的地方，仍然是现实主义的作品”③。胡风强调“写真实”和要求发扬“主观战斗精神”的现实主义观念里，也有许多浪漫主义的成分④。1938年，在毛泽东给延安鲁迅艺术学院的题词中提出“抗日的现实主义”和“革命的浪漫主义”相结合后，苏联社会主义现实主义理论的中国化模

① 高尔基：《关于现实》，林林译，载《文学论》，东京质文社1936年版，第48页。

② 高尔基：《关于社会主义的现实主义》，林林译，载《文学论》，东京质文社1936年版，第46页。

③ 周扬：《现实的与浪漫的》，载《周扬文集》第1卷，人民文学出版社1984年版，第125页。

④ 夏志清：《中国现代小说史》，复旦大学出版社2005年版，第217页。

式，在中国抗日民族解放运动这一特定历史条件下的选择就确定了。

实际上，“马克思主义意识形态文艺观在中国的传播与发展，与马克思主义学说在中国的传播与发展基本上是同步进行的”①。在苏联，马克思主义哲学与美学的译介促使了苏联社会主义现实主义理论的诞生，它是马克思主义意识形态理论和现实主义审美观与苏联社会现实相结合的产物。在中国，苏联社会主义现实主义的译介与马克思主义理论译介同步进行，这使得中国接受者把马克思主义的意识形态理论与现实主义审美观和苏联社会主义现实主义相糅合后，生成了中国社会主义现实主义。中国对社会主义现实主义理论的译介接受，以瞿秋白、周扬的马克思主义和苏联社会主义现实主义的译介为代表。1942年5月，毛泽东在延安整风期间发表的《在延安文艺座谈会上的讲话》，正是由他们译介的社会主义现实主义理论发展而来。

马克思和恩格斯的现实主义美学理论与其哲学观有内在的一致性。他们强调现实主义“除细节的真实外，还要真实地再现典型环境中的典型人物”②；主张“倾向应当从场面和情节中自然而然地流露出来，而不应当特别把它指点出来”③；认为“我们不应该为了观念的东西而忘掉现实主义的东西，为了席勒而忘掉莎士比亚”④；衡量艺术的最高标准是从“美学观点和历史观点”出发；设想具有“较大的思想深度和意识到的历史内容，同莎士比亚剧作的情节的生动性和丰富性的完美的融合，大概只有在将来才能达到”⑤等。马克思主义哲学以理想社会的预设为前提来描述现实，极力强调现实主义审美观中历史具体性的重要性。而接受者在整理自己对社会现实的理解中解读马克思主义哲学，这种对现实整合的思路在文学创作中需要重新回转到现实的具体性，这是一个否定加否定的过程。然而，不管是苏

① 谭好哲：《文学与意识形态》，山东大学出版社1997年版，第397页。

② 马克思、恩格斯、列宁、斯大林：《论文学》，人民文学出版社1980年版，第135页。

③ 同上书，第131页。

④ 同上书，第100页。

⑤ 同上书，第98页。

联还是中国，在开始大都没有完成这种现实主义创作的再转换。马克思主义理论的哲学思维方式直接变成了文学描述现实的思维方式，即“唯物辩证法的创作方法”。而苏联的社会主义现实主义理论对此的校正是，将“社会主义精神”与“现实的革命发展中真实的、历史的和具体的”现实描写相结合，把“剧作的情节的生动性和丰富性的完美的融合”落实到在历史纵向的未来展望范式之中。这展望未来的现实行动将历史积淀下来的现实复杂性搁置在线性逻辑上，现实依然不是描述的对象。这一点，一直是社会主义现实主义发展的一大盲区，因为社会主义现实主义理论的译介背景的特殊性，使中国接受主体对马克思恩格斯和苏联社会主义现实主义理论的阐释更加扩大了这一盲区。正如《马恩科学的文学论》一书的编译者欧阳凡海在后记中指出的：“高尔基在苏联作家大会上提出现实主义的口号而发动了全世界的新文艺清算唯物辩证法的创作方法与宗派主义的当时，中国正是在日本帝国主义的积极侵略之下酝酿全民族的抗战。那时候，中国新文艺血战正酣，它一方面迫切地需要领导全民族的反日运动，同时还不得不忍受妥协投降思想的斧钺的迫害。因此，它需要一种特别的政治上的警觉性，它不能一刻放松强调文艺的战斗性与积极性，而清算宗派主义，主张文艺的现实性与形象性，是一不小心就会走到客观主义的路上去，忽视了文艺的世界观的作用而以为只要把客观的一定形象摄入镜头就可了事……由于中国新文艺的斗争环境特别尖锐，现实主义理论的建设也就不甚迅速，同时中国新文艺因为迫在目前的新课题是如何用文艺这武器去领导全民族从事反日斗争，所以后来即使有过清算宗派主义的行动，即使有过典型论的提起，但在现实主义理论建设这一方面是做得非常不够的。”①

社会主义现实主义虽然要求作家写真实，但又规定“真实是明日的现实”，本质的真实。所谓“明日的现实”就是“在其发展方向上，在无产阶级和正建设着的社会主义的历史的展望上，体现着现

---

① 欧阳凡海：《马恩科学的文学论·后记》，载《马恩科学的文学论》，欧阳凡海编译，光华书店 1948 年版，第 77 页。

实”；所谓本质的真实就是“社会主义革命的胜利”①。相对于“唯物辩证法的创作方法”来说，实际上依然是排斥个人见解，仍然是让艺术为政治服务，只不过现在提高了要求，即文学要用文学的方法，形象地传达政治话语。在解放区文艺运动中，特别强化了这种倾向。《在延安文艺座谈会上的讲话》（以下简称《讲话》）总结了“五四”以来，尤其是20世纪30年代以来革命文艺运动的经验教训，从中国历史现实出发，运用马克思主义的分析方法和苏联社会主义现实主义理论，提出了中国文艺建设的目标。《讲话》指出：“我们是主张社会主义的现实主义的。”但《讲话》对社会主义现实主义的阐释超越了苏联理论学说的方法论层面。《讲话》提出“政治并不等于艺术，一般的宇宙观也并不等于艺术创作和艺术批评的方法”，“马克思主义，是要我们用辩证唯物论和历史唯物论的观点去观察世界，观察社会，观察文学艺术，并不是要我们在文学艺术作品中写哲学讲义”。这些论述区分了“拉普”的“唯物辩证法的创作方法”，同时也参照苏联的社会现实主义重新释义了中国社会主义现实主义。《讲话》所阐释的中心问题有两个：“为群众”和“如何为群众”。毛泽东“从作家思想情感转变这一关键问题上去解释新文学；历来关注的‘大众化’含义。在他看来，所谓‘大众化’，首先就‘化’在‘文艺工作者的思想感情和工农兵的思想感情打成一片’”②。“他没有去重复苏联社会现实主义，甚至完全变换了提出这一口号的角度；他不是在创作方法上去作具体的‘补充’式‘修正’，而是从文学的政治教育‘功能’目标入手去要求现实主义。甚至认为只要‘功能’目标把握住了，方法就不难解决。这种高屋建瓴的角度，就形成了对社会主义现实主义的一种新的理解和阐释。”③“苏联社会主义现实主义在延安整风运动中被赋予‘巨大的思想意义’，认为它是‘简明而且正确地

① 周扬：《关于社会主义的现实主义与革命的浪漫主义》，载《周扬文集》（一），人民文学出版社1984年版，第110—111页。

② 钱理群、温儒敏、吴福辉：《中国现代文学三十年》，北京大学出版社1998年版，第355页。

③ 温儒敏：《新文学现实主义的流变》，北京大学出版社2007年版，第164页。

在原则上’解决了革命性和艺术性相结合的问题，因而成为延安文艺界反省自己的一个理论参照。”①

在抗日战争的敌后根据地，尽管物质和印刷条件极其困难，由于共产党一向把艺术作为宣传鼓动与组织群众最有力的武器，更把文化运动看作抗战的一条重要战线，相继成立了新华社、解放社，并建立鲁迅艺术学院，设置了翻译部，等等。《讲话》后，苏联文艺理论和文学作品一时成为翻译的热点，剧本的翻译、改编和演出获得了更为深广的译介功能。“1940 年以后，鲁艺在教育实施上的动向与特点，着眼于培养专门人才，因而强调学习中外名著，重视业务技术的提高，在戏剧教育方面便出现有排‘大戏’和讲授斯坦尼斯拉夫斯基表演体系的倾向。”②

抗战时期，解放区的戏剧运动有其自身的特点，主要表现为：“（一）充分注意到现实的需要。（二）内战时期的两个戏剧传统，大都市的与农村中的，在延安合流了。大都市带来进步的技术和人才，而农村中的带来了大众化的经验和教训。（三）抗战后，只有延安是和敌后方的游击战争联系最密切的地方，在游击战中间所生长的新的戏剧运动，给与了延安的剧运方向以决定的影响。延安的戏剧运动，在技术上没有多大可夸耀的进步，而只是在它内容的现实政治意义的提高这点上，即是说，坚持现实主义这点上，起了它的模范作用。”③现实的政治意义，也就是反法西斯斗争与民主主义斗争相结合的意义。出于这样的政治需要，延安话剧舞台上活跃的主要是表现这两类斗争的俄苏戏剧。1940 年，在延安，塞克导演了五幕话剧《钦差大臣》。1941 年 5 月，塞克又导演了苏联名剧伊凡诺夫的八幕话剧《铁甲列车》。1941 年下半年苏德战争爆发后，鲁艺实验剧团选定排演苏联作家包哥廷的革命历史剧《带枪的人》，去参加陕甘宁边区剧协的一次会演，在年底及翌年元旦正式演出。1940 年 11 月间还选排了契

① 李今：《三四十年代苏俄汉译文学论》，人民文学出版社 2006 年版，第 57 页。

② 钟敬之：《在延安的舞台上》，文津出版社 1989 年版，第 2—3 页。

③ 张庚：《话剧民族化与旧剧现代化》，《理论与现实》第 1 卷第 3 期，1939 年 6 月。

诃夫的三个小戏，即陈锦清导演的《求婚》、马瑜导演的《蠢货》和史行导演的《纪念日》，作为团员普遍学习的剧目，一直到年终才演出结束。1940 年，还上演了《马门教授》、《维也纳暴动》。[①]

当时颇具轰动的是《前线》的译介和演出。1944 年 5 月，延安《解放日报》连续刊载了萧三翻译的反映苏联卫国战争的经典剧作，柯涅楚克的三幕五场话剧《前线》，同时该报又于6 月 19 日发表“社论”，提出要从《前线》学些什么？文章高度赞扬剧本具有“以直接的尖锐的批评来指责实际”的教育目的，认为它“对于我们的很大意义，就在于它帮助我们，教育出很多很多德才兼备，智勇双全的干部，和提高人民与军队的文化水平，打倒日本帝国主义，实现抗战建国的胜利”[②]。可以说，《前线》的译介和演出为延安整顿党风、文风、学风的运动提供了一个活生生的示范与标本。当时整风提出：要及时地打破干部摆老经验、故步自封的做法，提倡干部要重视新鲜事物，对新鲜事物更敏感一些。这与《前线》剧情契合，在共产党领导的重视和支持下，根据萧三翻译的剧本《前线》，由中共中央党校和鲁艺联合排演，并于 11 月 15 日正式演出。据演员回忆当时的情景：“每每演出完了，部队的首长接见演员，他们中间有许多身经百战的老红军，像和老朋友一样，真诚地向我们叙述他们从戈尔洛夫身上所受到的教育，帮助我们了解老一代人的思想；从这些亲切地接触中，演员对剧本的理解日益深刻，在对待工作、学习方面也受到教育和启发。”[③]《前线》的排演背景，突出地表现了剧作译介与当时政治文化运动的关系。同时，因为“高度重视”的缘故，也能够使这种译介在某些方面取得较为充分的艺术效果。此部剧作是自左翼文化运动以来，译介与政治文化运动结合最为紧密的外国剧作。在思想内容上，“干部摆老经验、故步自封的现象”作为“延安整风”的内容之

① 钟敬之：《难忘在延安的舞台生活》，载《在延安的舞台上》，文津出版社 1989 年版，第 14—23 页。

② 《解放日报》1944 年 6 月 19 日。

③ 《中国话剧运动五十年史料集》第三辑，中国戏剧出版社 1985 年版，第 80—82 页。

一与《前线》的译介选择联系在一起，在形式上，《前线》又是当时“为工农兵服务”的“大众化”艺术典范。从俄苏剧作《前线》的译介，可发现解放区剧作译介的政治时事性和现时性特点：内容上反映现实政治文化运动和民族斗争与民主斗争，有针对性地教育改造干部群众，又以浅白的艺术形式为教育改造“工农兵服务”。类似《前线》的解放区剧作译介与演出，在毛泽东的《讲话》后，作为践行其理论的典范作品，既引领了解放区的剧创作与剧演，又验证了《讲话》超乎国界的指导意义从而获得极高权威。

《讲话》通过对苏联“社会主义现实主义”的中国化改造，总结性地阐释了现代文学发展的历史走向。出于民族解放和民主斗争的政治需要，解放区的作家和批评家在《讲话》后，都走上了反省新文学、反思自身、改造自己的征程，《讲话》逐渐成为他们思想重塑的纲领，至此，中国社会主义现实主义的理论框架已初步建立起来。

第二章

抗战时期外国剧作译介接受的沉淀

从“九·一八”到抗战全面爆发，中国问题简化为“抗战”、“救亡”。外国剧作的中国化阐释一时尘埃落定，在此之前的多层面解读，围绕战时文化动员而凝聚、沉淀。与中国现实分析相呼应的外国文学译介和中国文学创作，在抗战救亡的核心点上共生一套通用话语，即战时繁复多样的文化结晶体。

中国抗战，作为世界反法西斯战争的一部分，战时的外国剧作译介与中国文学创作共生的话语体系，既符合中国现实又具有世界性。战时的外国剧作译介主要来自苏联和欧美反法西斯同盟国。战时救亡的文学抗战运动，使现实、现时成为最大的、最急切的精神检验场，文艺工作者直取战前现实主义的战斗性与革命抒情性，在世界反法西斯战线上，外国现实主义剧作译介清晰地呈现为苏联社会主义现实主义剧作译介和欧美传统现实主义剧作译介。尤其是以解放区为代表的社会主义现实接受阐释，直接成为新中国成立后“一体化”理论的源头。

第一节　抗战时期外国剧作接受阐释的特点

从上海艺术剧社成立到1937年抗日战争全面爆发，中国现实主义戏剧主要分化为两股潮流：一是继续“五四”时期易卜生式的现实主义传统，强调客观现实，批判社会病态；二是接受“新写实主义”和“社会主义现实主义”，追求革命的功利主义和阶级分析法，文学担负起的任务是：用正确的世界观把握现实的发展动向，表现人民的斗争，使文艺发挥战斗作用。这种分化呈现为地域性，即国统区、解放区、沦陷区、上海孤岛等。特别是国统区与解放区，不仅是两种地区，也是两种制度、两种政权的不同，因而在各自的区域里的戏剧运动和创作也具有不同的特色。在解放区，确立了文艺的“工农兵方向”，肯定了“社会主义的现实主义”的创作方法，戏剧创作基本上继承和发展了左翼戏剧传统。在国统区，一部分仍沿着左翼戏剧“新写实主义”道路从事创作，一部分则继承着易卜生、契诃夫等19世纪批判现实主义传统，两者有时是交叉、互补、并存的。后者以曹禺、李健吾、欧阳予倩、吴祖光等为代表，显示出更强大的影响力。与战前不同，战时中国剧作家译介、借鉴更多的是欧美现实主义传统中的艺术审美内涵。虽然，易卜生、萧伯纳等欧美剧作家的影响依然存在，但影响力愈来愈强的却是俄苏作家——契诃夫、果戈理和高尔基等。中国接受者对这些欧美现实主义经典作品的探索，比此前更加深远：从西方戏剧史上的古希腊戏剧，文艺复兴时期的莎士比亚，古典主义时期的莫里哀，一直到20世纪的奥尼尔，都成为探究戏剧审美艺术的对象。当时对中国现代剧作家产生影响力最大的探索者是剧作家——曹禺。曹禺转过来又影响左翼作家，尤其是他对左翼“新写实主义”作家——夏衍的影响。夏衍说：“我写了几个戏以后，自己颇有些感触，特别是看了曹禺同志的戏之后。我学写戏，完全是‘票友性质’，主要是为了宣传和在那种政治环境下表达一点自己对政治的看法。写《赛金花》是为了骂国民党的媚外求和，写《秋瑾》，也不过是所谓的‘忧时愤世’，因此，我并没有认真地、用严谨的现实主义去写作，许多地方兴之所至，就不免有些‘曲笔’和游戏之作。”① 曹禺影响了夏衍，夏衍转过来又影响了宋之的、于伶等人的剧创作。1939年，夏衍对于伶在上海孤岛创作的《花溅泪》指导性的评论是：“对于《花溅泪》，我可以愉快地报告你读后的感想。在你创作过程上，这是你走向更坚实更写实的方法的一个重要基点，也

① 夏衍：《〈上海屋檐下〉的创作》，《剧本》1975年第4期。

是一步重大的前进。”① 这里说到的“更坚实更写实的方法”，所指正是欧美传统的现实主义创作技巧。这些欧美现实主义剧作家的译介，在抗战热情消减、现实压迫感增强的相持阶段，契诃夫戏剧中的忧郁情调和生活流式的叙事曾作为一致的译介选择，其接受阐释深化了国统区现实主义的审美内涵。

《中国现代文学总书目》② 辑录的1917年1月1日至1949年9月30日出版的文学书目数为13500余种，其中的翻译文学书目约为3894种。20世纪三四十年代的翻译文学书目集中于俄、苏、英、法、美等国别文学。尽管1937年抗日战争爆发后，出版业遭受重创，整个文学出版曾一度衰落，翻译文学的数目下降，但40年代以后又逐渐呈上升趋势。20世纪三四十年代的翻译文学在发扬“五四”传统的同时，形成了两条主要翻译路向：“一是以鲁迅和左翼作家为代表的着眼于‘现在的中国’，旨在从别国‘窃火’的实践；一是以胡适和郑振铎为代表的落实‘只译名家著作，不译第二流以下的著作’，‘给国人造点救荒的粮食’这一翻译和普及西洋经典文学名著的举措。”③ 前者所体现的功利性和时效性在抗战时期尤为鲜明。但并不意味着经典普及的中止和文学审美意义探寻的延缓。在抗战的多元空间里，它们都统一于中国现代文学的发展，统一于中国社会现实，官方和民间、民族与世界、传统和现代、精英与大众都彼此敞开，相互吸纳铸就文学力量。

从《民国时期总书目（1911—1949）》（外国文学卷）④ 看，戏剧译介约占翻译文学总书目的15%。抗战时期的国外剧作译介主要是再版、重译的单行本或作品集，如以《玩偶之家》为代表的易卜

---

① 夏衍：《论上海现阶段的剧运——复于伶》，载周靖波主编《中国现代戏剧论——建设民族戏剧之路》上卷，北京广播学院出版社2003年版，第350页。

② 贾植芳、俞元桂主编：《中国现代文学总书目》，福建教育出版社1993年版，第12页。

③ 转引自李今《三四十年代苏俄汉译文学论》，人民文学出版社2006年版，第7页。

④ 北京图书馆：《民国时期总书目（1911—1949）》（外国文学卷），书目文献出版社1987年版。

生剧作，以《樱桃园》为代表的契诃夫剧作，以《爱与死的角逐》为代表的罗曼·罗兰剧作，以及果戈理的《钦差大臣》、A. 奥斯特洛夫斯基的《大雷雨》、高尔基的《底层》、考涅楚克的《前线》、《赴苏使命》和巴克梯利夫、拉佐莫夫斯基合著的《苏沃洛夫元帅》等。另外还包括德国沃尔夫的反法西斯剧作《马门教授》和萧伯纳剧作，以及莎士比亚剧作的翻译和改编。

与其他文类不同，戏剧译介传播涉及外国剧作译介的改编和演出问题。通过不同地区的演出剧目和演出背景分析，同样具有译介论意义。抗战时期，外国剧目活跃在国统区、上海孤岛、沦陷区话剧舞台上的有：上海业余剧人协会演出了陈白尘与宋之的根据席勒的《威廉·退尔》改编的《祖国万岁》、果戈理的《钦差大臣》、赵慧深根据廖根夫《夜未央》改编的《自由魂》；上海影人剧团演出了契诃夫的《求婚》；国立剧专演出了莎士比亚的《奥赛罗》（公演时改名为《黑将军》）、《哈姆雷特》；中华剧艺社演出了陈鲤庭导演的果戈理的《钦差大臣》、夏衍根据托尔斯泰的同名小说改编的《复活》、芳信翻译的奥斯特洛夫斯基的《大雷雨》；中国艺术剧社演出了东方晦改编的《求婚》；神鹰剧社演出了《罗密欧与朱丽叶》（公演时更名为《铸情》）；恒社公演了许幸之根据法国小仲马《茶花女》改编的《天长地久》；新生剧社公演了王光鼎根据美国米切尔原著《飘》改编的《乱世佳人》，等等。

从剧目上看，国统区演出剧目偏向欧美剧作，解放区则倾向俄苏剧目。解放区有共产党的领导和支持，可有选择有组织地排演俄苏剧目，而国统区此时的剧演却面临着异常艰难的境况。夏衍在1944年2月15日重庆《新华日报》上刊载的《我们要在困难中前进》一文中说："抗战以来，曾经盛极一时的部队戏剧工作，渐渐地衰退了。政治部的十个抗敌演剧队，只有半数还能在极端困难的条件之下继续工作，一部分变了质，一部分解散了。武汉会战前后，很多部队和战区政治部都自己组织了演剧队，一时也有了相当的成绩，但几年来这些戏剧队伍也渐渐地变成无声无息，而终于停止活动了。……在前线上支撑了几年的戏剧干部，感到苦闷、彷徨，而终于动摇了。贫、病，看不到书报，找不到剧本，干腻了的那一套已经满足不了士兵和老百姓的要求，支付了年青的生命来换取的工作也得不到人们的注意与支撑，它们变成逐渐削弱的孤军，用他们自己的话来讲，‘我们仿佛是被遗弃了的孤儿’。”即使在此之前，国统区戏剧的境况也并不乐观，“戏剧被当作后方‘繁荣’的点缀，被当作少数有钱人的娱乐，被当作募集捐款的手段，被当作增加税收的来源。要求于剧本是一套义正词严的道理，一百个‘不可’，一千个‘不得’，戏剧非有教育意义不可，不得与‘抗战无关’。而另一方面将营业税、娱乐捐、节约建国储蓄券、各种救济捐款等等，一层一层地堆压上去的时候，戏剧又分明是纯营业性的、纯娱乐性的、捐税的对象”①。

从国统区的演出剧目来看，可分为三类：一是注重时局批判，有对当局官僚不满的《钦差大臣》，涉及民族斗争的《祖国万岁》，触及民主斗争的《自由魂》；二是选择既符合民族审美心理，又具有现代意识的爱情故事，即才子佳人追求爱情自由的剧目，如《茶花女》和《铸情》、《乱世佳人》和《大雷雨》等；三是莎剧演出此时热起来。选择这些外国大戏来演出，实际上能够反映抗战时期戏剧运动的发展动向。

陈白尘对外国剧作译介和创作进行统计分析，发现剧作人正在“奔向现实主义的道路”上，他说：“根据不完全的统计，抗战前期——‘七七’到一九四一年春这三年半的时间里四十二部剧作，有二十三部是鼓吹抗战的。抗战后期——从一九四一年春到一九四五年底，这不足五年的期间，在时间上较前期只多一年强，可是在戏剧创作上几乎增加一倍，共产生了八十三部作品。发现了质的变化了：一、直接或间接描写抗战的，十八部，仅占总数百分之二十二弱。二、历史剧二十八部，占总数百分之三十四弱。三、描写后方生活者二十三种，占总数百分之二十八弱。四、与抗战无关的，包括改编的在内，十四部，占百分之十七弱。1941 年春，戏剧出版的审查制度

---

① 《中国话剧运动五十年史料集》第二辑，中国戏剧出版社 1985 年版，第 170—171 页。

和演出审查制度开始建立而且日益坚强了钳制作用，抗战情绪则日见衰颓，为何戏剧创作反而倍加呢？第一，由于其他部门的萎缩，主观和客观环境，使得演剧活动突趋活跃，剧作的需要加强。第二，若干人物眼热于剧运的蓬勃发展，审查制度不能在正面完全缩小，遂由侧面鼓励御用作者增加生产。第三，演剧接近商业化，写剧也诱致了若干新的作者。”①

1937年抗战全面爆发，“抗战”成了中国最大的现实，外国剧作的译介暂时处于低谷。而在1939年后，“五四”外国文学译介传统再次得到了提倡和发展。因为特殊的中国现实，使1941年成为一个“新”的转折点。此时国统区剧团演剧的商业性质的增强，剧演在追求票房价值中，为了吸引传统和现代观众，剧作人普遍瞩目于兼容传统与现代的中外剧目，这使除了民族、民主斗争题材剧目之外，又兴起了古典版和现代版的爱情故事，以及具有普遍性和民族性特征的莎剧演出。此时的剧作人把莎剧译介与民族艺术探究联系在一起，标志着中国现代剧创作发展到一个新阶段——民族化追求。正如1939年杨村彬在《民族艺术之路——〈秦良玉〉之演出》中说：“伊丽莎白的剧场产生莎士比亚，三面型的中国舞台产生关汉卿。并不因为产生了伟大的作家才觉得剧场可贵，实因这种剧场程式的本身即富有最大的伸缩性。所以，我觉得一个历史剧的写作技术，包括里面的结构、分场、人物等，最好以莎翁或关某的作品为准则。”② 将莎翁剧作与关汉卿作品并置，作为中国民族艺术追求的典范与准则，正是当时抗战剧运民族化追求所拥有的世界眼光。尤其是莎剧改编，由莎剧对中国语境的适应性，我们更能在比照中认识中国现代戏剧文学的民族性特征。

抗战剧运动显示，外国大戏的演出主要在抗战相持阶段，其重要

① 陈白尘：《奔向现实主义的道路》，《新闻报》1946年11月11日。参见周靖波主编《中国现代戏剧论——建设民族戏剧之路》上卷，北京广播学院出版社2003年版，第368—369页。

② 载周靖波主编《中国现代戏剧论——建设民族戏剧之路》上卷，北京广播学院出版社2003年版，第312页。

原因是剧本荒造成的。陈宪谟在《我在上海话剧运动中的回忆》中谈到1942年前后的戏剧情形时说："剧本荒是当年的普遍现象，我们戏剧协社同其他的剧团一样，只好不断地排演翻译剧本，暂时应付了剧本荒的局面，在这种情势下，非职业话剧团体就成为集中演出外国著名古典剧本的剧团了。"① 抗战时期的"剧本荒"并非偶然，有其历史原因。1937年8月13日全国抗战爆发，上海戏剧界救亡协会，把上海的话剧工作者编成了13个救亡演剧队，两个留上海工作，一个队到浙东，其余十个队经苏州、南京出发，在长江南北两岸展开戏剧宣传。"八·一三"之后，这样普遍深入的戏剧运动，要求剧作人把更坚实更写实的方法作为最基本的创作技巧，而很多剧作人却没有认识到这一点，话剧艺术的前景令人担忧。夏衍在《论上海现阶段的剧运——复于伶》一文中说："戏剧是综合艺术，这话已经讲腻了，但是有多少剧团和剧运工作者还将这艺术的百分之八十的成功和失败，单单寄托于剧本的故事和结构身上啊！这，就是对于演出（导演）和演技的忽视。在选定上演剧目的时候，演出和演技的因素很少放置在考虑的问题之内的。情节的曲折和剧情的热闹，是决定是否可以上演的准绳。将这固定化而成为一种传统，一种偏见，一种不费力地可以获得成功（商业上的）的捷径，那便可以称为戏剧艺术正当成长的障碍了。在'八·一三'以前，话剧开始向大剧场发展的那个时期，即使作为一个试验的演出，也不曾有过一个剧团敢于上演一个著名难演的剧本，这是如何可慨的现实啊！我深深地确信，这种过重依赖剧本而过轻地估价演出和演技的传统，是阻碍中国话剧进步的最主要的因素，也是真真造成今日的'剧本荒'的原因。"② 就剧演而言，中国话剧一直在效仿外国："春柳社受日本影响，南国社初期仍受日本的影响，南国社后期则受西洋演技影响很深，到了'九一

---

① 《中国话剧运动五十年史料集》第二辑，中国戏剧出版社1985年版，第217页。

② 夏衍：《论上海现阶段的剧运——复于伶》，1939年5月于香港。载周靖波主编《中国现代戏剧论——建设民族戏剧之路》上卷，北京广播学院出版社2003年版，第351页。

八'前受美国电影影响很深，到'一·二八'、'一二·九'以后很快地进一步接受苏联现实主义的演剧艺术。在接受外来影响的前提下，中国演剧运动逐渐发展，其体系才逐渐建立起来。直到上海业余剧人协会上演《大雷雨》等，可说是中国新演剧艺术达到一个上升的很高阶段。《大雷雨》作为外国经典，演出需要借鉴国外的技术，而这次演出的意义在于：打破了原有的那种与现实生活相游离的技术传统，而同时能将原有的演剧技术真正和民族的民众的现实生活形式相渗透结合，运用已有的技术基础来创造现实的戏剧主题底舞台性格，将原有的技术的成就与现实生活的融合丰富发展起来。"①

很长时间以来，中国从欧美电影里所学来的演剧技术，基本上是外形的，几乎没有经过民族现实生活的渗透和消化，进而形成自己民族的演剧艺术体系。这些学到的技术是零碎的，只有形式模仿，而未有内在与外在相统一的形象或情景创造。形式模仿的技术，很难与整个格调统一，只能向着技术夸张的方向发展，如此就导致了技术的庸俗化。文明剧演技的发展正是技术过分夸张而导致庸俗化后失败的。"在'八一三'抗战爆发之前，新演剧运动的技术发展，因为没有很好地和民族底现实生活——特别是和民众的现实生活相渗透，没有广泛地向社会生活当中学习，因此是向着抽象底纯技术发展，这样就与现实生活渐渐游离起来，就产生专演外国剧的现象。"②

在国统区、上海孤岛、沦陷区和解放区，外国剧作译介传播中的演出及其理论性反思，标志着中国抗战剧运进入了一个新阶段：对现实主义创作技巧的要求提高了，对表演技术的民族化改造也要求更高了。不管是解放区为"工农兵服务"的创作和演出，还是国统区、上海孤岛、沦陷区追求商业性或公益性等目的的创作和演出，它们都在民族形式与现代形式的融合度上着力，并向着两者无痕的协调中所

① 周钢鸣：《论新中国演剧艺术底几个问题——近年演剧方法的几个特征》，1939年1月15日。载周靖波主编《中国现代戏剧论——建设民族戏剧之路》上卷，北京广播学院出版社2003年版，第327—328页。

② 同上书，第330页。

显示的现实主义方向前进。

在抗战时期，民族救亡与人民革命，构成了时代的两大主题，其中民族主义的政治诉求尤为突出。“民族主义首先是受到伤害的社会做出的反应”，其主要特征是“受伤害的文化自豪感与一种哲学和历史幻象结合在一起，试图消弭伤痛并创造一个反抗的内在中心。”[①]“民族形式”的文学创作是组成这个反抗中心的一部分，“文学”的民族主义之于民族语言、生活题材与浪漫精神理想的展望，是“保国保种”的重要组成部分之一。现实主义的民族化探讨，追求民族形式，大众化的理论与创作实践，着眼点都是文学的教育功能、传播功能和接受效果，这在某种程度上消弭了创作者“五四”以来处于精英立场上的启蒙功能。这些站在历史现实和世界前沿的精英们，该如何执笔才能使自己融入这客观历史背景之中，成了该时期探究的重大现实问题。借助外国文学的译介，回顾“五四”以来的探索历程，对历史和现实进行反思，研讨中深化现实主义理论，一时成为文坛亮点。其中，以胡风为代表的“主观论”论争，是抗战时期现实主义文学论争的重要话题之一。胡风在《时事新报》1944 年元旦增刊的文章中，曾对“五四”以来的新文艺进行总结。他认为新文艺基本上是现实主义的，因为它“总是为了反映民族解放和社会解放的要求，总是在民族解放和社会解放的血的斗争里面献出了自己的力量”。而新文艺的这种基本精神又是由于“作家底献身的意志，仁爱的胸怀，由于作家底对现实人生的真知灼见，不存一丝一毫自欺欺人的虚伪”[②]。茅盾和胡风一样，认为中国新文学“五四”以来所走的一直就是现实主义之路——文学史上关于“为人生”和“为艺术”的论争、“文艺自由”论战、“大众化”论战、“主题积极性”的强调、反“公式主义”，等等，都是围绕着现实主义之轴展开的，“都是为了现

① ［英］伯林：《反潮流：观念史论文集》，冯克利译，译林出版社 2002 年版，第 416—417 页。

② 胡风：《现实主义在今天》，《胡风评论集》中，人民文学出版社 1984 年版，第 320 页。

实主义的更正确地被把握，都是为了争取现实主义的胜利”。[①]

胡风作为中国现实主义理论家，自“五四”至抗战的纵深思考是：“新文艺底发生本是由于现实人生的解放愿望，所谓‘言之有物’的主张就是这种基本精神的反映。但说得更确切些的是，‘我的取材，多采自病态社会的不幸的人们中，意思是在揭示病苦，引起疗救的注意’（鲁迅：《我怎样做起小说来》）。这是表现了真实的历史，是内容的‘为人生’的文学。‘为人生’一方面须有‘为’人生的真诚的心愿，另一方面须得有对于被‘为’的人生的深入认识。……这种主观精神和客观真理的结合或融合，就产生了文艺底战斗的生命，我们把那叫做现实主义。”[②] 他“认为只有生活，只有题材，只有技巧，都还不是创作的全部条件。最重要的条件是作家在有了创作题材之后，还必须有作家的‘主观精神’的‘突入’、‘拥合’、‘受难’、‘发酵’、‘燃烧’、‘蒸沸’等等，即‘经过我们的精神世界的一盆圣火’之后，题材才会带有艺术的养料，艺术的凤凰才经过洗礼，才会自由的飞腾起来”[③]。如他对《北京人》的分析中指出：“通常说作家要写他所熟悉的、他所理解的题材，那原因就是我们一方面积极地要求把握现实生活的作者底主观力量，一方面也积极地要求作者多把握的现实生活底客观性缘故。”[④]

胡风认为，“作者底对于生活的锐敏的感受力正是被燃烧似的热情所推进、所培养、所升华的。没有前者，人就只会漂浮，但没有后者，人也只会匐伏而已罢”[⑤]。这与以毛泽东《在延安文艺座谈会上的讲话》和以周扬的阐释为代表的，贴近苏联官方立场的阐释不同。

---

① 茅盾：《现实主义的道路——杂谈二十年来的中国文学》，《茅盾选集》第5卷，四川文艺出版社1985年版，第298—299页。

② 胡风：《现实主义的今天》，《胡风选集》第1卷，四川人民出版社1995年版，第370页。

③ 见童庆炳等著《中国现代文学理论价值观的演变》，北京大学出版社2005年版，第158页。

④ 胡风：《论〈北京人〉》，见《胡风选集》第1卷，四川人民出版社1995年版，第171页。

⑤ 胡风：《青春的诗》，《胡风选集》第1卷，四川人民出版社1995年版，第186页。

他认为“文艺底战斗的生命”是作家从理想愿望出发对生活的深入认识“和客观真理的结合或融合”。周扬和毛泽东对苏联官方的社会主义现实主义理论的阐释是不分彼此的相互渗透，《在延安文艺座谈会上的讲话》参照了周扬译介的社会主义现实主义理论，同时《讲话》发表后，周扬又是《讲话》的权威阐释者，发展和升华了《讲话》内容。《讲话》后，周扬组织编辑了《马克思主义与文艺》一书，1944年5月由解放出版社出版，短短几年时间内多次再版。此书以马克思主义的文学思想为题，分为“一、意识形态的文艺；二、文艺的特质；三、文艺与阶级；四、无产阶级文艺；五、作家与批评家”五辑，每辑收录了马、恩、列、斯、毛关于文学问题的相关论述。“周扬这样做，一方面用毛泽东文艺思想来说明马克思主义的文艺观点，另一方面又用马克思主义的文艺观点来证实毛泽东的文艺思想，把毛泽东的文艺思想纳入马克思主义文艺思想的体系中去，无疑把毛泽东文艺思想学理化了，并大大提高了《在延安文艺座谈会上的讲话》的地位。”① 周扬在此书的序言中说：“毛泽东同志讲话的中心是，文艺从群众中来，必须到群众中去。他的更大贡献是最正确最完全地解决了文艺如何到群众中去的问题。”② 周扬分析指出：“劳动分工是社会发展必由之路，造成了社会生产力的伟大进步，它大大发展了人类的文化，但却是以牺牲广大劳动群众的精神生活为代价。这是一笔很高昂的代价。分工所加于劳动群众的生命力和创造力的损害是不可计量的。”③ 因此，历史和现实的需求都急需让文艺重新回到群众中去。除政治层面的意义外，这些观点一直处于民族性和人民性的高度来阐释社会主义现实主义文学的任务与创作目的。尽管，这种急切的功利心态与对现实主义创作论本身进行阐释的胡风论产生了冲突，但二者在关注当时现实中国人民的情感需求和民族传统方面却是

① 童庆炳等著：《中国现代文学理论价值观的演变》，北京大学出版社2005年版，第167页。

② 周扬：《马克思主义与文艺·序言》，《周扬文集》，中国社会科学出版社2002年版，第48页。

③ 同上书，第50页。

一致的，他们采取的方式不一样，而情感出发点和态度是一样的。他们选择接受社会主义现实主义理论的心理准备是相同的。“这包括三方面的内涵：一是以五四精神为代表的自由开放的胸襟，对外来文化基本持兼容的态度；二是对俄苏文学的熟悉和感情上的认同，加上对马克思主义的接受和民族救亡的迫切感，富浓厚的革命浪漫主义色彩和强调文学的社会功能性（人民性与倾向性）的社会主义现实主义，容易引起读者的共鸣；三是以突出文学与现实之间的密切关系的现实主义，可以说是现代文学发展的一个必然选择，因为无论从文学目的或传统审美趣味来看，强调真实性和典型性的现实主义创作方法，必然比分别强调个人抒发和象征意义的浪漫主义和现代主义更能与新文学的‘为人生’前提融合起来。”① 这样的接受心理使社会主义现实主义在解放区的《讲话》后，确立了文艺的“工农兵方向”和“社会主义的现实主义”创作方法，并随着共产党政治力量的增强，逐渐获得了主旋律地位，进而占据中国现当代文学三十余年。然而，社会主义现实主义的阐释在1955年“胡风案”后，就一直在逻辑意义上演绎毛泽东思想。②

第二节　外国剧作译介的战前迁延与战时沉淀
——以《玩偶之家》为例

中国现实主义理论的发生，与外国具有思想启蒙意义的现实主义

---

① 陈顺馨：《社会主义现实主义理论在中国的接受与转化》，安徽教育出版社2000年版，第13页。

② 胡风认为：“因为实践的生活立场保证了接近思想内容的可能，从这立场所养成的精神状态保证了反抗旧的美学影响和接近新的美学影响的可能。一个真正懂得活的人生的实际斗争者，或积极生活者，他对于文学作品的意见有时要比只是拎着僵硬的政治概念或抽象的文艺理论的‘批评家’要好得多，原因就在这里。”（胡风：《人生·文艺·文艺批评》，《群众》1944年第10卷第1期，参见《逆流的日子》，载《胡风文集》，希望杂志社1945年版，第417页；或《胡风评论集》下，人民文学出版社1984年版，第33页）胡风依据生活实践与体验的创作观，基于归纳逻辑上的主观能动性的现实主义阐释，本应赋予中国现实主义发展充满活力的理念，却不幸遭到批判。

文学译介有直接关系。被译介的作品，对中国接受者产生的影响更多来自思想方面。中国接受易卜生的社会问题剧，择取的是其对社会问题的现实主义视角。在中国，易卜生更多意义上是一位精神领袖，而不是一位现实主义文学艺术家。针对中国现实主义文学与思想启蒙的关联，王嘉良认为："思想启蒙是20世纪中国知识分子的普遍心态，现实主义是20世纪中国文学的主潮，于是，'思想启蒙'和'现实主义'的结合便是一种历史的宿命。中国新文学作家最初从思想启蒙的层面接受现实主义，后来又以现实主义的理论和创作进行思想启蒙，于是，'思想启蒙'型现实主义文学思潮及与之对应的文学创作在中国新文学中就是一种毋庸置疑的存在，而且它几乎时显时隐地贯穿了整个20世纪中国文学。"①

作为中国现实主义原发性来源的易卜生社会问题剧，在中国的接受性创造和历史性误读，对于考察抗战前后外国剧作译介阐释的迁延与沉淀，具有典型的个案特征。《玩偶之家》作为易卜生社会问题剧的代表作，在思想启蒙层面所引发的现实社会问题论争，始终贯穿于"五四"至抗战的新文学历程。可以说，正是因为娜拉问题讨论引发的思想革命，使中国读者和观众热衷于《玩偶之家》，进而在其接受阐释的迁延中形成一套话语体系，折射了战前外国剧作译介接受伴随历史情状的嬗变历程。

一、易卜生剧作的写实主义阐释

对易卜生的最早评价出自鲁迅的《文化偏至论》："据其所信、力抗时俗"，"以更革为生命，多力善斗，即迕万众不慑之强者也。"②在此之后，1914年，在《俳优杂志》上发表了陆镜若的《伊蒲生之剧》，称易卜生为"莎翁之劲敌"，"剧界革命之健将"，"其文章魄力，亦足以惊人传世"。同年，春柳社翻译并上演《玩偶之家》。

① 王嘉良：《中国新文学现实主义形态论》，文化艺术出版社2002年版，第1—2页。

② 鲁迅：《文化偏至论》，《河南》第2号、第3号，1908年2月和3月。见《坟·文化偏至论》，《鲁迅全集》第1卷，人民文学出版社2005年版，第56页。

1918年6月15日，新文化运动的主要刊物《新青年》，首先有计划地介绍易卜生及其剧作，特设《易卜生专号》。除了介绍他的生平和思想外，还刊载他的剧本译作《娜拉》等。随后《新潮》、《戏剧》也都相继刊载他的剧本译作。1921年，潘家洵翻译的《易卜生集》出版发行。“配合了五四社会改革的需要，易卜生在当时的社会里，就引起了巨大的波澜。”①

易卜生的戏剧创作通常分为四个时期②，在易卜生的“二十八出戏中，最足代表伊卜生主义者，亦就是这第三时期。最可使人念念不忘的，亦就是那几个社会剧。这几出戏，大多取材于‘文明中习惯的骗局’，采用一种破坏的攻击的态度，用一种极明显，即有形的表现技术”③。“那几个社会剧”指《青年同盟》、《社会支柱》、《人民公敌》、《玩偶之家》等。

易卜生不是作为文学艺术家被译介，而是作为“五四”运动、“新文化运动”的精神领袖之一出场的。茅盾曾在评价《玩偶之家》时，介绍了易剧译介状况与“新文化运动”的渊源。他说：“易卜生和我国近年来震动全国的‘新文化运动’是有一种非同等闲的关系，六七年前，《新青年》出‘易卜生专号’，曾把这位北欧大文学家作为文学革命、妇女解放、反抗传统思想……等等新运动的象征。那时候易卜生，这个名儿萦绕于青年的胸中，传述于青年的口头，不亚于今日之下的马克思和列宁。总而言之，易卜生在中国是经过一次大吹

---

① 阿英：《易卜生的作品在中国》，《阿英文集》，生活·读书·新知三联书店1981年版，第741页。

② 张嘉铸：《易卜生的思想》，《新月》第1卷第3期，1928年5月10日。他将易卜生的二十八部戏剧分为四个时期：（一）1850—1856——*Cmilina*（《凯蒂琳》）至 *The Feasat Sonug*（《苏尔格伦的宴会》）可称为尝试时期。（二）1858—1867——*The Vikingsat Helgeland*（《海尔格伦的海盗》）至 *Peer Gvnt*（《培尔·金特》），可称为浪漫时期。（三）1869—1884——*The League of Youth*（《青年同盟》）至 *The Wild Duck*（《野鸭》），可称为社会的时期。（四）1886—1900——Rosmersholm（《罗斯莫庄》）至 *When we Dead Awaken*（《咱们死人醒来的时候》，可称为个人的时期。

③ 张嘉铸：《易卜生的思想》，《新月》第1卷第3期，1928年5月10日。

大擂的介绍的。"①《新青年》的"易卜生专号"，在新文学之初，作为易卜生剧作译介的阵地，较大范围地掀起了易卜生热，出现了"写实主义"文学思潮。胡适把易卜生剧作分析与"写实主义"理论阐释相结合而作的《易卜生主义》，直接导致了新文学"写实主义"文学思潮的兴起。

萧乾对易卜生剧译介所产生的思想革命的分析很准确，他说："易卜生在中国与其说被视为一个戏剧家，还不如说被当成一个外科医生。十年间，他几乎被中国知识分子顶礼膜拜。并不是我们选择他，而是当文学革命发起时，他表达了中国年轻一辈的心声。中国当时完全是如此地病入膏肓，需要一位勇敢的医生，能够痛下针砭。那时对我们来说，易卜生以最猛烈地反对偶像崇拜的形象出现了。当我们发现一个剧作家居然激励妻子们逃离自私但是合法的丈夫，还创造出一个公然反抗整个城镇一致同意的裁决的狂热医生作为英雄，这对我们的影响之大是西方人难以想象的。起自黄帝时代的社会习俗受到了挑战，个人开始维护他们独立思考与行动的权利，中国，这个在亘古未变的山谷中沉睡的巨人，突然从一个使人苦闷的梦魇中惊醒了。"② 易卜生被当成外科医生，是因为其针砭社会弊病的锐利就像一把手术刀或一副猛药，中国人拿它挖掘自己的病根、治疗自己的思想疾病，使自己获得行动的力量。这种锐利手法，虽被冠以"写实主义"之称，而中国接受主体却对其产生的思想文化革命更感兴趣，它远远大于"写实主义""这把刀"或"这副药"本身的特质。熊佛西对20世纪30年代前的易卜生剧作接受的评论，直接从易卜生写实主义携带的思想革命出发，他说："我们知道易卜生，因为他鼓吹妇女解放。我们认识易卜生，因为他主张社会改造。我们同情易卜生，因为他反对因袭腐化虚伪狡诈。我们仰慕他，因为他提倡个人主

---

① 沈雁冰（茅盾）：《谭谭〈傀儡之家〉》，《文学周报》第176期，1925年6月7日，第38页。

② 萧乾：《易卜生在中国——中国人对萧伯纳的困扰》，此文原为英文稿，载 *The Dragon Beards Versus the Blueprints*（《龙须与蓝图》），London：Pilot Press，1944）。傅光明所译中文，见《萧乾全集》第6卷，湖北人民出版社2005年版，第227页。

义。……他的思想应用于我国近十年来的社会真是一个吗啡针，真是一剂清凉散。”[①]

注重思想革命的“写实主义”，把思想启蒙作为创作宗旨，而“写实主义”艺术的根本却是真实性。这使得中国新文学现实主义运动一开始就表现出重训诫、轻真实的倾向。实际上，五四文学“为人生”的主张，所强调的启蒙、革命功能与传统文学的社会教化功能并无二致。而新文学家坚信，写实与开药方性质的启蒙功能是批判性的建构，认为写实主义与传统文学的“载道”截然不同。而事实上，客观再现中“就蕴含或者隐藏着说教……在描写与开出药方、真实与训诫之间存在着一种张力，这种张力不能在逻辑上加以解决”[②]。逻辑上无法调和的现实主义思想革命功能和现实主义本身的艺术手法，使中国现实主义从发生之初就隐藏着危机，使中国的现实主义文学思想的发展一直面临着自我消解的危机。

“在作家、作品和读者的三角关系中，后者并不是被动的因素，不是单纯地作出反应的环节，它本身便是一种创造历史的力量。”[③]以《玩偶之家》为代表的“社会问题剧”在中国所形成的“创造历史的力量”表现为，因为易卜生社会问题剧所包含的个性启蒙与社会解放的“兴奋作用”，使其成为中国早期现实主义——写实主义理论原发性来源。易卜生剧强调个性独立与尊严的主体意识唤醒了中国启蒙主义者，他们在探寻社会变革的征途中，立足于阶级斗争和民族斗争的社会现实，不断生发着这原初的思想内涵。因此，相伴着中国现实问题的环生，中国接受的易卜生问题剧所蕴含的现实主义思想不断衍生着新的内涵。

---

① 熊佛西：《社会改革家的易卜生与戏剧家的易卜生》，《佛西论剧》，新月书店 1931 年版。

② ［美］韦勒克：《批评的概念》，张金言译，中国美术学院出版社 1999 年版，第 232—233 页。

③ 尧斯语。转引自朱立元主编《西方现代美学史》，上海文艺出版社 1996 年版，第 908 页。

二、《玩偶之家》的写实主义阐释

在中国，从“五四”至抗战，易卜生剧作译本最多、演出最频繁、刊载量最大的是《玩偶之家》，评论与争议最多的也是《玩偶之家》。《玩偶之家》在易卜生剧的中国译介过程中，逐渐成为热点，成为易卜生剧的代名词。1919 年《晨报》称易卜生戏剧“专写实境，不为虚想”，并认为《玩偶之家》“为近世妇人问题之解决作先导也”[①]。1920 年 7 月，陈望道在《妻的教育》中，针对女子教育指导思想阐述《傀儡家庭》说：“男子是人，女子也是人，谁配拿模型去铸造女子，而且铸造适于男子的女子呢?”[②] 1920 年《妇女杂志》第 6 卷第 10 号上发表了瑟庐的《近代思想家的性欲观与恋爱观》，专设“易卜生的社会剧”一栏。1922 年 10 月，《妇女杂志》第 8 卷第 4 号把朔一的《易卜生名剧“娜拉”本事》与“离婚问题号”放在一起。《玩偶之家》的主人公娜拉一时成了“革命的天使”、“社会的警钟”，人们追逐的“社会时尚”[③]。朱自清在对新文学作初步总结时，“戏剧”一章专设“易卜生问题戏的介绍”一节，列出“a《易卜生主义》，b 娜拉”，并把胡适的《终身大事》视为“《娜拉》极笨拙的仿本”[④]。由此可见，《玩偶之家》对中国“五四”新文化运动和现代文学史影响深远。

抗战时期，易卜生剧的译介主要限于再版和重印，几乎都是以文集或单行本的方式发行。孙熙初译的《社会栋梁》、《野鸭》、《海妲》1938 年由长沙的商务印书馆出版，归于“世界文学名著”系列，是对商务印书馆早期《易卜生集》（潘家洵译，胡适校）的补充。1937 年上海启明书局发行了沈佩秋译的《娜拉》，上海金星书屋 1941 年出

---

① 佚名：《易卜生之戏剧》，《晨报》第 7 版，1919 年 8 月 26—29 日。

② 陈望道：《妻的教育》，原载 1920 年 7 月 29 日《民国日报·觉悟》，署名 V. D.，载《陈望道全集》第 1 卷，上海人民出版社 1979 年版，第 13—14 页。

③ 陆文采：《时代女性论稿》，沈阳出版社 1993 年版，第 202 页。

④ 朱自清：《中国新文学研究纲要》，载《朱自清全集》第 8 卷，江苏教育出版社 1993 年版，第 115 页。

版了芳信译的《傀儡家庭》与石灵译的《鹰革尔夫人》（即《厄斯特罗特的英格夫人》，均收载于《易卜生戏剧全集》）。石灵译的《鲍志远》（《博克曼》）1939 年载于《文艺新潮》第 1 卷第 8 期，1940 年 2 月由上海文艺新潮出版社再版，列于“文艺新潮小丛书”第 1 辑第 5 卷。1943 年重庆建国书店出版了马耳（叶君健）翻译的《总建筑师》。1945 年重庆文治出版社出版了邬侣梅译的《赫尔夫人传》（《海达·高布乐》）。1940 年上海大东书局再次出版《易卜生评传及其情书》，在此之前关于易卜生的评论有袁振英编的《易卜生传》，刘大杰著的《易卜生研究》和《易卜生》。①

抗战时期，虽然易卜生剧的译介面已拓展到社会问题剧之外，但易卜生研究却没有出现新论，《玩偶之家》又有了芳信新译本，以及沈佩秋作为“世界戏剧名著”译本的再版，《玩偶之家》的易剧地位不变。

从“五四”时期胡适的《易卜生主义》到 20 年代鲁迅的《娜拉出走后怎么办》，再到 30 年代茅盾针对“娜拉事件”写的《〈娜拉〉的纠纷》，以及 40 年代郭沫若的《娜拉的答案》，我们会发现《玩偶之家》始自《易卜生主义》的“中国化”之旅，即随中国现实问题变迁而生的接受阐释迁延。在中国，不存在“娜拉”出走应不应该的问题，而是存在着“出走后”的问题，《玩偶之家》的中国接受语境变为“娜拉”生存于其中的社会语境。对“走后怎么办”的答案追寻，终结于 1942 年郭沫若的《娜拉的答案》。中国的娜拉就是秋瑾，秋瑾作为历史人物，用她的一生给出了娜拉出走和出走后的一切答案。此答案在以后较长的时期里几乎成了定论，至此《玩偶之家》、易卜生剧就定格于一种话语，即完成式的接受沉淀。

立足于抗战时期的定论，回溯中国现实主义原初，我们发现：中国现实主义思想的发展正是胡适“易卜生主义”的发展。《玩偶之家》作为易卜生问题剧的典型个案，其主人公娜拉作为一个阐释符号，渐次解答中国现实问题的中国化历程，体现了战前外国剧作接受

① 参见英溪《三四十年代的易卜生翻译》，《中国现代文学研究丛刊》2003 年第 3 期。

阐释的迁延性。

三、战前《玩偶之家》接受阐释的迁延

在20世纪初中国新文化运动期间，“中国文化知识界痛感中国现实问题重重，亟须从思想、文化、文学、科学等方面进行思考，加以解决，于是，对易卜生作品提出的社会、家庭和妇女解放等问题有一种不可遏制的认同欲”。[①] 胡适应时而作的《易卜生主义》，与易卜生剧获得了同样的认同度，对后来的易卜生剧和写实主义理论产生了很大影响。在后来现代文学的发展中，“易卜生主义”不断发展，除了少量提及易卜生艺术成就方面的补充批评外，不存在胡适写实主义理论的质疑，而是沿着这一思路，不断拿易卜生剧的问题观照中国现实问题，从而进行再阐释、再创作，寻找问题答案，解决问题，同时也为国家和民族的未来勾画蓝图。

胡适的《易卜生主义》分为六部分。第一部分，他分析了易卜生的“写实主义”。他说：“易卜生的文学，易卜生的人生观，只是一个写实主义”，“人生的大病根在于不肯睁开眼睛来看世间的真实现状。明明是男盗女娼的社会，我们偏说是圣贤礼义之邦；明明是脏官污宦的政治，我们偏要歌功颂德；明明是不可救药的大病，我们偏说一点病都没有！却不知道：若要病好，须先认有病；若要政治好，须先认现今的政治实在不好；若要改良社会，须先知道现今的社会实在是男盗女娼的社会！易卜生的长处，只在他肯说老实话，只在他能把社会种种腐败龌龊的实在情形写出来叫大家仔细看”。易卜生剧作涉及的家庭问题，法律、宗教和道德问题，个人与社会的关系，以及易卜生的政治主义，是中国接受阐释的兴奋点。“易卜生所写的家庭有四大恶德：一是自私自利，二是依赖性，奴隶性，三是假道德，装腔作戏，四是懦怯没有胆子。做丈夫的便是自私自利的代表。他要快乐，要安逸，还要体面，所以他要娶一个妻子。正如娜拉戏中的郝尔茂，

---

① 邵锦娣：《〈伤逝〉与〈玩偶之家〉：映照中的阐发》，载王宁、孙建编《易卜生与中国》，天津人民出版社2004年版，第242页。

他觉得同他妻子有爱情是很好玩的。娜拉不过是丈夫的玩意儿，很像叫花子的猴子替他编把戏引人开心的。”胡适引用娜拉与丈夫讨论的法律和道德、宗教问题，来解读易卜生思想：“法律是死板板的条文，不通人情世故”；宗教“久已失了那种感化人的能力，久已变成毫无生气的仪节信条”；“社会上所谓‘道德’不过是许多陈腐的旧习惯。合于社会习惯的，便是道德，不合于社会习惯的，便是不道德”。最后，胡适总结道：“易卜生的人生观只是一个写实主义。”“易卜生把家庭社会的实在情形都写了出来，叫人看了动心，叫人看了觉得我们的家庭社会原来是如此黑暗腐败，叫人看了觉得家庭社会不得不维新革命——这就是易卜生主义。”①

《易卜生主义》的易剧解读，主要指向《玩偶之家》中的家庭、法律、宗教、道德、政治思想。其中的“写实主义”人生观和文学观，就是开“脉案”，不开药方。但是，却要“救出自己”，拥有“自由意志”，能承担责任。娜拉正是因为“不许她有自由意志，又不许她担负家庭责任”②，她才因为要求做一个人而出走。胡适看重娜拉精神的觉醒，即个人意志和对自己负责的自我意识。全文题旨是借助对易卜生剧的阐释，呼唤拥有自由意志和责任意识的“维新革命”者。这正是写实主义、早期现实主义的思想内涵，其思想方法是“睁开眼睛来看世间的真实现状”。“睁开眼睛来看世间的真实现状”是较表层的观察行为，不成其为深刻的洞见或理性的反思，这使现实主义在话剧艺术这个层面表现为现实教育。正如洪深所说：“现代话剧的重要，有价值，就是因为有主义。对于事故人情的了解与批评，对于人生的哲学，对于现实的攻击或赞成，——凡是好的剧本，总是能教导人的。”③ 他认为胡适的《易卜生主义》“是要把戏剧当做传播思想、组织社会、改善人生的工具”④。

---

① 胡适：《易卜生主义》，《新青年》第4卷第6期，1918年6月。

② 同上。

③ 洪深：《从中国的新戏说到话剧》，《现代戏剧》第1卷第1期，1929年5月。

④ 洪深：《中国新文学大系·戏剧集·导言》，上海良友图书公司1935年版，第20页。

胡适不仅仅从理论层面借易剧阐释倡导写实主义，他还亲自执笔创作写实主义话剧。向培良认为他当时创作的《终身大事》“不过是《娜拉》的一个极笨拙的仿效罢了”，“田女士不过是一个极笨拙的没有生命的傀儡”①。模仿之所以显得笨拙，是因为他只汲取了易卜生剧作的思想性，却舍弃了艺术技巧。

胡适留美期间接受了杜威的实用哲学，形成民主主义思想和社会改良的政治观。他通过东西文化对比，发现麻木沉睡的中国人需要兴奋剂。易卜生“专研究社会的种种问题”的问题剧，引起了他的注意，尤为看重易卜生的怀疑精神和叛逆品格，要求引进易卜生戏剧来医治“不肯睁开眼睛来看世间的真实现状”的中国人。但他的“维新革命”并不是用革命的手段“根本解决”社会问题。他曾提出“五鬼乱中华”说，认为中国当时要解决的问题，不是“资本主义”、“帝国主义”，也不是“封建势力”，而是贫穷、疾痛、愚昧、贪污、扰乱这“五大恶魔”②。清除这些“恶魔”，首先靠的是唤醒众人的个人意志和责任感，他在《易卜生主义》中说：“社会国家的健康全靠社会中有许多永不知足，永不满意，时刻与罪恶分子龌龊分子宣战的白血球，方能有改良的希望”。这个观点正契合作者的创作意图。易卜生曾在致勃兰兑斯函中说：“我首先希望你具有真正强烈的自我主义，这种自我主义一时会促使你把同你自己有关的东西看成是唯一有价值和重要的东西，而把其他一切当作是不存在的东西。不要把这个看作是我的兽性的一种表露，要对社会有益，最好的办法就是发展自己的本质。”③ 恩格斯也肯定其自我主义的社会意义，他对易卜生戏剧的评价是：“在这个世界里，人们还有自己的性格以及首创的和独立的精神。”④ 实际上，易卜生注重个性塑造和灵魂真相开掘的现实

---

① 向培良：《中国戏剧概评》，上海泰东书局1928年版，第32页。

② 胡适：《我们走那条路》，《新月》第2卷第10期。

③ 转引自卢卡斯《易卜生的性格》，崔思淦译，载高中甫编《易卜生评论集》，外语教学与研究出版社1982年版，第356页。

④ 恩格斯：《致保尔·恩斯特》，载高中甫编《易卜生评论集》，外语教学与研究出版社1982年版，第8页。

主义戏剧是："培育人的个性，使之更加坚强、更加纯洁，在这一点上它超越了时代的限制。它用钢铁一般的手掌抓住每一个人，迫使他对客观世界和自己的内心世界进行清算，认真权衡权利和任务的比重。它使人面对面地看清自己的行为、意志和愿望，以及自己的热情和梦想。它把一个人的最隐秘的、甚至是对自己都要遮掩的东西，从他的意识深处展露出来，而且决不容许人们再行支吾逃遁，也决不容许为自己开脱辩解。"① 该论述是对易卜生现实主义创作艺术效果的认识，深得易卜生精髓的勃兰兑斯则叹服易卜生的创作艺术手法。他说："他替我们剖露主角的灵魂真相，比任何别的近代作家还深刻，而剖露方法，又极其自然，不借用牵强的手段。这种技术是新的；没有一人独诵的道白，没有在台旁说明的辞语；我们须用精神，才能理会剧中事物的关联，如在实际生活一样。"② 这里的精神，不是主题思想，而是现实主义艺术精神。鲁迅虽然也曾意识到这种艺术精神的宝贵，但并没有使其成为中国接受主体阐释的中心。

鲁迅早期对易剧评价是："其所著书，往往反社会民主之倾向，精力旁注，则无间习惯信仰道德，苟有拘于虚而偏至者，无不加之抵排。更睹近世人生，每托平等之名，实乃愈趋于恶浊，庸凡凉薄，日益以深，顽愚之道行，伪诈之势逞，而气宇品性，卓尔不群之士，乃反穷于草莽，辱于泥涂，个性之尊严，人类之价值，将咸归于无有，则常为慷慨激昂而不能自已也。"③ 针对中国"趋于恶浊，庸凡凉薄，顽愚之道行，伪诈之势逞"的现实，鲁迅非常赞赏易卜生剧作的人物形象塑造，他说："伊孛生之所描写，则以更革为生命，多力善斗，即迕万众不慑之强者也。"对于疲软不振的国民来说，"迕万众不慑之强者"无疑是强心针，他们也正是胡适之前提到的"维新革命

① 蔡特金编：《蔡特金文学评论集》，付惟慈译，人民文学出版社 1978 年版，第 11—12 页。

② ［丹麦］勃兰兑斯：《易卜生评传及其情书》，林语堂译，春潮书局 1929 年版，第 3—4 页。

③ 《坟·文化偏至论》，载《鲁迅全集》第 1 卷，人民文学出版社 2005 年版，第 52—53 页。

者”。但他通过《玩偶之家》中娜拉这个人物戏外的思考，深化了原有的“易卜生主义”和写实主义，即中国现实与外国作品接受阐释的高度融合。

1923年5月，北京女子高等师范学校（以下简称女高师）公演《娜拉》（《玩偶之家》的又一译名）失败，5月11日、12日、13日、16日、17日、18日的《晨报副刊》相继刊载了关于演出失败的评论，或归咎于观众素质，或归因于演员、剧场条件和舞台设计。女高师的《娜拉》公演，一时成了该校和社会上争论的焦点。这些议论把学生、知识界和剧作人对《玩偶之家》引向更为深入的社会思考。《娜拉》全体演员是女高师的女学生，她们自身与角色实现了合一，从舞台走向校园，走出校外，也走进了她们难以安顿的内心。基于此，1923年12月26日，鲁迅在北京女子高等师范学校以“娜拉走后怎样”为题进行了演讲。他说：“娜拉走后怎样？……但从事理上推想起来，娜拉或者也实在只有两条路：不是堕落，就是回来。”因为“她除了觉醒的心以外，还带了什么去？倘只有一条像诸君一样的紫红的绒绳的围巾，那可是无论宽到二尺或三尺，也完全是不中用，提包里有准备，直白地说，就是要有钱”。“为娜拉计，钱，——高雅的说罢，就是经济，是最要紧的了。自由固不是钱所能买到的，但能够为钱而卖掉。”“因为人常常饥饿，为了补救这缺点起见，为准备不做傀儡，在目下的社会里，经济权就见得最要紧了。第一，在家应该先获得男女平均的分配；第二，在社会应该获得男女相等的势力。可惜我不知道这权柄如何取得，但知道仍然要战斗；或者也许比要求参政权更要用剧烈的战斗。”“其实，在现在，一个娜拉的出走，或者也许不至于感到困难的，因为这人物很特别，举动也新鲜，能得到若干人们的同情，帮助着生活。生活在人们的同情之下，已经是不自由了，然而倘有一百个娜拉出走，便连同情也减少，有一千一万个出走，就得到厌恶了，断不如自己握着经济权之为可靠。”“在经济方面得到自由，就不是傀儡了么？也还是傀儡。无非被人所牵的事可以减少，而自己能牵的傀儡可以增多罢了。因为在现在的社会里，不但女人常作男人的傀儡，就是男人和男人，女人和女人，也相互地作傀儡，男人也常作女人的傀儡，这决不是几个女人取得经济权所能救的。”当然，“如果经济制度竟改革了，那上文当然完全是废话”①。

鲁迅在演讲中，不仅把“娜拉”拉出戏外，拉到未来，而且还拉到了中国。娜拉的问题变成了女权问题和革命斗争问题，不再是戏中的挪威妇女问题而是世界妇女问题，更主要的是中国问题，听众们的问题。鲁迅完全将《玩偶之家》的文学性和剧场性评析转化为社会性解读——为妇女的经济权而战斗，为没有经济权的人争得经济权。对《玩偶之家》作如此思想延伸，使胡适诠释的“写实主义”思想发展成为现实而斗争的革命思想，即对现在的不合理、不平等的制度展开斗争，为了未来的“不堕落”与“不屈服”而抗争。鲁迅说：“在真的解放之前，是战斗。但我并非说，女人应该和男人一样的拿枪，或者只给自己的孩子吸一只奶，而使男子去负担那一半。我只以为应该不自苟安于目前暂时的位置，而不断的为解放思想，经济等等而战斗。解放了社会，也就解放了自己。但自然，单为了现存的惟妇女所独有的桎梏而斗争，也还是必要的。”②

即使对《玩偶之家》做如此富有革命斗争性的解读，也并未影响鲁迅对易卜生现实主义艺术的认同，他并没有将易卜生定格于“社会改革家”。他说：“（娜拉）走了以后怎样，伊孛生并无解答；而且他已经死了。即使不死，他也不负解答的责任。因为伊孛生是在作诗，不是为社会提出问题来而且代为解答。就如黄莺一样，因为他自己要歌唱，所以他歌唱，不是要唱给人们听得有趣，有益。”③ 鲁迅充分肯定易卜生的艺术精神，但他却要“拿来”易卜生的《玩偶之家》

---

① 《坟·娜拉走后怎样》，载《鲁迅全集》第1卷，人民文学出版社2005年版，第166—170页。本篇最初发表于1924年北京女子高等师范学校《文艺会刊》第6期，曾署“陆学仁、何肇葆笔记”。同年8月1日上海《妇女杂志》第10卷第8号转载时，篇末有该杂志的编者附记：“这篇是鲁迅先生在北京女子高等师范学校的讲演稿，曾经刊载该校出版《文艺会刊》的第6期。”

② 鲁迅：《南腔北调集·关于妇女解放》，载《鲁迅全集》第4卷，人民文学出版社2005年版，第615页。

③ 《坟·娜拉走后怎样》，载《鲁迅全集》第1卷，人民文学出版社2005年版，第166页。

和他的社会问题剧，在中国妇女问题和国民性问题上激扬文字，他说："中国人向来有点自大。——只可惜没有'个人的自大'，都是'合群的爱国的自大'。这便是文化竞争失败之后，不能再见振拔改进的原因。""'个人的自大'，就是独异，是对庸众宣战。……他们必定自已觉得思想见识高出庸众之上，又为庸众所不懂，所以愤世嫉俗，渐渐变成厌世家，或'国民之敌'（易卜生剧《国民公敌》）。但一切新思想，多从他们出来，政治上宗教上道德上的改革，也从他们发端。所以多有这'个人的自大'的国民，真是多福气！多幸运！"[①] 鲁迅召唤"个人自大"的国民，相信一切新思想、新改革定会"从他们发端"。由此看来，鲁迅的易剧中国化改造，是借易卜生的"个人主义"思想，来启蒙大众，造就独战庸众的革命战士。

1928 年，鲁迅在《语丝》上分析了易剧在中国的译介选择："何以大家偏要选出 Ibsen 来呢？……因为要建设西洋式的新剧，要高扬戏剧到真的文学的地位，要以白话来兴散文剧。还有，事已亟矣，便只好以实例来刺激天下读书人的直觉；这自然是确当的。但我想，还因为 Ibsen 敢于攻击社会，敢于独战多数。那时的绍介，恐怕颇有以孤军而被包围于旧营垒中之感觉罢了……"[②] 鲁迅认为中国易剧译介接受在于：就戏剧言之，旨在建设新的戏剧，散文戏剧；就文学而言，则是为了真的文学和白话文学；就思想性和艺术性来讲，则是"以实例来刺激天下读书人的直觉"。他择其要义，单就"刺激性"来做文章，拿中国实例来"刺激天下读书人的直觉"，"真的文学"、"白话文学"、"新剧"也就被置于启蒙意旨的附属地位。

在《易卜生主义》和《娜拉走后怎样》的易剧阐释中，写实主义艺术与社会解放话语的趋近：胡适赋予"易卜生主义"的写实功效——改良，鲁迅则倾注易剧形象以社会斗争的期待。当人生自救与

① 鲁迅：《热风·随感录三十八》，载《鲁迅全集》第 1 卷，人民文学出版社 2005 年版，第 327 页。本篇最初发表于 1918 年 11 月 15 日《新青年》第 5 卷第 5 号，署名迅。

② 《集外集·〈奔流〉编校记后三》，载《鲁迅全集》第 7 卷，人民文学出版社 2005 年版，第 171 页。

社会变革作为新文学话语建构的宗旨时，“解放”的言说就担负起了人生信仰和社会使命的职责，被赋予了进步文化和世界观的特权。

20世纪30年代，《玩偶之家》的开放性讨论渐受新写实主义的政治干预性解读。1934年初，国民党政府推行新生活运动，提倡“中华民国固有之德性——礼义廉耻”。《国闻周报》3月19日发表署名“鋗冰”的文章，批评鲁迅当年在“娜拉走后怎样”中对经济权的鼓吹，提出“仍要中国式的家庭的幸福”①，再次兴起“娜拉走后怎样?”问题讨论的热潮，进而出现戏剧界的“娜拉热”。

1935年初的“娜拉事件”使“娜拉热”极度升温。南京的磨风剧社公演了易卜生的《娜拉》，剧中娜拉由南京的一位小学教师王光珍女士主演，另有三位女学生扮演其他角色。校方以“行为浪漫”为由，将她们解职开除。事情一时闹得得沸沸扬扬，茅盾为此撰文《〈娜拉〉的纠纷》，文中说：“现在似乎更加弄明白些了，单单是不靠男子来养活，还不够提高妇女的社会地位，还有比纯粹的经济问题更中心的问题在那边呢！演几次《娜拉》，不会将那更中心的问题解决了的。何况那出走的‘娜拉’实在自己也不明白跑出了那‘傀儡家庭’以后该到哪里去。不过现在的兴中门小学校长之类委实是神经衰弱，见了一点点就会大惊小怪，所以扮演‘娜拉’的王光珍女士还是敲破了饭碗，而其他三位女子受了开除。于是乎应该不会惹祸的‘娜拉’在民国二十四年的开头就惹了一次祸。”②

针对“娜拉事件”，茅盾以嘲讽的笔触，挞伐了校长拿“浪漫”做文章的政治行径。茅盾认为“娜拉事件”是文化问题的政治斗争。因此，出于斗争需要，中国左翼戏剧家联盟（剧联）决定《娜拉》在全国公演，年初的事件带来了1935年的“娜拉年”。1935年，全国各大剧团纷纷公演了《娜拉》，当时有报刊在消息中称：“今年可以说是娜拉年，各地上演该剧的记录六千数十起。”③

① 鋗冰：《娜拉走后究竟怎样》，《国闻周报》第11卷第11期，1934年3月19日。

② 微明（茅盾）：《〈娜拉〉的纠纷》，《漫画生活》第7期，1935年3月20日。

③ 《娜拉大走鸿运》，《申报》1935年6月21日。

如果说，鲁迅《娜拉走后怎样》有意将娜拉拉出戏外，拉到中国，与戏外人联系在一起，启发读书人思考自己的人生，对未来采取行动的话，那么这次“娜拉事件”中戏内人和戏外人就完全不分彼此了。《玩偶之家》中的娜拉，娜拉角色与演员，对象化为现实生活中的人，对演员的惩罚等同于娜拉惩罚，对中国新青年偶像的惩戒。这是开历史倒车，阻碍中国新文化运动的发展。表面看起来，是“銷冰”与鲁迅观点的对立，兴中门小学校长与王光珍师生的对抗；而实际上，事件的背后也就是两种势力、两个阶级和两个政党的文化斗争。剧联兴起的“娜拉年”，意味着“娜拉”的胜利、新思想的胜利和共产党领导的左翼文化的胜利。至此，中国现实主义戏剧或现实主义文学，中国现实主义文学艺术，已经完全陷入阶级斗争和政治斗争的旋涡，作品与生活、艺术与现实的距离正趋于零。出走后的娜拉，“还有比纯粹的经济问题更中心的问题在那边呢!”“那边”是一个比“经济”更中心的势力问题，即政治问题，同时“那边”是一个与“这边”对立分明的立场问题。至此，鲁迅提到的战斗问题，变成了明确的政治革命斗争问题。当文学艺术的思想统一于政治革命斗争，也就减除了文学的艺术性而增生其现实政治问题的附属性。因为追求政治思想性效果的文学，致使“创作主体在政治思维定势的作用下，格外倚重政治功利性而相对轻视客观真实性，并因此造就了中国现实主义的群体意识、未来情结和历史乐观主义等特殊品格”①。

四、战时《玩偶之家》接受阐释的沉淀

“娜拉事件”的热闹，让人一时忘了王光珍和她的学生后来的命运，也一时记不起娜拉该不该出走的讨论，以及对出走后的不确定的猜测。《玩偶之家》的“中国化”阐释，作为新文学的呼声与对现实社会问题的回应，直到1941年，郭沫若在爬梳中国近现代史时，给出了完整的《娜拉的答案》，娜拉问题的追问才算告一段落。他说：

① 陈咏芹：《中国现代话剧的现实主义特征及其历史生成》，《首都师范大学学报》（社会科学版）2002年第1期，第88页。

"《娜拉》一剧是仅在娜拉离开家庭而落幕的，因此便剩下一个问题，娜拉究竟往哪里去？我们的先烈秋瑾是用生活来替她写出了。她是四十三年前不折不扣的中国的娜拉，她不愿意'米盐琐屑终其身'的先觉姿态，大彻大悟地突破了不合理的藩篱，为中国的新女性、为中国的新性道德，创立了新纪元。她并不是纯趋于感情的反抗，她的革命行动有深沉的理性为领导。她知道女子无学识技能，总不能获得生活的独立，所以她便决心跑到海外去读书。她也知道妇女解放只是民族解放和社会解放中的一个局部问题，要有民族的整个解放、社会的整个解放，也才能够得到妇女的解放。……脱离了玩偶之家的娜拉，究竟该往何处去？求得应分的学识与技能以谋生活的独立，在社会的总解放中争取妇女自身的解放；在社会的总解放中担负妇女应负的任务；为完成这些任务不惜以自己的生命作牺牲——这些便是正确的答案。这些答案，易卜生自己并不曾写出的，但秋瑾是用自己的生命来替他写出了。"①

《娜拉的答案》似乎是"娜拉走后怎么样"的历史总结。回顾此前《玩偶之家》的译介阐释发现，娜拉问题解读一路渐次解答中国问题。《玩偶之家》作为易卜生问题剧的代表作，衍生的娜拉问题在中国的阐释过程是：《易卜生主义》依据《玩偶之家》阐释写实主义理论，谈社会的、家庭的问题，法律、宗教和道德问题，以及个人与社会的关系问题。种种问题，在《娜拉走后怎样》中变成了争取经济权的问题，在《〈娜拉〉的纠纷》中又演变为"那边"的问题，即政治立场问题。这些问题，对于"人的文学"则是认识现实的视角，即人生观。《易卜生主义》中，胡适将写实主义与创作者易卜生联系起来看，"易卜生的人生观，只是一个写实主义"，其人生观是"一种健全的个人主义的人生观"②。中国接受主体，并不是简单地对写

① 郭沫若：《娜拉的答案》，作于1942年7月10日夜，刊于重庆《新华日报》1942年7月19日。

② 《胡适论易卜生》，载陈惇、刘洪涛《现实主义批判——易卜生在中国》，江西高校出版社2009年版，第12页。

实主义人生观感兴趣，他们更多需要的是人生观所产生的行动。鲁迅《娜拉走后怎样》正是认识现实之后的行为倡导，即为争取经济权利而战斗的吁请。在《〈娜拉〉的纠纷》时，战斗直接是与“那边”的政治斗争。在抗战时期的大后方，从郭沫若给出的答案来看，娜拉出走的方向和最后的归属等同于秋瑾，这位历史上的革命女英雄，她因为学识和拯救自己、解放妇女、解放民族、解放全社会的革命信念而完全超越了具体的日常生活，没有给后人留下任何困惑。

“娜拉的答案”由中国秋瑾来作答，由个人解放、妇女解放和社会解放的内在逻辑性而生成的革命信念，毋庸置疑。自此，响应时代需要，筛检嬗变中的娜拉问题，似乎得到了圆满解决。从《玩偶之家》或“娜拉”的中国化旅程来看，其“解放”话语呈线性发展：胡适阐述的是“救出自己”、“保卫社会健康”的个性解放。鲁迅给出了娜拉问题的多种可能：堕落、再回家、为争取经济权而战斗——“解放”行为的讨论。茅盾直接参与现实政治解放斗争，把多变、多边问题简化为“两边”问题。郭沫若把秋瑾作为“娜拉”样板，总结性地将所有问题归为一个政治行为——社会总解放。娜拉，作为“解放”的话语符号，当再次回到中国形象时，其“中国化”之旅也就画上了圆满句号。而其接受批评却由复杂的个人与社会、现实与历史的问题，逐渐简化为现实的社会问题——政治问题与政治行为——社会总解放。郭沫若对秋瑾革命信念表现出的乐观理想主义精神，正是后来社会主义现实主义创作的圭臬。

在《娜拉的答案》之后，《玩偶之家》的中国接受告一段落，阶段性地完成了《玩偶之家》，也可说就是“娜拉”的中国化改造。在以后相当长的时间里，人们都一直坚信娜拉就是秋瑾式的革命家，即为个人解放、妇女解放、民族解放和社会的总解放而“抛别不合理的家庭”的革命家。《玩偶之家》或“娜拉”的中国化之旅，代表了易卜生剧作译介和演出的中国化过程。同时，《易卜生主义》中作为“写实主义”阐释对象的作家——易卜生，伴随着《玩偶之家》的中国化过程，中国写实主义的思想内涵也在一直发展着。《易卜生主义》提出要“睁开眼睛看世间现状，把社会种种腐败龌龊的实在情形写出来叫大家看"，发现社会问题，像娜拉一样"救出自己"，像斯铎曼医生（《国民公敌》）一样，作为"白血球分子保卫社会的健康"。这里的写实主义可归为两点：一是立足于社会现实写出真实的创作方法；二是"救出自己"、"保卫社会健康"的写实主义目的。因为《玩偶之家》以娜拉抛家别子的出走落幕，"娜拉走后怎样?"成为"救出自己"、"保卫社会健康"话题的延续。"伊孛生是在作诗，不是为社会提出问题来而且代为解答"，于是，鲁迅对此做了个多项答案：堕落、再回家、为争取经济权而战斗。鲁迅延续着易卜生的社会问题意识，虽然提到了"救自己"首要在于经济权，并提出经济权的获得存在着较为严酷的战斗性，但并没有明确地给出解决问题的答案。结尾说："不是很大的鞭子打在背上，中国自己是不肯动弹的。我想这鞭子总要来的，好坏是别一问题，然而总要打到的。但是从哪里来，怎么地来，我也是不能确切地知道。"[①] 鲁迅的讨论越过《玩偶之家》自身的创作方法，超出剧本内部时空，把戏中问题摆在中国读者和观众面前，讨论"娜拉走后怎样"。这是关注写实主义效果的功利性表述。茅盾为"娜拉事件"而写的《〈娜拉〉的纠纷》，延续着鲁迅的问题。他认为，娜拉问题中，更为中心的问题是与"那边"的斗争问题，《娜拉》的演出会促使更多的人明白"救自己"，但还是不知道怎么救，"应该到哪里去"，何况政治的压制依然存在。至此可看出《玩偶之家》，作为社会问题剧的中国译介发展过程是：《易卜生主义》立足剧中的家庭现实，对娜拉"救出自己"的出走给予肯定；《娜拉走后怎样》立足于娜拉的出走讨论社会问题；《〈娜拉〉的纠纷》立足于文化事件、社会现象讨论社会政治问题。写实主义的问题在茅盾这里，已由娜拉问题完成了社会问题的转换，个人问题完全变成了社会问题。他延续着鲁迅关注写实主义目的与效果的社会介入功能，给出了当时娜拉问题的中心问题，去解决"更中心"的问题，即与"那边"斗争，写实主义目的与效果也就走向社

---

① 《坟·娜拉走后怎样》，载《鲁迅全集》第1卷，人民文学出版社2005年版，第171页。

会功效性与政治斗争性，即“因为演几场《娜拉》又解决不了问题，中国的娜拉还是不明确该走向何处，该怎样斗争”①。

在《娜拉的答案》中，郭沫若给出了总结性的答案：“娜拉究竟往哪里去？我们的先烈秋瑾是用生活来替他（易卜生）写出了。”②如此中国化的“娜拉”，将古今中外的历史与现实的思考融会在一起，本应该为现实主义的内涵注入较为深刻的思想内涵与艺术反思，进而在更高更全面的意义上定论中国现实主义艺术，但因为始终秉持着写实主义效果的社会功效性与政治斗争性，致使写实主义本身具有的思想方法和深刻性一直处于被遮蔽的境地。毫无疑问，郭沫若与胡适等一样赞同娜拉的出走。他把秋瑾作为“娜拉”的样板，逐一解答易卜生、鲁迅、茅盾的问题。他认为，出走是“理性的反抗”，先“求得应分的学识与技能以谋生活的独立”，然后参加社会斗争，“在社会的总解放中争取妇女自身的解放；在社会的总解放中担负妇女应负的任务；为完成这些任务不惜以自己的生命作牺牲”③。他不仅给出了出路——参加革命，而且给出了“救出自己”和“维护社会健康”的方法，以及终身不变的信念。如此“样板化”的艺术观念，势必带来抗战时期现实主义创作的概念化倾向。在鲁迅的《娜拉出走后怎样》，凸显出“救出自己”的写实主义目的之后，《易卜生主义》所提到的写实主义方法就渐渐成为模糊的远影。鲁迅给出娜拉出走后的几个答案，和不确定战斗，是难以简单化地概括社会问题复杂性的延迟思考，在历史的顽固性与未来展望中，鲁迅并没有省去给人思考现实方法的启示，即多向度的思考。茅盾将复杂的问题简化为“两边”问题，只关注现实的家庭关系和社会关系，认为社会关系或政治关系更为重要，悬置了历史的顽固性和现实的复杂性。写实主义的创作精神渐渐筛检为思想内容，有复杂的个人与社会、现实与历史的问题凸显为单一的现实社会问题——政治问题。郭沫若则总结性地将所

① 微明（茅盾）：《〈娜拉〉的纠纷》，《漫画生活》第7期，1935年3月20日。

② 郭沫若：《娜拉的答案》，重庆《新华日报》1942年7月19日。

③ 同上。

有的问题归为社会解放的问题。这样发展下来的现实主义，因为创作方法讨论的缺位，思想方法研讨让位于现实主义功利性探讨，社会问题的复杂搁置于简单化和革命化问题之后，而成为政治思维定式下病态的现实主义。现实主义的人道主义思想，“本来是一个富有弹性的概念，随着它的局部实现的可能性增大，终于在政治上形成民主政治的理想与要求”①。

在中国，发展到抗战时期的现实主义，定格于人物思想情感的静态观照，而作为一种创作方法，完全忽视了分析社会关系的动态视角，这使得作家笔下的“人物性格往往成为欲念或概念的化身，丧失了生活的具体性，丧失了自我发展和自我表现的能力”②。这样的现实主义不过是革命的古典主义，并未走进现代，切入现实。这些革命古典主义者，“把个性与共性相混，使个性丧失独特性，因而不能使特殊和一般相结合，他们把主人公的形象从生活中加以抽象，使作品掺杂着近似于公式的概括”③。歌德认为，要想解释和理解人的个性和人的心理特点，必须弄清楚社会“整体的确定不移的进程”④ 的十分复杂的基本原因和奥秘，即社会关系的进程和历史发展的规律性。现实主义创作方法，要求作家对人物个性特点的塑造以身体力行的社会分析和社会体验为基础，并非出自某一信念或参照他人分析来完成。

虽然通过《玩偶之家》的中国化阐释，并不能全面地反映中国从“五四”至抗战时期中国现实主义思想的发展过程，但是，通过该个案，我们确实能够发现：中国的现实主义发展之所以在抗战时期出现概念化倾向，有一个历史的过程。在外国译作的中国化过程中，从关

① 于潮：《论生活态度与现实主义》，《中原》创刊号，1943 年 6 月。见林默涵、曹禺主编《中国抗日战争时期大后方文学书系》（理论），重庆出版社 1988 年版，第 625 页。

② ［苏联］鲍·苏奇科夫：《现实主义的历史命运》，傅仲选等译，外国文学出版社 1988 年版，第 96 页。

③ 同上。

④ ［苏联］鲍·苏奇科夫：《现实主义的历史命运》，傅仲选等译，外国文学出版社 1988 年版，第 70 页。

注作品的思想性到将作品人物思想中国化，译作本身携带的创作精神、艺术之思和哲学、历史之思一直在有意与无意之中被筛检和遮蔽。当然，这是因为中国反帝反封建革命斗争的接受语境所导致的中国接受主体的选择，这种选择致使中国现实主义思想格外倚重政治功利性而相对轻视客观真实性，注重群体意识和革命乐观主义精神。

五、作为文学形象的“娜拉”

娜拉之所以能作为中国关注者的想象对象，走出剧本、剧场，走进中国社会，参与中国人民的解放斗争，成为个性解放、妇女解放和社会解放的代言人，是因为娜拉要求做人的“解放宣言”：

> 娜拉：这些话现在我都不信了。现在我只信，首先我是一个人，跟你一样的一个人——至少我要学做一个人。托伐，我知道大多数人赞成你的话，并且书本里也是这么说的。可是从今以后我不能一味相信大多数人说的话，也不能一味相信书本里说的话，什么事情我都要用自己脑子想一想，把事情的道理弄明白。
>
> ……
>
> 海尔茂：你说这些话像个小孩子。你不了解咱们的社会。
>
> 娜拉：我真不了解。现在我要去学习。我一定要弄清楚，究竟是社会正确，还是我正确。①

这是娜拉个体意志觉醒的“宣言”，其凌厉气势激发了受众参与社会现实的热情。中国接受者对此产生了强烈共鸣，将其解读为追求革命解放的激情与坚强斗志。这误读在于译介发生的社会需要。社会使命与责任感需要阐释者将娜拉拉出客厅，背离婚姻、爱情，直接进入社会语境，成为现实社会的抗争者。这社会影响力之源正是文学审美的感染力，而文学的审美内蕴则生成于个体意志的人性分析。因

① ［挪威］易卜生：《玩偶之家》，潘家洵译，载《易卜生文集》，人民文学出版社1995年版，第202—203页。

此，立足于文学形象敞开的个体生活所阐释的社会解放，则不应悬置个体意志分析的审美品格。因为文学形象的个体意志分析，既是社会批评的深入，又是文学理论探索的切入点。

"娜拉走后怎样"是中国接受主体解读的核心。而作品本身关注的现实点却是娜拉该不该出走，出走的原因是什么。对于娜拉出走原因的中国接受是"觉醒"与"解放"。而从剧情和娜拉自身来说是因为爱情的"奇迹没出现"① （第三幕）。剧中的娜拉根本不关心"社会"②，她是一位缺乏现实嗅觉，只生活在自我情感想象中的女性。她的生活动力和热情是"奇迹的梦想"，"这种期待把她的生活变成了一种圣灵降临的状态，而她本人对生活中的一切悲惨事情变得毫无知觉了"③。当"丈夫充当了扼杀她梦想的现实工具"④ 时，娜拉慷慨陈词的"妇女解放宣言"，只是"娜拉的激烈决定和直接的道德说教徒劳地掩饰她内心的空虚"⑤。

《玩偶之家》的社会分析，着眼于娜拉压迫情绪的"觉醒"和"解放"宣言，而其文学意义，则是"这部现实主义的、处理问题的作品中，论及生活中梦幻的力量和它的苦难，而这首'诗中诗'赋予全剧艺术生命——它的无休止的紧张"⑥。易卜生采用"追溯法"的分析技巧，通过娜拉害怕"奇迹出现"的紧张情绪，艺术地再现了"看清和盲目之间的辩证法"。"他从叙事性的事件出发展示主题，采用追溯往事的方法，将时间聚焦，将事件再现于当下，并跨越横亘在当下和过去之间无法再现的鸿沟，挖掘情节统一的因果结构。"⑦

---

① ［挪威］易卜生：《玩偶之家》，潘家洵译，载《易卜生文集》，人民文学出版社1995年版，第204页。

② 同上书，第137页。

③ ［挪威］艾尔瑟·赫斯特：《娜拉》，高中甫译，载高中甫编《易卜生评论集》，外语教学与研究出版社1982年版，第312页。

④ 同上书，第316页。

⑤ 同上书，第321页。

⑥ ［德］彼得·斯丛狄：《现代戏剧理论》，王建译，北京大学出版社2006版，第15页。

⑦ 同上书，第22—23页。

其间的写实主义创作精神表现为：在现实与历史的交错中反观现实问题，历史、现实、未来和社会与个人辩证地统一于情节中。

“娜拉走后怎样”的接受阐释，是参与现实斗争的急切和未来展望的激情使然，省去了过去、现在、未来之间内在节律的发现，把现实的复杂性简化为寻求文学解放与社会解放的言说。实际上，《玩偶之家》存在着历史传统与当下、未来讨论的多向度，中间并不存在单方的胜利和价值取向。何况《玩偶之家》由家庭问题延伸到妇女地位问题和社会问题，问题一直处于敞开状态。

易卜生将现实熔铸于历史和哲学思考的写实主义创作，具有整体性和开放性特征。他总是安排戏剧人物在情节的高潮端、思想观念激烈冲突之时进行问题讨论，并以人物平等性、公开性、参与性的视角，互相辩难，将问题引向深入。对传统道德、法律、社会现象痛下针砭者，是独战多数的觉醒者、民主战士，虽具有未来的预言性和斗争性，却并非解放者和胜利者。结局并没有解决人物辩难的圆满，常以引导受众思考的行为落幕，传统的顽固性与现实和未来的多变性、复杂性，一起向当下与未来敞开。

易卜生并没有沿着“娜拉走后怎样”的未来问题前行，而是直面该不该出走的现实。继《玩偶之家》之后，他创作了《群鬼》。“《群鬼》是《玩偶之家》的自然的下篇，易卜生在一八八二年六月二十四日的一封信里写道：‘继娜拉之后，阿尔文太太就得出来了’。阿尔文太太是被说服后继续呆在家里的娜拉。该剧的题材再次是有关责任和自由的问题。”① 阿尔文太太一直隐忍着丈夫荒淫无度所带来的痛苦，把寄托自己希望的儿子送到国外接受良好教育。当得了遗传性病的儿子归来，一切又回到了从前，生活蔓延着令人恐怖的“鬼”气。针对“这个男人主宰一切的世界孕育着的混乱、疏远甚至疯狂”②，易卜生又创作了《海达·加布勒》。作者似乎回避女性参与社

① ［英］J. L. 斯泰恩：《现代戏剧的理论与实践》，周诚译，中国戏剧出版社 1986 版，第 38 页。

② 李江、于闽梅：《世界戏剧史话》，国际文化出版公司 1999 版，第 133 页。

会运动，将其放入四墙之内的客厅，居于自我空间经营自我存在。与庸俗社会格格不入的她们，寄予了作者的诗意和梦想，是庸俗社会的牺牲品，并不是社会解放的巾帼英雄和奠基者。然而，这却与《玩偶之家》“中国化”阐释的社会分析并不相悖。这也是易卜生一直不承认自己是女权主义者、社会改革家，只说自己是个诗人的原因。他运用诗人笔触，生活化地揭示人物形象的“自我本质”与社会冲突，根据人物“自我”选择需要落幕，“对社会有益”的热情并未让他抛开“自我主义”。他将个人融入社会历史的现实批判，“是由人的本性根底酝酿出来的。推开一层障隔，而个人的特性呈露于我们的眼前。再推开一层障隔，而我们可以看到他过去的关系。再推开第三层障隔，而我们已洞鉴这个性的本质……我们须用精神，才能理会剧中事物的关联，如在实际生活一样”①。易卜生的人物形象塑造，不存在自我意志分析与社会分析的冲突，他剧中的人物个性分析与社会分析水乳交融，如同实际生活感受一样。然而，接受者却常抽取社会分析，择取未来与社会向度的精神探求。这样的接受批评不仅仅发生在中国，正如劳逊所说：“现代戏剧家都钦佩易卜生紧凑的技巧，社会的分析和性格化的方法。但现代作家跟萧伯纳一样地把这些因素大大的变了质……易卜生式的对自觉意志的分析不再出现，代替它的是某些品质的组合。”②《玩偶之家》的“中国化”阐释，同样是“变质的品质组合”，即娜拉意志觉醒放大之后的现实社会分析，虽践行了启蒙救亡的社会使命，却经不起文学自身发展的历史检验。

① ［丹麦］勃兰兑斯：《易卜生评传及其情书》，林语堂译，春潮书局1929年版，第3—4页。

② ［美］劳逊：《戏剧与电影的剧作理论与技巧》，邵牧君、齐宙译，中国电影出版社1978年版，第356页。

中篇

抗战时期外国剧作接受阐释的共生话语

抗战时期的外国剧作译介，在现时性阶段呈现出多元文化共融、多意义共生的话语特征。德国剧作家沃尔夫的《马门教授》，作为外国剧作译介的战时策略选择，中国化阐释的“救亡”话语；罗曼·罗兰历史剧《爱与死的搏斗》，战时生成的“革命”话语；莎剧接受的“人民性”阐释，抗战时的“民族”话语转换；契诃夫剧作《樱桃园》在家国拯救层面携带的“家园”抒情性；果戈理《钦差大臣》的“批判”性阐释等，都以服务现时救亡的极大张力，向历史、民间、世界敞开，在现时拯救意义上，大众与精英、民族与世界、传统与当下相融共生一套话语体系，即以“救亡”、“革命”、“民族”、“家园”、“批判”等为主题词的战时话语。

在这看似纷繁的共生话语中，外国剧作译介选择的个案呈现为一个个特殊的、各式各样的单子和历史结晶体。它们在抗战戏剧运动那个特殊的历史语境中的言说，直接折射了现代中国在民族危亡之秋，多元文化凝聚于某一主题的阐释性征与社会介入功能。

第一章

《马门教授》与抗战“救亡”的时效性

第一节　抗战戏剧的“救亡”运动

自中国话剧的兴起到抗战，相继出现了五四时期的“社会问题剧”、左翼剧运时期的“社会写实剧”、抗战时期的“急就章”式的“时事剧”等①。“急就章”式的“时事剧”创作使文艺发挥了前所未有的武器功能。从鲁迅、周扬、胡风等展开的“国防文学”和“民族革命战争的大众文学”这两个口号的论证开始，就已经提出采取什么样的创作方法服务于民族救亡的问题。

服务于抗战救亡的戏剧文学为“抗战戏剧”。“抗战戏剧”运动早在1931年“九·一八”事变后就已开始。抗战全面爆发前夕，“国防戏剧”口号的提出使抗敌救亡戏剧进入了第二个高潮。抗战全面爆发后，抗敌救亡戏剧进入了第三个高潮——“抗战戏剧”运动时期。在抗战全面爆发之前，投身于抗战的演剧工作者总数达十五万人，仅“剧协”（中华全国戏剧界抗敌协会）晋东南分会就辖有五百个演剧团体②。单就个别剧团的影响力来看，如“福建仙游一剧团在二年多的时间里，有过七十七场演出，获得十三万的观众，占全县人口的五分之二”③。截至1939年，陕甘宁边区的“戏剧作品，由活报、杂耍到两三幕的大戏，共一百种以上”④。如此规模的“抗战戏

---

① 参见孙庆升《中国现代戏剧思潮史》，北京大学出版社1994年版，第10页。

② 参见葛一虹《抗战以来的中国戏剧》，《中苏文化》第9卷第1期，1941年7月25日。

③ 《福建仙游戏剧通讯》，《戏剧文学》第1卷第3期。

④ 艾思奇：《抗战中的陕甘宁边区文化运动》，《中国文化》第1卷第2期。

剧”运动，成为中华民族解放事业的重要组成部分。

抗战戏剧为争取民族解放斗争服务。戏剧创作和剧演，既要求有宣传作用，又需要有组织功能，戏剧运动既是文化运动、群众文化运动，又是群众社会运动。这项群众运动主要通过走向民众演剧的戏剧大众化运动来开展。针对民族救亡的现实问题，大众化的实际手段以宣传的目的性为内驱力，使戏剧文艺的现时性在救亡主题上得到了充分发挥。只要在救亡主题上能够产生即时效果的戏剧，就可以在那时那地以现场的此时此地上演。这种即时性将抗日救亡的爱国主义宣传与大众日常生活水乳交融。服务于主旨的救亡观念，属于古典主义的理性创作原则，虽具有主题先行的拘泥，但因选材就是受众身边此时此景发生的事件，则产生的却是现实主义功效。这似乎正是“问题剧”、“写实剧”在新要求下的深入推进的范式：“抗战戏剧，作为伟大民族解放斗争的一翼，它不仅继承着20年代戏剧中思想解放、个性解放的主题，三十年代戏剧中阶级斗争、社会革命的主题，而且把这些主题与新的时代要求结合起来，发展为救亡图存、民族解放的主题。”①

一、街头剧的“救亡”运动

抗日救亡，作为抗战文学最大的现实，成为文学创作的先行主题。在戏剧方面，戏剧文学的创作和译介选择，在内容上要求与抗战和反法西斯战争有关，在形式上则要求具有此时此刻的时效性。当时的“街头剧运动”最具典型性。

抗战全面爆发后，为了充分发挥戏剧的时效性功能，人们认为，“在战区演剧，最好是采用十七世纪在比利士流行的街头剧”，“简单清楚地当作化装演讲地在街头表演”②。剧作最好是“人物三、四人，时间三、四十分钟”③ 的小戏。田汉、阳翰笙等人提出要开展“戏剧

---

① 陈白尘、董健：《中国现代戏剧史稿》，中国戏剧出版社1989年版，第302页。

② 秋涛：《怎样发动抗战戏剧》，《文艺月刊·战时特利》创刊号。

③ 阎哲吾：《怎样编作移动剧本》，《文艺月刊·战时特刊》第5期。

的游击战”[①]，马彦祥则认为：“利用各种各样的形式，从室内移到户外，从都市移到乡村，从舞台移到街头，这样才能获得广大的效果”[②]，宋之的则更明确提出要写“简”、“显”、“短”[③] 的戏。周扬也认为“通俗的小式的作品成了当前的急需”[④]。很快，全国掀起了街头剧运动的浪潮，正如舒非所说：“现在已借着日本帝国主义的炮火把中国的话剧打到全中国的每一个角落里去了。”[⑤]“历史证明，现实生活愈动荡，矛盾愈尖锐，特别是民族危机或阶级斗争炽热化时，就愈需要紧密贴近现实，这时的现实主义往往表现为对时事的追求：不仅一般地要求文艺的社会效应，而且要求迅速地反映现实，追求一种‘时效’，正是由于对‘时效’的追求，才产生了一种特殊的戏剧形式，这就是街头剧和时事剧。”[⑥]

街头剧“能以最便捷的方式，用最简单的设备，传达最通俗的剧情，而能在街头或旷野上实地演出”[⑦]，有时观众甚至以为那就是正在发生的街头故事，“并不知那是在演戏”[⑧]。街头剧使现代话剧以鲜活的民间形式渗透到底层民众的生活空间，使抗战时期的戏剧大众化运动实现了规模化推广，使戏剧成为抗战宣传功能最有效的文学样式。

街头剧的主要传播功能是以故事或事件形态呼吁民族救亡，唤醒民众的家国意识，激励其参与政治民族主义活动的热情。它“体现了知识分子精英意识和官方意识形态在国难时期向民间发出的共同呼唤，民族主义情绪最终使知识分子、政府当局以及民间社会达成最大共识。而民间社会也以其执着于日常生活的韧性向戏剧提出了趣味与

① 见《关于抗战剧作》，《抗战戏剧》第1卷第5期，1938年1月。

② 同上。

③ 见《战时的演剧运动》，《文艺月刊·战时特刊》1938年第5期。

④ 周扬：《抗战时期的文学》，《自由中国》创刊号。

⑤ 舒非：《关于抗战演剧》，载《抗战文艺论集》，文缘出版社1939年版。

⑥ 孙庆升：《中国现代戏剧思潮史》，北京大学出版社1994年版，第278—279页。

⑦ 张光年：《张光年文集》第2集，人民文学出版社2002年版，第72页。

⑧ 胡绍轩：《街头剧论》，参见《中国抗日战争时期大后方文学书系》第2编第2集，重庆出版社1989年版，第1254页。

热闹的要求”[①]。因此，救国于危难的精英意识和官方意识常转化为民间意识，即通过民间生活的日常性和传统娱乐性方式来获取救亡的时效性功能。

1938年年初，中华全国文艺界抗敌协会成立，响应“文章下乡”、“文章入伍”的号召，中国话剧艺术“从锦绣丛中到了十字街头；从上海深入了内地；从都市到了农村；从社会的表层渐向社会的里层”[②]。“战前以城市为中心，以市民、学生、知识分子为主要观众，以细腻的生活描摹、深邃的心理刻画为主要内容的话剧，向时事化、大众化方向倾斜。街头剧、活报剧、茶馆剧、朗诵剧、游行剧、傀儡剧、灯剧等趋于轻型、通俗、灵动的戏剧形式，顺应‘游击战’、‘散兵战’式斗争策略在抗战初期呈波澜壮阔之势。它们及时凸现抗战现实，传扬抗战思想，感染抗战人民。”[③]

马骥在《敌后部队中戏剧活动的回忆》中说：“一九三九年，我们以活报剧的形式，演出过《抗战三阶段》。它及时地反映了当时毛主席所著的《论持久战》的伟大战略思想。我们用极简单的形式，表现了敌守我攻，敌我相持，敌退我攻的抗战三个阶段。剧中只有两个演员：一个饰日本人，一个饰中国人。道具用两条被子捆成卷，象征着双方的武器。按剧情要求，相互对打，第一阶段，中国人采取守势，日本人就打中国人；第二阶段，双方打成平手；在第三阶段，中国人反攻，拼命地打日本人，至打死为止。这时，会场上掀起了沸腾的掌声。”[④] 颜一烟在《在救亡演剧二队的日子里》（日记摘录，1937年9月—1938年6月在郑州和武汉）里写道：“发现三个汉奸，拿小镜子给鬼子飞机打信号，给捉住了！——马上来个幕表戏，及时宣传

---

① 傅学敏：《抗战时期的街头剧与大众政治行为》，《戏剧》2009年第1期。

② 欧阳予倩：《戏剧在抗战中》，载《抗战独幕剧选》，戏剧时代出版社1938年版，第115页。

③ 朱栋霖、朱晓进、龙泉明等主编：《中国现代文学史》上，北京大学出版社2007年版，第351页。

④ 马骥：《敌后部队中戏剧活动的回忆》，载《中国话剧运动五十年史料集》第一辑，中国戏剧出版社1985年版，第135—136页。

教育。哪怕是在防空警报拉响了之后。”① 像这样的“及时演出”、“即兴演出”，形象真实的演剧，将全民情感凝聚于一个主题“抗战”，充分体现了街头剧服务“救亡”的时效性，同时也实现了抗战戏剧运动的宣传功效。如，《九一八以来》这个象征性的活报剧，剧中角色有老头、大女儿东三省、二女儿热河、三女儿平津和一个儿子、一个日本鬼子。当舞台上日本鬼子抢去了大女儿、抢去了二女儿又来抢三女儿时，台下的观众情绪立刻沸腾起来了，跟着台上一起喊口号；有许多观众觉得光喊口号还是不解气，实在抑制不住对敌人的仇恨，纷纷把各式各样能拿到手的东西扔到台上去，打那个“日本鬼子”。②

街头剧的这种时效性，时常在剧演后产生直接影响。在抗战后方物质极为匮乏的时候，一些发国难财的奸商常常囤积居奇牟取暴利，民众对此颇为愤恨，针对这样的社会乱象而创作的《米》，对当时的商人有很大教育作用。《米》的设计很特别：一个第一幕，三个第二幕。第一幕提出问题。有米怎么办？三个第二幕给出了三个不同的答案：（一）只管私利，不顾大局，任意抬高物价；（二）甚至偷偷地资敌；（三）深明大义，按定价卖出去，利国利民，支援抗战！当戏演完了，大幕一闭，一位演员立刻走到幕前，用当地的方言问：“这三条路中哪一条对呀？我们应该走哪一条路啊？”台下立刻轰然回答：“第三条路对！”“应该走第三条路！”接着就喊起了口号：“支援抗战！把米按定价卖出去！”“反对囤积居奇！”“反对投机倒把！”“打倒奸商！”“工农兵学商，一齐来救亡……”该剧目演出后，当地学生就自发组织了宣传队宣传“第三条路”思想。当宣传队经过一家米店时，老板娘热情地招呼他们，指着货架说：“请看！请看！都是照本出售的！价廉物美！——我们这也是支援抗战啊！”老板也很客

① 颜一烟：《在救亡演剧二队的日子里》，载《中国话剧运动五十年史料集》第三辑，中国戏剧出版社 1985 年版，第 177 页。

② 同上书，第 179 页。

气地说："我们可是走第三条路的，爱国的商人啊！"[①]《米》是对大后方市场产生影响的代表作，而洪深创作的《飞将军》则是对前线战士产生影响的代表作。《飞将军》通过一个家庭，描写空军"宁为玉碎，不为瓦全"、同仇敌忾的抗战精神；批判了对抗战胜利信心不足和"今朝有酒今朝醉"的思想，褒扬了意志坚强、积极抗战的英雄。《飞将军》的演出，在武汉轰动一时，特别是在空军战士中引起了很大反响。在话剧史上，中国空军第一次登上戏剧舞台。武汉的空军战士们都争先恐后地跑去观看，很多人比演职人员到得还早；每场演出后，都会有一些身着军装的空军战士在剧场里久久不肯离去。他们都非常兴奋地表示：看到中国空军在舞台上，感到莫大荣幸，并且通过这个戏深切地感到全国人民对他们的尊敬和期望，也更加认识到身上的责任重大。一个挂着斜皮带、肩章上有两个花的空军中尉，紧紧地握着洪先生（剧作者和编导者：洪深）的手，非常激动地说："洪导演！你注意看报吧！要是有这么一条消息：'空军中尉某某击落日寇飞机一架'，那就是你们这出戏给我们的力量！"[②]

二、抗战剧运"救亡"时效性的深入

抗战时期，现实主义戏剧的时效性，不仅表现为街头剧的"小戏"或"独幕剧"，以戏剧的形式对民族大义和民族情感以及一些官方政策进行具象化演绎，而且还表现在反映时事的多幕剧和舞台剧创作上。1937 年 7 月，抗日战争全面爆发，国难在上海戏剧界产生了强烈震撼。于伶回忆说："记得是一九三七年七月七日或者七月八日的那天下午，上海剧作者协会约集在洪深的房间里开会。记得会议刚刚开始，后到的人异常激动地带进来报纸号外或者晚报：'七七卢沟桥事变'发生了！当时，大家情绪激昂，会也开不下去了。七月十五日召开会议，由夏衍代表党提出建议：'本会原名上海剧作者协会，

---

① 《中国话剧运动五十年史料集》第三辑，中国戏剧出版社 1985 年版，第 182—183 页。

② 同上书，第 184 页。

现因事实上的需要，应扩大组织，使成为全国性的，并更名中国剧作者协会。’决议通过了，随即成立了‘中国剧作者协会’。就在这次成立会上，通过了一条议案：由到会的全体会员集体创作一个三幕剧——《保卫卢沟桥》。为便于演出起见，决定采用新形式，即全剧连续性的三幕剧，但亦可成为单独的三篇独幕剧。剧目拟定了：第一部，暴风雨的前夕；第二部，卢沟桥是我们的坟墓；第三部，全民的抗战。当场指定创作人和各幕写成后的整理人，并且限定在第三天的下午四时，要把写出来的各幕初稿交齐，交齐后的两天之内要整理好。一切如期进行。到了第五天，这本署名为‘中国剧作者协会会员集体创作’的《保卫卢沟桥》付印了，几天以后即出版发行。这是由崔嵬、张季纯、马彦祥、阿英、于伶、宋之的、姚时晓、舒非等十七人参加写作；夏衍、张庚、郑伯奇等四人整理的三幕剧；内有冼星海、周巍峙等六人创作的歌曲。由阿英起草的代序，发出了中国剧作者‘保卫祖国，一切不愿做奴隶的人们，起来！’的呼声。再版时候，又印入了郭沫若为《保卫卢沟桥》题的诗。”[①] 该剧《代序》明确了剧创作的时效性目的：“《保卫卢沟桥》是我们在战时工作的开始，我们热烈地希望这个剧本能够广泛地上演于前后方，我们更希望看过这个戏的观众，能和我们——和戏中所有的民众士兵们相共鸣。”当然，这共鸣首先产生于当时的剧作人，田汉在得知卢沟桥事变时，写了一首长诗寄到上海，同时也创作了一个四幕剧《卢沟桥》；张季纯为《光明》半月刊赶写了独幕剧《血洒卢沟桥》；陈白尘又写了三幕剧《卢沟桥之战》。8 月 7 日，《保卫卢沟桥》在上海南市蓬莱大戏院正式上演，观众反映强烈，立即轰动上海，为上海剧场罕见盛况。演出日夜进行，直到“八·一三”淞沪战争爆发才被迫停止。

反映时事的独幕剧或多幕剧，不管形式如何多样，都逃不过激发受众对敌人的恨和对祖国的爱，每部戏几乎都在情感共鸣达到高潮时，以台上台下相呼应的口号结尾。熊佛西对这样的剧演和剧场性技

---

① 于伶：《回忆“中国剧作者协会”和集体创作、联合公演〈保卫卢沟桥〉》，见《中国话剧运动五十年史料集》第二辑，中国戏剧出版社 1985 年版，第 101—103 页。

巧很认可，他说："剧场中没有一个旁观者，人人都是活动者"，"观众与演员，整个的融化为一体"，"于人群之中造成一个集团的共同的戏剧活动"，"因而，诉于视觉的，是筋肉和力学的表现；诉于听觉的，是怒吼与狂呼的表现；没有纤弱，没有忸怩，全盘地散发着雄伟的力量"。[①] 熊佛西在这样的剧场氛围，发现了充满时代气息的精神狂欢。这是戏剧带来的狂欢，是戏剧将自身的原始力量和时代精神相结合所产生的剧场效应。这是中国戏剧从自身的萌发地带开始，在融会西方成熟的剧作经验之后，再次回到原初的大众化、民族化的艺术样态。但是，原始力量与现代再现难以叠合，现代人审美需求与原始的大众化样式之间的裂痕很快显露出来。

抗战初期，出于对民族敌人的高度义愤，注重时效性的剧演在群众中毫不费力地引起了共鸣，然而，随着抗战的深入，这些带有标语口号的化装演讲式、公式化演剧，却不能适应形势发展的需要。蔡楚生对此总结说："口号、标语，已经不能发生效力。观众疲倦，自己也疲倦，受者、施者都疲倦了。"[②] 舒非在《关于抗战演剧》中说："抗战演剧只求其演剧的宣传效果是对的，但是说其它艺术形式之可以不用讲求，这就错了。我们虽然不是艺术至上主义者，但是我们以为在艺术上成功的作品其感动力必然更深，因而其所获的效果也必然更大。"[③] 因为追求剧作的现时感染力，抗战剧创作往往缺少"深刻化，多面化"，叙事模式属于"出气主义"和"最后胜利主义"[④]。李宗绍则综合抗战剧运的使命和未来发展责任，认为"急就章"式的"战事戏剧""不能忽略抗战中其它重要因素，当然，也不能脱离现实而专演'无关抗战'的戏"[⑤]。为了协调好文艺与政治、宣传与艺术的关系，抗战剧运提出了新的要求，在获得其时效性的前提下，在艺术创作层面不仅仅局限于大众化的简单直接，而应该更加深入，使

① 熊佛西：《戏剧大众化之实验》，正中书局 1937 年版，第 105—106 页。

② 蔡楚生：《新形势与新艺术》（座谈），《文艺生活》第 2 卷第 2 期。

③ 舒非：《关于抗战演剧》，载《抗战文艺论集》，文缘出版社 1939 年版。

④ 熊佛西：《写给一位戏剧青年》，《戏剧岗位》第 1 卷第 4 期。

⑤ 李宗绍：《一年来孤岛剧运的回顾》，《戏剧与文学》创刊号。

受众在更高的艺术层面获得共鸣。集中当时的讨论可发现，反思后提出的要求有：一要“作家在生活上突进大众生活的内层”①；二要“广泛地扩大视野，发掘平凡的生活与抗战之间的密切联系”②；三要“充分把握住他（作者）所说教的思想”③，并在情感层面对此思想加以熔冶、升华。三个代表性的观点，在默许抗战主题之后，都立足于创作论：“大众生活的内层”、“发掘平凡的生活与抗战之间的密切联系”和“心理的情绪对思想的熔冶、升华”。这预示着抗战中后期的戏剧注重情绪和心理描述，时事和抗战观念将由表层叙述转向深层表现。早期在大众形式上和时事内容上注重的时效性创作，逐渐转向抗战背景中的人物塑造，把战斗精神落实在“生活三度结合”上，即“通过深度、密度、广度去与人民的生活紧紧的结合”④。刘念渠曾经总结说：“抗战中后期的戏剧创作在不断克服公式化概念化的倾向中，艺术质量明显高于前期。其主要标志是：题材扩大了，对现实的表现深化了，多幕剧增多了。”⑤

同时，田汉在《关于抗战戏剧改进的报告》中也详尽地总结了抗战剧运，提出了改进措施，对话剧工作者提出了“五点请求”：“（一）确立写实主义的创作态度，（二）以素朴真实的表现法代替形式主义，（三）从日常的实践中完成民族形式，（四）从千篇一律中打深下去，（五）把台上台下的人格统一起来！”⑥ 按照当时创作的背景来理解，“写实主义的创作态度”并非简单煽情的主题创作模式，具体表现为“朴素的”、“民族的”创作视角和日常生活化的环境描述，以及具有号召力的“人格统一”形象塑造。而作为戏剧创作的“题材”与“主题”，作者似乎在做不言而喻的暗示。实际上，当时

① 以群：《关于抗战文艺运动》，《文艺阵地》第1卷第2期。

② 刘念渠：《一九四〇年重庆演剧的总结》，载《转型期演剧纪程》，商务印书馆1942年版。

③ 朱英：《历史剧往哪里去?》，《戏剧与文学》第1卷第3期。

④ 周钢鸣：《现实主义的求真精神》，《当代文艺》第1卷第4期。

⑤ 刘念渠：《战时中国的演剧》，《戏剧时代》第3期，1944年2月15日。

⑥ 田汉：《关于抗战戏剧改进的报告》，《戏剧春秋》第1卷第6期，1942年4月。

现实主义难以深化的主要原因，正是抗战主题先行的公式化、概念化模式在作怪。梁实秋在此前的1938年，曾经对此发表了自己的看法，他说："现在中国抗战高于一切，所以有人一下笔就忘不了抗战，我的意见稍为不同。但是与抗战无关的材料，只要真实流畅，也是好的。我老实承认我的交游不广，所谓文坛我就根本不知其坐落何处，至于文坛上谁是盟主，谁是大将，我更是茫茫然。"① 此文之后，梁实秋被称为"与抗战无关"论者，曾遭到多方攻击。几年之后，郭沫若也认识到抗战题材的狭隘性，他说："关于题材的问题，一时曾相当的狭隘，而且至今也还有人抱着这样的见解，以为必须直接采自抗战的现实，这可以说画地为狱。但我这样说也并不赞成'与抗战无关'论者的意见，'与抗战无关'论者是要作家的精神脱离抗战，或超越抗战，这就是所谓非现实主义。"② 由此看出，抗战时期最大的现实和时事就是"抗战"，而创作内容的时事目的性正是现实主义的时效性追求。

抗战中后期，知识分子以主导之姿，融入官方和民间轰轰烈烈的群众运动之后，开始反省自身的抗战心路历程，把自己的心理情绪与抗战思想和对大众生活深层次的认知联系起来，以现实主义典型环境中的典型人物来反映抗战现实，进而鼓舞受众的抗战热情。此时，大后方与孤岛上海正面描写抗战背景中知识分子题材的剧作，成为抗战戏剧的一股潮流，如大后方有夏衍的《法西斯细菌》、陈白尘的《岁寒图》、宋之的的《祖国在召唤》；上海有于伶的《长夜行》、吴祖光的《风雪夜归人》。这时，剧作主角由前线浴血奋战的将士变成了后方的普普通通的知识分子——"人们终于认识到了：爱国的现代知识分子身上所蕴藏着的精神力量对于民族振兴事业所具有的特殊意义"③。这些作品的艺术真实性主要表现在人物塑造上，"作品里每个

---

① 梁实秋：《"与抗战无关"》，见《中央日报·平明副刊·编者按》，1938年12月6日。

② 郭沫若：《抗战以来的文艺思潮》，《抗战文艺》（文协成立五周年纪念特刊）1943年第3期。

③ 钱理群等：《中国现代文学三十年》，北京大学出版社1998年版，第484页。

人物的灵魂深处，莫不有着作者的坦然的自白；甚至作品的整个生命，都是由作者的人格与灵魂所组成”①。

处于抗战旋涡之中的知识分子，被国内外政治浪潮驱赶到了波峰浪尖之上，由历史现实而生的感触与生命觉悟、社会责任使其灵魂震颤着，并锻炼考验着他们的人格与精神。创作者在对这个熟知群体众生相的描绘中，溢于言表的价值观判断既是作者自身“人格与灵魂”的剖白，又是时代精神的召唤。在话剧创作方面，夏衍的《法西斯细菌》是此类作品最具代表性的。剧中，“法西斯细菌”蔓延的典型环境，追求纯科学而不得的典型人物，虽立足于中国抗战现实，却具有世界反法西斯文学的现实主义时效性，与德国沃尔夫的《马门教授》在思想主题和创作方法上可谓异曲同工。

第二节　外国剧作译介的战时策略

一、街头剧运动与外国剧作译介

抗战时期，追求“救亡”主题时效性的剧演，以大规模的群众文化运动展开，原生态的民间艺术得以激活，戏剧的民族化形式和民间艺术遗产得到了充分开发与利用。尽管此时的外国剧运和剧作译介数量相对减少，而其创作艺术和剧运形式对中国抗战剧运产生的启示意义却不可小觑。首先，街头剧运动受到“比利时街头剧”的启发。甚至，街头剧内容也渗透着世界名著和外国独幕剧题材。曾经轰动大江南北的街头剧——《放下你的鞭子》，原本即改编于歌德《威廉·迈斯特》中的眉娘故事。还在南国社初期，田汉曾把它写成独幕剧。眉娘的故事情节是：吉卜西老头儿逼着生病的眉娘卖艺，眉娘不肯，吉卜西老头儿就拿起鞭子要打她。围观青年迈斯特见了很气愤，从人群中站出来喝住那老头儿，救出了她。“九·一八”事变后，该剧被

① 陈白尘：《大地回春·代序》，《戏剧岗位》第3卷，华中图书公司1941年版，第3—4页。

陈鲤庭、崔嵬等人先后进行了再改编：从东北沦陷区逃出来的父女俩，流离失所，无以为生，老父逼女儿街头卖唱，女儿不愿，老父举起鞭子要打她，从群众中走出一位青年，高叫“放下你的鞭子!”并责问老汉何以要折磨自己的亲生女儿，老汉和女儿因此诉说日寇入侵，家乡沦陷，被迫流亡的痛苦经历。最后青年向群众说：“我们若不赶快起来自救，这样的灾难就会降落到我们每个人的头上。”于是，群众中爆发出“打倒日本帝国主义”的吼声。《放下你的鞭子》经各地剧演条件与情境的不同不断加以丰富改变，演遍了中国的大江南北、长城内外，成为演出次数最多，最具“轰动效应”的剧目。它与《三江好》、《最后一计》合称为“好一计鞭子”，是抗战宣传史的经典剧目。①

《三江好》完全根据爱尔兰女剧作家格莱葛瑞夫人（Lady Gregory）的《月亮上升的时候》（*The Rising of the Moon*）改编。格莱葛瑞夫人青年时代献身于爱尔兰民族独立和民族文艺复兴运动，曾与叶芝等人组织了爱尔兰文艺剧场，即由业余戏剧人组织的小剧场，上演剧目多是独幕剧。格莱葛瑞夫人为剧团一共创作了约30部剧作。《月亮上升的时候》是其中一部著名的独幕剧。剧中有四个角色：两个警察和一个警长，加上一个通缉犯，剧情是警长和通缉犯的戏，两位警察只是营造气氛的配角。通缉犯是一位与反动当局作不懈斗争的、机智勇敢的爱尔兰民族解放战士，是伪装的通缉犯，通过对自我描述令警长产生畏惧心理，又通过唱爱尔兰民歌，以共同的歌和往事激起其民族情感，让他在恐惧与感动的双重心理作用下被打动，从而改变政治立场，放弃追捕，协助逃脱。尽管剧情政治说教色彩浓厚，与警察追捕通缉犯的紧迫情势不搭调，但作者却将背景安置在一个月色朦胧的码头，这使说教的慢速度与追捕的快节奏，在受众感知紧迫而通缉犯从容淡定的剧场节奏中，完成了通缉犯感化警长的剧情转换。整部戏结构严密、精巧，人物刻画朴实、真切。洒满月光的码头，看似宁静，实质上蕴含着你死我活的杀机。站在执法者立场上的警长，从追

① 《中国话剧运动五十年史料集》第一辑，中国戏剧出版社1985年版，第6—7页。

捕到擅自放走通缉犯的内心转变，作者并没有进行简单化处理，既写出他在革命战士，即“通缉犯”的启发下心中唤起的民族意识，对革命的同情，又写出了他的犹疑不决，这使人物显得真实、可信。

改编本《三江好》[1] 对《月亮上升的时候》进行了中国化改造，情节变成了中国抗战故事。主人公是东北抗日义勇军的首领，英勇善战、威震三江，人称“三江好”。被捕后越狱，到江边码头等待同伴接应。警长是一位为了生存误入满洲政府的农民，在得知自己的家乡被日本侵略者劫掠、家人被毒杀之后，在“三江好”的开导下，心中开始升起民族仇恨，同情化装成乞丐的“通缉犯”，转变立场，并对下属警员进行动员：“不！弟兄们！现在我想我们不能帮着东洋上司杀害我们自己的中国人了。我们只是为了吃饭，他，他是为了搭救我们东北的成千成万受苦受罪的同胞，我不忍心再做这样没有良心的事了，简单地说，我不愿意杀自己的同胞，我要放走他。”随后开枪将顽固的警员甲击毙，与警员乙一起投诚。名为“三江好”的主人公对他们说：“弟兄们，走吧，和我们一道去把日本帝国主义赶出去！”这样的改编，使抗战宣传受众面更广。与《月亮上升的时候》不同，《三江好》里警长的思想转变毫不迟疑，而是家仇变成国恨后的坚定，甚至成为动员同伴的先觉者。但是，《月亮上升的时候》所呈现出的戏剧张力，即宁静中隐含着的紧张，黑暗中透露着光亮的戏剧氛围，以及剧中人物潜在的思想斗争，与《三江好》几乎是一样的。陈治策的改编本《月亮上升》与《三江好》一样出自《月亮上升的时候》，也是很受欢迎的剧演。1935 年 2 月，在河北定县从事戏剧大众化实验的熊佛西（中华平民教育促进会戏剧研究会主任）指导农民剧团公演了《月亮上升》及其他剧目，其中一段唱词“中华民国二十有三年，丧权失地数也数不完”[2]，几乎成了当地的流行歌

---

① 吕复、舒强、何茵、王逸等改编，刊 1938 年 1 月 1 日《抗战戏剧》第 1 卷第 4 期，1938 年 1 月武昌战争丛刊社单行本。

② 参见陈多等《现代戏剧家熊佛西》，中国戏剧出版社 1985 年版，第 195 页。

曲，每个村子的人几乎都能吟唱[①]。抗战全面爆发后，熊佛西带领抗战剧团巡演曾到过万县募捐公演，也演出过《三江好》[②]。

关于改编，纽马克（Newmark）认为，“改编是常见于戏剧和诗歌的一种最自由发挥的翻译手法，在保留主题、人物和情节的同时，源语文化却要改写使其转化成目的语文化”[③]。赫尔曼斯（Hermans）则说得很具体，即在翻译过程的每个阶段，身为社会中介者的译者都必须与他所面对的复杂的社会和文化实况（规范）相配合或抗衡。[④]对于抗战时期的中国剧作人来说，西方戏剧译介中的改编，一方面可以部分填补剧演来源的空缺（“剧本荒”），另一方面按照余上沅的观点，改编同时又可以培养剧作人，他说：“改译本虽无永远存在的价值，但在便于初学用作模型方面，在便于观众容易了解方面，它却有它的相当价值。”[⑤] 实际上，改编是对剧作技术偷懒的应急之举，是急切地推动剧运发展的不情之请。抗战时期，为了配合国难宣传的外国名著与剧作改编，择取了契合中国现实实况、便于观众理解的内容来置换源语题材，如《放下你的鞭子》对外国名著的改编，《三江好》对《月亮上升的时候》的改编，都有着积极的意义。

二、外国剧作译介的时效性策略

因为“翻译将在地缘政治关系中强化国家间的同盟、对抗和霸

① 田本相主编：《中国现代比较戏剧史》，文化艺术出版社 1993 年版，第 654 页。

② 参见 1938 年 7 月 25 日《抗战戏剧》半月刊第 2 卷第 4、5 期合刊，第 154 页。

③ Newmark，Peter，A Textbook of Translation，Shanghai：Shanghai Foreign Language Education Press，2001，p. 46.

④ Hermans，Theo. Norms and the Determination of Translation：A Theoretical Framework. Translation，Power，Subversion. Ed. Roman Alvarez and M. Carmen-Africa Vidal. Clevedon and Philadelphia：Multilingual Matters，pp. 25 - 52；转引自张佩瑶《从早期香港的翻译活动（1842—1900）看翻译与权力的关系》，见谢天振主编《翻译的理论建构与文化透视》，上海外语教育出版社 2000 年版，第 293 页。

⑤ 余上沅：《戏剧论集》，北京、上海（两地同时发行），北新书局 1927 年版，第 42 页。

权”①，所以出于中国抗战时事需要，译介作品自然首选反法西斯题材和战争题材。“以1937—1945战争题材译作数量看，上升到一个前所未有的高潮，同类题材的戏剧作品译介特别突出。”② 戏剧译介之所以尤为突出，是因其具有可供演出、鼓动民众的宣传效果。曹靖华谈到他翻译的剧作《侵略》、《望穿秋水》等反映苏联卫国战争的作品时说，他的用意只有一个，就是看过之后，“要憎恨侵略者，我们要向侵略者讨还血债！我们要向侵略者复仇！”③ 这种追求时效性的译介策略，使世界反法西斯文学在中国再次焕发新的活力。世界反法西斯文学是当时国统区文学翻译的热点。翻译苏联反法西斯文学的有曹靖华、戈宝权、王语今、葛一虹等人；翻译英国反法西斯文学的有马耳、铁弦等人；翻译法国反法西斯文学的有马宗融、金满成等人；翻译日本反战文学的有夏衍、胡风、适夷等人；而从世界语翻译反法西斯文学的有胡愈之、孙用等人；陈瘦竹、方敬、秦似、彭慧、穆木天等也翻译过部分世界反法西斯文学作品和优秀名著。据统计，抗战八年译介出版的外国文学作品达700多种，其中，俄苏作品最多。抗战前的苏联文学作品在国统区曾经作为禁书，而在“抗日战争的血火里”，“重与中国广大的读者见面了”④。抗战时期，“仅重庆和桂林两地就出版了根据俄苏剧本翻译和改编的作品共约84种，其中苏联剧作家的作品约48种。列昂诺夫的《侵略》，古塞夫的《光荣》，西蒙诺夫的《俄罗斯人》、《望穿秋水》，考涅楚克的《前线》、《赴苏使命》，包哥廷的《带枪的人》和巴克梯利夫、拉佐莫夫斯基合著的《苏沃洛夫元帅》等，在当时轰动一时”⑤。

---

① ［美］伦斯·韦努蒂：《翻译与文化身份的塑造》，载许宝强、袁伟编《语言与翻译的政治》，中央编译出版社2001年版，第360页。

② 参见贾植芳等《中国现代文学总书目·序》（翻译文学卷），福建教育出版社1993年版。

③ 李今：《三四十年代苏俄汉译文学论》，人民文学出版社2006年版，第120页。

④ 曹靖华：《抗战三年来的苏联文学介绍》，载《曹靖华研究专集》，黄河文艺出版社1987年版，第166页。

⑤ 廖全京：《大后方戏剧论稿》，四川教育出版社1988年版，第103—104页。

在俄苏剧作译介中，亚力山大·耶甫多基莫维奇·柯涅楚克1942年创作的《前线》，1944年由肖三译成中文，在延安的《解放日报》连载并发表社论，电台每天向各解放区播发几千字，各地再分别付印，并在延安和其他解放区的舞台上频频演出。对《前线》主人公戈尔洛夫，懂军事科学和技术的经验主义和保守主义，一时成为延安整风期间讨论学习的时事材料。

第三节 《马门教授》与战时“救亡”

如果说抗战时期外国剧作译介作品中，对解放区影响最大的是《前线》，那么《马门教授》则是对沦陷区之外的解放区和国统区影响最大的反法西斯剧作之一。《马门教授》，1938年8月曾由吴天、陈非璜译为《希特勒的杰作》，由上海潮锋出版社初次发行。1940年，延安中央马列学院拟于十月革命节演出多幕话剧《马门教授》，洛甫（张闻天）对此颇为重视，曾亲阅俄文原著，经肖三修改后进入排练。1942年，肖三译本《马门教授》[①] 由重庆文林出版社初次发行。

1941年在香港演出的《马门教授》引起轰动。据司徒慧敏《旅港剧人协会与香港话剧运动》[②] 一文中记载，1941年秋，章泯为旅港剧人协会执导的德国进步作家沃尔夫的名著《马门教授》（演出时改名为《希特勒的杰作》），由金山饰演马门教授，舒强饰演纳粹党徒，在排练过程中曾得到宋庆龄和不少外国朋友的帮助。当年10月12日，以保卫中国大同盟的名义首次演出，可以说是香港反法西斯统一战线的大示威。在当时，尤其是日本法西斯在太平洋战场跃跃欲试的时候，剧演反法西斯的政治意义是不言而喻的。在艺术成就上，《希特勒的杰作》可以说是香港话剧演出中最受国际友人关注，也最值得

① 肖三译本，选自《沃尔夫戏剧集》上，1959年由人民文学出版社出版。

② 司徒慧敏：《旅港剧人协会与香港话剧运动》，载《中国话剧运动五十年史料集》第三辑。

称颂的一出戏。演出以后，中外报纸好评如潮，有的外文报纸评论说演出非常认真，揭露了希特勒摧残文化、教育和科学的野蛮行为。剧评指出，不仅剧本写得好，更重要的是，导演和演员有说服力的表演。①

利德利希·沃尔夫是德国伟大的现实主义剧作家，在法西斯统治时期，被迫流亡国外。《马门教授》创作于流亡期间的1933—1934年。剧本中，沃尔夫塑造了一位犹太医生——马门教授。他正直诚恳，忠于工作，然而他“纯科学、超政治”的人生观却给他带来悲惨结局，成为纳粹种族理论的牺牲品。《马门教授》是一部具有典型意义的时事剧。其时效性在于，通过希特勒政权迫害犹太人事件，真实地反映了当时正在德国发生的悲剧。

全剧以现实政治运动变化为主线，逐渐推动剧中人物关系和思想情感的转变。全剧四幕六场，除第三幕有三场外，其余场幕合一。第一幕和第四幕在医院，第二幕在家中，第三幕三场中有两场在家中。史实性的背景描述和广播的现场倾听、报纸的现场阅读，使全剧突破家庭和工作单位的四墙之隔，具有政治时事性与现实逼真性。

第一次世界大战后的西欧，成百上千万的工人失业，反饥饿运动、破产、倒闭、通货膨胀、肮脏的法律交易等令人震惊的恐怖和丑恶事件时有发生。签订《凡尔赛和约》之后的德国，此类情形更是司空见惯，民族主义和社会主义运动一时成为德国人发泄怨愤的两个主要渠道。以希特勒为首的“德意志工人党”煽动民众对《凡尔赛和约》、“十一月罪人”以及犹太人的仇恨，并将反犹和充满苦难拯救意识的社会主义杂糅在一起，捏合为“民族社会主义”，即纳粹主义，并将“德意志工人党”更名为“德国民族社会主义工人党”。1932年7月的议会大选，纳粹党在议会取得最多议席，德国社民党与德国共产党则分别成为第二和第三大政党。1933年1月30日早上，阿道夫·希特勒宣誓为德国总理。2月27日晚上，国会纵火案发生。

① 司徒慧敏：《旅港剧人协会与香港话剧运动》，载《中国话剧运动五十年史料集》第三辑。

以希特勒为首的纳粹党声称凶手就是共产党员，利用“奸细”策划的纵火案与其他反共阴谋，诱导总统兴登堡使用紧急法令，任意捉拿和杀害共产党员。不少西欧史学家把“国会纵火案”视为第二次世界大战的“引子”。1934 年，希特勒在兴登堡逝世后成为德国元首。第二次世界大战期间，他兼任德国武装力量最高统帅，被公认为是二战的主要发动者。

沃尔夫截取 1932 年 5 月总统大选之前，和 1933 年国会纵火案与“亚利安人之章”引起的排犹运动之后的历史背景，通过马门教授这个典型人物和其生活的典型环境——医院与家庭，集中地反映了德国法西斯政治运动中知识分子的悲剧命运。剧中人物随着法西斯主义气焰的滋长，政治情势的恶化，关系越来越对立，对人物精神人格的考验也越来越严峻和真切。

第一幕发生在 1932 年 5 月，总统大选之前，马门教授的外科医院里。英格妈妈交不起房租，侧面再现了大选之前的民生状况，借黑尔巴哈之口介绍了纳粹党的种族观，以及当时民众被舆论误导的情形——认为中间阶层贫困化的真正原因是犹太人公司的商业竞争致使中小商贩破产。马门教授作为最后一位出场的核心人物，他的人生经历和生活准则早已被其他人物告知观众。在第一幕中，英格和黑尔巴哈作为政治主流的代表人物，引出一触即发的时事情势，其他人物程度不同地表达了自己的政治立场和观点。手术马上就要开始了，表达政治信仰的对话却一直穿插于其中，可以说是“一个小规模的竞选辩论会”。马门教授制止道：“在我的医院里，没有政治的地位；统治这儿的是科学。”他对个人政治身份的描述是：“我们的职业，我们的工作，我们呼吸着的国土的空气，这就是形成一个人肉体构造的东西。”他认为政治家的种族理论是盲目的，缺乏公道。但是，他却需要给“拿着刀枪往政治纠纷中钻”的无产者埃伦斯特这样的人做“政治手术”，他赞赏的对象却是后来要被开除的犹太人西蒙。

大选之前的第一幕，人物讨论政治形势，亮明自己的政治观点，如果说还体现了民主，那么到第二幕国会纵火案之后，人物则是对政府政治运动的被动反应。第二幕的时间是国会被焚的第二天，地点是马门教授的家里，教授与儿子之间政治观念冲突引发了争吵。教授信仰民主，本着对政府的信任，相信报道，认为站在共产党立场上的儿子，是未消化理论、盲目行动的年轻人。与第一幕人物不同，多了母亲、儿子罗尔夫和女儿鲁特，少了黑尔巴哈。每个人物的出场都失去了往日的从容，都将政治运动发展的严峻性推进一步。罗尔夫读报出场，同母亲、妹妹和父亲讨论时局；马门掏出报纸，通过上面关于"关于共产党员恐怖计划的详细消息"教育儿子，不要误入歧途；蔡德尔手拿一叠报纸跑进来，报告政府针对"共产党人、和平派、国际主义者、医生、律师、犹太人……"的群众政治运动——"全国大骚动，简直和一九一四年一样……巨大的、大规模的、划时代的大骚动，都在妄想喝血！"希尔史"手提皮箱飞跑进来"，对大街上的冲锋队感到恐惧；"卡尔逊医师急急进来"问手术怎么分配，因为黑尔巴哈医生参加了冲锋队。当西蒙来报告医院遭到搜查，搜查"非亚利安人"时，收音机里传来了关于打击"非亚利安人"的演说。从开始与罗尔夫争执，教授在对局势发展猝不及防的情形下，经历了由相信官方政府报道到怀疑、迷茫、困惑的过程。即使如此，他还是坚持自己的科学观，认为首先是科学领导生活。英格医师是最后出场的人，她相信主流媒体言论，是响应政府号召的纳粹党，进来后，递给教授一份报纸说："你看看，教授先生，也许您赞成共产党的恐怖行动和他们的走狗——犹太人。"听到这样的新闻消息，教授才开始对政府愚蠢的诬蔑表示愤慨，这样的政治情感与儿子几乎相同，但他还是坚决反对儿子参加共产党的活动。政治就这样由国家政府进入医院，进入家中，渗透到儿女情长之中。教授爱儿子、爱国家，他对儿子政治行为的强制性干预与妻子不同，他不仅仅是为儿子的安全担忧，更重要的是他对政府民主抱有期望。

如果说政治信仰要求纪律、责任、忠诚，是"血在讲话，血的声音注定一切"的斗争，那么在目睹一个亚利安女人对自己的犹太血统的儿子的关爱和温情后，英格被感动了，她决定帮一个德国母亲，同时对融入德国人血脉之中的种族理论也开始了质疑，进而怀疑自己信仰的公道和民主。第一幕是人物带着政治观点出场，第二幕则是人物面对国会纵火案后政治运动的信仰考验出现：罗尔夫是毫不妥协的坚定，教授依然回避政治，英格是对自己信仰的怀疑，其余人等则是被动的惶恐。

第三幕，人物由政治观点、政治情感进入政治行为。作为政治运动的对象，政府要求每个人通过政治行为来显示自己的立场。根据“亚利安人之章”，“凡非亚利安人种的医生应立即从公共医院开除”，政府的这一法令，将避之不及的教授一下子投到政治旋涡之中。政治不顾及他的科学信仰将其弃之不顾，他没有祈求逃避，他愤怒抗争，毫不畏惧疯狂的排犹运动。女儿被迫离开学校，希尔史告诉他医院被黑尔巴哈接管，蔡德尔带来报纸上对他辞职（实际是开除）的歪曲报道，等等，这些不但没有使教授退缩，反而激发了他的斗志，甚至也要像儿子一样去印传单。在被拒之医院门外，遭受侮辱之后，朋友和家人都劝说他出国避祸，就连黑尔巴哈也劝其出国，他却倔强地执着于自己的“工作、荣誉、祖国”，非得硬闯医院。罗尔夫和艾伦斯特的反抗，是在政府淫威之下，不分昼夜地秘密奋战，散发传单使真理得以传播，号召遭受诬蔑陷害和压迫的人们起来反抗，教授则光明正大地以热爱工作、热爱祖国的个人信仰对抗政府的谬误。

当第四幕场景再次转换到医院时，因第二天的法令补充，参加过战争以及在战争中牺牲了父亲或儿子的人员能保持供职，教授被允许工作。与第一幕照应，同样是手术前场景，英格妈妈作为底层民生状况的代言人，再次出现在观众面前告诉观众，选举没有改变她的生存困境，他们这些人只不过做了政治的工具。第一幕是人物政治观点的自我表白，最后一幕则是指定性的政治接受和服从，即政治行为的后果。在黑尔巴哈拿出医院医生和职工的免职名单时，除教授抗议外，其他人没有任何异议。在教授与黑尔巴哈正面发生冲突，通过自己的言行和辞职表示抗议时，除英格、西蒙外，周围的人都以不同的方式站到黑尔巴哈这一边，怯懦地回避抗争。这些人的懦弱和自己的愤慨、屈辱使教授绝望地开枪自杀。死前，他理解了儿子的斗争，后悔自己曾经的让步，没有战斗到底。在这一幕，教授曾经的朋友，都因慑服于政治淫威抛弃信仰和真理，唯有纳粹党员英格，在正义和事实面前“准备用新的战士、骑士、军人的姿态，来对抗‘犹太商人的气息’、狡猾鬼和怯懦的投机者”。这样的结尾，暗示着反法西斯斗争的继续，即直面政治压迫，敢于质疑，勇于为正义真理而斗争。

尽管马门教授一直坚持科学领导生活，回避政治，但是他依旧成为法西斯主义的牺牲品。对希特勒政权，他由信任、怀疑、期待，再到抗议、斗争、牺牲。在史实性的政治背景中，马门教授由生的信仰到死的抗战经历是剧情发展主线。其间虽没有古典主义戏剧“三一律”的紧凑剧情，但政治形势的发展对人物信仰、情感和生存威胁的步步逼近却直接带来了戏剧的紧张，致使整部剧作节奏紧迫，极富感染力。虽是一部时事性政治剧，具有号召民众起来斗争的革命性，但因背景的历史真实性，人物在日常生活的单位和家庭出现，人物的台词尽管并没有脱离政治，却只是在朋友、同事和家人之间，所以台词并没有政治强调的空洞。虽然在剧尾，教授和英格的台词与中国追求时效性的剧作一样，对读者和观众具有感召力，但由于台词出自具有坚定意志力和理性判断力的这样两位人物，给接受者更多的是知性判断后的理解、同情和敬仰，而非感性的被动接受。

《马门教授》的现实主义时效性艺术还表现在，作者根据德国历史上最黑暗阶段的现实，以高度的政治敏感和艺术概括力塑造了一位受法西斯主义迫害的牺牲者形象。该人物形象在当时的德国极具典型性，沃尔夫在1936年写的一篇后记里曾说：“马门教授不是某一个人，而是几百个马门教授中的一人，他是一九三二至一九三三年间几百万德国资产阶级民主主义者的一个典型，他们昨天才选举兴登堡为‘自由的保证’，接着就拥戴希特勒为‘反对布尔什维克的堡垒’。”①因此，该剧不仅是对法西斯种族歧视的控诉，同时也无情地鞭挞了当

① 转引自黄贤俊《沃尔夫戏剧集·前言》，载《沃尔夫戏剧集》上，人民文学出版社1959年版，第6页。

时德国知识分子政治立场暧昧，以及回避政治、逃避斗争的畏怯心理。

自1939年《马门教授》以《希特勒的杰作》为名，作为反法西斯世界名剧，由上海潮锋出版社出版以来，对中国抗战中后期知识分子题材的现实主义剧作产生了很大影响，尤其是夏衍的《法西斯细菌》，在题材上和艺术表现手法上，对《马门教授》的借鉴颇多。

第二章

《爱与死的搏斗》与历史拯救的“革命”性

第一节　罗曼·罗兰剧作译介与中国民众戏剧运动

在现代性和民族性的碰撞中，中国现代戏剧的新形态——话剧的崛起，关涉“中国与西方、古典与现代、政治与审美、自律与他律、个体与群体、二元对立与对话融合等各方面的问题”①。这对立中的择取，往往是与时代需求密切相关的中国现实、政治、他律、群体，即话剧的启蒙意义。

抗战戏剧运动，因为涉及大众普及，受众群体的多层次性，从“五四”以来积累的外国剧创作经验，在服务于抗战背景下统一的革命主题时，必然有所扬弃。然而，作为民族共同记忆的历史形象，直白的民间艺术形式，也就是话剧早期具有平民特色的民众戏剧形式，一时成为战时历史剧创作和演出的首选。

中国现代戏剧史显示，民众戏剧运动一直伴随着中国现代戏剧发展，其间法国革命历史剧作家罗曼·罗兰可谓功不可没。1921 年，沈泽民在《民众戏院的意义与目的》中，正是利用罗兰的观点来诠释民众戏院的意义和目的。他说：“罗兰以为民众戏院的主要目的是：（一）娱乐，（二）能力，（三）知识。娱乐，就是要使得辛苦一天的劳工们能得到道德上与体力上的休息。劳工们一天到晚工作之后，应该想个法子使他们的精力能够再旺盛起来，所以，民众戏院的任务，

---

① 谭好哲等：《现代性与民族性：中国文学理论建设的双重追求·绪论》，社会科学文献出版社 2005 年版，第 1 页。

不仅在消极方面是欲竭力阻止忧愁烦闷的压迫加到看客身上，而且在积极方面应该使他们把民众戏院当作一个依靠的人，时常扶着它（民众戏院）的肩头得一下子休息。”① 1929年，欧阳予倩在《民众戏剧的研究》中，同样引用罗曼·罗兰的观点：“我们要使平民的力与健康加入在艺术里，使无血气的艺术有生气，使瘦弱的胸膛挺出来。吾人不是为平民而使用智慧的荣誉，是要平民和我们一齐为这荣誉而劳动！”在此基础上，他又提出“平民剧”：“我们不能从民治作起，而必要从‘民享’作起：而第一步方法就是‘民有’——就是以平民为主，用平民的资料来编戏剧。这有两层意义：第一，是让平民看了认识他们自己；促使他们的生活向上。第二，是让上层阶级不忘记平民，就时时可以爱护平民；他们也可以渐渐自己作平民。”②

民众戏剧的推广，使处于社会激变时期的中国民众对戏剧充满了期待。无产阶级戏剧倡导者郑伯奇说：“激动大众，组织大众，最直接最有力，当然要推戏剧。”③ 当发展到“国防戏剧”的时候，民众戏剧转向大众化普及，“作家们大都真诚地放弃了自己的个性追求，希望和广大民众一起高唱时代的进行曲。历来所讨论的‘大众化’问题，此时都成为作家们自觉的行动。”④ 而到了抗战全面爆发后，在戏剧大众化的推进中，更进一步提出了戏剧民族化问题。文艺工作者们出于民族命运、祖国前途的责任感和使命感，重新认识民族、重新认识自己，为振作民族精神不惜动用了几乎所有的艺术方式。

在抗战斗争的形式下发展着的民众剧运，一直将现实民主斗争与民族救亡革命作为主题，剧作人物形象，要么是大众熟知的历史人物，要么是与大众接近的现实人物或时事中耳熟能详的英雄，艺术样式虽依然遵循着“五四”传统对西方的效仿，但已经发生了民族形式的转换。这样的接受背景，使中国对外国剧作译介的选择更多倾向

① 沈泽民：《民众戏院的意义与目的》，《戏剧》第1卷第1期，1921年5月。

② 欧阳予倩：《民众戏剧的研究》，《戏剧》第1卷第3期，1929年9月。

③ 郑伯奇：《中国戏剧运动的进路》，《艺术月刊》第1卷第1期，1930年3月。

④ 钱理群、温儒敏、吴福辉：《中国现代文学三十年》，北京大学出版社1998年版，第345页。

于具有“民享”特征的莎剧或莫里哀剧等。但这些剧作似乎又疏离于战时斗争的需要。而既契合中国社会革命主题，又具有民众戏剧运动的“民享”和“民有”特征的罗兰革命历史剧，则成为激扬革命斗争精神，激活现时革命历史性特征的译介热点。

第二节　罗曼·罗兰历史剧创作的“革命”性

一、罗曼·罗兰的创作精神

“罗兰公开声称自己是悲剧的理智之父，莎士比亚只是火焰中的荆棘、先驱、刺激因素和独一无二的典范。”① 对莎士比亚的崇拜和学习，使罗兰的剧创作具有较为朴实的民享特征，而与莎士比亚不同的是，其剧作更多的是凭借历史表达时代思考。同是历史剧创作，同样关注人类思想情感的复杂性，莎剧侧重于历史情境中抽象而又具体的个体视角，罗兰则将激变的革命历史反思和社会现实紧密联系起来，用戏剧代替散文或柏拉图式的对话来讨论思想问题，直接进入历史人物内心，参与人类思想信仰的辩驳。“罗兰所写的戏剧都是问题戏剧，剧中人物都集中表现了激烈的正反面对立斗争，戏剧所表现的主要内容不是活着的人物形象而是思想。”②

罗兰具有内心镇静的正义感和清晰的分析能力，以及放眼世界的博大胸怀。1924 年，他在写给敬隐渔③的信中说：“我不知什么叫国家和种族的隔阂。不同的人种对于我来说只是一些不同的色调。这些色调互相补充，使得图画绚丽多彩。”④ 在罗兰心中，不存在外在的文化种族之别，却有着精神高下之分。1925 年，他在《约翰·克利

---

① ［奥地利］斯蒂芬·茨威格：《罗曼·罗兰传》，团结出版社 2003 年版，第 111 页。

② 同上书，第 110 页。

③ 敬隐渔（1901—1930），四川遂宁人，作家兼翻译家，最先把罗曼·罗兰的《约翰·克利斯朵夫》翻译成中文。

④ 谢天振、查明建：《中国现代翻译文学史》（1898—1949），上海外语教育出版社 2004 年版，第 443 页。

斯朵夫致中国兄弟》的公开信中说："我不知道什么叫欧洲，什么叫亚洲。我只知道世上有两种种族：一种是向上的灵魂的族类；另一种是堕落的灵魂的族类……我和前者站在一边。"①

19世纪末的欧洲，精神是贫弱的，艺术是贫乏的，能够给人以美和灵感的艺术很少。传统现实主义所体现的雄心勃勃和崇高，总是难以回避其粗糙和矫饰。罗兰没有在自己生活的时代去找寻美和灵感，他一开始就致力于创作英雄题材的戏剧和撰写伟人传记，作品充满戏剧性的紧张，剧中人物大都是热爱生活、献身理想的英雄。维·尼古拉耶夫称其为"新现实主义"写作，他说："新现实主义的基本特征就是要努力克服旧的批判现实主义所特有的缺乏信念，给他灌输乐观精神，用一种新的元素——英雄的主题——使它丰富起来。罗兰的现实主义具有比福楼拜和左拉的现实主义更伟大的伦理力量，能够教育人民，激励他们前进。他是一个道德家，然而这种道德是多么伟大，它所播射的光芒是多么灿烂，这种道德包括了对人类的英勇服务，对一切卑鄙和不正义、老朽和垂死的事物之刻骨的蔑视和无情的斗争，以及促进新人类的诞生。这种道德是多么丰富，它通过强有力的栩栩如生的人物来表达，并反映在各种景象中——它们充满了精致的抒情味，响彻圣乐般的凯歌！"② 这样的道德伦理力量超越了民族与政治革命，是人类道德精神的革命。这革命首先需要主体精神的独立和无惧无畏。1919年，罗兰在《精神独立宣言》中做了如下阐述："我们知道个人精神的荏弱和巨大的集体潮流的基本力量。战争把知识分子的队伍搅乱了。他们的精神听凭一个政治或社会的小集团、一个政府、一个国家或一个阶层的自私利益所使唤。让我们把精神从这些妥协、这些委屈的联合以及这些阴暗的奴役中解放出来！精神不是任何人的仆从，我们只崇尚真理，自由的、无限的、不分国界的真

① 谢天振、查明建：《中国现代翻译文学史》（1898—1949），上海外语教育出版社2004年版，第443页。

② ［苏联］维·尼古拉耶夫：《罗曼·罗兰论》，载《罗曼·罗兰文钞》，孙梁译，广西师范大学出版社2004年版，第428—432页。

理，毫无种族歧视或阶级偏见的真理。当然，我们对人类并不淡漠！我们不知道各个不同的民族。我们只知道人民，特殊而又普遍的人民；受苦的奋斗的人民；人民，所有的人，都是我们的兄弟。为了使他们也能像我们这样实现博爱的大同，我们要在盲目的纷争上高举圣约柜——精神，自由、永恒、单一而又多元的精神。”① 在其阐述中，我们发现精神独立需要个性解放和坚强的革命意志，精神是“自由、永恒、单一而又多元的精神”，是“使人民实现博爱的大同”的伟大精神，是与宗教信仰齐等的道德理想。罗兰笔下的文学形象承载着这些精神、自由、意志、道德理想，他们在不寻常的历史事件和坎坷经历中真切地解读、传达这些词汇的真实内涵。

二、罗兰作品在中国的译介接受

罗兰的“新现实主义”特色在于塑造灵魂高大的英雄形象，作品人物充满道德理想的革命气质。1903 年，他在《贝多芬传》的序言中写道：“世界要窒息了，打开窗子吧！让新鲜空气吹进来！让我们呼吸英雄的气息！”他的“信仰的悲剧”、“革命戏剧”、“伟人传”、《约翰·克利斯朵夫》、各种时事评论和《欢悦的灵魂》等作品都是作家对英雄的呼唤。他笔下人物都是在激变的社会历史现实中，不断探索真理，提升自身思想情感，进而超越庸凡现实而成为践行真理的英雄。通过这些人物心灵的律动，读者会感受到罗兰不再是一个单纯的作家，一个单纯的诗人、艺术家，而是时代的代言人，世界的良心。这对于苦闷着的求索者来说，无疑是一种安慰和激励。巴金说：“我喜欢罗兰的早期作品，比方他所著的《约翰·克利斯朵夫》、三部传记和大革命戏剧。他的英雄主义给了我很大影响；当我苦闷的时候，在他的书中我常常可寻找快慰和鼓舞。他使我更好地明了贝多芬痛苦中得到快乐。靠着他，我发现一些高贵的心灵，在痛苦的当儿，可以找到甜美，可以宰割住我的痛苦。他可做我们的模范和典型。

① ［法］罗曼·罗兰：《精神独立宣言》，载《罗曼·罗兰文钞》，孙梁译，广西师范大学出版社 2004 年版，第 102 页。

‘爱真、爱美、爱生命’，这是他教给我的。”[①] 在现代中国，对于寻找光明和未来的知识分子来说，罗兰具有精神导师的鼓励和指导效能。罗兰作品虽反映社会历史现实，但其社会历史批判并非停留于政治革命层面，而是熔铸艺术之思的道德精神探寻之旅。作品人物的感召力，不仅仅在于他们寻找的真理是什么，更重要的是他们在痛苦中挣扎蜕变的过程，不妥协的意志和坚守真理的精神品格。抗战时期的中国，“知识界笼罩在灰色情调之下，许多知识分子在看不到社会前途的遁词下，逃避着个人的战斗责任。深受当时知识分子欢迎的傅译《约翰·克利斯朵夫》唤起知识分子内心深处的‘人’的尊严，唤起他们的斗争精神和斗争热情”[②]。傅雷在《〈约翰·克利斯朵夫〉译者献辞》中充满感情地说：“真正的光明绝不是永没有黑暗的时间，只是永不被黑暗所掩蔽罢了。……战士啊，当你知道世界上受苦的不止你一个时，你定会减少痛楚，而你的希望也将永远在绝望中再生了吧！”[③] 抗战时期，《约翰·克利斯朵夫》激励了绝望中挣扎着的中国战士。王元化在《向着真实》中说，1941 年，躲在阴暗的小楼里读着《约翰·克利斯朵夫》，“在我眼前展开了一个清明的温暖的世界，我跟随克利斯朵夫去经历壮阔的战斗，同他一起去翻越崎岖的、艰苦的人生的山脉……读了这本书的人就永远不能把克利斯朵夫的影子从心里抹去。当你在真诚和虚伪之间动摇的时候，当你对人生对艺术的信仰的火焰快要熄灭的时候，当你四面碰壁心灰意懒预备向世俗的谎言妥协的时候，你就会自然而然地想到克利斯朵夫……”[④]

抗战时期，面临着存亡危机的商务印书馆，发行了傅雷翻译的《约翰·克利斯朵夫》，4 册 10 卷，对中国产生了深远的影响。而此时，罗兰作品被译介最多的却是他的革命历史剧。罗兰最早的剧本写

① ［法］明兴礼：《巴金的生活和著作》，王继文译，文风出版社 1950 年版，第 57 页。

② 贾植芳：《在这个复杂的世界里》，《新文学史料》1992 年第 1 期。

③ 傅敏编：《傅雷文集》（文学卷），安徽文艺出版社 1998 年版，第 254 页。

④ 王元化：《关于〈约翰·克利斯朵夫〉》，载《向着真实》，上海文艺出版社 1982 年版，第 127—144 页。

作是1893年到1898年的《圣路易》、《艾尔特》、《理性的胜利》，20年后，以“信仰悲剧”为题在巴黎发表。那时，法国在1870年普法战争失败后，民族情绪低落，为了拯救战败的法国，他在戏剧中表达了一种新的理想主义：“不是叫法国忘却失败，而是劝法国把失败变成高贵的道德源泉，进而认识到浸透鲜血的战场上萌发的精神种子的价值。”①1944年处于沦陷区的上海世界书局，初次发行了由贺之才翻译的这三部剧作。“在《圣路易》中，可以看见宗教感情激奋；在《艾尔特》中，民族情感在高涨；在《理性的胜利》中，则是理性的陶醉，而理性也是信仰。在这三个剧本中，人们可以看到自我牺牲精神的热情，这种牺牲是战斗中的牺牲，是面对敌人，大义凛然的牺牲，这是针对思想软弱和行为无力的双重反抗，反对怀疑主义，反对置祖国的伟大前程于脑后。”②处于抗战胜利前的黑暗，罗兰的这三部剧作译介给中国读者心中植入了力量的种子，极大地唤起他们民族解放的热情。

茨威格曾对罗兰剧作有这样的评价：“自然主义和对现实的描摹统治，压抑着那个时代，它故意将作品引向生活的狭隘、平庸和琐碎，可罗兰想要凌驾于摇摆不定的现实之上，想要那永恒理想的伟力，他强烈渴望昂扬振奋、渴望情感的飞翔和自由、渴望喷薄的精力，他是浪漫派，他是理想主义者：在他看来，值得描绘的不是生活中的权利、贫穷、暴力、情欲，而是超越他们的精神，将每一天用永恒来提升的理想，其他人试图刻画日常生活最外在的真实，而他要写特立独行者、对凡庸的超越、英雄主义从天空撒入尘世种子中的永恒核心。诱惑他的不是生活的原貌，而是精神和意志从自由中创造的生活。”③罗兰并不是在剧中描述自己的理想，而是将“理想主义提升

① ［奥地利］斯蒂芬·茨威格：《罗曼·罗兰》，杨善禄、罗刚译，安徽文艺出版社2000年版，第41页。

② 罗大冈：《论罗曼·罗兰》，上海文艺出版社1984年版，第147页。

③ ［奥地利］斯蒂芬·茨威格：《罗曼·罗兰》，杨善禄、罗刚译，安徽文艺出版社2000年版，第99页。

为一种精神，而非残酷的暴力，这就是罗兰戏剧的意义所在”[①]。然而，因为与当时法国文坛和戏剧舞台风格格格不入，罗兰剧却不能获得认可。他在写给易卜生的信中表达了自己的心声：“我对周围一切感到太格格不入，所以我写作仅仅是为了我自己，我写了五六个剧本，写完一个又一个。可是，我有时不由自主地由于这种孤独而心烦意乱。因此，请原谅，我出自本能伸出手来请求您的帮助。”[②] 当时占据戏剧舞台的是“通奸故事，琐碎的色情冲突，从不涉及全人类的道德伦理问题。这种游戏性艺术与具有民族深度的激情无缘，与真正创造性的，敏感的民族力量之间，一道无边的裂隙在产生”[③]。罗兰认为这是“戏剧艺术的贫血症，只有依靠人民才能康复。只有人民的活力才能恢复他的生命和健康，民族性的戏剧不应当是一万名上层人物的奢侈品，它应当成为民众的道德给养，并对人民的心灵成长产生积极的影响”[④]。这正是罗兰的民众戏剧观，即“人民戏剧”诞生的背景。

对于“人民戏剧”的思考，罗兰直接受到了一百年前法国大革命中“人民剧院”的启发。1794 年 3 月 10 日，革命政府公安委员会作了如下的决议：“（1）人民自己创作的并为人民服务的剧本应每月定时上演，兹规定‘法兰西剧院’为专门演出此项剧目的剧院。（2）该剧院门外应标明为‘人民剧院’字样，每十天应有三次演出。我们要求巴黎各剧院的演员团体轮流参加该院的演出。”同年 5 月 16 日，公安委员会又号召各剧作者“歌颂法兰西革命的主要大事，编写符合共和主义的剧作，使法兰西人民复生的各伟大时期永垂不朽，并且由于法兰西民族正在争取自己的自由，同时受欧洲所有暴君的攻击，应

① 刘蜀贝：《罗曼·罗兰传》，中国广播电视出版社 2003 年版，第 126 页。

② 《罗曼·罗兰戏剧集·序言》，载《罗曼·罗兰读书随笔》，上海三联书店 1999 年版，第 239 页。

③ ［奥地利］斯蒂芬·茨威格：《罗曼·罗兰传》，张玉书译，华夏出版社 2002 年版，第 71 页。

④ 同上书，第 72 页。

该使历史具有适合这个伟大民族的史迹的坚定性格"①。但是，"人民剧院"只维系了两个月，在罗伯斯庇尔死去，雅各宾党人失败后消失。1899年，罗兰等一批作家聚集在"戏剧艺术杂志"周围发起了重续法国大革命传统的戏剧运动，他们想建立一座巴黎人民剧院，上演真正属于人民的戏剧。在这场戏剧运动中，罗兰本计划围绕法国大革命历史创作十二部剧作，结果只完成了八部：《群狼》（1898）、《理性的胜利》（1899）、《丹东》（1900）、《七月十四日》（1902）、《爱与死的搏斗》（1925）、《百花盛开的复活节》（1926）、《流星》（1928）、《罗伯斯庇尔》（1939）。他把这些剧目总称为大革命的戏剧总集，其创作目的是"想在这部集子里刻画出自然界的某种动乱和社会上的某种风暴，自第一阵波涛从海底翻腾上来开始，直到它们仿佛又回到海底，海面上又慢慢恢复了平静时止，把全部过程都要刻画出来"②。作者使剧情尽量摆脱浪漫式的结构和使剧情变得冗沓渺小的东西，努力提高艺术对"社会悲喜剧"③应负的责任。他认为，艺术应该像席勒于1798年10月23日"华伦斯坦的营垒"上演时说的那样："我们面前展开的新纪元使诗人增加了胆量，敢于离开走过的老路，敢于把你们从平庸生活的狭小圈子移置到一个较崇高的境地，一个与目前大家正在奋斗的崇高时代相适应的境地。"④

罗兰把以法国大革命为题材的革命剧称为"法国的伊利亚特"，他希望像莎士比亚十部历史剧（《理查二世》、《亨利四世》上下篇、《亨利五世》、《亨利六世》上中下、《理查三世》、《亨利八世》、《约翰王》）一样，在时间上前后相连。1909年，他发表《革命剧》这个集子时，只包括他早期写的四部剧，其中《理性的胜利》已编入"信仰悲剧"。当时的《革命剧》只包括《七月十四日》、《丹东》和《群狼》。贺之才翻译了这三部剧作，《丹东》和《群狼》与前面的三

---

① 《罗曼·罗兰革命剧作选·序》，齐放、老笃译，人民文学出版社1985年版，第1页（作者写于1909年1月）。

② 同上书，第2页。

③ 同上。

④ 同上。

部“信仰戏剧”一样，1944 年也由上海世界书局初次发行。

《七月十四日》，1934 年由上海商务印书馆初次发行，并把它归入“世界文学名著”丛书；1935 年由长沙商务印书馆初版，1939 年又收入“万有文库”，1945 年 1 月由重庆商务印书馆再次发行。按作者原来的打算，《七月十四日》应是革命剧的第一部。剧本没有具体的情节，只是具象地描述法国大革命爆发时，1789 年 7 月 14 日，巴黎革命群众攻打巴士底狱的情景。当时的革命，还没有明确的指导思想，完全是人民的自发行动，剧中没有突出的英雄个体，只有英雄（如果可以称为英雄的话）群体，人民群众自己。剧作描绘的是巨浪滔天的群众革命风暴，表现了人民的力量和激情，激荡高扬着民族英雄主义豪情。剧中人物众多，各行各业的男女老少，再现了全面宏大的群众场景。全剧分为三幕，时间为 7 月 12 日到 7 月 14 日。第一幕：在王宫花园，7 月 12 日，星期日早晨；第二幕：在圣安东关厢区，7 月 13 日，星期一的夜晚；第三幕：在巴士底狱和市政厅广场，7 月 14 日，星期二下午 4 点钟至 7 点钟。整个群众运动集中于第三幕，成功地攻占巴士底狱，因此剧本命名为“七月十四日”，前两幕是这一伟大行动的孕育阶段。整部剧作以群众情绪和行动为线索，几个主要人物的台词和行为是剧情燃点，推动剧情发展。剧中人物，既是主角又是配角，既是背景烘托，又是聚焦式的画面再现，如同镜头的远近和特写选择。如在第一幕，在较为详尽的场景介绍后，人物的出场依次为“几个报贩”、“群众”、“一个老百姓”、“绅士”、“一个大学生”、“乞丐”、“妓女甲、乙”、“商人甲、乙”等无名的类别人物和非类别人物。这些人物只烘托有名人物出场的氛围，如同古希腊戏剧的歌队一样，具有背景效能，不同于歌队的是，他们又根据职业、身份代表一类人群，台词又有区别。他们的台词从不同角度关注着法国巴黎的命运。对“凡尔赛”消息的关心，就是对巴黎、对祖国的关注，祖国就在这些人心中，巴黎与他们的精神融为一体，巴黎因为这些民众而鲜活生动起来。他们就是国家、民族精神，是无名无业者，是某类职业代表者，而某个凝聚着他们所有期待的杰出历史人物正呼之欲出。

《七月十四日》把法国大革命场景作为描述对象，充分地表现了人民信仰的激情和革命豪情。罗兰在回忆当时创作的情景说："一九〇〇年，一边看〈丹东〉排练，一边制作〈七月十四日〉，我当时写道：'我越走进痛苦和超乎人力的世界，我越觉得浩大的剧诗在构成，我听见掀起的海洋吼号：法兰西人民的伊里亚特良心之门从门头拔起，没有比这次猛烈。俯向灵魂的深渊没有比这次俯得更能向前。住在精神洞窟的不可见的神怪，从夜晚涌现，没有比这电般可怖而霎那之间涌现的更其清彻。我要试探的不仅是一个过去时代的英迹，而是人生能力和限制的证验。'"① 救国救民于水火的中国抗战，急需这种"验证人生能力和极限的英迹"，《七月十四日》这般描述民族激情的剧作成为当时创作的范本。为了更好地激发民众斗志，发扬抗击外侮的民族精神，抗战时期依据时事和史实的剧作一时盛行。时事是刚刚发生的历史，其中时事剧代表作是《保卫卢沟桥》，而据史而作的历史剧可谓数不胜数。这些剧作通过群众场面描写还原历史场景，启发现场受众，感召大众投身于民族解放的革命行动之中。

上海戏剧界、电影界近百人参演的、集体创作的三幕话剧《保卫卢沟桥》，作为抗战以来第一个宣传鼓动的抗战大剧，拉开了抗战戏剧大幕。它的结构与《七月十四日》极为相似，全剧也分为三幕：第一幕：暴风雨的前夕；第二幕：卢沟桥是我们的坟墓；第三幕：全民的抗战。《七月十四日》中豪迈的革命激情和热烈的信仰，被积极抗战的爱国主义热情所代替，"七月七日"代替了"七月十四日"，两部剧作都充满了感召力。上演时，舞台上的激情和民族主义精神感染着台下观众，在戏剧达到高潮时，真正的舞台消失了，人民与演员达到了完全融合。

茨威格在对《七月十四日》的评价中说："最后一幕戏的台词是向观众说的。舞台上攻占巴士底狱的群众号召观众永远战胜压迫，永远团结。这种思想不仅应当在他们的灵魂深处引起反响，而且应当从

---

① ［法］罗曼·罗兰：《爱与死的搏斗·序》，李健吾译，文化生活出版社1939年版，第3—4页。

他们的心胸中喷薄而出。‘我们是兄弟’的叫喊声，应当成为演员和观众的两部合唱，因为他们已被卷进了神圣的波涛，并且会合成欢乐的巨流。过去时代的星星之火，应当延烧到现代人的心田；过去时代的醉意，应当温暖和激励现代人的思想。”① 参照茨威格对《七月十四日》的评价，《保卫卢沟桥》可做如此解读：《保卫卢沟桥》作为即时创作，舞台上演员号召观众起来抗敌救亡的台词，把演员与观众卷进了爱国主义的情感波涛之中，不是“过去时代的星星之火，应当延烧到现代人的心田；过去时代的醉意，应当温暖和激励现代人的思想”，而是此时此地的星星之火燃烧在心头，温暖激励着人们在民族危亡之秋奋起反抗；《七月十四日》通过群众群像的集体再现，还原革命历史的现场，激发在场观众的民族精神和民族信仰；而《保卫卢沟桥》针对“七七事变”时事，通过还原现时场景，号召全民同仇敌忾积极抗日。现在看来，两部剧作都具有革命历史性特征，都以描述群众情绪为主线，但在当时，《保卫卢沟桥》体现的是时事性、时效性，不是历史反思，而是时事激奋。这激奋是抗战剧创作的基调，即使取材于历史的历史剧，如《黄花岗》、《李秀成之死》、《天国春秋》、《屈原》和《岳飞》等，也大都是通过史实抒发这种现实情感，这情感不属于作者，不属于演员，而是台上台下共同合唱的时代心声。

“它（指《七月十四日》）跑着，以袭击的步伐推翻墙壁，具有欢乐咏的清新的愉悦。”② 而《丹东》表现的则是法国大革命进入低潮的突变。《七月十四日》高昂的革命激情在《丹东》转变为革命胜利后的深沉思考——“在人的内在发展中，在不同的思想和个性冲突中，矛盾产生了。《七月十四日》中唱主角的群众在革命这个阶段又降为观众。主宰舞台的不再是英雄主义本能，而是知识分子专横而不

① ［奥地利］斯蒂芬·茨威格：《罗曼·罗兰传》，张玉书译，华夏出版社 2002 年版，第 86 页。

② ［法］罗曼·罗兰：《爱与死的搏斗·序》，李健吾译，文化生活出版社 1939 年版，第 5 页。

确定的思想”。“罗兰在《七月十四日》中向他的民族展示了伟大的力量。这里描写的则是每一次胜利都会面对的永恒的危险，迅速转向消极面的危险。”① 罗兰直面这种危险，丝毫不回避历史现实中精英分子探索真理、实现理想过程中的偏执和误区，发出超越于革命现实的人性呼唤。后面相继创作的，以《爱与死的搏斗》为代表的几部围绕着大革命历史创作的剧目，都涉及革命的某种“危险”。作者并未将革命神圣化，而是直面“危险”，呼唤生命的尊严、理性的光辉、公正的道义和情感的圣洁。

第三节　《爱与死的搏斗》的革命历史性阐释

罗兰的革命历史剧作被译介最多的是《爱与死的搏斗》（又名《爱与死的角逐》）。据谢天振、查明建的《中国现代翻译文学史》（1898—1949）记载：“自 1928 年夏莱、徐培仁合译出版后，1937 年、1939 年、1940 年、1943 年、1944 年、1946 年、1947 年，差不多每年再版一次。”② 除此之外，还有贺之才的译本《爱与死之赌》，1944 年由世界书局出版。李健吾则将该剧译为《爱与死的搏斗》③。三种译本虽有出入，但都译出了大革命时期“爱与死”的对立选择与冲突。

20 世纪 30 年代开始译介的罗兰剧《爱与死的搏斗》，与中国左翼文学、民众戏剧运动以及剧作家联盟有密切关系。1929 年冬天，叶沉和夏衍、冯乃超等人共同组织成立了上海艺术剧社，这是左翼剧作家的联合。1930 年 1 月，上海艺术剧社举行第一次公演，演出了

---

① ［奥地利］斯蒂芬·茨威格：《罗曼·罗兰传》，张玉书译，华夏出版社 2002 年版，第 89 页。

② 谢天振、查明建：《中国现代翻译文学史》（1898—1949），上海外语教育出版社 2004 年版，第 396 页。

③ 《爱与死的搏斗》，李健吾译，1939 年 9 月由上海文化生活出版社出版，1940 年 11 月再版，1946 年 11 月三版时编入由巴金主编的《文化生活丛刊》第 23 种，1943 年 2 月由桂林的文化生活出版社出版，并带“桂 1 版”字样。本章的作品分析选自该译本。

三个独幕剧，《梁上君子》、《爱与死的角逐》、《炭坑夫》。叶沉导演了罗曼·罗兰的话剧《爱与死的角逐》，这是罗兰剧在中国的首次公演。夏衍在《难忘的一九三〇年——艺术剧社与剧联成立前后》中说："艺术剧社首先提出了普罗塔利亚戏剧这一个口号。'五四'以来，中国话剧早已有了反帝反封建的革命传统，可是，当时所谓的民族戏剧或者革命戏剧，还缺乏一个明确的阶级观点。由于剧社是党直接领导的剧团，在这一点上就比较明确而坚定了。冯乃超在艺术剧社编辑出版的《戏剧论文集》中说：'民众戏剧的革命化，根本地，若不站在民众自身的社会关系上，代表他们自己阶级的感情、意欲、思想，它永远不会成为民众自己的戏剧。'从这个要求出发，艺术剧社选定了三个首次公演的剧目，这就是德国米尔顿的《炭坑夫》，美国辛克莱的《梁上君子》，法国罗曼·罗兰的《爱与死的角逐》。"[①] 由此看来，《爱与死的角逐》等外国剧作，在当时是作为"民众戏剧"样本来首演的。中国剧作家，借这些外国经典剧作中的无产阶级感情、意欲、思想来宣扬自己的无产阶级戏剧艺术观。

据许幸之回忆："德国米尔顿的《炭坑夫》，美国辛克莱的《梁上君子》，法国罗曼·罗兰的《爱与死的角逐》，这三出戏在演出中比较受欢迎的是《炭坑夫》和《二楼上的人》（《梁上君子》），因为当时正是'普罗文学'（即无产阶级文学）盛行的时代，这两个剧目刚刚被翻译出来，为读者所熟悉，剧本的内容浅显易懂，并且可以结合当时的政治运动与社会矛盾，所以能受到欢迎。而罗曼·罗兰的《爱与死的角逐》首先是法国历史剧，剧本内容又包含着比较深的哲理，再加上我们错误的理解，歪曲了剧本的主题：把为正义而牺牲的百科全书派的老议员，错误地解释为阻碍妻子恋爱自由的丈夫。这样，这出戏就更难使人理解了。后来，在抗战时期，我在上海剧艺社

① 夏衍：《难忘的一九三〇年——艺术剧社与剧联成立前后》，载《中国话剧运动五十年史料集》第一辑，中国戏剧出版社 1985 年版，第 145—146 页。

重新导演过这出戏，由于端正了剧本的主体，便获得了演出的成功。”①

罗兰倡导“人民戏剧”，深入民众的人道主义倾向，使其创作充分地表达了对下层人民的关怀和热爱。他的人道主义精神与传统意义上的人道主义不同，并不是将下层人民作为同情的对象，而是将其作为历史发展的动力。他说：“对于我，历史是自然的热情与力的储水池。我就而汲取。我从洞底搜捕人类的猛兽，千头的动物：民众与斗士。我不担心把他们弄得相似：因为他们永在。”② 这样的历史发展观，与无产阶级革命观相似，“人民戏剧”与“无产阶级戏剧”在一些观念上可以说是不分彼此。1922 年，罗兰在答复《人道报》关于《共产党宣言》的文章中说：“一定要和无产阶级站在一起，只要它是尊重自由和人道的。”他声称：“除了无产阶级为之战斗的事业之外，任何‘自由’都是欺人之谈。”③ 罗兰同情无产阶级革命，并支持处于危难中的苏联。1927 年，在国际反共势力异常凶猛之时，他向全欧洲自由的人们大声疾呼：“今天的苏联处于危险的境地，万一俄国被摧毁，那么不仅全世界无产阶级被奴役，一切社会自由与个人自由，必将同归于尽……世界将倒退几个阶段。欧洲各国人民眼看要被卷入帝国主义全线专政的战争。”④ 罗兰以博大开放的胸襟关心着世界未来，既与苏联建立了深厚的友谊，又积极关注着中国正在发生的变化，这正是其剧作被列为“普罗文学”的原因。但该剧又与无产阶级文学的《炭坑夫》和《梁上君子》有不同之处，剧中既涉及人民革命，又以博爱的大同理想反思革命，其革命历史性与无产阶级革命现实并未产生直接联系，虽以激发读者和观众的革命情感而获得审美效果，但却是现实理性反思，而不单单是浪漫主义革命情感的

① 许幸之：《友爱与温暖的回忆——为上海艺术剧社诞生二十七周年纪念而作》，载《中国话剧运动五十年史料集》第一辑，中国戏剧出版社 1985 年版，第 159 页。

② ［法］罗曼·罗兰：《爱与死的搏斗·序》，李健吾译，文化生活出版社 1939 年版，第 8 页。

③ 参见陈周方《罗曼·罗兰》，辽宁人民出版社 1985 年版，第 45 页。

④ 同上。

抒发。

《爱与死的搏斗》分为十二场，剧情由生的轻松渐渐滑向死的沉重，由间接谈论到直接面对，直至生死抉择。其间穿插的是爱的情感，即朋友之爱、情人之爱、人类之爱与生命之爱。在爱与死的对立中，对自由理性和大革命产生了怀疑，进而反思和再认识革命责任与爱的冲突，剧情推进与深入调动人物与受众对此类问题的思考相一致。

第一场，通过人物言行还原历史背景，是索菲出场的烘托，劳到伊丝喀对索菲带着嘲讽的赞美是间接介绍。第二场是法莱的倾诉：对索菲情感的诉说——爱情胜于生命，是他生存的唯一希望。法莱已经绝望，他把生的寄托转向爱的拯救，他说："我们用不着那套社会上的把戏，社会已经没有了，什么全没有了。"[①] 他本着爱祖国、爱真理、爱人民的理想与冷酷的独裁专制对抗，结果却在被通缉的逃难中被人民抛弃。他们这些潜逃人员所到之处，就会给人带去死亡的恐惧，而只求着"活下去"的人们便将其拒之门外。对于普通没有信仰的人们来说，生就是唯一的信仰，为了活着可以抛弃人间的一切情感和道德。

如果说前两场展示的是历史现象，而在第三场就开始了现象分析。共和国议会笼罩着死亡的恐怖气氛，人人自危，怯懦的人为自保而出卖着他人。作者借老议员杰洛穆夫妇之口表达了对共和国与共和主义的失望。

> 杰洛穆：（在议会）下流野蛮的本能统统显示出来了。一些怯懦的狗在闻血腥气。垣墙之中，豺狼在徘徊。他们（议员）极力做出不死不活的模样，好叫人家忘掉自个儿。只有一个屠夫说话，你就会听见苍蝇在死尸上飞。
>
> 杰洛穆：我厌恶、厌恶人类，厌恶自己。人性、理性、自

① ［法］罗曼·罗兰：《爱与死的搏斗》，李健吾译，文化生活出版社 1939 年版，第 54 页。

由……笑话！我的信仰可笑之至！人生下来就为做人的奴才。人生下来就为出卖。你要他自由，要他解放，闹来闹去，不过是帮他施展他的兽性罢了。

索菲：自然啦，人是下流的，残忍的，迷惑的……唉！我们太知道我们身子里面装着多少妖魔鬼怪，多少混账思想折辱我们，说都不敢说给外人听。……可是，正因为我们知道，我们才发动革命，解放人类，把大家救起。……我们的错误也许就在相信胜利相信太早了。①

这样的革命感伤，在第九场喀尔鲁出场后，发生了转变：

喀尔鲁：对于自然科学来说，不相信感伤主义，目的就是道德。我考虑的是战争的目标，不是战争。为了人类的进步，不妨龌龊——甚至于需要罪恶。

杰洛穆：假定虽说拼命谄媚人类的天才，同热烈的希望，我也就不肯把他看作祭坛上一尊神，用牺牲的血腥气息过活。对于我，只有生命，只有现在的生命神圣。②

按照传统的古典戏剧法则来讲，剧作完全符合“三一律”：地点不变，时间紧凑到不足24小时，剧情主线是挽救法莱。可是，作品揭示历史精神的真实性与复杂性却远远超出了古典主义理性，呈现的却是鲜明的现实主义风格。剧情表层结构是杰洛穆夫妇舍身营救法莱，深层次则是历史还原与反思。这是史诗性的诗剧，同中国的历史剧截然不同的是，人物描述在其次，重在历史还原后的现象分析，尤其关注历史冲突中的现实意义。在剧情安排上，作者针对当时人们被“死亡”阴影笼罩着的生存处境，始终让人物做出“爱”的情感判断

---

① ［法］罗曼·罗兰：《爱与死的搏斗》，李健吾译，文化生活出版社1939年版，第67—75页。

② 同上书，第115页。

和行为。"死亡"是"理性"的死亡，共和主义的死亡，信仰的死亡，生命的死亡，还有爱情、友情的死亡。"死亡"阴影渐渐变浓，从普通人物、次要人物，最后聚焦到主要人物身上。春天的舞蹈，夹着对冬天饥饿、寒冷的回忆，由回忆拉入现实的是报纸，报上对法莱等吉隆特党人惨死的报道。如果这些还是间接转述，那么门外经过的车马行刑队却明明白白传达了时时刻刻面临死亡的现实。法莱的意外出现，让死亡直接走进了杰洛穆夫妇的家，同时也让他们的情感经受着严峻考验，在死亡的聚光灯下来不得半点儿的伪饰和掩藏。

杰洛穆夫妇爱真理甚于爱生命，爱他人甚于爱自己，他们挽救了法莱，把不屈的死亡留给了自己。他们以个人生命践行真理，对抗历史谬误，可谓"义薄云天"！这与屈原（郭沫若历史剧《屈原》）拿自己生的怨愤对抗统治者的不公正，或中国历史剧人物以自己的死亡伸张民族气节不同：杰洛穆夫妇是在自我价值判断基础上抗争，坚持自我的信仰与理性。杰洛穆要求的是生命神圣，是"换我眼睛的明亮和精神的平静"①（第九场）。中国史剧人物屈原等的价值取向则是面向国家和民族，将自己的生命置于国家伦理和民族道德的祭坛之上。

坚定地捍卫自我信仰，并非固执己见，忽视历史客观现实，而是认清社会现实坚持未来理想。杰洛穆认为，自1789年之后，"四年过度的紧张，昏迷的演说，热狂的文章，恐怖，怀疑，救世的希望，之后的幻灭，形成了一种有毒的气氛。死的恐怖恶化了一切思想。'不是胜利，就是死'，想在这刀锋之上站稳了，一站站上几年，不会没有危险。刀锋之上弄了一身血，大家气疯了"②。（第四场）他说，如果自己的力量"被国家的力量牺牲掉，自然的力量就没有了"，"为未来牺牲掉真理、爱情、一切人类的道德和自尊心，等于牺牲未来。正义（就）不（会）在土壤上面生长"③（第九场）。

① ［法］罗曼·罗兰：《爱与死的搏斗》，李健吾译，文化生活出版社1939年版，第113页。

② 同上书，第84页。

③ 同上书，第114页。

整个剧情，因为侧重于个人思想情感，加上人物舍生忘死的牺牲精神，呈现的艺术风格既浪漫又悲壮。然而，又因剧作历史情境的真实还原和对生命的朴素理解，人物个人情感抒发则显得质朴浑厚，并没有振聋发聩的豪言壮语。在索菲面对选择丈夫还是法莱的情感激烈冲突时，索菲的台词很朴实，她对法莱说："我们做不了主不受爱情的痛苦，我们可做得了主不做爱情的玩具。"[①]（第十一场）在丈夫对自己的信仰产生怀疑的时候，索菲即使谈到革命和解放人类的伟大事业，也是立足于普通人性来谈信念。即使在结尾，杰洛穆夫妇面对即将到来的死神，也没有超乎平常的豪迈言辞。索菲问丈夫："为什么要把生命给了我们呢？"杰洛穆回答："为了征服他。"[②]（第十二场）"他"是法莱，是生命或死亡，还是爱情？纵观剧情发现，对受众最具震撼力的是，这简单朴素的言辞中蕴含着大无畏的革命精神，即征服死的恐惧，拿自己对真理的信念和人类热爱来征服死亡。

正因为作者还原了历史的日常性和真实性，剧作台词生活化的素朴，虽是有关生死和轰轰烈烈的法国大革命题材，剧作呈现在受众面前的依然是现实主义艺术的质感。第一场，春天花园中的舞蹈，对法莱等人死亡的议论，遗憾的悲叹瞬而转向个人自危的死亡问题。听到自己倾注生命的爱人——法莱惨死的消息时，索菲也是安静的，"看不见底的痛苦的静"[③]（第一场）。她向劳到伊丝喀的诉说，虽充满了悲愤之情，但这两个女人背着别人的私心话，在谈及生死相系的信仰、爱情带来的深沉痛苦时，却也只是娓娓道来。何况倾听者——劳到伊丝喀的平凡与庸俗，也不可能与索菲的情感发生碰撞，产生铿锵之声。

即使剧情在面临生死抉择的高潮时，人物台词也是平实内敛的，行为也是日常理性的。杰洛穆说："索菲，我从前也忘掉我勇敢同诚

① ［法］罗曼·罗兰：《爱与死的搏斗》，李健吾译，文化生活出版社1939年版，第132页。

② 同上书，第145页。

③ 同上书，第30页。

实的责任。今天晚晌，我回来的时候，我还多没有力量！直到我觉得丢掉你了，我才提起决心的力量。”①（第十二场）“勇敢”指征服死亡恐惧的无畏精神，“诚实”是直面自我内在精神实质的诚实，即对自己负责，对自己的信仰负责。自我在抛却一切牵挂时的忘我光辉，让人物并没有显得崇高，人物好像只是在失去爱人家庭的痛苦中自省。索菲不愿让爱情主宰自己，失去自我，而情愿找回往日的自我，她无声地把护照扔到壁炉里烧了。杰洛穆，也并没有极力央告和劝说妻子逃走。他们既优雅、高贵，又不失日常人性化的普通与平凡。甚至被死亡追逐了五个月的法莱，九死一生地投到情人门下，也只是虚弱不堪地倾诉，其中昂扬的精神、炽热的情感在其疲乏困苦的叙述中大打折扣。很显然，作者在剧中要通过人物伟大的思想情感塑造超越庸凡的英雄形象，但这丝毫不影响他在现实生活化、人性化的层面去把握平凡人物的不平凡，严格控制人物，使其不出现失去自我和人性之常的精神膨胀，如坚韧的法莱见到杰洛穆会嫉妒，曾经无畏地与死亡长久周旋后，见到爱人却害怕死亡。

通过《爱与死的搏斗》可发现，其革命历史性特征的现实主义风格，是在知性的历史还原和分析中实现的，找不出先行的某种精神与意识形态主宰作品的痕迹。作品的创作呈开放性、可持续性探索空间，主题并不仅仅针对时局批判，而是在反思历史中面向现实和未来的知性诠释。剧中素朴的生命意识与真理、信仰的历史反思激扬起崇高与神圣之光。作者一直回避浪漫高昂的革命激情，一直“听观念自为工作”②。浪漫的感伤情绪是单一的精神与情感的强烈化表现，会遮蔽人物思想情感的丰富性、复杂性和日常性，即使是倾注生命热情的信仰，一旦背叛了生活、生命的本真与朴素样式，也会因失去根本而变得空泛。

---

① ［法］罗曼·罗兰：《爱与死的搏斗》，李健吾译，文化生活出版社1939年版，第145页。

② ［法］罗曼·罗兰：《爱与死的搏斗·序》，李健吾译，文化生活出版社1939年版，第4页。

革命历史剧实际上反映了知识分子与历史的特殊关系——通过历史传统和现实需求传递现实和未来的历史使命。法国历史学家傅勒在《思考法国大革命》中说，欧洲“19世纪相信共和国；20世纪相信革命”。译者孟明的阐释是：“在欧洲，可以说19世纪致力于建构现代民主的代议制，而与此相对立的是20世纪的共产主义，它以人类解放的名义急需重复革命的救世论。”[①] 这两种革命的政治想象都源于知识分子的救世激情，都与法国大革命的历史反思有关。“法国大革命作为整体的历史事件，是由于社会关系、社会心理、社会需求、社会理想而导致的某个演变方向，因此，这基本上是一个有历史意味的哲学，尤其是政治哲学的工作，但是，它是严格地在历史学的意义上展开的。”[②] 罗兰在文学意义上，通过历史事件中单个或群体人物的言行，来展示法国大革命的某一片段，进而反思整个大革命，其哲理性是难以回避的。事件所涉及的社会关系、社会心理、社会需求、社会理想所具有的革命历史性，集中指向现实和开放的未来探索之旅。文学情景的再现，毕竟不同于客观地历史还原，作者必须具备超越于现实和历史的知性视角。史料的生活化处理和人情、人性化的冲突设置，是历史剧艺术再现历史场景、激活历史人物和历史传统的前提。这些都需要创作者对史实进行观念化处理。罗兰的革命历史剧，没有根据大革命的“自由、平等、博爱”进行政治哲学的阐释，而是在“自由、平等、博爱”这最明确和最完美的观念上，在反思的精神方向上具象化人物，辨识的却是道德价值取向，探讨的则是全人类道德理想。他没有局限在两种革命政治想象的某一方，虽然他曾经支持苏联无产阶级革命，那是因为他在博爱层面上去理解和支持无产阶级的自由和平等。由此看出，对罗曼·罗兰的剧作做政治价值的判断，是一种误读。这样的误读既遮蔽了作者的革命历史精神，又忽略

---

① 孟明：《中译本序》，见［法］傅勒《思考法国大革命》，孟明译，生活·读书·新知三联书店2007年版，第25—26页。

② 黄万盛：《革命不是一种原罪——〈思考法国大革命〉中文本序》，载［法］傅勒《思考法国大革命》，孟明译，生活·读书·新知三联书店2007年版，第6页。

了他历史剧创作中的现实主义风格，择取的只是人物道德层面的高尚品格和革命层面的激情。这注重人物形象和某种时代精神的解读，使剧作本身熔铸现实与未来的历史哲学思辨流于平面化和简单化。中国抗战时期，民族革命和民主革命的吁请，使中国接受者对罗兰革命历史剧的译介，只能联系中国革命现实筛检出符合时代意识的观念或在历史剧创作的现实主义方法上寻求可借鉴之处。

第三章

《麦克白》改编中的“民族”性

第一节　简介莎剧在中国的译介

莎士比亚戏剧最早的中文译本是刊载在《少年中国》1921年第2卷第12期上的田汉白话文译本《哈姆雷特》[1]。而莎士比亚的名字则早在清宣宗道光二十年（1840）就出现在林则徐主持编译的《四洲志》（*The Encyclopaedia of Geography*，1834年初版于伦敦）中[2]。早期田汉译作同后来的梁实秋译作一样，致力于白话文翻译，比较完整准确地译出剧本，以供知识分子阅读，不着眼于舞台演出。

20世纪30年代，为了“向伟大的外国作品里，学得些创作的技巧”[3]，翻译界普遍重视系统地、有计划地翻译外国文学名著。1930年，胡适主持的中华教育文化基金委员会下属编译委员会，拟定了莎剧全集的译介计划。他们成立了莎剧全集翻译委员会，由梁实秋、陈通伯、叶公超、徐志摩、闻一多五人组成，并拟以闻一多为主任，“期以五年十年，要成一部莎氏集定本”[4]。然而，由于时局动荡和徐志摩飞机失事，这一计划最后只有梁实秋一人坚持下来。1936年出版了5部莎剧译作，即《威尼斯商人》、《马克白》、《李尔王》、《如愿》和《奥赛罗》，1937年出版了《暴风雨》，1938年译出《丹麦王子哈姆雷特之悲剧》，1939年译出《第十二夜》，此后因时局而中断，

---

① 朱雯、张君川：《莎士比亚辞典》，安徽文艺出版社1992年版，第666页。

② 葛桂录：《中英文学关系编年史》，上海三联书店2004年版，第87—88页。

③ 冰（茅盾）：《对于“翻译年”的希望》，《文学》第4卷第2期，1935年2月。

④ 耿云志、欧阳哲生编：《胡适书信集》上，北京大学出版社1996年版，第527页。

直到20世纪60年代梁译《莎士比亚全集》才在台湾得以出版。除梁实秋外，曹未风与朱生豪先生也在20世纪30年代上半叶开始了他们的莎译事业。从1941年起至1944年，曹未风译《威尼斯商人》等莎翁11种剧本，曾名《莎士比亚全集》，先后由贵阳文通书局出版。[①]从所译篇目来看，曹未风似乎注重原著的知名程度与读者欣赏倾向。除了《该撒大将》、《李尔王》、《汉姆莱特》、《马克白斯》、《罗密欧与朱丽叶》之外，余下全是喜剧和传奇剧。

1935年春，在世界书局工作的朱生豪，在总编詹文浒先生的鼓励下，开始翻译莎剧。1937年，日军侵沪，朱先生在逃出上海的途中衣物尽失，只带了一本牛津版的莎剧全集，在外辗转几年之后，于1942年回到家乡嘉兴，避居一室，日夜翻译莎剧，译出了37部莎剧中的31部半后，于1944年去世。在经过后期学者、译者的修订补充，终成11卷本的《莎士比亚全集》，1978年由人民文学出版社出版。朱译本自1947年刊发以来多次再版，一直是最受各社会阶层欢迎的译本，从专家到普通读者，对朱译都称赞有加。曹译莎剧侧重情节性和趣味性，田译、梁译在文学层面强调莎剧的文学艺术性，而朱译则在兼顾二者的情形下，始终不忽视莎剧的舞台特性。他说："莎士比亚之所以伟大，一个理由是因为他富有舞台经验，所以他的剧本没有一个是沉闷而只能在书斋里阅读的。譬如拿歌德的'Faust'（浮士德）来说吧，诗的成分太多而戏剧的成分缺乏，尽管他是怎样伟大，终不免是使现代人起瞌睡之思的作品。但在莎氏作品中，则这两个成分同样地丰富。无论以诗人而论或是以戏剧家而论，他都是绝往无继的。"[②] 出于对莎剧舞台性的重视，他"每译一段章，必先自拟为读者，察阅译文中有无暧昧不明之处。又必自拟为舞台上之演员，审辨语调之是否顺口，音节之是否调和"[③]。后来，深受其启发的方

---

① 葛桂录：《中英文学关系编年史》，上海三联书店2004年版，第241页。

② 吴洁敏、朱宏达：《朱生豪传》，上海外语教育出版社1990年版，第150页。

③ 朱生豪：《〈莎士比亚全集〉译者自序》，载吴洁敏、朱宏达《朱生豪传·附录》，上海外语教育出版社1990年版。

平提醒莎剧译者："译者首先要克服因为没有舞台欣赏经验而可能有默读的倾向，绝不让一行行文字落在我们的眼里就变得孤立起来；要尽可能地把每句话紧扣住动作，紧配着表情，让我们听见它的声音，看到它的神情，窥探出那说话者活动的内心。一个译者必须带引着读者运用最大的想象力，如像看见它在舞台上演出一样看见它在自己的内心里演出。"①

除了以上几位莎剧译者之外，还值得一提的是抗战时期，曹禺为神鹰剧团演出而译的《柔密欧与幽丽叶》，是"不需要经过很多改动就可以在舞台上使用的优秀译本"②。译者并不拘泥于原文，原剧中的俚俗语言基本上归化为中国观众所熟悉的口语，对人物台词的翻译体现出译者使之性格化的匠心，是一部深得莎士比亚之神韵的译作。

莎剧的舞台性在其译介中认可度极高，对中国现代戏剧演出体制及传播产生了重大影响，尤其是余上沅主持的国立戏剧学校毕业生公演。国立戏剧学校校长余上沅将莎剧视为世界艺术瑰宝，平素为莎剧在中国的翻译与演出摇旗呐喊。他认为，莎剧演出"是演剧的最高标准"③，"莎翁的剧本演得最多最好的国家，也就是文化艺术水准最高的国家"④。他主持的国立剧校开设莎剧课程，规定凡戏剧毕业班均要选择一部莎剧作为毕业公演剧目。

第二节　抗战时期以李健吾为代表的莎剧改编

中国的莎剧改编，伴随着中国话剧的民族化历程。莎剧的舞台性特征，在"文明戏"时期就引起了剧作人的关注，莎剧改编那时就已经出现在舞台上，但只有幕表，没有完整剧本，因为即兴演出的现场改动很大，已经看不出莎剧的神韵。20 世纪三四十年代的莎剧改

---

① 方平：《译者的话》，载莎士比亚《捕风捉影》，方平译，平明出版社 1953 年版。

② 曹未风：《莎士比亚在中国》，《文艺月报》1954 年 4 月号。

③ 余上沅：《我们为什么公演莎剧》，《中央日报》（戏剧副刊）1937 年 6 月 18 日。

④ 同上。

编，大多是先有译作，后有改编剧本和演出。改编者都是留学欧美、精通莎士比亚原著的戏剧家，他们深得莎剧的精神要领。到了20世纪40年代，莎剧改编实现了民族性与世界性的融合，作为沦陷区戏剧中心的上海剧作家李健吾、顾仲彝，他们的莎剧改编呈现出世界结构中的民族性特征。面对复杂的社会现实，他们借莎剧之形，以激活传统文化资源为己任，在“中外融通”、“古今融汇”方面充分实现了莎剧译介中的民族化追求。与解放区和国统区不同，沦陷区的剧场艺术“较少政治色彩，而基本上出于商业化或纯艺术的动因”[①]，以李健吾为代表的沦陷区改编者们，他们的政治民族化追求潜隐于文化和文学的民族主义之中，具有超越于时代政治背景的艺术性，创作者也似乎具有更为平静独立的心境。

抗战时期，外国剧作改编本大都服务于演出形式与观众需求。出于对沦陷区殖民文化的反抗，改编者普遍追求外来剧作与中国传统戏曲形式的结合。这种文化民族主义追求，在商业层面是为了吸引观众，在文化层面则是普及话剧，唤起读者和观众伪政权压迫中的民族情感和民族认同。这是新文学传统面对现实的民族形式转换，是对大后方民族形式论争的回应，也是现代戏剧发展的必然。当时身居沦陷区上海的剧作家姚克，在回顾那段岁月时说：“在我二三十岁的时候，我像大多数当代人一样，是一个易卜生的崇拜者。在经过苏俄西欧之行，耶鲁大学戏剧学院深造以及从莫斯科到纽约对戏剧广泛考察之后，我开始对西方戏剧产生怀疑（我指的是现代西方戏剧）。我认为，西方戏剧走得太远了，对于西方观众都是深奥莫测的，更不用说中国戏剧观众了。……1940年8月返回中国之后，我开始试验一种新的戏剧技巧，把传统的中国形式和西方技巧结合起来。”[②]

对戏剧民族化的思考，即“传统的中国形式和西方技巧结合”，

① 参见钱理群、温儒敏、吴福辉《中国现代文学三十年》，北京大学出版社1998年版，第492页。

② 姚克的私人信件（1975年5月18日），转引自［美］耿德华《被冷落的缪斯：中国沦陷区文学史》，张泉译，新星出版社2006年版，第153页。

李健吾颇有感触。他声称“打进话剧”是靠了“文明戏这个摆渡”，文明戏的生命在于抓住了“故事”这一要素。在他看来，现代话剧要做的，不外乎“放大了故事的意义”，使之不再成为“一种人为的把戏，而是一种切合人生的形式”①。在这种情况下，早期文明戏的传统重新被发掘出来，文明戏曾改编过的莎士比亚戏剧，又以新的姿态登上上海沦陷区的商业舞台。当时最火的演出是：顾仲彝根据《李尔王》改编的《三千金》，李健吾根据《麦克白》改编的《王德明》、根据《奥赛罗》改编的《阿史那》。

1943年，顾仲彝改编莎剧《李尔王》，创作《三千金》。作者自己认为它是“一出有现代人物的讽刺悲剧”②。而实际上，它是《李尔王》和中国旧剧《王宝钏》的融会。由于深得观众喜爱，在上海连演六十五天。耿德华（Edward M. Gunn）认为这是顾仲彝“最不同凡响并取得商业性成功的作品”③。《李尔王》中的古不列颠王宫变成了中国士绅的现代花厅，国王分派财权变为家庭财产分割。人物名字和情节完全中国化。改编者安排黎梅珍（对应考狄莉娅）继续活下去，奉养父亲黎襄尊（对应李尔）；安排黎荷珍（对应高纳里尔）和皮望腾（对应爱德蒙）服毒自杀，并临终悔过。王权之争的历史剧转换为中国戏剧传统的家庭伦理剧，本身所具有的历史悲剧性转化为惩恶扬孝的讽刺喜剧性。这虽然符合中国观众和读者的审美心理，但失去了原作在苍茫历史时空中自我反思的力量，局限了戏剧外时空的拓展，失去了原作所具有的人类普遍性高度。于是，有评论者认为改编的剧作具有现实的“教育意义”。这样的道德解读，作者并未否定，他说：“许多人说，这本戏有教育意义。若然是真的话，这是意外的收获，因为艺术家但求‘真理’，不善说教的。我在这本戏里只

① 李健吾：《文明戏》，载《李健吾戏剧评论集》，中国戏剧出版社1982年版，第17—18页。

② 顾仲彝：《〈三千金〉序》，载曹树钧编《顾仲彝戏剧论文集》，中国戏剧出版社2004年版，第174页。

③ ［美］耿德华：《被冷落的缪斯：中国沦陷区文学史》，张泉译，新星出版社2006年版，第166页。

求人生的真理的表达，并没有想到教训社会。不过我们干话剧的人理应负起启发开导人们的责任，一本有社会意义的戏无论如何比只能‘供人娱乐’的似乎胜一筹吧。”[①] 编者对于寓教其中的改编持认可态度，而对被筛检的莎剧精华并未在意，虽不是刻意，却逼真地迎合了中国家庭传统的孝道观念。总之，《三千金》只套用了莎剧的情节模式，却失去了莎剧神韵。

据此，李健吾曾指出，这是因为当时文艺创作者的心境不够好，丧失了应有的超脱精神，他说：“我们正义的感觉加强我们的情感，却没有增进一个艺术家所需要的平静的心境。”[②] 上海“孤岛”和沦陷时期，他改编了不少剧本，其中有根据巴金小说改编的《秋》，根据法国斯克利布（Scribe）剧本改编的《云彩霞》，萨尔都（Sardou）剧本改编的《金小玉》，还有由博马舍《费加罗的婚礼》改编的《艳阳天》，以及由莎士比亚《麦克白》改编的《王德明》（演出时名叫《乱世英雄》），《奥赛罗》改编的《阿史那》，等等。从李健吾改编的这些剧作来看，读者不难看出拥有一个艺术家平静心境的，他移花接木式的再创作。与顾仲彝相比，李健吾改编本比顾仲彝走得更远。在李健吾看来，改编是“利用原作的某一点，把自己的血肉填进去，成为一个有性格而有土性的东西”[③]。他所说的“某一点”，是触及再创作的原作精神，而“自己的血肉”和“土性”，则是改编者的艺术再创作。李健吾认为改编完全是“一种十月怀胎的创作”，希望改编后的莎剧“百分之百是中国的”，而同时“莎士比亚在这里获得同等的分量”[④]。

如果说顾仲彝的改编在于莎剧的故事本身，而李健吾的改编则在

---

① 顾仲彝：《〈三千金〉序》，载曹树钧编《顾仲彝戏剧论文集》，中国戏剧出版社2004年版，第174页。

② 李健吾：《咀华二集》，转引自［美］耿德华《被冷落的缪斯：中国沦陷区文学史》，张泉译，新星出版社2006年版，第103页。

③ 李健吾：《〈大马戏团〉与改编》，载《师陀研究资料》，北京出版社1984年版，第227页。

④ 李健吾：《〈阿史那〉前言》，《文学杂志》复刊第2卷第1期，1947年7月。

于把握莎士比亚神韵。这神韵在故事之外，在于人物性格刻画和戏剧氛围营造上的莎剧风格。李健吾的改编技巧，类似于文学翻译上的“意译”，取得的是“离形得似”效果。他的两个改编本都与莎剧一样取材历史，《阿史那》源于中国唐代史，《王德明》隶属中国五代史。虽然将意大利史（《奥赛罗》）和苏格兰史（《麦克白》）转换为中国历史，但改编剧情与原作基本吻合，有大量的戏剧场景甚至台词传达的情绪相同。《阿史那》中人物不仅与《奥赛罗》人物几乎一一对应，而且阿史那也同样有奥赛罗的轻信以及杀死夫人李燕真之前的痛苦与矛盾心情。

李健吾的莎剧改编本中，《王德明》的成就远远超过了《阿史那》。柯灵认为原著中“沉郁怪诞的色彩，波谲云诡的剧情，野心家的阴鸷狠毒，杀人后的怔忡狂痛，《麦克白》激荡人心的力量，依然很好地保存着，而全剧从内容到形式都中国化了”[①]。《王德明》将《麦克白》的历史背景切换到民族大分裂时期的中国五代，封建割据、征伐暴乱、杀父弑君是那时的流行病。成德镇大将王德明（本名张文礼）杀死义父节度使王熔，篡位窃据镇州，其人其事，都见于史乘记载，这使天马行空般的虚构有了坚固的史实依据。剧本第五场写李震为保护王熔十岁的幼子王照海，竟把自己的亲生儿子献给王德明。此情节是《麦克白》所没有的，而是对元曲《赵氏孤儿》故事的嫁接，但并没有使人感到斧凿的痕迹。“撇开《麦克白》看《王德明》，仍是一件独立的艺术品。”[②]

莎剧的中国改编本《三千金》、《阿史那》和《王德明》等，都是古装话剧。它们在上海沦陷区的公演都很成功。但《三千金》、《阿史那》之类的改编本都难以超过《王德明》（当时名为《乱世英雄》）的影响。如果说《三千金》以故事取胜的话，那么“《乱世英雄》的公演堪称在舞台语汇和表演手段层面，是探索西方戏剧与中国

① 柯灵：《〈李健吾剧作选〉序言》，《李健吾剧作选》，中国戏剧出版社 1982 年版。
② 《李健吾剧作选》，中国戏剧出版社 1982 年版，第 9—11 页。

传统戏曲二者融合的典范”①。对莎剧和斯坦尼斯拉夫斯基体系颇有研究，而又深得中国戏曲要领的黄佐临导演，利用音响（钟声、打更声、犬吠声、狼嚎声……），灯光（或完全不用灯光），停顿，乃至后台的喧哗声等，同时调动传统戏曲中的象征性手段（如口咬甩发）等各种舞台手段来营造戏剧气氛，控制戏剧节奏，充分再现了人物复杂的内心世界，使《王德明》在表演艺术层面表现出世界性与民族性内在的有机结合。这得力于剧本和剧演编者——李健吾和黄佐临广阔而充分理性自觉的民族化追求。

查尔斯·兰姆（Charles Lamb）说：“演出似乎把作品的思想体现出来了，这些思想在之前是模糊不清的。但为了获得这种幼稚的快乐，这种明确之感，却要付出终生的代价。一旦新鲜感过去，我们就会发现得不偿失，思想其实并没有体现出来，相反他们实际上只是把一个美好的梦幻物质化了，把它降低到了有血有肉的水平。我们为了追求得不到的实体，放弃了梦幻。”② 从这个角度来看，剧本的思想内涵和审美艺术性要远远高于舞台演出的艺术效果，因为“我们在舞台上看到的是躯体和躯体的行动；我们在阅读中所意识到的几乎全是人物的内心和内心活动”③。并且舞台演出本身所涉及的演员演技、舞台设计与剧本改编或艺术处理，随着不同的演出，产生不同的效果，难以获得一种固定的评价。尽管外国剧作译介中的“本土化”改编所体现的民族性，最初是发生于剧演，即对演出效果的追求，尤其是文明戏阶段，可以说是为了演出而改编外国剧作。但从莎剧在中国的译介传播来看，抗战时期的改编，则更多是立足于中国戏剧民族化探寻的剧本再创作。改写后的剧本具有自身的独立性和艺术性，更能真切地呈现中国戏剧艺术的民族性。其中蕴含的民族性，既是面向世界的开放，又是抗战背景中民众压抑感情的抒写，以及民族语言、

① 叶庄新：《跨越文化的戏剧旅程》，福建师范大学，博士学位论文，2007年。

② ［英］查尔斯·兰姆：《论莎士比亚的悲剧是否适宜于舞台演出》（1811），杨周翰译，载杨周翰编选《莎士比亚研究资料》上编，中国社会科学出版社1979年版，第161页。

③ 同上书，第175页。

历史人物或戏剧传统人物形象的延传。

“李健吾改编外国戏是一种再创作，是运用西洋戏的舞台效应和人物心理，改进中国话剧获得成功的例子。成功的秘诀在于仿效纯属戏剧精神的移植，而能达到炉火纯青的地步。”① 李健吾认为自己的剧作改编最成功的是《阿史那》和《王德明》，即对莎翁悲剧史上两部巅峰之作《奥赛罗》与《麦克白》的改编。他说：“朋友，你若问我这戏剧家的头衔有没有比较可观的东西可以比配，我愿意厚起脸皮来说，除非是莎翁的那两出伟大悲剧的改编。我在《王德明》和《阿史那》两出戏里下过功夫，他们是我在改编之中最唐突也最高攀的冒险。以后我不相信我再改编什么剧作了。”②

在刻画人物复杂性格，营造戏剧氛围方面，改编的《王德明》深得《麦克白》精髓。李健吾利用中国民族语言、民族心理、传统戏曲和历史人物，塑造了类同麦克白和麦克白夫人的王德明和独孤秀，刻画了他们性格的内在复杂性，同时营造了类似《麦克白》恐怖而又紧张的戏剧氛围。知道《麦克白》的读者和观众，毫不怀疑《王德明》是李健吾对《麦克白》的改编，而不知道《麦克白》的还以为是李健吾自己的原创。这正是李健吾改编莎剧的初衷，“百分之百是中国的”，而同时“莎士比亚在这里获得同等的分量”③。

第三节　《麦克白》改编中的“民族”话语

“莎士比亚的情节，无论是根据历史编写的或是凭空幻想出来的，永远都充满了事件，而事件较思想和议论更容易抓住一个文化程度不高的民族的注意力。”④《麦克白》中弑君篡位的历史事件，在中国历史上屡见不鲜，但对于弑君篡位后的心理刻画却极为少见。不过，莎

① 沈福伟：《西方化与中国》，上海教育出版社2003年版，第1062页。

② 李健吾：《〈阿史那〉前言》，《文学杂志》1947年第2卷第2期。

③ 李健吾：《〈阿史那〉前言》，《文学杂志》复刊第2卷第1期，1947年7月。

④ ［英］约翰孙：《〈莎士比亚全集〉序言》（1765），李赋宁、潘家洵译，见杨周翰编选《莎士比亚研究资料》上编，中国社会科学出版社1979年版，第60页。

剧中的鬼魂、神秘的恐怖气氛，在相信迷信感应与预言、相信报应和鬼魂的中国民众心中得到了响应。《王德明》演出获得极大成功的原因，与颇得莎剧神韵有关，同时也与中国传统文化中儒释道积淀的民族心理和国民文化素质有关，甚至与当时的恐怖伪政权不无关系。

与其他外国经典剧作相比，莎剧更具有人民性和世界性。赫士·列特（W. Hazlitt）认为，这是因为“莎士比亚头脑的突出特点是它的普遍性质，它与一切别的头脑的交往的能力——因此它含有一个思想和感情的世界，并且没有比别人的头脑多出一个特殊的偏见或独有的优美之处。他同任何别的一个人一样，不同的只是他像一切别的人。他是可能有的最少自我成分的人。”① 莎士比亚戏剧人物概括性强，常包含一个普遍性的思想和感情世界。“莎士比亚作品的感情和他的人物描写有同样性质。它不是自生自灭的，照自己塑造一切的某一习惯的感觉或情绪；它是感情所制约的，为个人可能有而别人可能与他共有的一切其他感觉所制约的感情；它受任性和意外的一切能力活动起来；它有时被各种阻难激怒，有时又对阻难顺服；它从微末的开端升到最高点；它有时因刺激而发狂，有时陷于绝望，有时让一口气吹到半空，又有时汹涌如激流。”② 莎剧的艺术效果，逃不过人情，但又无不立足于人类普遍性的哲理高度。斯达尔夫人对此感慨地说：“希腊人相信像霹雳一样惊天动地、颠倒乾坤的宿命论。而近代的人，特别是莎士比亚，却找到了人类激情在哲学必然性上的最深刻的根源。”③

莎剧所具有的人类普遍性，在《麦克白》中表现为人的内心欲望与道德秩序之间难以调和的冲突。麦克白，作为悲剧主人公，一方面有潜在的晋升愿望，一方面有三个女巫预言的牵诱和夫人的催迫，另一方面有道德宗教理性的约束，这使他挤在无理性和理性势力的夹缝

① ［英］赫士·列特：《莎士比亚与弥尔顿》，柳辉译，见杨周翰编选《莎士比亚研究资料》上编，中国社会科学出版社 1979 年版，第 183 页。

② 同上书，第 189 页。

③ ［法］斯达尔夫人：《论莎士比亚悲剧》，柳鸣九译，见杨周翰编选《莎士比亚研究资料》上编，中国社会科学出版社 1979 年版，第 361 页。

内，进而迸发出原始能量挑战理性。布鲁克斯（Cleanth Brooks）把他形象地喻为“穿着英雄外衣的赤体婴儿”，认为麦克白在第一幕第七场的独白：“怜悯像一个赤身裸体在狂风中飘游的婴儿，又像一个天上的小天使御风而行，将要把这可憎的行为揭露在每一个人的眼中，使眼泪淹没叹息。”（参见朱生豪译本）“这一段诗构成《麦克白》一个更广泛的背景的组成部分。婴儿之所以有力就因为它软弱。眼前的具体情况中包含着这一矛盾，这矛盾将冲破麦克白前途所依靠的脆弱的理性主义。”他认为，麦克白“成为悲剧的伟大主角，不只在于他在失败中表现出伟大的想象力和战士的勇气，而且还在于他有征服未来的企图”①。麦克白，不是单纯的道德批判对象，而是在自身软弱与强大渴望之间挣扎着的灵魂裸露者。在那个特殊的时代氛围，这是接近于被诅咒的人类悲剧性。“人类在不同的时代是沿着两个不同的方向生活的：或者他信教，那么所有的艺术都出自于宗教，期望着更美好的世界；或者他破除信仰，那么诗人靠什么安身立命呢？（因为他的上帝已经被取消了，而破除了信仰的人通常是卑贱的），诗人在自己的心中感到空虚，他只剩下两种感情：诅咒和绝望。莎士比亚就生活在那样的时代。”② 莎士比亚时代与中国抗战时期的情形非常接近，“莎士比亚也生在大战时期，也许无意中记录了战争的某些方面和心情”③。抗战中的中国，面对侵略者的军事围剿和文化封杀，极度贫困的物质文明与精神困乏，使民族传统的价值观和道德秩序出现了坍塌，尤其是沦陷区伪政权的殖民教育，使有良知和责任感的文学艺术家深感绝望和无奈，而这些情感在莎剧中都能找到。

莎士比亚使用一些神秘的想象，将人物幽暗的情感、朦胧的意识，通过诗的意象将其化为惊心动魄的画面，让观众从音调的起伏、

① ［英］布鲁克斯：《赤体婴儿和英雄外衣》（1949），殷宝书译，载杨周翰编选《莎士比亚研究资料》下编，中国社会科学出版社 1981 年版，第 369、362 页。

② ［俄］赫尔岑：《致娜—阿·查哈琳娜》（1837），李明滨译，载杨周翰编选《莎士比亚研究资料》上编，中国社会科学出版社 1979 年版，第 458 页。

③ ［英］哈里森（G. B. Harrison）：《莎士比亚戏剧反映的时事》，殷宝书译，载杨周翰编选《莎士比亚研究资料》上编，中国社会科学出版社 1979 年版，第 123 页。

节奏的疾缓来感受人物内心世界挣扎时的恐怖和喧嚣。朱生豪说：“《麦克白》的世界不是现实的世界，这里没有规律，无论是社会发展规律还是客观历史规律。这是一片血红色的邪恶的森林，我们漫步穿越，与长胡子的女巫、班柯的鬼魂结伴而行，我们见到了会砸碎怀中婴儿脑壳的美妇人、悬在半空的匕首、人肉和癞蛤蟆熬成的魔汤、面容惨白狞笑着的小王子们……（麦克白）是一场噩梦。”① 然而，事实上，戏剧台词中汹涌的情感依然反映了人与社会和历史的关系。“人与社会的关系是人的命运的基础，并且是表达它的媒介物。对话里所说的话，表现了这种关系的紧张，而且正是通过这种紧张，语言变成了图像。”② 这紧张情绪的恐怖再现，对于抗战时期的接受主体来说，正是他们内心难以言表的真实感受。抗战时期的“战国策”派代表人物林同济曾将“恐怖”作为当时文艺创作的三大母题之一，他说：“对于这无穷的时空，生命看出了自家最后的脆弱，看出了那终究不可幸逃的气运——死亡、毁灭。恐怖是生命看到了自家最阴暗的深渊：它可以撼动六根，可以迫着灵魂发抖。”③ 王德明看到自家生命最阴暗的深渊，迫着自己灵魂发抖而产生的恐怖，对于敌伪政权恐怖统治的民众来说，剧中情景就是剧外现实。这遭受外在压迫的恐怖无望的情绪，使饱受压抑的沦陷区观众在观看剧情时得到了释放，进而又反躬自省，对自身处境有了进一步认识，认识到民族解放的意义。同时，他们又会将篡位后的王德明的怯懦的血腥统治和暴力行为对照敌伪政府的残酷统治，赞许符通父子和李震的义举，并再次激活传统文化中的忠孝节义，以文化民族主义来捍卫自我身份，抵抗敌伪政权的殖民教育。

---

① 朱生豪：《麦克白·导言》，《莎士比亚全集》第6卷，译林出版社1994年版，第110页。

② ［匈牙利］卢卡契：《戏剧和戏剧创作艺术中有关历史主义发展的概述》（1945），殷宝书译，载杨周翰编选《莎士比亚研究资料》下编，中国社会科学出版社1981年版，第488页。

③ 林同济：《寄语中国艺术人》，重庆《大公报》副刊《战国》第8期，1942年1月21日。

卢卡契说："只要莎士比亚天才地在每一个登场的典型身上把社会危机的最独特最重要的特点直接展示在个人身上，而且在描绘过程中使之完全融化起来，那么这些矛盾就是历史性的。"而"莎剧具有历史的忠实和历史的真实性是在于这些有关人性的特点吸取了这一伟大的历史危机时期最本质的因素"①。李健吾深得"莎剧历史的忠实和历史的真实性"特点，通过仿效《麦克白》，把社会危机的最独特最重要的特点直接展示在王德明等历史人物身上，尤其是那个充满迷信和忠于君王的时代。历史的真实性在于接受者的现实感受与历史的契合及解读，"伟大的历史危机时期最本质的因素"就是历史地再现现实危机中最本质的因素。血雨腥风的抗战背景中，危机中的本质因素是精神恐怖以及对抗暴力，置之死地而后生、镇伏无穷的狂欢。正如林同济所说："恐怖是无穷压倒了自我，狂欢是自我镇伏了无穷。谁得最后胜利呢？弟兄们呵，是永远的斗争，没有'最后'两个字呵！每场恐怖必须创造出更高的狂欢，更高度的狂欢必定要归结到骇人的恐怖！"② 并且这也是作者亲身体验的恐怖，李健吾说："我从日本宪兵司令部释放出来，第一次看的就是这出戏（《王德明》，又名《乱世英雄》）。"③

---

① ［匈牙利］卢卡契：《戏剧和戏剧创作艺术中有关历史主义发展的概述》（1945），殷宝书译，载杨周翰编选《莎士比亚研究资料》下编，中国社会科学出版社1981年版，第484—486页。

② 林同济：《寄语中国艺术人》，重庆《大公报》副刊《战国》第8期，1942年1月21日。

③ 李健吾：《李健吾剧作选·后记》，中国戏剧出版社1982年版，第566页。

第四章

《樱桃园》的“家园”抒情性

第一节 契诃夫剧作的“家园”抒情性

一、简介契诃夫的戏剧创作

契诃夫的多幕剧创作有《伊凡诺夫》（1887）、《海鸥》（1896）、《凡尼亚舅舅》（1897）、《三姐妹》（1901）、《樱桃园》（1903）等。

契诃夫首演的成功剧目是《伊凡诺夫》，在彼得堡考尔什剧场首次演出，反响很大。丹钦柯认为：“这个成功并没有留下丝毫的痕迹，因为里面没有一点严格的‘契诃夫风格’——那已经不是契诃夫想象中所创造出的同一世界。”① 他认为“契诃夫风格”是“简单的人物谈着最简单的话，用着最简单的语言，生活在日常生活的生活环境中。没有一个人物沉溺在善感的独语中而侃侃谈着无尽的理想，也没有一个人物被作者披上一件古罗马的外衣；相反地，他使他的人物赤裸裸地存在，着重地刻画出他们那可憎的歇斯底里病态，暴露他们那种渺小而自私的性情。然而，他的心放出同情，不是对这些人物的同情，而是通过他们，对向往着较好的人生之某些不明朗的梦想发出同情。这一切非常简单的笔法，得到了惊人的音乐化的效果：那荒芜的田野，那月光下的深夜，那一束一束的干草，那夜枭的哀鸣，还有那位莎拉（Sarah）强抑住悲哀的安详，那位伊凡诺夫的思恋和那位伯

---

① ［俄］N. 丹钦柯：《文艺·戏剧·生活》，焦菊隐译，上海文化生活出版社 1946 年版，第 29 页。

爵的大提琴的呜咽”[①]。剧中贵族、中产阶级相聚乡村，文化艺术与自然相融合，相互渲染着，产生的诗意效果颇具感染力。尤其对于都市观众来说，具有别样的吸引力。在现代中国大地上，工业文明落后，都市文化与乡村文化的融合度较高，剧中的田园景致与深沉的忧郁相伴随所产生的田园诗意，尤其契合中国读者与观众心理。更何况，对“未来不明朗的梦想”，也是抗战时期中国人迷惘与忧郁的根源。

1896年，契诃夫又创作了《海鸥》。《海鸥》初演一败涂地，契诃夫甚至发誓从此不写剧本。这次失败是剧场史上数得出来的几场之一。从第一幕起，观众与舞台之间就失去了情绪上的联系，戏剧气氛一下子消失了，最诗意的台词却引得观众哈哈大笑。当时报上曾这样写道：“无论是思想、文学、或舞台技术，从哪一方面看，契诃夫的这出戏也都不能说是坏，只是绝对无意识而已。”“这出戏给人一个压倒一切的印象，就是：它既不是一篇严肃戏，也不是一出喜剧。”[②]丹钦柯认真分析了《海鸥》演出失败的原因，他说：“人生用这样坦白而单纯的情调揭开，使得观众觉得身临其境，并且几乎觉得在场很窘，不如藏在门后窃听，或者从窗孔窥视好些。这出戏没有任何英雄色彩，没有暴风雨似的剧情，也没有可以启发同情而又足以供演员发挥天才的死灰般的点滴。这出戏没有别的，只有扰乱神经的幻觉，和因接触无情现实而被破碎了的细致感觉。”[③]这种感觉是“超出形象、超片断场面与微细描绘的主题，正如云雾之超出池沼、小丘和矮林一样”[④]。局限于传统戏剧观念的演职人员和观众，却捕捉不到这“云雾”。就连斯坦尼斯拉夫斯基在开始也是一头雾水，他“读完了《海鸥》后，一点也不明白这戏如何会使观众发生兴趣。在他看来，戏里的人物只是半人类，热情而不是现实的，语言也许太简单，心像不能

① ［俄］N. 丹钦柯：《文艺·戏剧·生活》，焦菊隐译，上海文化生活出版社1946年版，第25—26页。

② 同上书，第81—84页。

③ 同上书，第235页。

④ 同上书，第88页。

供给演员们任何好材料”①。导演斯坦尼斯拉夫斯基对于《海鸥》一时的无所适从，正是丹钦柯所提到的剧场理念陈旧所致。他认为，契诃夫剧的失败不是剧作问题，而是传统剧场艺术需要革新，要在连接观众与剧本之间的桥梁上做文章，即在剧场艺术上寻找突破口。为了使契诃夫戏剧艺术成就得以展示，丹钦柯与斯坦尼斯拉夫斯基组建了莫斯科艺术剧院。他们针对不能再现契诃夫艺术的旧型表演体系，重新提出了自己的排演原则：“旧型剧场的演员，或者只表演情感，如爱、妒、恨、乐；或者只表演字句，把剧本上重要的句子下，都划上线，然后，把这些划了线的句子，强调地读出来；或者只表演一个可笑的或戏剧性的剧情；或者只表演一个心情，或者只表演‘生理的自觉’。总而言之，旧型演员一登上舞台，在每一刹那，都必然要‘表演’一点东西，都必然要代表一点东西。然而，我们对于演员的要求，正是不要他表演任何东西，断然地不是一个‘东西’，也不是感觉，也不是心情，也不是字句，也不是风格，也不是心象。所有这些，都应当由演员的个性中自动发出来；要使演员能自发，就必须先把他的个性从刻板化的形式束缚中，解放出来，必须从他的整个‘神经组织’中，把个性唤起来。在我们看来，演员的想象力、遗传性、以及在精神昏乱之一刹那所表现的超上意识的一切，都产生于他们自己的个性。创作者也必须消失在演员的个性里。”②

因为剧演艺术突破性的创新，《海鸥》第二次演出成功，这不仅是契诃夫剧作的成功，而且是剧演新理念的成功“下水”，同时也标志着莫斯科艺术剧院的诞生。丹钦柯写信给契诃夫报告《海鸥》的演出情况：“我简直不能把我的印象，全部传达给你——当场的情形，没有一个字，没有一个声音，从我的印象中消失。不但一般情调送达到了观众，不但这出戏里很难用红线强调出的意义，传达到了观众，而且就连每一单个思想，和所有使你造成你之所以为你这般又是艺术

---

① ［俄］N. 丹钦柯：《文艺·戏剧·生活》，焦菊隐译，上海文化生活出版社 1946 年版，第 186 页。

② 同上书，第 200 页。

家又是思想家的一切一切——总而言之吧，每一个心理的活动——一切都达到了观众，而且又能抓住了观众。"[①]《海鸥》"死地而后生"的奇迹，让契诃夫重拾信心，创作了《凡尼亚舅舅》（*Uncle Vanya*）。"《文舅舅》（即《凡尼亚舅舅》，笔者注）的演出，就一举而奠定了'契诃夫剧院'的基础。"[②] 此后，契诃夫又相继创作了《三姐妹》（1901）和《樱桃园》（1903）。

莫斯科艺术剧院因为《海鸥》的演出需要而创建，《凡尼亚舅舅》之后，剧院就不置可否地成为契诃夫的剧本实验"基地"，这使契诃夫面临着来自观众和戏剧艺术的极大挑战。1899 年 11 月 3 日契诃夫写信给 A. Л. 维什涅夫斯基说："……感谢苍天，我在生活的海洋中漂流，最后总算游到像艺术剧院这样的仙岛上。"[③] 契诃夫在构思《三姐妹》的剧情时，"就已经按照艺术剧院的条件、按照舞台来设计剧本了，而且也期待着这个剧院给他送去'灵感的食粮'"。他常去艺术剧院排练现场，他说："……其实我只要看看你们排练，就足以使我充实精力，吸取经验，以便坐下来创作新的剧本。"也正是此时，契诃夫不止一次地重复说："总的说来，戏剧是生活中非常重要的东西……一定要为剧院写作。"[④] 契诃夫迎接来自剧院、观众和戏剧艺术的挑战，成功地创作了《樱桃园》。该剧花费了他近三年的时间进行创作和修改。这是他最成熟的一部剧作，代表着他现实主义戏剧艺术的最高成就。

二、契诃夫剧作的现实主义风格

传统以情节取胜的戏剧，以情节行动结构剧本，主要表现人的

---

① ［俄］N. 丹钦柯：《文艺·戏剧·生活》，焦菊隐译，上海文化生活出版社 1946 年版，第 240 页。

② 同上书，第 252 页。

③ 转引自［苏联］安·屠尔科夫《安·巴·契诃夫和他的时代》，朱逸森译，中国社会科学出版社 1984 年版，第 386 页。

④ ［苏联］安·屠尔科夫：《安·巴·契诃夫和他的时代》，朱逸森译，中国社会科学出版社 1984 年版，第 401 页。

“在场”，人与人之间的冲突，人物心理的逐步揭示等。而契诃夫戏剧，则将传统戏剧的情节结构弱化为背景处理，浮于浅表的情节结构，看不到曲折变化，变化的是潜伏在淡淡情节下面的心灵。剧中人物“心理潜流”着沉郁、压抑，或无奈、欣喜，颤动着的灵魂代替人物外貌言行成为主人公，无声地表演着希望的远去，哀愁的到来和对现实的无奈，人物的心灵处于过去和未来的双向压抑中，或处于当下的孤苦无助之中。戏剧内涵的丰富性表现为人物心理逐层的自我揭示。

自文艺复兴以来，戏剧把此时此地的人际互动关系作为再现方式来表现主题。契诃夫拒绝传统，同时也是“对戏剧中最重要的两个形式范畴——情节和对话——的拒绝，不过这种戏剧形式的本身的拒绝只是初露端倪。正如契诃夫戏剧中的主人公，他们尽管心理上并不置身于当下，但是仍然保持着社交生活，没有将他们的孤独和渴望推向极端，而是在世界和自我、现在和以往之间保持着游移的中间位置，以一种未加突出的随意来保留这些范畴，由于这随意，原初主题的形式化只有以否定的方式，靠偏离自身来实现”①。

实际上，整个西方戏剧史也是一部剧本创作的新老更替史。“每一代人都觉得他们的戏剧在某一方面比上一代人的戏剧更为真实，这是不言自明的——欧里庇德斯之于索福克勒斯，莫里哀之于‘即兴喜剧’，哥尔斯密之于斯梯尔，易卜生之于席勒，布莱希特之于易卜生，都是如此。”② 在创作上不断追求真实的创新，即使处于同一时代，先后的现实主义创作也存在否定中的创新，即使与易卜生一样，在内容和风格同属于现实主义的萧伯纳和契诃夫，实际上也存在后者比前者更真实的说法。

19 世纪初的浪漫主义，“以激进的理想主义情调、感情自发性和

---

① ［德］彼得·斯丛狄：《现代戏剧理论》，北京大学出版社 2006 年版，第 28 页。

② ［英］J. L. 斯泰恩：《现代戏剧的理论与实践》，周诚译，中国戏剧出版社 1986 年版，第 1 页。

坚信幻想性的想象力”[①]，对戏剧产生了重大影响。最为流行的浪漫主义戏剧，是感情强烈、教化倾向明显的家庭剧，或“情节剧”，代表作家是法国的欧仁·斯克里布和维克多里昂·萨尔都。他们的剧作以夸张的语言，富于革命激情的格调和富有规律的情节结构，大大激发了观众的热情，颇受观众喜爱。经过多国语言翻译，二人的剧作在欧美广为传播，很多剧作家纷纷仿效，其中也包括易卜生。

“情节剧”成功的秘诀是一套简单公式，“这就是情节中的主要人物总是受到表现为明显的来自社会的非正义、财产或权力形式的邪恶力量和坏人的迫害，人们可以料想到这些人物会承受一切痛苦，会经历一切心灵上的诱惑，从而足以使观众产生那种与剧中人一起受苦的共鸣性的激动。但是，观众可以怀着一种宽慰的性情来分享这所有感情的震颤，因为他们知道，上帝终究不会袖手旁观，善的力量总是会胜利的。因此，善与恶的问题说到底总是一桩实际的交易：善良的人将要受到多少的报答，这要看他们受了多少的苦难。这是大众化消费艺术的一个精巧的概念。”[②] 易卜生将这“精巧的概念”应用于现实生活时，对真实性进行了创新。1887 年他创作的社会问题剧《社会支柱》，标志着他新突破的成功，即现实主义戏剧的诞生。易卜生剧同样关注主人公生存境况，即因为过去的经历，对手或某种形式的障碍将主人公的命运导向不自知的灾难。剧作通过灾难渐渐迫近的紧张气氛设置情节。不同于浪漫主义剧作的是，他将日常生活搬上了舞台，尤其是中产阶级生活，戏剧语言不是铿锵有力的诗句而是平实的生活用语，剧情不是“逆转”后的圆满，而是以直击现实热点问题来结尾。不过，易卜生心中依然保持着浪漫主义的高亢热情和明确的道德倾向，因为对社会、人生、艺术较为深入的思考，他又超越了浪漫主义戏剧的善恶观念，不再遵循传统道德并“袖手旁观”地相信善的力量。他充满了斗志，直接批判传统和庸众对个人自我道德的扼

① ［英］J. L. 斯泰恩：《现代戏剧的理论与实践》，周诚译，中国戏剧出版社 1986 年版，第 3 页。

② 同上书，第 4—5 页。

杀。在1874年《诗人的任务》中，他说："鼓舞过我的，有的只是偶然的、最顺利的时刻活跃在我心间，那是一种伟大的、美丽的东西，它高于日常的自我。"[①] 尽管易卜生的社会问题剧，属于纠偏和发展浪漫主义的现实主义创作，但是我们依然可看出，是浪漫激情燃起了易卜生追寻美丽、健康的人生和批判现实社会的艺术热诚。

萧伯纳接续易卜生的社会问题剧，以"翱翔于悲剧之上的诙谐的灵感，暴露了现代社会的一切矛盾"[②]。萧伯纳的剧作荡涤浪漫主义"铅华"，用雄辩的理性对现实生活进行探究，以求更为真实，他的剧作被称为"理性戏剧"。他认为："伟大的剧作家应该解释生活，从日常发生的偶然事件的混乱状态中挑选出有意义的事件，把这些事件加以整理，使彼此之间的关系具有某种意义。这样就能把我们从被极度混乱所造成的迷惑不解的旁观者变为能够理智地、能动地认识这个世界和它的前途的人。"[③] 萧伯纳的剧作择取生活中"有意义的事件"，向受众传达"事件之间关系的某种意义"，调动他们参与世界和未来的主观能动性。其间事件关系的梳理正是社会分析、社会批判，以及对未来社会理想的展望。萧伯纳的剧作对易卜生现实主义戏剧的接受选择，类似于中国对易卜生剧的译介选择，在社会分析和社会批判上试图引领读者、启蒙大众，剧作者好似精神导师，引导受众在戏剧情境中接受社会教育。

始自易卜生的剧作家常被称为"现代剧作家"。约翰·加斯纳说："现代剧作家已经形成一个意识到自我的派别。他们从事于两种戏剧，一种是现代戏剧，另一种是现代派戏剧。前者追求内容、风格和形式

---

① ［挪威］亨利克·易卜生：《诗人的任务》，董衡巽译，载中国社会科学院外国文学所外国文学研究资料丛刊编辑委员会《外国现代剧作家论剧作》，中国社会科学出版社1982年版，第3页。

② 英国共产党政治活动家《劳工月刊》主编帕姆·杜德语，转引自黄嘉德《萧伯纳研究》，第10页。参见高音《社会问题应该在戏剧中自由讨论吗？——谈谈萧伯纳和他的舞台现实主义》，《戏剧》2009年第1期。

③ ［英］萧伯纳：《怎样写通俗剧本》，葛林译，载《外国现代剧作家论剧作》，中国社会科学出版社1982年版，第62—63页。

上的现实主义，后者则热衷于富有诗意和想象的艺术。”① 契诃夫戏剧既有“内容、风格和形式上的现实主义”，又有抒情性的诗意特征。他比易卜生更真实，比萧伯纳更艺术，既继承了他们风格上和形式上的现实主义，又具有现代派戏剧的特征。

易卜生按照自己的意愿，把日常生活的真实有选择地搬上舞台。由于追求情节的紧张和结构的紧凑，即使剧中对话回避言辞诗意和感情的浓度，使用现实生活中地道、平易的日常语言，也难以反映生活的本真。萧伯纳戏剧对生活本身进行选择，有逻辑层次的结构剧情，祈望给观众和读者上一堂社会教育课，尽管涉及的社会现象是真实的，而相对于随意和散漫的现实生活来说还显得不够真实。契诃夫戏剧，虽然也有作者的意愿和理性参与其中，但作者力求消匿在场干预，遵循生活之流，将现实主义技巧统一于作者有意识和人物无意识的情绪再现中，将现实主义文学推到了更真实的高度。他说：“人们要求说，应该有男男女女的英雄和舞台效果，可是话得说回来，在生活里人们并不是每时每刻都在开枪自杀，悬梁自尽，谈情说爱，他们也不是每时每刻都在说聪明话。他们做得更多的倒是吃、喝、勾女人、说蠢话。必须把这些表现在舞台上才对，必须写出这样的剧本来！在那里人们走来走去，吃饭、谈天气、打牌……这倒不是因为作家需要这样写，而是因为在现实生活里本来就是这样的。”② “要使舞台上的一切和生活里一样复杂而又一样简单。人们吃饭就是吃饭，可是在吃饭的当儿，有些人走运了，有些人倒霉了。”③ 契诃夫既保持客观日常性，又以超越现实的渗透力，让人物在生活中不经意地解剖自己的灵魂给别人看，向读者和观众传达人物生活悠远而又逼近的内在节律，即对心理的深度揭示。正如苏联研究专家叶尔米洛夫所指出：“在契诃夫的剧本里，潜流是生活的底蕴，这种底蕴往往是主人

① ［英］约翰·加斯纳：《外国现代剧作家论剧作·导论》，杨知译，载《外国现代剧作家论剧作》，中国社会科学出版社1982年版，第1—2页。

② ［俄］契诃夫：《契诃夫论文学》，汝龙译，人民文学出版社1958年版，第395页。

③ ［俄］叶尔米洛夫：《契诃夫传》，张守慎译，人民文学出版社1960年版，第410页。

公们所不知道的，但它却说明了他们的言行举止，他们的生活处境，他们的生活和相互关系的内在意义。”①

马丁·华莱士在分析现实主义的特点时指出：“现实主义，表明了某种不确定或不安，表明了有关现实之性质的某种不言而喻的公认已经消失。对于现实主义的讨论，始于我们不再自信我们对于现实的理解之时。现实主义阐释本身就是一个叙事，讲的是世界如何从一个统一的过去来到分裂的现在，并且也许正走向一个统一的未来。”②现实主义产生于对现实分裂的讨论，目的是为走向一个统一的未来。有的现实主义作家，因为有了统一未来的前提设想，便将现实分裂对立的因果关系拉向未来；有的则是遵循着历史现实，将这种因果关系归于过去，将作家自己统一于未来的思考放在现在或将未来藏匿于现在，让能够捕捉得到他的读者去探寻。同样属于现实主义剧作家，萧伯纳更多地侧重于前者，易卜生和契诃夫更多地属于后者。契诃夫不同于易卜生的是，他剧中的因果关系通过自我解嘲式的对话和细节来体现，剧情不像易卜生戏剧那样存在人物愿望与现实的强烈对立冲突，而是愿望在现实环境的妥协中渐渐淡去的哀愁。这使得契诃夫剧作的现实主义风格呈现为与众不同的抒情性。

三、斯坦尼斯拉夫斯基体系中契诃夫戏剧的抒情性

契诃夫戏剧在淡化外在动作事件时，人物的自我剖析主要依靠剧中真实的生活氛围和人物身在其中的心灵颤动，观众、读者和表演者通过人物在场的气氛和情绪差别去发现他们，进而走进他们内心。契诃夫是个善于观察生活细节的天才，剧中的每一句话和每一个动作的细节都具有揭示人物心灵真实的作用，这需要读者、观众和演员在错综复杂的细节中捕捉剧中人物的心灵，并将个人前后的变化和以事件

---

① ［苏联］叶尔米洛夫：《契诃夫的戏剧创作》，张守慎译，中国戏剧出版社1985年版，第95页。

② ［美］华莱士·马丁：《当代叙事学》，伍晓明译，北京大学出版社2005年版，第53页。

为中心的集体变化融入一起，感叹着统一于情调厅堂中活生生的灵魂舞蹈。这极大地激发了从事戏剧舞台艺术的艺术家们探索和发现的热情，带来剧场艺术的现实主义运动。演员如何使自己的表演艺术与真实生活中的对白发生关系，如何传达剧本中真实的生活情调和人物的真实情绪，如何表达一种真实而又艺术的氛围。康斯坦丁·斯坦尼斯拉夫斯基和聂米罗维奇·丹钦柯在导演契诃夫戏剧的实践探索中给出了这些问题的答案。他们的现实主义艺术理想，在契诃夫戏剧的排演中实现了。他们忠实于生活细节，“要求演员‘生活’在角色中，而不是单纯地表现角色；要体会而不是单纯地‘表演’某种感情”[①]。斯坦尼斯拉夫斯基是个善于记录的人，他将自己的排演经验编撰为：《演员的自我修养》（1936）、《性格塑造》（1949）、《角色的创造》（1961），形成了斯坦尼斯拉夫斯基体系。这些著作被翻译成多国文字，对20世纪许多流派的戏剧（包括电影）演出和创作都产生了很大影响。该体系对中国戏剧电影的影响相当长久。“体系”虽然是针对表演和导演的学说，但对现实主义戏剧和电影创作的影响却依然深远。可以说，因为契诃夫剧的排演产生了斯坦尼斯拉夫斯基体系，也可以说，因为斯坦尼斯拉夫斯基和丹钦柯组建的莫斯科艺术剧院对契诃夫剧的排演使他的现实主义艺术得以获得鲜活的生命力，因为斯坦尼斯拉夫斯基体系，使人们得以更好地体会契诃夫的艺术匠心。二者相辅相成，极大地推进了现实主义的艺术再现功能，提升了现代戏剧艺术的审美效果。

斯坦尼斯拉夫斯基说，他的体系意在像一棵树的生长那样自然、有机，因为它本质上是以直觉而不是以科学或逻辑为基础。他的体系概要为：（1）一部剧的最高任务或主题思想常常阐明剧情的主要方向，如三姊妹（《三姊妹》）想返回莫斯科。这个最高任务能帮演员找到自己扮演的角色在剧中的正确位置。真正的演出仅靠背熟台词是不够的，一个角色的潜台词或内心生活可以向演员提供该剧中隐蔽动

---

① ［英］J. L. 斯泰恩：《现代戏剧的理论与实践》，周诚译，中国戏剧出版社1986年版，第102页。

机的线索。（2）从剧本的“事实”出发，演员竭力感受他所扮演角色的内心真实，或内在逻辑，亦即角色的感情逻辑，在大幕升起前找出有关对那虚构生活有所暗示的东西，从而进入剧中人物的心理创造，如尼娜（《海鸥》）是刚刚同父亲争吵过上场的。（3）有了对角色内心真实的一些体会，演员便能够以此推动他在舞台上的台词、手势或动作的所有细节。为了方便起见，演员应将角色分成几个次要任务或单位，在依次表演中互相发展起来。（4）制定出的一系列任务最后由演员的贯串动作线贯串起来，使演员的感情状态的真实得以保持，同时又施以必要的与此感情无关的控制，以使全剧演出互相配合而又协调一致。《三姊妹》中扮演玛莎的奥·克妮碧尔可以对她的恋人不流眼泪地说“再见”，而她的整个表演效果则会使看她演出的人热泪盈眶。①

契诃夫的5部多幕剧，都有它的“最高任务”或“主题思想”：伊凡诺夫无法逃避苦闷与无聊的压迫（《伊凡诺夫》）；特里波列夫的艺术和爱情追求（《海鸥》）；三姊妹想着有一天回到莫斯科（《三姊妹》）；凡尼亚舅舅倾注整个身心的理想破灭（《凡尼亚舅舅》）；樱桃园无法逃脱被砍伐的厄运（《樱桃园》）。之所以称“最高任务”或“主题思想”，而不称其为“事件”或“中心事件”，是因为它是“事件”或“情节”所造成的结果而不是“事件”本身，而事件只作为“任务”和“思想”的背景出现，并没有被搬上舞台。“事件”之后的情绪或情调，既然作为“最高任务”，那么人物的情感逻辑就是表现中心。契诃夫对人物情感逐层揭示的逻辑性很强，甚至可被斯坦尼斯拉夫斯基细化为一系列的“任务”。虽然情感演绎是浪漫剧的特长，可契诃夫的现实主义抒情技巧却是潜在的，在真实的生活细节中，人物情感变成了一股潜流：人物生活在自我情感习惯下变得不再激动，而观众和读者却在短时间内（阅读时间或观看时间）将这些情感细流汇聚成愈来愈强的强流。这正是契诃夫的现实主义抒情风

① ［英］J. L. 斯泰恩：《现代戏剧的理论与实践》，周诚译，中国戏剧出版社1986年版，第114—115页。

格，其抒情力量远远超过张扬的浪漫主义激情。曹禺在《日出·跋》中说："我记起几年前着了迷，沉醉于柴霍夫深邃艰深的艺术里，一颗沉重的心怎样为他的戏感动着。读毕了《三姊妹》，我阖上眼，眼前展开一幅秋天的忧郁……我的眼睛渐为浮起的泪水模糊起来成了一片，再也抬不起头来。然而在这出伟大的戏里没有一点张牙舞爪的穿插，走进走出，是活人，有灵魂的活人，不是一段惊心动魄的场面，结构很平淡，剧情人物也没有什么起伏发展，却那样抓住了我的魂魄。我几乎停止了气息，一直昏迷在那悲哀的氛围里。"

第二节　《樱桃园》的抒情风格

在《樱桃园》中，契诃夫将俄国两个世纪之交的历史运动"严格而精确地记录，虽然有时甚至乍一看来是这种运动并不直接反映在作品人物的遭遇上"[①]。如此高度的现实概括力成就的现实主义抒情风格，既是对19世纪舞台和戏剧表现手法的彻底否定，同时又是将现实主义的客观性和抒情性调和得极为出色的新成果。剧中虽涉及新旧更替的历史情境，却不存在社会评判，不存在情感倾向，坍塌和兴起的轰响化作了轻松和解的喜剧。柳鲍芙·安德烈耶夫娜即将失去"樱桃园"的感伤，在她不把钱当回事的个性里，抱着再回巴黎的人生希望中，似乎有"无病呻吟"之嫌，哥哥加耶夫的台球戏语，女儿告别旧生活的兴奋，更是将她的那点感伤驱赶得无处藏身，使得这部"家园沦落"剧，并未显得沉重和悲切，反倒有些滑稽有趣。这消解感伤情绪的喜剧手法，在最后柳鲍芙·安德烈耶夫娜等待樱桃园拍卖结果时变得尤为诙谐：她自顾自地焦急悲苦好似在"表演"，因为犹太人乐队偏偏赶上这个时候来演出，舞会也偏偏选在这个日子，除了加耶夫和罗巴辛外，大家都在场，忘乎所以地跳着舞，打着扑克，变着戏法，陶醉在一种轻松快乐之中。这使结尾告别樱桃园的眼

① ［英］J. L. 斯泰恩：《现代戏剧的理论与实践》，周诚译，中国戏剧出版社1986年版，第457页。

泪变得不再苦涩，离别后的各有所属，对新生活的向往，让留恋过去的哀伤变得自然而然，如同四季变化，花开花落。

在樱桃园易主的重大时刻，人们似乎有意无意地忘却了此前的不安与哀愁，更是不在乎女主人的心情。这没有交集的思想情感，看似各行其是的忘乎所以，却并不意味着混乱和模糊不清。如果读者和观众集中关注某一人物，并将自己的体验融入其中，都会有明确感受。每个人物都以自己特有的方式自然地展示了自己的情感世界，他们是统一于整个基调的“交响乐”中单一的乐曲，融合与分开都一样完整、明确，并非纠缠不清一团糟。

丹钦柯说：“《樱桃园》的心像是现实的，简单的，明朗的，同时又熔铸成为十分深刻结晶的精髓，所以，这心像，结果都像是象征一样了。整部戏都是这样简单，这样通体真实，这样纯净而不肤浅，抒情的本质，发展得使我认为那简直是一首象征诗了。”① 虽说《樱桃园》初次上演反响不如前几部剧作，可他依然认为，“《樱桃园》成了艺术剧院最光辉最特色的象征”②。斯坦尼斯拉夫斯基说：“如果你把他（契诃夫）的剧本带到艺术飞翔的所在去，便会觉得在剧本的平淡情节中有着人类对幸福的永恒憧憬、人类的努力和俄国诗的真正芬芳。”③《樱桃园》是否具有俄国诗真正的芬芳，从剧作者对该剧的命名就可看出。斯坦尼斯拉夫斯基在《我的艺术生活》中回忆说：“他（契诃夫）用各种不同方法、各种不同语调于音色重复念着，向我表明樱桃园这名字的美：‘樱桃园。听着，这是一个极好的名字。樱桃园。’他的声调使我体会到他正在谈到一种美丽的、热爱的东西。‘听着，不是Вишневый сад，而是Вишнёвый（俄语“樱桃的”一词旧的念法）сад’，他得意地说，发出了一阵笑声。起初，我甚至不了解他在说什么，但契诃夫喜爱地重复着这个剧名，加重‘ё’这个字

① ［俄］N. 丹钦柯：《文艺·戏剧·生活》，焦菊隐译，上海文化生活出版社1946年版，第276页。

② 同上书，第278页。

③ ［俄］康斯坦丁·斯坦尼斯拉夫斯基：《我的艺术生活》，瞿白音译，上海译文出版社2005年版，第266页。

母的温柔的声音，仿佛他正想借助于这个字母的柔声来抚慰那种旧时的美丽生活，这种生活现在已不需要，是他在剧本里含泪亲手破坏了的。这一次我懂得了这两个字之间巨大而精深的地方了。Вишневый сад 是一个有利可图的商业性果园。这样的果园，即使现在还是生活中需要的。但是，Вишнёвый сад 是无利可图的。这果园意义就是它本身，在它正在开花时的一片白色中，隐藏着贵族没落生活的伟大诗意。Вишнёвый сад 是为了美而栽种的，为了满足那些娇生惯养的审美家的眼福而栽种的。破坏这果园是可惜的，却是必要的，因为经济发展要求破坏它。"①

剧中 Вишнёвый сад 的拥有者是柳鲍芙·安德烈耶夫娜和加耶夫。柳鲍芙·安德烈耶夫娜对樱桃园的柔情一直充溢于剧中，她是脱颖于物质泥沼的诗意抒情者，作者对这位贵族代表充满了敬意和温情，从开篇一直称其为"柳鲍芙·安德烈耶夫娜"，而对其他人物都是简称。尽管她不把钱当回事，还终成钱的玩物，因逃脱不了他人和社会对她的掠夺，也难以固守家园，她只是不合时宜的喜剧人物而已。当钱袋不再有钱的时候，她也就只能以苍凉的手势挥别樱桃园，转移自己的生活目标，"樱桃园"的诗意也终将掩埋于历史尘埃。作者并未因"樱桃园"被砍伐的命运责问任何人任何事，似乎是因为生活之流或历史之风的习惯性改变，正如罗巴辛始终不明确地向瓦里雅求婚一样，他知道自己正处于变化着的希望中。

剧中人物可分为两类：变化着的人和不变的人。变化着的人们：雅沙开始讨厌樱桃园向往巴黎；杜尼亚沙对叶比霍夫的求婚无比激动，可转身又爱上了雅沙；安尼雅不安分的心跟随特罗费莫夫憧憬未来；皮希克开始还账。其中变化最大的是，罗巴辛从过去樱桃园仆人的儿子翻身成为樱桃园的主人。变化着的人们乐观地面向未来，生活在别处，不变的人也并不觉得悲苦，加耶夫始终拿着台球的进球方式揶揄着自己的苦恼，在到离开樱桃园的前一刻依然如此："（心里感

---

① ［俄］康斯坦丁·斯坦尼斯拉夫斯基：《我的艺术生活》，瞿白音译，上海译文出版社 2005 年版，第 315—316 页。

触很深，但是又怕哭出来）火车……火车站……打红球‘达布’进中兜；白球绕回来‘达布列特’进角兜。”① 费尔斯就要同樱桃园一起埋葬了，还在唠叨列昂尼德·安德烈耶维奇外套穿得不够厚会受凉。

列夫·托尔斯泰认为，“契诃夫有他自己独到的形式，犹如印象派一样，乍看上去，他仿佛是用杂七杂八的颜料随意涂抹，仿佛在这些笔墨之间毫无根据关系。但离远了一看，却不禁让你拍案叫绝：在我们面前的是一幅无法形容的、光彩夺目的图画”②。对《樱桃园》的把握需要读者、演职人员和观众，潜心体会和深入地思考“随意涂抹”的细节，然后将它们汇聚一起组成一幅全景图，其艺术生命力才会彰显出来。契诃夫不写动人情节和惊人事件，只把重点放在人物行为动机上。这是读者和观众观赏之所在，即人物日常生活中的情绪变化和心灵起伏中的不起眼的小动作。剧中没有矛盾冲突尖锐的情节叙事，没有煽情的激情迸发，也没有使观众集中注意力评判的主要人物，似乎每个人物都重要，每个人物又都不重要，接受者一时会陷入一片模糊之中，感到似有所得，又不明确所得，这茫然又以点点细节牵绊着受众，如同绕梁余音，久久不去。终于，不知何时，或许就在演出时，就在合书闭眼凝思时，这点点滴滴就晕染成一片景观，让你沉迷，惊诧地回味着剧作者苦心孤诣的艺术匠心。对于观看演出的观众来说，要在短短的时间内，让他们领会细节传达又不失整体感，全面地感受到这鲜活的艺术，这无疑是对演职人员的极大挑战。

丹钦柯认为“《樱桃园》成了艺术剧院最光辉最特色的象征”，是丝毫不夸张的。《樱桃园》的艺术生命捕捉，如同契诃夫的其他剧作一样，需要将作品中的细节和片断性动作联系起来，向观众揭示台词中潜伏着的情感，同时帮他们追忆前后，形成一个整体印象。这类

---

① 《契诃夫戏剧集》，焦菊隐译，上海译文出版社 1980 年版，第 415 页。

② 王爱民、任何：《俄国戏剧史概要》，中国戏剧出版社 1984 年版，第 340 页。

似“交响乐”艺术[1]，剧中的每个人物，每个场景都是和音，和谐成乐曲。曹禺则拿沙丘来作比，“无数的沙砾积成一座山丘，每粒沙都有同等造山的功效”[2]。各个人物的生活“正是因为分属不同的世界，材料方能彻底发挥自己的特点和特性，同时既不损害完整统一，又不变统一为呆板”[3]。

《樱桃园》是一部四幕喜剧，只有第二幕取景野外，其余都在客厅内。每幕的人物都齐整出场，不缺一人。他们又归属于不同类型：有仆人和主人，有年老的和年轻的，有恋爱着的和失意的，有借钱的和放债的，有追求精神的和追求物质的，有社会新生力量和旧时代落伍者，还有演出的犹太人，完全是俄国社会的一个缩影。而这些人似乎又互不相干，通过剧中答非所问的对话错位，我们发现他们各自沉湎于自我独语中，“众多的地位平等的意识连同它们各自的世界，结合在某个统一的事件之中，而互相间不发生融合”[4]。但，他们都统一于樱桃园的易主和去留的背景事件之中。开满白花的樱桃园，是众人生活的家园，其中寄托了母亲般的温情，是俄国的象征。樱桃园的易主之变，对他们来说，意味着祖国面貌的变更，家园情愫的更改。正如柳鲍芙·安德烈耶夫娜从国外回来的感受一样，她激动地说：“坐在这儿的是我吗？（笑）我真想伸开胳膊跳起来啊。（用手蒙上脸）这别是在做梦吧！上帝知道，我爱的我的祖国，我真爱得厉害呀。”[5]

剧中看似不协调的人群，协调于一个总的社会情境和一个总的人生思考。这种非主题的超越，在“樱桃园”事件所致的情绪中统一起来。开满白花的“樱桃园”给读者和观众印象最深的是，柳鲍

① ［英］J. L. 斯泰恩：《现代戏剧的理论与实践》，周诚译，中国戏剧出版社 1986 年版，第 128 页。

② 曹禺：《日出·跋》，载《日出》，人民文学出版社 1994 年版，第 197 页。

③ ［俄］巴赫金：《陀思妥耶夫斯基的诗学问题》，白春仁、顾亚铃译，生活·读书·新知三联书店 1988 年版，第 42 页。

④ 同上书，第 29 页。

⑤ 《契诃夫戏剧集》，焦菊隐译，上海译文出版社 1980 年版，第 352 页。

芙·安德烈耶夫娜在剧开始时望着窗外的抒情，以及剧尾的砍伐声。“樱桃园”从不同的角度牵动着所有人物的心绪，拨人心弦的不是患得患失的事件后果而是情感动向。“樱桃园”抒情诗般的意象与举重若轻的现实主义喜剧风格，在受众面前展示了别开生面的艺术效果。

剧情冲突是传统戏剧的根本，而契诃夫剧作却摒弃正面冲突，同时不分主次地让多个人物并列出场。这些人物生活环境同一，人物之间看似互不相关，却又在各自与环境的潜在矛盾中呈整体平衡协调之势。对于单个人物来说，面对时过境迁的情感抒发，在倾听者缺席，无人回应的情形下，有些乏味和滑稽可笑，当然也不乏自我解嘲之调侃。正如第一幕，柳鲍芙·安德烈耶夫娜对着樱桃园的抒情：

> 柳鲍芙·安德烈耶夫娜：（望着窗外的花园）啊，我的童年，我那纯洁而快活的童年啊！我当初就睡在这间幼儿室里，总是隔着窗子望着外边的花园。每天早晨，总是一睁开眼就觉得幸福；那个时候，这座园子就跟现在一样，一点没有改样儿。（愉快地大笑起来）满园子全是白的，全是白的！哦，我的樱桃园啊！你经过了凄迷的秋雨，经过了严寒的冬霜，现在你又年轻起来了，又充满幸福了，天使的降福并没有抛开你啊！……啊！我要能够把沉甸甸压在我心上的这一块大石头除掉，那可多么好哇！痛苦的往事前尘哪，只要我能忘掉它，那可多么好哇！
>
> 加耶夫：居然要把这座园子也拍卖了还债，真叫人不能相信哪！不是吗？……
>
> 柳鲍芙·安德烈耶夫娜：啊！看哪！我们去世的妈妈在园子里散步呢……穿着白衣裳！（愉快地大笑起来）是她！①

这段始自儿时回忆的抒情，刚要进入感动自己的情感状态时，又愉快地大笑起来赞美樱桃园的美丽，抗拒心中的伤感。在加耶夫的感伤几乎要使兄妹两人感情的闸门打开时，柳鲍芙再次大笑起来，好似

① 《契诃夫戏剧集》，焦菊隐译，上海译文出版社1980年版，第358—359页。

在给人们开个玩笑，尤其是说到看见妈妈穿着白色的衣服在开满白花的园中散步，既富抒情诗意，又不乏逗笑调侃。且不说柳鲍芙·安德烈耶夫娜把儿时与妈妈和开满白花的樱桃园联系起来所产生的诗意和美感，就拿剧中人物回避痛苦和消解悲哀的喜剧方式来说，这种艺术手法所产生的魅力也是令人回味良久的。观众和读者在最初会认为，戏中的柳鲍芙起伏很大的情感很夸张可笑，可看完全剧之后，再回首这段抒情，就会真切地感受到她的痛，也会不自觉地回想起我们自己处于人生困境中舍弃美好的真切感受，那份无力回天的无奈，并对她产生深深同情。这正是非表现性的现实主义抒情特色——不拘于理想和命运的执着的喜剧特征。

如果说契诃夫在《伊凡诺夫》、《凡尼亚舅舅》、《海鸥》、《三姊妹》中，对人物向往美好人生及某些不明朗的梦想发出了同情。而在《樱桃园》中，他立足于人物情绪状态，并没留给读者和观众以价值取向和情感倾向的暗示，而是让人物情绪顺随现实生活之流，与周围讲和，喜剧性地自我揶揄伤感与失落，甚至人物对未来的美好设想，作者也不予评价，为其勾画蓝图。契诃夫说："这个世界上没有一件事情弄得明白。只有傻瓜和骗子才什么都知道，什么都懂。"[①] 这客观的理性，对生活的喜剧性观照，不同于传统喜剧，它背后没有明确的道德价值判断，除了当下生活自身的悖谬外，别无他物。美国戏剧理论家罗伯特·W. 科里根引用了桑塔亚纳（Santayana）的话来总结"契诃夫式的"喜剧，他说："生活中的一切在它理想的本质上是抒情的，悲剧在于它的命运，而喜剧却是它的存在状态。"[②] 契诃夫戏剧因为反映矛盾调和的平淡现实生活状态而富有喜剧性，但这并不意味着冲突不存在，只是他非表现性的现实主义抒情，在人与人之间不构成情感交集与对立的喜剧效果中消解了冲突，又以超越个人的悲悯情怀在哲学和诗意上化解了个体情绪。剧中人物之间的情感错位或不

① 《契诃夫论文学》，汝龙译，安徽文艺出版社 1997 年版，第 80 页。

② Corrigan, Robert W, *Introduction: Comedy and the Comic Spirit*, *Comedy: Meaning and Form*, California: Chandler Publishing Company, 1965, p. 10.

对等与不对立，并不是情感强烈程度和方式不同，而是生发的情感动机迥异。樱桃园的易主，显然存在着失去和拥有、精神追求与物质掠夺、仆人打倒主人的冲突，可柳鲍芙·安德烈耶夫娜和罗巴辛之间的对立冲突却没有发生。这是因为两人属于不同阶级，两人的情感动机不同，他们的情感不存在对立冲突的平台。罗巴辛曾多次劝柳鲍芙·安德烈耶夫娜将樱桃园的地皮出租赚钱，不必拍卖它。柳鲍芙·安德烈耶夫娜不忍亲手毁了樱桃园，毁了自己纯洁美好的灵魂，自己的精神家园，始终没有理会罗巴辛。罗巴辛对此无法理解。得知罗巴辛是樱桃园买主时，柳鲍芙·安德烈耶夫娜哭了，罗巴辛尽管得意扬扬，还是对她表示了深切同情。他带着斥责的口气说："谁叫你不听我的话的呀！我的可怜的、善良的柳鲍芙·安德烈耶夫娜呀！事到如今，可已经太晚啦。（眼里含着泪）啊！要是能够把现在的一切都结束了，可多么好哇！啊！要是能够把我们这么烦乱、这么痛苦的生活赶快改变了，那可多么好啊！"① 两人不但没有出现得意与失意的仇恨，反而是相怜相惜的抚慰。事件冲突中的人物情感呈现非对状态，情感爱憎分明的观众和读者觉得搞笑，笑后又难以忽略这平淡中复杂、饱满的人性、人情，同时在理性和情感的调和中，带着愉悦的审美效果，提升和延展了自己对他人、历史、社会和人生的理性认知。

这消解感伤的喜剧技巧，属于叙事的反讽。反讽就是"通过一套代码传达两个信息"，既可作为局部技巧，也可作为整部作品的叙事模式。反讽的叙事艺术效果在于"可以毫不动情地拉开距离，保持一种奥林匹斯神祇式的平静，注视着也许还同情着人类的弱点。它也可能是凶残的、毁灭性的，甚至将反讽作者也一并淹没在它的余波之中。"② 契诃夫剧的反讽是涵盖全篇的整体模式，作者"保持一种奥林匹斯神祇式的平静"，以客观冷静的悲悯情怀观照剧中人物，他并未淹没在反讽的自我彻底否定之中，而是真诚地表达了人在历史与未

---

① 《契诃夫戏剧集》，焦菊隐译，上海译文出版社 1980 年版，第 400 页。

② ［美］华莱士·马丁：《当代叙事学》，伍晓明译，北京大学出版社 2005 年版，第 183 页。

来夹缝中生存境况的悖谬，即现实生活矛盾多侧面的复杂性和丰富性。现实对历史和未来的解构，外在生存环境对人内在渴望的消解，在平淡而真实的叙事中悄悄进行。虽然也有残酷剧情，如《伊凡诺夫》和《海鸥》中的自杀，但人物绕过自我煎熬、他人之恶的趋利避害以及自我解嘲，将这种反讽效果引向了作者对人的悲悯观照——以理性、冷静、豁达的姿态，超现实的眼光深入历史与未来的深处，以极大的善意观照个体面临的重大事件。高尔基在给契诃夫的信中说："您的才华是一种纯净和明朗的精神，可是被人间的枷锁——平常生活的枷锁——给束缚住了，因此它是忧郁的。"[①] 这是契诃夫戏剧类同普希金诗的一种明朗的忧郁，一种"深刻而又明亮的悲哀"[②]。这种忧郁是一种情调，而不是指向某个人物，它具有诗意和哲学的超越，是一种让读者和观众回味的审美效果，并不具有现实功利性目的，但却能让读者和观众在审美乐趣中分析和批判自我，敞亮人生悲苦阴郁之晦暝。

契诃夫剧中人物习惯于生活的理性和客观性，不自觉地在自我的世界里有意无意地消解着热烈与执着，自我解嘲地揶揄着自己的哀伤。苏联的帕佩尔内认为："每一个形象都是其内部相互矛盾、相互否定的两个部分组成。主要效果正好就在于它们的两极性。……它们虽然互不相容，却又好像归结在一起，相互映照；于是产生了一种由互相否定的部分组成的这一种离奇的相等和平衡。现象的本质为形式所嘲弄，但它好像又以颠倒了的形式重新回归自身。"[③] 韦恩·布斯（Wayne Clayson Booth）在《小说修辞学》中对这种"颠倒"的修辞效果给予了肯定："某些能打动人的文学，是基于一种对许多读者都'自然地'认为是一种正常反应的东西的成功的颠倒。这样的颠倒，只有在作者能够提请我们注意到客体的表象所遮蔽的关系和意义时，

---

① 高尔基：《文学书简》上卷，人民文学出版社 1962 年版，第 14 页。

② 参见郑克鲁主编《外国文学史》，高等教育出版社 2003 年版，第 270 页。

③ ［苏联］帕佩尔内：《契诃夫怎样创作》，朱逸森译，上海译文出版社 1991 年版，第 22 页。

才能成功。”①《樱桃园》中的人物情感都是失衡的，而失衡的悲剧性却是以喜剧方式来体现。作者对柳鲍芙·安德烈耶夫娜悲苦的喜剧性诠释，对费尔斯不自知命运和皮希克借债的喜剧性处理，对雅沙追求时髦和特罗费莫夫向往新生活的嘲讽，对杜尼亚莎与叶比霍多夫、雅沙之间的情感不对等或不对接的喜剧性揭示，对罗巴辛和瓦里雅没有结局的感情在求婚场景中的消解，都是通过“颠倒”让读者和观众“注意到客体的表象所遮蔽的关系和意义”。这种“关系和意义”所表现的忧郁，使很多在新旧交替时期倾向于新时代的人感到困惑。高尔基在1903年10月写给K. П. 皮亚特尼茨基的信中说：《樱桃园》“没有什么新东西。情绪和思想（如果可以提到思想的话）、人物——所有这一切在他从前写的剧本里都已经有过了。当然，剧本写得很优美，不用说，从舞台上向观众吹来一种浓厚的忧郁气息。但为什么忧郁，我却不知道了。”② 高尔基在俄国历史转变时期，把自己的希望同代表新生力量的布尔什维克信仰联系在一起，才会对契诃夫的忧郁产生困惑。中国接受者被《樱桃园》的忧郁气息打动，非表现性的现实主义抒情深深吸引了他们，但他们并不会刻意去把握忧郁背后的精神追寻，而是根据中国社会现实需要，对其现实主义抒情进行中国化改造。

第三节 《樱桃园》“家园”抒情性的战时接受

一、抗战时期契诃夫戏剧的中国接受

抗战时期，契诃夫戏剧的中国接受，取自剧作非表现的现实主义情感与接受主体的共鸣。抗战进入相持阶段后，整个时代转入历史的沉静，文学创作逐步从“性急的呼喊到切实的申诉，从拙直的说明到

① ［美］韦恩·布斯：《小说修辞学》，华明、胡晓苏、周宪译，北京大学出版社1987年版，第126页。

② 转引自［苏联］安·屠尔科夫《安·巴·契诃夫和他的时代》，朱逸森译，中国社会科学出版社1984年版，第467页。

细致的描写，从感情的投掷到情绪的渗透”[①]。类似契诃夫戏剧生活之流的客观叙事和情绪体现，此时的情绪是“交织着孤独、寂寞与喜悦的沉思状态”[②]，又契合契诃夫戏剧中俄国文学传统中“明朗的忧郁”[③]。

中国接受的契诃夫评价，在20世纪三四十年代有两种代表性观点：一种观点认为契诃夫是悲观主义者和厌世家，如茅盾说：“柴霍甫对于人性及其弱点是有深刻的理解的。他走上文坛的时候还能轻松地笑，但立刻他沉入悲哀失望的浓雾。直到他死，他是悲痛地呻吟着，他不曾有过乐观。”[④] 另一种观点认为契诃夫是预言家、战斗者和勇士，如胡风评价：“在前世纪末和本世纪开头的文学领域中，他是感觉到革命之不可避免的第一人。”“他底生命通向着他预感到了的东西‘所昭示的前途’，也就是俄罗斯正在走向的前途。”[⑤] 这两种观点在郭沫若和巴金这里有更为文学性的表达。1944年，郭沫若在《契诃夫在东方》中说：“他的作品和作风是很合乎东方人的口味。东方人于文学喜欢抒情的东西，喜欢沉潜而有内涵的东西，但要不伤于凝重，那感觉要像玉石般玲珑温润而不像玻璃，像绿茶般于清甜中带点涩味，一切都要有沉潜的美丽而不尚外表的华丽。喜欢灰青，喜欢忧郁，不是那么过于宏伟，压迫得令人害怕。”[⑥] 巴金对此分析更明确具体：“在我们这里，特别是旧社会崩溃、反动统治把人压得透不过气来的时候，我到处都发见契诃夫所谓的‘霉臭’，到处都看见契诃夫笔下的人物，他们哭着，叹息着，苦笑着……”[⑦] 由此可见，

① 夏衍：《于伶小论》，载会林、绍武编《夏衍戏剧研究资料》，中国戏剧出版社1980年版，第184页。

② 钱理群：《大小舞台之间——曹禺戏剧新论》，北京大学出版社2007年版，第139页。

③ 参见郑克鲁主编《外国文学史》，高等教育出版社2003年版，第270页。

④ 茅盾：《柴霍甫的三姊妹》，载《汉译西洋文学名著》，中国文化服务社1936年版，第202—203页。

⑤ 胡风：《A. P. 契诃夫断片》，《中原》1945年第2卷第1期。

⑥ 郭沫若：《契诃夫在东方》，载重庆《新华日报》，1944年7月15日。

⑦ 巴金：《谈契诃夫》，平明出版社1955年版，第47页。

契诃夫的中国接受，在艺术形式上是“哀而不伤”的抒情，内容上是人物淡远的哀愁与悲苦，即非表现性的现实主义抒情风格。

“现实这个概念是一个客观的概念。它包括人在其中生活、思考和进行创造的整个世界。因此，把现实划分为‘外界现实’和‘内在现实’的做法是形而上学的徒劳。”① 契诃夫剧作内在情感的外在显现，即非表现性的现实主义抒情性具有极高的艺术性。抗战时期，中国将契诃夫剧作的抒情风格与中华民族解放的愿望相结合，把时代思考的“内在现实”以抒情方式融入“外界现实”描绘，把契诃夫描写的灰色、黑暗、凡俗解读为“一个阴暗的忧郁的旧时代的终结”，并预示着新时代的到来。在20世纪30年代后期到40年代，中国现代小说与戏剧创作大都应用此类现实主义抒情模式。

二、《樱桃园》“家园”抒情性的中国接受

拿《樱桃园》来说，契诃夫剧的现实主义抒情风格表现在两个方面：一是直接的抒情台词，二是诗意描绘的背景后所寄予的情感。

首先是人物台词的抒情性，如第一幕：

瓦里雅：（轻声地）嘶，安尼雅睡着了。（轻轻打开窗子）太阳已经上来了；天气也不冷。妈妈，你看，这些树木都多么好看哪！哎呀！多么清爽的空气啊！白头翁也都唱起来了！

加耶夫：（打开另一扇窗子）满园子都是白的。柳巴，你还记得吗？这一条条长长的园径，一直地、一直地通下去，夹在两边树木当中，像一根长带子似的？每逢月夜，它就闪着银光，你还记得吗？你没有忘吗？

柳鲍芙·安德烈耶夫娜：（望着窗外的花园）啊，我的童年，我那纯洁而快乐的童年啊！……②

---

① ［苏联］鲍·苏奇科夫：《现实主义的历史命运》，傅仲选等译，外国文学出版社1988年版，第6页。

② 《契诃夫戏剧集》，焦菊隐译，上海译文出版社1980年版，第356页。

这是三位与樱桃园命运息息相关的人：瓦里雅在此时此景情感勃发，加耶夫和柳鲍芙触景生情，忆往昔美好时光，注目着的樱桃园散发着多层面的芬芳诗意。这同时又与结尾处空无人声的砍伐声形成了鲜明对照，使整部剧弥漫着失去往日美好、失去历史、失去家园的忧郁。

其次，舞台背景营造的情感寓意。如第一幕，“黎明，太阳不久就要升东。已经是五月了，樱桃树都开了花，可是天气依然寒冷，满园子还罩着一层霜。窗子都关着”①。第二幕，“野外。一座孤老、倾斜、久已荒废的小教堂。旁边，一口井和一些厚石头块，显然是旧日的墓石；一条破旧的长板凳；一条通到加耶夫地产的道路。一边，高耸着一些白杨树的昏黑剪影；树的后边，就是樱桃园的边界，远处，一列电线杆子；天边依稀现出一座大城镇的模糊轮廓，只有在特别晴朗的天气里，城影才能看得清楚。将近夕阳西落的时候。夏洛蒂、雅沙和杜尼亚莎都坐在长板凳上。叶比霍夫站在他们旁边，弹着吉他；四个人各自想着心思”②。第一幕场景，五月的黎明中的“太阳”与“寒冷”，“花”与“霜”，在柳鲍芙·安德烈耶夫娜回家之际，暗示了她既悲又喜的心情。第一幕是园中黎明，第二幕园外则是“夕阳西落”，其中颇有“枯藤老树昏鸦，断肠人在天涯”的情调：“孤老、倾斜、久已荒废的小教堂”，“旧日的墓石”，“白杨树的昏黑剪影”，“一列电线杆子”，还有“二十二个不幸”弹着吉他，在这历史与现代、精神与物质相融的当下情境中，每个人都雕塑般地沉浸于自己的心思。在这特定场景中，他们好像与樱桃园不相干，又好似习惯于樱桃园的存在而把它当作了空气，就在樱桃园即将成为传说时，他们却茫然环顾，不知乡关在何处，这历史纵深的幽思与时事感触中的忧郁情绪无须只言片语，透过场景就能直接感染观众心灵。

伊格尔顿认为，读者接受的历史性阐释是“读者肯定不会在真空中看到原文；一切读者都有其社会和历史地位，他们怎样解释文学作

---

① 《契诃夫戏剧集》，焦菊隐译，上海译文出版社1980年版，第342页。

② 同上书，第366页。

品将受到这一事实的深刻影响"①。抗战时期的中国读者，基于特殊的时代背景，把《樱桃园》的"家园"抒情解读为樱桃园易主所致的两种思想情感。芳信的契诃夫多幕剧译本有多种版本，他对《樱桃园》的解读应该说具有一定代表性。在《樱桃园·译后记》中，他说："抓住旧生活的悲哀的落日之余晖与新时代微熹的曙光的交错，美丽地典型化了它的诗意和内在意义，在这儿就有着《樱桃园》动人的地方和价值。"② "旧生活"和"新时代"把《樱桃园》简化为明确而对立的两种思想情感，"悲哀的落日之余晖"的失望与没落和"微熹的曙光"的希望与兴起，这两种思想情感由"交错"的诗意，上升到内在意义的形而上高度。这"悲哀的落日之余晖"与"微熹的曙光"分别是第二幕和第一幕场景背景，芳信在此发现了深入契诃夫诗意艺术的切入点，并对此进行了翻译的再创造。"微熹的曙光"作为第一幕场景，渐渐明亮起来，照亮了樱桃园，而悲哀的情绪则是樱桃园于逼仄时空中被切割或剪除的情景。剧情是从晨曦回忆到夕阳的愁绪幽思，芳信的接受性创造则是将其颠倒，由"悲哀的落日之余晖"到"微熹的曙光"，将樱桃园时代渐行渐远的忧郁，置换为新生力量到来前暂时的苦闷与无奈。夏衍对"微熹的曙光"倾注了更为明朗的情感，他认为《樱桃园》结尾具有鲜明的情感倾向："舞台上空无一人，先听到的是门户上全上了锁的声音，此后马车的声音渐渐的远去，寂寞支配了一切，只有砍伐树木的迟钝声音打破了周遭的沉寂、凄凉、忧郁。"③ 他认为，砍伐樱桃园的斧声敲响了贵族庄园的丧钟，安德烈耶夫娜一家的离去，意味着一个阶级和一个时代的退场。

芳信创造性地译介《樱桃园》典型化的诗意和内在意义。夏衍则

---

① ［英］伊格尔顿：《现象学、阐释学、接受理论》，王逢振译，见《当代西方文艺理论》，江苏教育出版社2006年版，第75页。

② 转引自王璞《契诃夫与中国》，《俄国文学与中国》，华东师范大学出版社1991年版。

③ 夏衍：《从〈樱桃园〉说起》，《夏衍选集》第4卷，四川文艺出版社1988年版，第237—238页。

单择取其内在历史意义，延展其中国化阐释。他说："在中国，历史之神过去似乎千百年，走得太徐缓，而这几年却似乎走得太迅速了，她大踏步地跨过'樱桃园'的时代，当我们的知识分子还在低回咀嚼那《樱桃园》的哀愁和寂寞的时候，这样一个历史的阶段已经悄悄地溜走了，中国的'樱桃园'绝不可能像契诃夫笔下所写一般优美，中国的新时代登场者也不可能像'陆伯兴'（焦菊隐译罗巴辛）一样的恭谦了，他们更加粗暴，更加鲁莽，他们不是'陆伯兴'，而是'老百姓'，只因为，他们的受难太久远太深重，他们的仇恨太深沉太苛烈了。"[①] 夏衍，一位充满激情的革命者，将拯救苦难深重的老百姓的急切心情渗入作品解读之后，把'樱桃园'的两种情绪看作一种情感，对劳苦大众的情感，认为他们才是摧枯拉朽的新生力量。这乐观的阶级情感，是对《樱桃园》"家园"抒情的误读，将非表现性的现实主义抒情改换为表现性的浪漫主义抒情。

正处抗战之中的中国接受者，对《樱桃园》中旧时代渐行渐远的哀愁和新时代明亮的期许在相互交织、相互否定中产生的喜剧性和现实主义抒情风格进行了拆除和组装：他们把目光投向了新时代到来所产生的压抑和苦闷情绪，不是历史更新中不得不面临的家园没落而生哀愁，而是现时物质精神困苦和未来的理想实现受阻而生忧郁。对于契诃夫来说，剧中人物现时处于历史和未来的双向压制下，未来的希望消解着留恋过往的哀愁，当下正处于自我嘲讽的、平衡的惯常状态，贯穿其中的是作者超越时空、富有诗意的和深邃的忧郁。对于中国接受者来说，剧中人物处于单向的未来展望和历史压迫中，不存在对历史的留恋、反思与超时空的深邃，人物苦闷和忧郁的解除只需挣脱束缚，打倒反动势力即可。代表着历史和未来的是两个阶级，一类是阻碍历史车轮的旧阶级和保守势力，一类是代表未来的新生阶级，契诃夫剧中旧阶级的哀愁偷换为新阶级受阻的苦闷，这两个阶级矛盾尖锐，不可调和，新阶级是主人公，是正面形象，译介接受在于剧作

---

① 夏衍：《从〈樱桃园〉说起》，《夏衍选集》第4卷，四川文艺出版社1988年版，第238页。

如何以现实主义抒情方式，表达对旧时代落后阶级的控诉和批判。

在抗战极度艰苦的岁月里，旧势力和反动势力强大，作家借鉴契诃夫忧郁的情调和现实主义风格，对现实生活中老百姓遭受压迫、困顿不堪的生活进行揭露，以感人的抒情方式唤醒大众行动起来改变不堪的现实，从而成为推翻压迫者，摘去头顶“达摩克利斯之剑”的革命者或革命支持者。将改换天地的新生力量和最底层人民作为中国现实主义抒情主人公的阶级创作法，从20世纪30年代的左翼文学到抗战文学，一直延续到解放战争时期和新中国成立以后。1960年，上海戏剧学院演出《樱桃园》，导演认为：“这出戏的主题是：封建贵族阶级的没落和消亡。剧中主人公加耶夫和朗涅夫斯卡娅（兄妹俩），正如当时许多贵族后裔一样，尽管他们的经济情况已经衰落不堪，却还在过着极其荒唐而糜烂的生活，饱食终日无所事事，并任性地挥霍无度，以至于负债累累，不得不将所有的庄园和地产，全部拍卖出去，他们是俄罗斯旧生活（农奴制度）的遗迹。庄园易手后新的所有者罗巴辛，是平民出生的富商。这个暴发户，早就想染指樱桃园了。不过，他起初利用父亲给加耶夫当过农奴的关系把自己伪装成庄园主的热心朋友，建议他们用分租地产给人盖别墅的办法去还债。这，看来好像他是在替庄园主寻找挽救命运的出路，其实是巧取豪夺的诡计。”① 事实证明，新中国成立后，契诃夫剧的中国化误读依然如旧，直到21世纪初，2004年，为纪念契诃夫逝世100周年，林兆华再次排演《樱桃园》时，这样的误读才宣告结束。林兆华说：“我排契诃夫，不为契诃夫服务，只是我作为生活在当下的人对契诃夫的理解；第二，我为当下的中国观众服务。”② 他认为：“面对新、旧两种生活时的犹豫和彷徨，应该是《樱桃园》的主要情绪特征。”③ 这

① 田稼：《契诃夫和他的〈樱桃园〉》，《上海戏剧》1960年第2期。

② 《“永远的契诃夫”——纪念契诃夫逝世一百周年座谈会纪要》，《读书》2004年第12期。

③ 刘文飞：《两座“樱桃园”》，《读书》2004年第12期。

种“犹豫和彷徨”，接近丹钦柯说的“不明朗的梦想”[①]；而在芳信看来，是新旧交错中的情感艺术；在夏衍看来，是过时的哀愁忧郁和恭谦的阶级态度。当下的研究者刘研却认为，不存在两难困惑，契诃夫是借着特罗费莫夫乐观地在吟唱：“人类朝着最高的真理前进，朝着人间没有达到的一个最大的幸福前进。”[②]

不管是“犹豫和彷徨”，还是历史新旧更替时期的郁闷或朝着真理和最大的幸福前进的乐观，他们对《樱桃园》的解读主要集中于三个人物：柳鲍芙·安德烈耶夫娜、罗巴辛和特罗费莫夫。他们分别是拥有樱桃园过去的贵族，毁灭樱桃园现在建设自己未来的新贵——资产阶级，和一位奢谈理想的未毕业大学生。按照新旧时代的观点来看，柳鲍芙·安德烈耶夫娜代表着留恋樱桃园的旧时代，罗巴辛和特罗费莫夫是向樱桃园告别的新生代。罗巴辛，靠个人辛勤劳动，从祖辈的仆从阶级跃升为樱桃园新主人，成为社会发展的主力军。夏衍把他与中国“老百姓”类比，并认为中国老百姓没有他的谦恭，作为新的阶级，他们与旧阶级存在着强烈的情感冲突。如果说，罗巴辛是实干家，是物质方面的新贵，那么特罗费莫夫，这个永远毕不了业的大学生就是空谈家，是精神方面的新贵。他的交谈对象是加耶夫和安尼雅，安尼雅是他热心的崇拜者和追随者。特罗费莫夫不仅常遭到罗巴辛的讽刺，而且在物质的贫困和行动的疲软中奢谈着形而上的追求，本身就是一种戏剧性的自我嘲讽。他是契诃夫笔下的知识分子代表之一，他是“一种模糊而美丽的人类真理的担负者，不幸的是，他对于这个重负既卸不下又担不动”[③]。高尔基指出，契诃夫“不喜欢唱高调，而……可爱的俄国人却非常热衷于这种高调来安慰自己。他们忘记了，在连一条像样的裤子都没有的今天议论未来的天鹅绒西装

---

① ［俄］N. 丹钦柯：《文艺·戏剧·生活》，焦菊隐译，文化生活出版社1946年版，第26页。

② 《契诃夫戏剧集》，焦菊隐译，上海译文出版社1980年版，第405页。

③ ［美］弗·纳博科夫：《论契诃夫》，《世界文学》1982年第1期。

是非常可笑的，也是毫不机智的”[①]。《樱桃园》看不见作者倾向，契诃夫既通过柳鲍芙·安德烈耶夫娜表达了诗意芬芳的樱桃园被新生代砍伐的忧郁，也通过特罗费莫夫表达了对新时代到来的美好展望。这两种情感都很明确，并未形成对立，也丝毫不妨碍它们以反讽形式或喜剧方式彼此相互否定或自我消解。如果没有理解契诃夫剧中的反讽技巧和喜剧风格，就会认为他是顾左右而言他的“犹豫和彷徨”。“犹豫和彷徨”说，没有把握契诃夫“奥林匹斯神祇式的平静”[②]和他超现实的悲悯情怀及历史思考的深度。契诃夫笔下的三个人物，既存在着相互否定和自我否定，又彼此实现了统一。他们统一于祖国、家园变迁的历史情境之中，统一于惺惺相惜的生存艰难之中，统一于彼此需求的善良慰藉之中。剧中人物统一于平平淡淡的生活真实，在吃饭和谈天的过程中，他们之中“有人倒霉了，有人走运了”。正如A. 斯卡夫迪莫夫对《樱桃园》中的“力量分布”特点的说明：“在拉涅夫斯卡娅（安德烈耶夫娜）、洛帕欣（罗巴辛）或特罗费莫夫之间，并没有个人要求方面的对抗性冲突，在他们的关系中充满了相互的善意，然而他们仍是格格不入的，而且在生活过程中他们相互取消、互相排斥。这种情况本身包含着这样一个思想：他们间的分歧的根源不在于个别人的道德品质，而在于生活结构本身。”[③]

---

① 《马·高尔基和安·契诃夫——通信、文章、言论》，转引自［苏联］安·屠尔科夫《安·巴·契诃夫和他的时代》，朱逸森译，中国社会科学出版社 1984 年版，第 409 页。

② ［美］华莱士·马丁：《当代叙事学》，伍晓明译，北京大学出版社 2005 年版，第 183 页。

③ ［苏联］A. 斯卡夫迪莫夫：《俄国作家的道德探索——关于俄国经典作家的论文和研究》，转引自［苏联］安·屠尔科夫《安·巴·契诃夫和他的时代》，朱逸森译，中国社会科学出版社 1984 年版，第 461 页。

第五章

《钦差大臣》译介接受中的“批判”性

第一节　果戈理创作的讽刺批判性

一、俄国文学史中的果戈理讽刺文学

别林斯基《论俄国中篇小说与果戈理君中篇小说》，是1835年发表于《望远镜》第36期的文章，文中指出，俄国第一位真正的中短篇小说代表作家是果戈理。而到《钦差大臣》与《死魂灵》出版之后，他则认为：“在这世界上也早已没有一个作家，对于本民族，像果戈理对俄罗斯一样重要的了。”“果戈理应当算是俄罗斯散文文学之父，正像普希金是俄罗斯诗歌之父一样。”① 在他看来，果戈理之前的冯维辛喜剧只是揭开俄国散文和喜剧新时期到来的一个美妙序幕；卡拉姆辛的小说，只对语言史有意义，没有什么俄罗斯真正的生活内容，对于独创性的俄国文学的历史来说没有可取之处。

普希金时代，俄国文学就是由诗单独组成的。至于散文创作，可以说普希金与果戈理同时出现，相互呼应。1831年普希金的《别尔金小说集》与果戈理的《近乡夜话》（1831—1832年）几乎同时发表，1834年普希金发表《黑桃皇后》，而果戈理则一发不可收——1833年发表《伊凡·伊凡诺维奇和伊凡·尼基福罗维奇如何吵架的故事》，1835年发表《密尔格拉得》，之后又发表《画像》、《涅瓦大街》、《狂人日记》等。1836年，普希金写了《上尉的女儿》，果戈

---

①［俄］车尔尼雪夫斯基：《俄国文学果戈理时期概观》，载车尔尼雪夫斯基《文学论文选》，辛未艾译，上海译文出版社1998年版，第220页。

理则创作了戏剧《钦差大臣》和小说《马车》、《一个干练的人的早晨》、《鼻子》。就散文创作来说，普希金对于俄国文学史的意义逊于果戈理，是果戈理开启了俄国的散文时代，是果戈理创作的讽刺风格带来了俄国文学的生机与活力。

就俄国文学发展史来看，果戈理的散文写作初次脱离西欧，批判的讽刺笔触首次深入斯拉夫民族土壤，使俄国文学扎根于俄国历史现实，拥有了自身的独立性。“不管《奥涅金》中的讽刺闪光，不管《智慧生痛苦》中的有声有色的抨击，批判的因素在果戈理之前，在我们文学中，还是只起次要的作用。”① 果戈理之前，大多数作品是以西欧作品为范本的仿作与拟作，就是普希金的散文创作也很容易让人想起拜伦、司各特等作家作品，厌倦上流社会生活的奥涅金使人不禁想起逃避贵族乏味生活的哈罗尔德，传奇的历史题材小说又很容易将读者带到司各特历史小说的情境。所以，果戈理是俄国文学独立发展的先驱者，之后的屠格涅夫、冈察洛夫、托尔斯泰、契诃夫、陀思妥耶夫斯基将这种独立性发展到顶峰，使俄国文学在世界文学史中取得举世瞩目的地位。

俄国早期文坛上相继出现的三位诗人——茹科夫斯基、普希金、果戈理带来了俄国文学的三个时期。茹科夫斯基是19世纪俄国浪漫主义诗歌的代表。他的诗歌充满着忧郁的幻想，是对“非人世生活”的憧憬。他把英国诗人托马斯·格雷（Thomas Gray，1716—1771）的《墓畔挽歌》（*Elegy Written in a Country Churchyard*）译成俄文，改名为《乡村公墓》，《斯维特兰娜》是他所写的新型浪漫主义故事诗。就在“茹科夫斯基的才能还在灿烂怒放的时候，就出现了普希金；普希金的很早就被死亡所割断的诗的活动，刚刚完成了一半，就出现了果戈理——这些人们中的每一个人，都是何等迅速地一个接着一个，把俄国文学引到新的发展时期，而这新的时期的发展，无可比拟地要比过去一些时期所表现的一切更高。《狄康卡近乡夜话》离开《乡村

① ［俄］车尔尼雪夫斯基：《俄国文学果戈理时期概观》，载车尔尼雪夫斯基《文学论文选》，辛未艾译，上海译文出版社1998年版，第229页。

公墓》，《钦差大臣》离开《斯维特兰娜》，只不过二十五年——可是在这短短的时期中，俄国文学已经有过三个时期，俄罗斯社会已经在这思想与道德日趋完美的道路上，前进了巨大的三步。”① 果戈理的《狄康卡近乡夜话》是在1831—1832年发表的；茹科夫斯基所译《乡村公墓》则出版于1802年；茹科夫斯基的故事诗《斯维特兰娜》出版于1813年；果戈理的《钦差大臣》则出版于1836年。25年之后，果戈理带来了俄国文学的散文时代，带领俄国踏上俄罗斯文学征途的真正起步者是果戈理。因为，正是果戈理散文的讽刺艺术与真实内容，像镜子一样让俄罗斯人开始了反观自身的灵魂之旅。正如别林斯基所说，果戈理“通过他的奇妙艺术的和深刻真实的创作强大有力地促进俄罗斯的自觉，让俄罗斯有机会像在镜子里一样，看到了自己”②。

果戈理绝非具有批判智力的沉静观察者。他是一个感情胜于智力的“浪漫者”，只不过他把自己的理想放在过去，而不是未来。他赋予否定过去的力量以创造新的美好世界的动力功能，他不是向着未来的梦幻的浪漫者，而是一位充满激情的战斗的浪漫者。“他有特别的才能，来发现实际生活的一切可怜、猥琐、肤浅、污秽和平庸，而且到处看出它的存在。……这一切都拥到果戈理的调色板上，俨然达到艺术的具体化了。”③ 这正是果戈理的讽刺艺术，是他寻求理想与现实讲和的艺术方式。在毫不粉饰地描写俄罗斯现实人生之时，他内心与现实分裂的痛苦就减轻了。实际在某种程度上，果戈理的讽刺批判性正是他的自我教育方式，只不过他致力于灵魂的浪漫与深沉的理想，是全俄罗斯民族的正义向往和永久之爱的信仰。因此，他的自我教育就投射到整个俄罗斯的民族教育。

---

① ［俄］车尔尼雪夫斯基：《俄国文学果戈理时期概观》，载车尔尼雪夫斯基《文学论文选》，辛未艾译，上海译文出版社1998年版，第207页。

② ［俄］别林斯基：《给果戈理的一封信》，载《文学论文选》，满涛、辛未艾译，上海译文出版社2000年版，第583页。

③ ［俄］内斯妥尔·珂德略来夫斯基：《死魂灵·名家导读》，鲁迅译，长江文艺出版社2006年版，第4页。

1831—1832年，果戈理发表了他的第一部小说《狄康卡近乡夜话》，作者既作为俄罗斯和下层民众的描写者出现，又作为复活古代传说的幻想者亮相。小说是自然描写和梦幻的混合体。其间由于梦幻者的理想不能压倒实际生活的可鄙与庸俗，作者就竭力寻找更为崇高、更有理想意义的写实手段。在他的《肖像》中，我们发现果戈理承袭德国浪漫主义作家霍夫曼的风格，在艺术中抓住崇高的近乎宗教的信仰不放手。但他又丝毫不回避梦幻世界与现实之间的裂痕或深渊，让理想睁大眼睛直视现实，如“理想”游走“涅夫斯基大街”的震撼，怀揣想象的受惊“狂人”。从《涅夫斯基大街》和《狂人日记》开始，果戈理就和这庸俗陈腐的龌龊现实撕破了脸，他在挑选合适的笔法直面现实，并以强有力的现实批判来让自己的理想生根。从《旧式的地主》到《钦差大臣》，他逐渐取得了相对于浪漫主义的写实主义胜利。《钦差大臣》属于新生的俄国戏剧，喜剧性地把俄国生活实情，不粉饰、不遮掩地搬上舞台。而在此之前的笑剧，不是浮夸的道理讲解，就是模仿法国笑剧的讽刺手法，《钦差大臣》却将真实的俄国官场搬上舞台，他所描写的都是真实的人，好像就是读者和观众的近邻。那被嘲笑的黑暗面，赤裸裸地展现在受众面前，让沉睡的国民惊奇地睁大了眼睛。“这笑剧是一种全新的，异样的创作；它绝不采取戏剧艺术的熟悉形式，因为它并非一本容易感动的笑剧，也不是一本趣剧，又不是道德的戏文。”作者只是“在紧盯着社会的弊病和邪恶的真相，挥舞着嘲笑的鞭子：他把政务的糊涂、庸俗和空虚搬上了戏台，并且惩治官僚界”[①]，把他们的错误和糊涂展开给他们自己看，警醒着这些人的灵魂，驱赶着龌龊、庸俗和无聊。

果戈理以诙谐手法显示人生描写力度的作品是《外套》，后人称“谴责小说”。其实，小说故事并未表现强烈的批判和反抗，读者反而会生发柔和的同情。但这丝毫不影响小说的批判力量，作者敏锐的观察、犀利的笔触与恣肆诙谐的调侃产生了强烈的悲壮滑稽的效果。

---

① ［俄］内斯妥尔·珂德略来夫斯基：《死魂灵·名家导读》，鲁迅译，长江文艺出版社2006年版，第9页。

《钦差大臣》和《死魂灵》正是这种煊赫艺术的经典代表。自《钦差大臣》上演后，果戈理才真正意识到作品的道德效力，并雄心勃勃地效仿但丁《神曲》，创作了俄国人的灵魂史诗——《死魂灵》："俄国人堕落的历史，他的邪恶，他的空虚，他的无聊和庸俗的故事"。《死魂灵》"几乎成为《巡按使》的直截的，至少是更加丰富，方面更多的续篇。两部作品描出一幅俄国生活的并不错杂的，真得惊人的图像。……但那图画，在这里是显得无穷之广和深。《巡按使》的主角的心理的活动……比起《死魂灵》的满是强有力的对照，跳动着很丰富，有微差的人生……"①。可以说，《死魂灵》是远镜头的史诗勾勒，《巡按使》（《钦差大臣》）是近镜头的特写。两部作品都是以嘲讽笔法荡涤一切可憎和污秽，呈露神圣之爱的创作。果戈理在给朋友的书信中说道："《死魂灵》使许多人如此大惊失色，所以引起这样的喧闹声，并不是因为它们揭发了随便什么社会创伤或者内在的疾病，也不是因为它描写了恶人高奏凯歌，无辜者受苦这种令人震怖的画幅。我的主人公根本不是恶棍；我只要给他们中的随便什么人加上一个善良的特征，读者们就会同他们大家达成和解。然而连在一起的整个庸俗却把读者吓住了。读者所害怕的是，在我的笔下，庸俗接二连三而来，一个比一个更庸俗，没有一种令人宽慰的现象，可怜的读者简直就得不到休息一下或者喘一口气的机会，而且在读完全书之后，看样子，正好像从一个令人窒息的地窖里走到光天化日之下一般。假使我描写的是神态生动的恶棍，人们是会立刻宽恕我的，然而我描写的是庸俗，他们就不会宽恕我。使俄国人感到害怕的，他的猥琐，要比他的一切犯罪和缺点更加厉害。这真是一种令人注目的现象！惊恐是合乎情理的！不论在哪个人的身上，如果对猥琐有如此强烈的厌恶，那么的确，在这个人身上，就会包含有一切反对这种猥琐东西的力量，这就是我的主要的优点之所在。然而，我再重说一遍，假如这种优点在我的身上，并不和我自己的精神状态以及我自身的精

① ［俄］内斯妥尔·珂德略来夫斯基：《死魂灵·名家导读》，鲁迅译，长江文艺出版社2006年版，第16页。

神历史结合起来，那么在我身上就不会发展到如此强有力的地步。在我的读者中，没有一个人知道，他嘲笑了我的主人公们，也就是嘲笑了我。”[①] 果戈理将自爱与自我灵魂剖白，投射到俄罗斯民族灵魂剖析与神圣的大爱之中，为俄罗斯文学竖起了不朽的标杆。

二、果戈理讽刺文学在中国

早在1907年，鲁迅的《摩罗诗力说》就介绍过果戈理。果戈理真正引起中国翻译家的注意，应该是在1918年鲁迅发表《狂人日记》之后。由于该作曾受到果戈理同名小说的影响，中国读者对果戈理创作也就格外关注起来。从1920年到1936年间，以耿济之为代表的翻译家差不多将果戈理的主要作品全部翻译成了中文。耿济之是中国翻译果戈理作品的第一人，1920年，他翻译了《马车》，收入《俄罗斯名家短篇小说集》（一），由北京新中国杂志社在1920年7月发行；次年，他又翻译了《狂人日记》，刊载于《小说月报》第12卷1号。1920年，瞿秋白翻译了《仆御室》，7月刊载于《曙光》杂志。1921年，上海商务印书馆出版了贺启明翻译的《巡按》，即《钦差大臣》。同年，毕树敏翻译的《外套》载于《小说月报》第12卷1号。1926年未名社又发行了韦素园的《外套》译本。1926年，顾民元、扬汁译出《泰赖·波尔巴》（《塔拉斯·布尔巴》），由南京书店发行，1931年商务印书馆又发行了韩侍桁的译本。1933年，上海亚东图书馆发行了鲁彦的《肖像》译本。同年，肖华清、李秉之先后翻译了果戈理的两种短篇小说集。肖的译本是《郭果尔短篇小说集》，内收《死灵》（《死魂灵》第二章）、《狂人日记》、《柴可夫斯基大街》（《涅瓦大街》）、《画像》（《肖像》）、《马车》；后者内收《唯依》、《鼻子》、《二田主争吵的故事》、《结婚》、《赌家》。同年，上海文化生活出版社发行了孟十还翻译的《五月的夜》。1935年，译文出版社发行了鲁迅翻译的《死魂灵》，1938年又出版了该译本增订本。1936

① 《尼古拉·果戈理与友人书简选粹》，选自《别林斯基文学论文选》，满涛、辛未艾译，上海译文出版社2000年版，第574—575页。

年，上海文化生活出版社发行了孟十还翻译的果戈理短篇小说的第三种版本——《蜜尔格拉得》，内收《旧式地主》、《塔拉斯·布尔巴》、《伊凡·伊凡诺维奇同伊凡·尼基福罗维奇如何吵架的故事》等。在对其作品译介的同时，一些有关果戈理作品研究的评论也被翻译成中文，如日本学者冈泽秀虎的《郭果尔研究》（韩侍桁译）、立野信之的《果戈理私观》（鲁迅译），俄国学者苏坐赛耶夫的《果戈理是怎样创作》（孟十还译）。[①]

中国的果戈理评论并不多，其中有三篇文章极具代表性。一篇是耿济之的《俄国四作家合传》[②]，介绍了果戈理的生平及创作历程；一篇是瞿秋白的《俄国文学史》第七章《歌歌里和列尔芝托夫》，认为果戈理作品用“火一般的舌头描绘俄罗斯的风物人情”，风格是“活泼的滑稽”，是“哭不出的笑”、“泪里的笑”，并指出，果戈理小说的价值在于：“一、现实主义的深入；二、心理分析方法的创始；三、人道思想的警觉；四、对于社会的服务，即指示当代的罪恶而号召道德之复生。”[③] 另一篇文章是鲁迅的《几乎无事的悲剧》，称赞果戈理“用平常事，平常生活，深刻显示出地主的无聊生活”[④]。

《钦差大臣》在中国抗战时期有四种译本。1941 年 12 月，上海文化生活出版社初次发行耿济之译作——《巡按及其他》（《果戈理选集》4“剧本集”）。1937 年 5 月，上海启明书局出版沈佩秋翻译的《巡按》（世界戏剧名著），1939 年 4 月再版。1941 年 6 月，上海国民书店初次发行芳信译本《钦差大臣》（《世界名剧丛刊》）；1944 年 2 月，上海世界书局再次发行该译本（《俄国名剧丛刊》，第三册），书末附有日本山内封介的文章《关于果戈理》。1942 年 1 月，中华剧艺社文学部翻译的《钦差大臣》由重庆文风书店出版发行。

---

① 范伯群、朱栋霖：《中外比较文学史》下卷，江苏教育出版社 1993 年版，第 129 页。

② 耿济之：《俄国四作家合传》，《小说月报》1921 年 12 月号外。

③ 瞿秋白：《瞿秋白文集》（二），人民文学出版社 1986 年版，第 165 页。

④ 鲁迅：《几乎无事的悲剧》，载《且介亭杂文二集》，《鲁迅全集》第 6 卷，人民文学出版社 2005 年版，第 382 页。

在国统区和解放区的舞台上，《钦差大臣》也备受关注。该剧在中国舞台上的演出从20世纪20年代初期就已开始，延续至三四十年代，曾先后在上海、南京、重庆、成都、武汉、桂林等地多次上演，受到中国观众的热烈欢迎，产生了广泛的影响。抗战时期，它“曾是上海业余剧人协会在成都公演时的看家戏”[①]；在延安、晋察冀、晋冀鲁豫等解放区的演大戏浪潮中，1940年元旦，在毛泽东的亲自提倡下，它曾是“工余剧人协会公演的重点剧目之一”[②]。另外，史东山把《钦差大臣》更名为《狂欢之夜》的电影改编本及电影在三四十年代出版和上映。

从抗战时期《钦差大臣》的剧作翻译和演出来看，主要集中在1940年前后，在时间上与当时“暴露与讽刺”的文学论争产生了对应。张天翼发表《华威先生》后，关于抗战文学要不要排斥暴露的激烈论争，为整个40年代国统区的讽刺文学创作炸开了缺口。“暴露与讽刺”之论，是关于文艺与政治（时代）关系的讨论。“1937年7月，茅盾发表《论加强批评工作》，提出抗战文艺不能只歌颂光明，也应该暴露黑暗。在其影响下，1938年4月，张天翼发表小说《华威先生》，暴露抗日统一战线阵营内部的抗日渣滓。5月10日，李育中发表《幽默、严肃和爱》，在肯定小说写得好的同时，又认为当时的创作不应该只暴露黑暗而不发现光明，不宜只采用冷嘲的手法；这引起了一场一直持续到1940年下半年的论争。”[③]

张天翼小说，其主导风格犀利明快、幽默诙谐，充满喜剧性的讽刺艺术，在中国现代文学史上，他被认为是“杰出的讽刺小说作家”[④]。实际上，张天翼的讽刺小说创作，深受果戈理的影响，“对于

① 孙晓芬编著：《抗日战争时期的四川话剧运动》，四川大学出版社1989年版，第41页。

② 参见朱栋霖、朱晓进、龙泉明等主编《中国现代文学史》上，北京大学出版社2007年版，第287页。

③ 同上书，第280页。

④ 钱理群、温儒敏、吴福辉：《中国现代文学三十年》，北京大学出版社1998年版。

19世纪欧洲的文学家，他最钦佩的是果戈理，其次是契诃夫、莫泊桑”①。他说：“果戈理的小说和戏剧，如《鼻子》、《外套》、《钦差大臣》等等，情节往往是离奇古怪的，讽刺很露骨，但是看了之后，总觉得他所写的并不是故弄玄虚，有意地编造出来的，而是人世间所存在的活生生的事实。”② 实际上，由张天翼小说引起的“暴露与讽刺”之争，一直以来与果戈理作品译介阐释都不无关系。

第二节　《钦差大臣》的讽刺批判性

《钦差大臣》作为一部暴露官场黑幕的讽刺喜剧，对政治现实的直接鞭挞，使文学潜在的政治功能，通过锋芒毕露的批判艺术产生了酣畅淋漓的“笔伐”效果。我们从中既可发现作者独特的艺术个性，又能发现俄罗斯文学的讽刺传统。赫尔岑认为俄罗斯的讽刺喜剧“萌芽于康特米尔公爵的讽刺，生根于冯维津的喜剧，达成于格利鲍耶陀夫的辛辣的笑、果戈理的无慈悲的讽刺以及不懂得恐惧和限度的新学派的否定精神”③。如果说格利鲍耶陀夫的《聪明误》标志着俄罗斯喜剧的一个崭新时代的开始，那么果戈理的《钦差大臣》则代表了俄罗斯喜剧的最高成就。它们鲜明地体现了赫尔岑所说的艺术的“否定精神”。

1834年，果戈理开始创作《钦差大臣》，1836年4月19日，初次在彼得堡上演。针对当时舞台演出热衷于传奇剧和通俗喜剧的现象，果戈理主张创造具有深刻社会内容和巨大教育作用的喜剧。他说：“剧院绝对不是没有价值的东西，绝不是空洞的东西。如果你想一想就会知道，在里面同时容纳五、六千观众，而且这些相互之间毫无关系的观众，可以一下子因同样的震荡而激动，用同样的眼泪哭

---

① 张天翼：《我的幼年生活》，《文学杂志》月刊第1卷第2号，1933年5月15日。

② 周颂棣：《我和张天翼相处的日子》，见沈承宽等编《张天翼研究资料》，中国社会科学出版社1982年版，第66页。

③ ［俄］赫尔岑：《果戈理断片》，载《文学的战斗传统》，新文艺出版社1953年版，第113页。

泣，用同样的笑声欢笑。它是这样一个讲坛，可以在上面向世界宣扬美德。”① 意识到舞台是宣扬美德的圣坛，果戈理就在震动观众、让观众笑上做文章，《钦差大臣》以强烈的现实批判精神震荡受众神经，并让他们在激动地笑过之后进行自我教育。

19世纪40年代，沙皇俄国的官僚集团为了晋升官阶，升官发财，苦心钻研着舞弊、欺骗和巴结的“学问”，把政治中心彼得堡看作成功和失败的要津，对彼得堡官员极尽巴结之能事，误把彼得堡普通官员当要人来供奉的事确有发生，据说普希金就曾遇见过这样的事。《钦差大臣》的题材，是针砭时弊的现实主义力作。作者把此类事件当作一件趣事来讲述，通过典型化处理对其进行辛辣讽刺，丑态毕露的众人物产生了震荡人心的批判力量。这刺痛了官方，在现实生活中掀起了大波澜，果戈理也因此遭到疯狂攻击，但该剧并没有上升到政治高度，作者的道德理想，虽具有时代性，但却是沉潜于俄罗斯历史和民族的现实批判。

尼柯尔谈到讽刺喜剧时曾说：“它主要处理夸张的典型”②，它“间或凭借风趣话，更经常运用的是讽刺。于是，这种讽刺手法便为剧作家采用典型的夸张写法提供了充分的机会”③。果戈理常把人物性格中某一主要特征作为描画点，即人物心理和行为描写的基础，集中笔墨对其进行淋漓尽致的夸张描绘，揭示其内在的深层次本质。《钦差大臣》④ 中，以安东·安东诺维奇为主的官员贪污舞弊，希勒斯太科夫的说谎，安德烈芙娜的虚荣和玛利亚·安东诺芙娜的肤浅，都是富有表现力的夸张描写。由于情节是大家都知道的平常事件，性格也是随处可见的俄罗斯人，声调也是平凡普通的，因此，这些夸张并不显得荒诞离奇，人物的慌张、恐惧、谄媚心态也就显得合乎情理。

---

① 王爱民、任何：《俄国戏剧史概要》，中国戏剧出版社1984年版，第169页。

② ［英］阿·尼阿尔：《西欧戏剧理论》，徐士瑚译，中国戏剧出版社1985年版，第284页。

③ 同上书，第288页。

④ ［俄］果戈里：《钦差大臣》，芳信译，海燕书店1950年版。

安东·安东诺维奇听到希勒斯太可夫有可能就是微服私访的钦差大臣时，他十分恐慌，在吩咐警察每人拿一把扫帚把通往旅馆的街道打扫干净时，竟说成了“每人拿一条街”；准备去拜见希勒斯太可夫时，却把帽盒当礼帽戴在头上。下级对上级的私访检查噤若寒蝉、小心翼翼是常态，市长的紧张心理毋庸置疑，可正是市长这般惊恐和不敢质疑上司的小心，才使得希勒斯太可夫变成了钦差大臣。市长的恐惧很快传染到邮政局长、教育局长、医院院长、法院院长、警察局长等，他们各怀鬼胎，果戈理强调说：“每个登场人物的恐惧彼此各不相同，由于每个人所犯罪恶大小不同，所以他们惧怕和恐怖的性质与程度也有所不同。”① “钦差大臣”的仲裁者身份，令这些曾经胡作非为的官员们，在得知钦差大臣要到来的消息时，都面临着“末日审判”的恐惧。梅耶霍德在导演《钦差大臣》时，把最初几个场景的基调定为等待“大难临头”。恐惧心理，是全剧人物情绪发展的主线，而就整部剧情来说，表达的却是人物在恐惧和逃避恐惧中的自欺和挫败，“审判”并非来自钦差，而是来自人物欲盖弥彰的内心和诉诸观众的良心审判。在《钦差大臣》公演遭到攻击后，果戈理也曾提到过这一点，他说：“为什么我心里这么悲苦？”“因为谁都没有在我的戏剧中发现一个真诚的脸孔”，“这个真诚的脸孔就是笑”。② 为了让接受者理解“笑”，作为良心审判的真诚，果戈理在后来的剧作修改中，将最后的台词改为“笑你自己吧”。

《钦差大臣》的独创之处在于，它没有像其他喜剧一样，设置一个与反面人物斗争的正面人物。假钦差大臣并没有被缉拿归案，被蒙骗的“受害者”也没有引起观众和读者的同情，反而为理应如此而感畅快。市长等人物在自我设计的圈套中裸露自己的灵魂，“假钦差”这位主宰其升官发财之梦的人物，似乎充当了一颗试金石，把这

① ［俄］屠格涅夫等：《回忆果戈理》，蓝英年译，天津人民出版社 1986 年版，第 26 页。

② ［俄］巴赫金：《文本对话与人文》，白春仁、晓河等译，河北教育出版社 1998 年版，第 12 页。

些人“……隐藏在天性里被教养和环境发展起来的一切黑暗的、肮脏的、卑劣的、粗野的东西，都从底子上翻出来了”[①]。从剧作结构来看，作者显然充当了审判者，人物可笑的外表、滑稽的心理和荒唐的命运，在大起大落的剧情中，都在审判者面前暴露无遗。

聂米罗维奇·丹钦柯在《果戈理的舞台魅力的秘密》一文中写道：“在《钦差大臣》里，——只有一句话，最初的一句话：‘诸位，我所以请你们来，是因为我要把一个极不愉快的消息告诉你们。钦差大臣快要到我们这儿来了。’剧本就这样开始了，故事梗概已经有了，它的最主要的推动力——恐惧也已经有了。”[②] 而在最后一幕，大家都来为市长所取得的意外胜利庆贺，恐惧似乎已经解除之时，结局却是屈辱的失败和更大的恐惧。当宪兵报告：“奉圣旨从彼得堡来的官员要求你们立刻去见”[③] 时，哑场中的全体人物又回到了第一幕的恐惧。艾亨鲍姆对作者的巧妙结构颇为欣赏，他说：“在果戈理的作品里，情节只有次要的重要性，并且实际上是静态的情节。《钦差大臣》最后以哑场结束，这不是没有道理的，哑场前的一切都只是前奏。这些作品真正的动态，同时也是作品的布局都包括在叙事的结构、风格的手法里。”[④] 在《钦差大臣》的“静态的情节”叙事中，“作品真正的动态”是表现恐惧心理的行为，作者好似把人物置入手术台上，逐层解剖，使其真相毕现。作者每次对人物内在心理的剖析，皆是借助人物恐惧感减轻后的“轻松一刻”来表现的。人物的恐惧感来自良心未泯或宗教意识的惩罚，即“良心负罪而造成的恐惧的影子”[⑤]。正是这样的情绪“欺骗我们，常常在这些对象并不存在

① ［俄］别林斯基：《别林斯基选集》第 2 卷，满涛译，上海译文出版社 1982 年版，第 144 页。

② 转引自王爱民、任何《俄国戏剧史概要》，中国戏剧出版社 1984 年版，第 183 页。

③ 果戈里：《钦差大臣》，芳信译，海燕书店 1950 年版，第 144 页。

④ ［苏联］鲍·艾亨鲍姆：《果戈理的〈外套〉是怎样写成的》，载《俄苏形式主义文论选》，中国社会科学出版社 1989 年版，第 190 页。

⑤ ［俄］别林斯基：《别林斯基选集》第 2 卷，满涛译，上海译文出版社 1979 年版，第 127 页。

的地方向我们指出这些对象”，“我们经常总是在事物中只看到自己要想发现的东西”①。正是为了尽快解脱钦差到来的恐惧，县城的大小官员等人一厢情愿地将彼得堡的十二等普通文官误认为钦差。恐惧是因为县城有经不起检验的腐败和混乱，他们凭良心自知，如此定会遭到惩罚。因为市长做官30年，没有一个买卖人或者包工能够骗到他，骗子里的骗子都上过他的当，曾经骗过三个省长，有极高明的瞒天过海的能力，因此，他带着欺骗心理用“骗子”的眼睛来看希勒斯太可夫时，很容易对其言辞作另一种解读，即真钦差不说自己是钦差的解读，可以说正是骗子心理导致被骗。希勒斯太可夫本无意说假话，在明白市长等人的意图后，也就尽情享受权势带来的满足和快感。同时，以市长为代表的县城人，甚至包括商人和贫民，也在这个假钦差身上寄托了自己的希望和未来。这一切的热闹使剧情具有喜剧的狂欢色彩，这正是史东山将其改编为《狂欢之夜》的原因。

在巴赫金看来，狂欢式的世界感受核心是交替与更新精神。从第二幕开始，希勒斯太可夫的真实身份就已明确，自市长拜访始，假钦差向真钦差的过渡发展的剧情，在接受者心中产生的“交替与更新的精神”就愈来愈真切，这群人也就越来越可笑，其讽刺的张力也愈来愈强。“假钦差”的“形象性否定”却行使着“真钦差”权威，这种颠倒式的“交替与更新”，正是果戈理讽刺批判艺术的狂欢色彩。

讽刺批判的艺术品格，是喜剧根植于社会生活、贴近现实人生的重要精神特质，在参与现实的程度上，其客观性与重要性就是“看它在何种程度上反映了现实中辩证地积累，并且导致整个现实制度变革的那种实际的否定”②。正因为这种讽刺批判精神的政治道德倾向性，《钦差大臣》在演出后第10天遭到了疯狂攻击。果戈理在给演员谢普金的信中说：“年长的、可敬的官吏们大声疾呼，说我胆敢这样讲到

---

① ［法］爱尔维修：《论精神》，载《西方哲学原著选读》下卷，商务印书馆1982年版，第175页。

② ［俄］巴赫金：《巴赫金全集》第4卷，钱中文译，河北教育出版社1998年版，第34页。

公职人员，简直是目无神圣。警察反对我，商人反对我，文学家反对我。”① 由此看来，讽刺批判精神亦可由形象性的否定变成实际性的否定，对社会现实产生直接影响：它使不符合剧作政治道德理想的人们感到恐慌，并唤起向往理想的人们对现实和现存制度的不满与抗议，最终有助于社会制度变革和革命斗争。

《钦差大臣》的喜剧效果，归因于现实主义的真实性、普遍性和讽刺批判性。一个俄国市长对果戈理说：“我最喜欢《钦差大臣》，您简直把我们当市长的写活了。真的，到现在还能遇到……那样的市长呢。”② 据果戈理同时代人回忆说，《钦差大臣》上演后不久，喜剧中的人物便成了普通名词，流传很广。现实主义的真实、普遍性源自人物塑造的民族性和人性。该剧不以曲折情节取胜，而以人物在特定（因为钦差大臣的真实性出现问题，也算是假定情景）情境中的心理再现为主，因此，人物的真实性建立在接受者所理解的人性之上。当然，现实主义的真实普遍性是前提，其显著的艺术效果则来自其讽刺批判性。果戈理在《作者自白》中说：“在《钦差大臣》中，我决定把当时我所知道的俄国所有坏事，把在最要求人公正的地方和场合所出现的所有不公正的事都集中起来，一起加以嘲笑。”③ 在果戈理看来，“嘲笑”最具讽刺批判力量，他在《1835—1840 年间的彼得堡舞台》中说：“我们有多少心地善良的人，但也有多少害群之马。这些害群之马使心地善良的人无法生活，而我们又没有一条法律能约束他们。把他们搬上舞台：让大家看看他们，嘲笑嘲笑他们！啊，笑可是件了不起的事啊！没有什么比笑更能使人心惊胆战的了！笑不会剥夺罪人的生命，也不会没收他的财产，但是，笑能缚住罪人的手脚，使他不能为所欲为。在阻止人的胡作非为上，笑的力量比什么都强大。”④ 这嘲笑虽产生不了法律惩罚的震慑力，但却更具社会普遍性，

① 胡湛珍：《果戈理和他的创作》，北京出版社 1982 年版，第 67 页。

② ［俄］屠格涅夫等：《回忆果戈理》，蓝英年译，天津人民出版社 1985 年版，第 154 页。

③ 袁晚禾、陈殿兴编：《果戈理评论集》，复旦大学出版社 1993 年版，第 4 页。

④ 胡德才：《中国现代喜剧史》，武汉出版社 2000 年版，第 8 页。

更有利于社会道德的完善。按照杜勃罗留波夫的说法:“法律只能惩治一切罪恶和过失，但不能惩治恶劣的性格，也不能惩治一个人腐化的本质……这种为法律所无力惩治的毒根应该用讽刺方法来加以揭发和嘲弄。”[①] 以《钦差大臣》为代表的果戈理讽刺喜剧，正是通过其讽刺手法而产生的嘲笑，使喜剧的社会政治道德功能得到了充分体现。

“讽刺”艺术手法引起的嘲笑，是“讽刺的主体以鄙夷不屑、居高临下的情感态度，对腐朽的、毫无价值的、与社会公理格格不入的、可笑的客体进行否定，从而使审美主体产生蔑视的笑”。[②] 但是，如果讽刺对象是主动性的自我暴露，讽刺主体则只是情境的创造者，而价值判断则来自接受者，这样的喜剧效果与接受者的期待视野直接相关，所以，“喜剧诗人需要一个有着有教养的男男女女的社会，在这个社会里，观念不胫而走，领会如斯响应，这样他才能得到写作的材料和观众。轻浮的社会阶层的野蛮性和狂热的感情用事的时代都使他望而生畏”[③]。因此，讽刺喜剧的创作受接受语境的限制，这接受语境与民族心理和时代背景直接相关。

“喜剧精神在人类文明史上劝善惩恶、镇邪扶正之功甚大，但一向没有得到公正的承认，这恐怕是人类‘自欺’和‘护短’的根性所致，尤其在中国是如此。”[④] 长期以来，中国讽刺喜剧难以得到高度发展，20 世纪 30 年代就已出现《钦差大臣》仿作，但在抗战这个严酷的政治事实面前，在激情高涨的抗战初期还没有形成规模，直到抗战相持阶段，在出现民族自我省思时，才带来讽刺喜剧创作的高潮。

在文学创作中，讽刺是一种渗透力和附着力极强的元素，因此

---

① 《杜勃罗留波夫全集》第 2 卷，莫斯科国家文学出版社 1956 年版，第 365 页。参见辛未艾译文。

② 陈孝英:《喜剧美学论纲》，陕西人民教育出版社 1993 年版，第 47 页。

③ ［英］麦里狄斯:《论喜剧思想与喜剧精神的功用》，文美惠译，《古典文艺理论译丛》第 7 辑，人民文学出版社 1964 年版，第 54 页。

④ 董健:《中国现代喜剧观念研究·序》，北京师范大学出版社 1994 年版，第 7 页。

“几乎没有哪一种文学体裁不能容纳下讽刺之笔”①。如果对讽刺艺术进行研究，首先需要对其进行分类。张健从作者创作的角度，把中外讽刺文学史上的讽刺类型分为三种：“第一种人往往喜欢往后看，既然昨日之日不可回，他们的讽刺也就难免给人以一种没落或幻灭之感。第三种人是向前看的，因此在他们的讽刺中，你可以发现那种‘理想的光’。由于对未来的希望在一定程度上拉开了主体与现实丑恶事物之间的距离，所以他们最有余裕去以一种艺术的和喜剧的方式表达自身对于丑恶的否定。第二种人是那类具有明显过渡特征的讽刺家，新旧参半是他们最大的特点。”② 从历史进步论来观照讽刺的喜剧精神，实际上与讽刺艺术有出入，不管创作者指向未来，还是过去，关键在于要与受众的期待视野产生共鸣。虽然讽刺喜剧的产生与特定历史语境相关，受创作者的历史价值观影响，但能产生永久艺术魅力的讽刺艺术，一定指向人类的普遍性和历史现实性。《钦差大臣》虽讽刺批判了沙皇官僚政治，但剧中面对权势和审判，极力掩盖过失而不得的恐惧和自我欺骗，呈现的却是人性的猥琐与龌龊。

喜剧讽刺对象的滑稽效果直接取决于讽刺批判性。对于审美主体来说，“滑稽是另一个最常见的喜剧范畴之一。失去存在依据的事物，无力改变自己丑的本质，只好借助于自己对立的事物作为存在的形式，图以此改变人们对自己的认识。诉诸于审美主体的，是客体颠倒是非、混淆黑白、夸张扭曲、装腔作势、扭捏作态的可笑形态，从而引起人们充满优越感的忘情的笑”。③ 对审美客体来说，“滑稽的因素是一种自我抵消的运动，它奔向目标，同时又离开目标”④。拿巴赫金的狂欢论来集中概括，讽刺就是“加冕随后脱冕”⑤ 所产生的笑谑。《钦差大臣》中，市长等众官员为了给自己加冕极力巴结假钦

① ［英］阿瑟·波拉德：《论讽刺》，谢谦译，昆仑出版社 1992 年版，第 33 页。

② 张健：《三十年代中国喜剧文学论稿》，河南大学出版社 1995 年版，第 66—108 页。

③ 陈孝英：《喜剧美学论纲》，陕西人民教育出版社 1993 年版，第 47 页。

④ 转引自张黎《布莱希特研究》，中国社会科学出版社 1984 年版，第 229 页。

⑤ ［俄］巴赫金：《诗学与访谈》，白春仁、顾亚铃译，河北教育出版社 1998 年版，第 163 页。

差，假钦差被识破和真钦差的到来，又使其脱冕，滑稽来自“加冕随后脱冕”前后矛盾所产生的令人可笑的相对性。按照黑格尔的说法，可笑的情景产生于审美主体的对比判断，他说：“任何一个本质与现象的对比，任何一个目的与手段的对比，如果显出矛盾或不相称，因而导致这种现象的自我否定，或是使对立在实现中落了空，这样的情况就可以成为可笑的。”[①] 笑，作为审美主体的表现行为，生理上是放松紧张的神经，精神上则是思想情感的反思、判断和提升。因此，讽刺喜剧的笑或滑稽效果更多来自讽刺主体思想情感的共鸣，即对讽刺客体之丑的憎恶与对政治道德理想的向往。这正如巴赫金所说：“果戈理在作品中组织笑的语言，目的不在于简单地指称个别的消极现象，而在于揭示世界这一整体的一个特殊的方面。从这个意义上说，笑的领域在果戈理作品中成为交往的领域。”[②] 对于审美主体来说，这是思想情感沟通的交往行为，往往是通过否定与理想价值观相冲突的讽刺对象来实现的，而对于审美客体自身来说，也是一种前后矛盾的行为交往。但是，如果讽刺对象没有自我加冕的肯定行为，只是单方面脱冕式的否定，不管如何加大批判力度，终因讽刺客体没有依据的“对立的事物”，不构成前后行为的张力，“那么这些形象便蜕化为道德方面或者社会方面的一种完全否定的揭露，变成单一的层次，丧失自己的艺术性质而转化为政论”[③]。由此看来，讽刺喜剧所体现的现实主义讽刺批判性，虽然表现的是“否定精神”，但不是价值观念的外在否定，而是人物所在特定情境和历史语境的自我否定，这“否定精神”不仅仅是单一人物，而是该典型形象所反映的人性、民族性、历史性和时代性。

---

① 黑格尔：《美学》第三卷（下），朱光潜译，商务印书馆1991年版，第291页。

② ［俄］巴赫金：《文本对话与人文》，白春仁、晓河等译，河北教育出版1998年版，第15页。

③ ［俄］巴赫金：《诗学与访谈》，白春仁、顾亚铃译，河北教育出版社1998年版，第171页。

第三节 《钦差大臣》讽刺批判性的中国接受

一、《钦差大臣》与中国现代喜剧

中国传统的喜剧观念是“逗乐”，纵多是惩恶劝善，也不足以构成针砭时弊的社会影响力。正是由于《钦差大臣》的译介和演出，改变了中国人对喜剧的认识。如果说《钦差大臣》在俄国演出，其讽刺批判性带来“实际性否定”的反响，那么，在中国的演出却给请命于政治民主和民族解放斗争的知识分子以启发：喜剧的娱乐容器中照样可放入社会责任，表现重大社会冲突。1952 年，史东山在回忆当初将《钦差大臣》改编为《狂欢之夜》时说：“过去在国民党反动统治时期，当反动派嚣张，对人民进行残酷压迫的时候，许多进步的戏剧电影工作者苦思焦虑地想用什么来突破那种低沉的气压，常常很自然地就想到了果戈理和他的作品，要向他学习……果戈理的讽刺对于中国的社会同样也有现实意义。”① 由此看来，《钦差大臣》的译介选择，是突围政治压迫的急需，是中国政治民主斗争和民族解放的需要。

通过《钦差大臣》的译介和演出，中国剧创作者发现喜剧之笑，尤其是讽刺喜剧之笑不但不会削弱社会矛盾的严肃性，反而可以代表一种政治倾向性和道德理想，成为打击社会邪恶、治愈政治坏疽的方式。基于这样的喜剧观念，中国现代剧坛出现了一批如《县长》、《恭喜发财》、《魔窟》、《乱世男女》、《升官图》、《狂欢之夜》等以《钦差大臣》为灵媒而创作的作品，出现了一批如《汪精卫现形记》、《两面人》、《草木皆兵》、《群猴》、《捉鬼传》、《裙带风》、《无独有偶》等敢于直面重大社会政治主题与社会阴暗面的作品。这些剧作所产生的否定性力量，验证了喜剧社会批判的潜能。这些喜剧高度概括的社会政治批判性，使抗战时期的讽刺喜剧得以繁荣，形成了一股

---

① 史东山：《纪念果戈理逝世一百周年》，《人民日报》1952 年 3 月 4 日。

浪潮。

“一部喜剧发展史告诉我们，喜剧的基本功能在于给人娱乐和批评邪恶，而对人性的赞美、对正气的弘扬也就寓于其中了。”① 中国讽刺喜剧的第一位尝试者是陈大悲，他的《爱国贼》、《平民的恩人》和熊佛西的《洋状元》，蒲伯英的《道义之交》、《阔人的孝道》，王文显的《委曲求全》等，是20世纪20年代讽刺喜剧的代表作，主要是对半封建半殖民地腐败黑暗现实的揭露和嘲讽，对政治民主的呼吁。1928年到抗战爆发，讽刺喜剧的矛头指向病态社会的风俗人情，最具代表性的作家是宋春舫和李健吾。题材大都集中反映都市上层社会的人情世态，历史现实中的新旧意识冲突和对人性道德的反思，主要作品有：宋春舫的《一幅喜神》、《五里雾中》、《原来是梦》，李健吾的《这不过是春天》、《以身作则》、《新学究》等。抗战时期和解放战争时期，中国讽刺喜剧得到了充分的发展，诞生了像陈白尘这样具有独特风格和广泛影响的讽刺喜剧大师以及老舍、宋之的、吴祖光、瞿白音、阳翰笙、吴雪、吴天等曾在讽刺喜剧领域大显身手的剧作家。

抗战爆发后，人们关注民族危亡的热情极为高涨，抗战的现实需要国民积极参与实实在在的现实斗争，这斗争不仅仅是拿起枪杆子走上前线，而且包括笔杆子毫不留情的“讨伐”。这些突进生活的作家们，无情地撕开现实生活中的虚伪表象，对其中的丑陋做穿透性剖析，使抗战时期现实主义文学获得了前所未有的战斗力。陈白尘的《魔窟》、《乱世男女》、《升官图》、《禁止小便》，阳翰笙的《两面人》，老舍的《残雾》、《面子问题》、《归去来兮》，吴祖光的《捉鬼传》，宋之的的《群猴》，吴天的《无独有偶》，吴雪的《抓壮丁》，欧阳予倩的《越打越肥》，瞿白音的《南下列车》等从民主政治和民族解放的视角去审察现实中的腐朽与丑恶，显示出政治讽刺喜剧尖锐泼辣、明快犀利的美学风格。

① 胡德才：《中国现代喜剧史》，武汉出版社2000年版，第5页。

二、《钦差大臣》对中国现代文学讽刺批判风格的影响

在纪念果戈理逝世百年时，郭沫若和茅盾曾联名致电“苏联纪念委员会”说：“果戈理对效忠于帝俄压迫阶级的农奴和腐败的官僚制度，是一位无情的摧毁者。他的天才的作品曾启发了许多中国作家，如鲁迅亦在其内，对中国自己的封建社会进行尖锐的批判，而成为酝酿中国新文学的酵母。”① 对中国现代文学产生重大影响的译介作品很多，但能够作为中国新文学“酵母”的外国剧作却只有两部，一是易卜生的《玩偶之家》，一是果戈理的《钦差大臣》。《玩偶之家》无须赘言，《钦差大臣》的战前影响不像《玩偶之家》那样大，而是不经意的，到了20世纪三四十年代才引起重视，抗战中后期到解放战争时期一直作为“口诛笔伐”的样本。

在小说方面，《钦差大臣》的官场政治讽刺性和骗子题材的道德伦理批判性，为中国现代文学的主题选择、素材提炼和艺术样式提供了样板。《钦差大臣》用“火一般的舌头”焚毁社会罪恶的愤世嫉俗，在张天翼的《鬼子日记》、《华威先生》、《在城市里》等小说中得到了淋漓尽致的表现。“周文的讽刺小说，虽然在对生活的观察与提炼方面借鉴了《两个伊凡吵架的故事》，但在描述技巧上，主要来自《钦差大臣》的启发。”② 《红丸》以戏剧笔法，以帽子错误为笑点，描写了某衙门科室围绕一坛查获的红丸（鸦片）而展开争抢的可笑场景。作者以错误为关目的结构方式，抓住人物瞬间动作，力透纸背地勾画出人物的慌乱心理、卑怯灵魂，其讽刺笔法与果戈理的《钦差大臣》极为相似。小说《在白森镇》以雄心勃勃的施委员来白森镇工作开头，以他灰溜溜狼狈逃离白森镇结尾，其情节模式完全与《钦差大臣》雷同，也是利用外来者的介入，充分暴露主人公白森镇二县长为争权夺利互相倾轧的丑陋灵魂。作者驱使人物劣迹的自我暴露，相互揭露丑行，让事实击碎人物虚幻美梦，使人物受到嘲弄等，

---

① 陈白尘：《〈巡按〉在中国》，见《人民日报》1952年3月4日。

② 钱中文：《果戈理及其讽刺艺术》，上海文艺出版社1980年版，第83页。

都有《钦差大臣》的痕迹，尤其是“正派的、高尚的人物就是笑”[①]的喜剧手法，更是《钦差大臣》喜剧手段的置入。尚钺和巴人的骗子题材小说《预谋》和《证章》的叙事结构也与《钦差大臣》的相似。

在戏剧创作方面，《钦差大臣》启发了大批中国剧作家。冯乃超于1928年创作的三幕讽刺短剧《县长》，是“我国新喜剧史上第一篇比较成形的政治讽刺剧”，从此以后，“中国新喜剧创作逐渐明显地表现出俄罗斯讽刺文学，特别是果戈理讽刺传统的影响”。[②]《县长》有意识地模仿了《钦差大臣》的叙事结构，通过某县县长贾仁材（“假人才”之谐音）为当地驻军筹措军饷的剧情，反映了军阀、官僚和豪绅“三位一体”的政治本质。其讽刺笔法，明显借鉴了《钦差大臣》，人物命名和大约一分钟的哑场结尾，则完全是对《钦差大臣》的模仿。

抗战时期的讽刺喜剧浪潮，和现实主义思潮的“暴露与讽刺”论争，都与《钦差大臣》的译介相关。开始是《钦差大臣》的译介和演出，改变了中国剧作者的喜剧观念，进而在创作实践上模仿其干预现实的讽刺笔法，积极参与社会政治斗争。到了抗战时期，则是在理论上，较为深入地探索现实主义艺术的讽刺批判性；在创作上，则涌现出大量反映现实生活矛盾斗争的讽刺喜剧作品。

中国现代讽刺喜剧出现于20世纪20年代末，发展、壮大于30年代，40年代形成创作高潮，其中以陈白尘的影响和贡献最大。集中分析陈白尘讽刺喜剧对《钦差大臣》的借鉴和扬弃，能够对中国三四十年代（主要是抗战时期）的现实主义讽刺批判性特征有较为深入的认识，通过比较分析，能够在深层次上探讨讽刺喜剧所具有的社会介入功能。

---

① 钱中文：《果戈理及其讽刺艺术》，上海文艺出版社1980年版，第83页。

② 张健：《三十年代中国喜剧文学论稿》，河南大学出版社1995年版，第92页。

下篇

战时言语活动的信息功能

抗战时期外国剧作译介的中国接受，不是经典的历史定论，而是接受主体在特定的历史时期对经典的再次言说。这些译介史中的个案单子，作为沉淀的历史结晶体，以“救亡”、“革命”、“民族”、“家园”和“批判”等言语信息，给战时以融入历史的语言表述，实现了战时言语活动的历史信息功能。“过去真正的意象是转瞬即逝的。”[①] 捕捉历史星空中这些闪烁光芒的点点话语，能够发掘言语活动的战时拯救功能。

抗战时期的外国剧作译介，在“救亡”的焦虑情感共鸣和家国伦理上所显示的现时能量，呈现为多意义层面的综合体。“言语由事物本身产生”，而“这些事物事实上只是以幽灵和远方事物的形式出现，它们并不构成结构化的世界，而是像一个个特殊的、各式各样的、孤立的单子，又像无数的结晶体……”[②] 抗战时期的外国剧作译介个案，这“一个个特殊的、各式各样的、孤立的单子，又像无数的结晶体”，在战时特定语境中与中国剧作共生的“救亡”、“革命”、“民族”、“家园”和“批判”等话语，随着抗战戏剧运动的大力开展，实现了战时信息功能，又在现时成为表述历史的言语。因此，这些非结构化的个案，即历史单子或结晶体，虽不是“结构化的世

① 弗朗特·德·古朗日语。转引自［法］居伊·珀蒂德芒热《20 世纪的哲学与哲学家》，刘成富等译，凤凰传媒集团、江苏教育出版社 2007 年版，第 75 页。

② ［法］居伊·珀蒂德芒热：《瓦尔特·本雅明》，见《20 世纪的哲学与哲学家》，刘成富等译，凤凰传媒集团、江苏教育出版社 2007 年版，第 85—87 页。

界”，却让后人能够由此把握历史脉动。

抗战时期，外国剧作译介与中国文化冲突与融合共生的语言现象，多侧面、多层次地折射了战时言语活动的信息功能。如“家国”一体的概括性功能；历史的“革命”激励功能；“民族”化的修复功能；“家园”的抒情性功能；“批判”的社会干预功能等。这些战时言语活动的象征性、概括性和修复性功能具有更新和再生的历史意义。

第一章

“家国”一体的概括性功能

中国“抗战戏剧”运动规模浩大，是中华民族解放事业的重要组成部分。戏剧的创作和演出被赋予了多重功能，如宣传作用、组织功能。抗战戏剧运动，作为全民参与的群众社会文化运动，曾有的精英与大众之间的壁垒不在了，官方与民间的隔阂消除了，民族与世界的距离消弭了，都共同凝聚于反法西斯的抗战行动之中。其中的动力机制，是“家国”一体化的言语概括功能所致的驱动力。针对民族救亡的现实问题，大众化的实际手段，强调的是“家国”一体的启蒙效应。“救亡”的时效性宣传，立足现实，把抗日救亡的爱国主义思想贯彻到人们的日常生活中去。这具有古典主义重视主题的拘泥性，但其表述的“家国”一体论，则能实现“抗战戏剧救亡图存、民族解放的主题”①。

第一节　夏衍剧作与《马门教授》共生的“拯救”信息

一、夏衍剧作的“救亡”信息

在《忆阿英同志》中，夏衍说：“一种强烈的时代思潮，一个划时代的政治运动，都会引导或者驱使一批青年人走上新的道路。而当他们走上新路的时候，也可能由于某种偶然的因素，——也就是某种外因对他们潜在的内因起作用，使他们决定各种不同的工作。”② 对

---

① 陈白尘、董健主编：《中国现代戏剧史稿》，中国戏剧出版社1989年版，第302页。

② 夏衍：《忆阿英同志》，《战地增刊》1978年6月。载会林、绍武编《夏衍戏剧研究资料》上，中国戏剧出版社1980年版，第101页。

阿英的如此评说，实际是他本人的真切感受和人生体验。夏衍的文学艺术潜质正是在“强烈的时代思潮”和“划时代的政治运动”的“引导或者驱使”下发挥出来的，这使得他拥有文学家之外的多重身份，即中国现当代文学史上的戏剧和电影作家、文艺评论家、翻译家以及社会活动家。“强烈的时代思潮”和“划时代的政治运动”作为其文学活动的内驱力，使他的文学创作始终携带着强烈的时代气息，其剧作的内容紧扣时事，具有现实主义时效性。虽然他抗战时期的剧作，也曾有抗战主题先行的概念化倾向，但由于他“不想在沙上建塔”，“有意把真正想写的推到观众看不见的幕后”①，因而成功地实现了政治意图与艺术表现的和谐统一。“他的作品的特点是自然，朴素，真实，简洁，含蓄，有人情味，有启发人们向上的力量，不矫揉，不造作，不故弄玄虚，不卖噱头，不依赖剧情……是现实主义底。”高度的真实性，是夏衍现实主义戏剧艺术与众不同之处。其真实性的艺术化处理，使得“他的作品像一篇清淡隽永的散文，像一首清丽绝俗的诗歌。静静的启幕，淡淡的闭幕，只有在他的作品中才可以见到”②。“他选取时代画卷的一个侧面，通过平凡的、普通的甚至琐细的日常生活题材，表现时代生活激流在人们心灵上荡漾起的涟漪，透过平凡的日常生活状态获得对于生活本质的时代性发现。”③与同时代的作家一样，夏衍站在时代高度，将“时代思潮”和“政治运动”激情，冷静地融入知识分子的人生困惑和苦恼之中，“严格遵循着真实的原则，即：生活本身的规律，人物性格发展的规律，构成作家风格的艺术的规律”④。

抗战时期，很多作家难以处理好生活真实、政治情感和作家风格

---

① 夏衍：《忆江南》，载《夏衍剧作集》第2卷，中国戏剧出版社1984年版，第82页。

② 徐明：《记夏衍》，载会林、陈坚、绍武编《夏衍研究资料》（乙种下），中国戏剧出版社1983年版，第397页。原载《小说月报》1943年10月第37期。

③ 陈白尘、董健主编：《中国现代戏剧史稿》，中国戏剧出版社2008年版，第441页。

④ 唐弢：《沁人心脾的政治抒情诗——〈夏衍剧作集〉序》，载《夏衍剧作集》第1卷，中国戏剧出版社1984年版，第9页。

三者之间的关系，往往是政治情感充沛而生活真实不足或作家风格欠缺，实现了现实主义时事性的政治传播功能，却失去了文学自身的审美功能而流于简单的公式化和概念化。而夏衍的真实原则却成功地实现了生活、人物和作家的和谐统一。这是因为他将生活的社会性和客观日常性集中熔铸于人物性格发展之中，而又立足人物自身生活环境来反映时代精神。他的剧情结构并不依赖人物之间矛盾冲突的逐渐激化来推进，而是通过人物与环境的冲突揭示其性格发展和时代背景中蕴含的精神期待。抗战苦闷压抑的政治环境，人物生活的物质与精神困顿，常常使剧情显得悲苦无奈，但又因向往未来的革命热情作为剧情背景的一抹亮色或作品结尾的光明指向，从而使剧作富有“忧郁后的明亮”，给人以振奋和鼓舞。

抗战时期，来自左翼的夏衍，其剧作不同于他前期的政治观念先行模式，而是通过典型环境中的人物形象传达性格发展逻辑、生活伦理和时代精神的召唤。他说：“我只写了一些出身不同、教养不同、性格不同，但是基本上却同具着一颗善良的心的人物，被放置在一个特定的环境里面，他们如何蹉跌，如何创伤，如何爱憎，如何悔恨，乃至如何到达了一个可能到达的结果。”① 在生活伦常的善良上做文章，夏衍把体现时代思潮和政治运动的主要人物预设为观众同情和理解的对象，再加上人物的生活背景攫取的就是受众身边正在发生或刚刚发生的熟悉事件，接受者自然就会产生感同身受的艺术效果。因此，这种现实主义的时效性不同于街头剧运和以政治激情取胜的剧作，受众从自身切实感受出发来理解人物和时代精神，而不是被充满情感的吁请被动感召。因为剧中矛盾冲突主要表现为人物与客观环境的冲突，接受者就会在理性的社会认识上去理解人物，从人性和生活出发，而不是从情感倾向出发作出价值判断。

二、《法西斯细菌》与《马门教授》共生的“救亡”信息

纵观夏衍生平和他的戏剧创作，我们发现，抗战期间是他工作最

① 夏衍：《改编〈复活〉后记》，《新华日报》1943年4月28日。

繁忙的时候，可恰恰是这个阶段，他的戏剧创作成就最高。他创作的25个（包括合作）剧本中，有19种在抗战期间完成。从1937年的《上海屋檐下》到1945年的《芳草天涯》，每部剧作都是抗战剧运的代表作。抗战时期是夏衍戏剧创作的高峰。“七七事变”后，上海剧作者协会立即召开全体会议，根据抗日统一战线精神，夏衍在会上提出扩大上海剧作者协会为全国性的组织，以适应团结抗日的形势需要，会议通过决议成立“中国剧作者协会”。随后，夏衍以“上海戏剧界救亡协会”理事的公开身份，指导组建13个救亡演剧队，分赴各地活动，动员群众进行全民抗战。该时期，夏衍的剧作和政治社会活动水乳交融，其创作中的“救亡”时效性尤为鲜明。1936年年底“西安事变”后他创作了《上海屋檐下》，“七七事变”后创作了《保卫卢沟桥》，为了“提高抗战必胜信心、抨击悲观主义”创作了《一年间》，为了“反对投降倾向”创作了《心防》，为了“跳出个人小圈子”创作了《愁城记》，1945年抗战接近尾声时创作了《芳草天涯》。这些作品与抗战时事紧密相连，几乎同步进行。从这些剧目名称中的地点（如“上海屋檐下”、“卢沟桥”、“愁城”）、时间（如“一年”）和战事隐喻（如“心防”）等非人物特点看出，作者突出的不是事件和人物，而是人物生活其中的社会环境氛围。如果说，时代潮流如同地震的震源，他则不是直接描述地震的气势，而是从产生共振的人物着手来传达着地震的信息。他在《从迷雾中看一面镜子——几个现代剧中所反映的妇女问题》中说：“民族解放战争，正是我们这个时代的‘心灵地震’的震源所在。所在有远近，震幅有大小，因之，从各种不同的性格和环境中的女人们心中可以引起各种的反响，但，有谁能拒否这巨波的影响？”[①] 夏衍着力描绘人物心灵震动中激起的波澜，将外在的对立因素转化为人物内心的个体心理活

① 夏衍：《从迷雾中看一面镜子——几个现代剧中所反映的妇女问题》，载《边鼓集》，美学出版社1944年版。

动，他将此比喻为“比铁火相搏的战争更惨壮的灵魂战斗”①。而这“惨壮的灵魂战斗”，在夏衍的笔下不是充满激情和豪言壮语的抒情，而是渗入日常生活伦理的物质生存境遇描述。

尤其是香港沦陷后，夏衍创作的《法西斯细菌》，可以说是太平洋战争爆发后与世界战事的呼应。中国“法西斯细菌”的战事隐喻，与德国“马门教授”的人物遭际，在政治时事上的“救亡”信息共生于世界反法西斯战争。

《法西斯细菌》和《马门教授》都是以人物内在精神追求与外在环境冲突来结构剧情。只是外在环境着眼点不同，一是属于国内矛盾的政治环境，一是属于国际矛盾的政治遭遇。不管是译介还是创作，对于“二战”时期的中国来说，都具有反法西斯的现实主义时效性。在题材上，两部剧作选取的都是具有时事性的政治运动和法西斯侵略战争背景中的人物，结构上都是截取几个重大的历史片段作为人物活动的典型环境。《马门教授》通过不同时间的政治情势，在医院和家庭集中再现教授和他的同事、朋友和家人的政治境遇。虽然，《法西斯细菌》也集中再现了俞实夫的家庭和同事、朋友抗战时局中的遭遇，但与《马门教授》相比，不仅时间跨度大，而且还有四处空间转换。横跨时空的戏剧结构，常常采取藏头露尾的方式，即通过过去事件推动剧情发展的结构方式。沃尔夫和夏衍，都没有依靠过去与现在的穿插来浓缩时空，而是从人物出发，在人物与外界环境冲突的发展中将剧情推向高潮。

保持观众兴趣的唯一方法，是戏剧动作的不断加强。《马门教授》借助外在政治运动与教授的同事、朋友和家人所产生的冲突来再现人物性格，同时这一切又构成与教授相冲突的外在环境。《法西斯细菌》不存在这样交织于人物之间的政治、性格和道德伦理冲突，仅是人物与侵略战争的冲突，戏剧动作平缓、零散，作者意在用笔争取那

① 夏衍：《把我国电影艺术提高到一个更新的水平》，载《夏衍论创作》，上海文艺出版社 1982 年版，第 350 页。

些“进步迂缓而又偏偏具有成见”的人物“达到他们必须达到的境地”①。《法西斯细菌》之所以在漫长的时间变迁、多变的空间变动中组织戏剧行动，旨在依据生活真实与史实，在人物心理转变上寻求突进。

劳逊说：“弱者下决心的一刻，也就是当他们陷于绝境，使他们不得不采取行动的时候，在戏剧意义和心理意义上来说，就是使全剧进展的关键点。”②《法西斯细菌》传记式的人物再现，由外界战争情势对主人公的内心产生的震动推动剧情发展。这使读者和观众找不到剧情的紧张感，“在戏剧意义和心理意义上”不能明确“全剧进展的关键点”，只能在关注人物命运、与人物感同身受的兴趣点上获得共鸣。这一兴趣点要么具有道德伦理性，要么具有群众性的政治意义和时事性特征，如果失去了这个基础，剧作也就失去了艺术魅力。在《马门教授》中，没有一个人物不与外在政治背景发生冲突，并且因为性格和信仰的不同，每一个人物之间又相抵牾，虽然没有固定统一的情节和集中的时间，这些剧情冲突却丝毫没有减弱，酿成第四幕教授举枪自杀的戏剧高潮，正是“全剧进展的关键点”。虽然《法西斯细菌》也有钱裕的死亡，但与在此之前的戏剧冲突缺少联系，并不能成为“全剧进展的关键点”。

通过这两部中外剧作的比较，我们发现：抗战时期，以夏衍为代表的创作者，在追求现实主义时效性方面，一直以时代精神的召唤作为创作主题，人物塑造具有现实感召力，却缺乏内蕴深厚复杂的人格力量。虽然也注重从日常生活角度再现宏大政治背景，但因为固守主题要求，典型人物和典型环境的矛盾冲突往往显得简单化，虽时效性显著，却艺术生命力不足。尤其是对时事政治的强调，对人物精神品格中政治因素的颂扬，使其后期的文学创作，在很长时间内一直没有逃离政治的限囿。在剧作方面，因为立足于道德伦理、政治意识形态

① 《夏衍论创作》，上海文艺出版社 1982 年版，第 35 页。

② ［美］约翰·劳逊：《戏剧与电影的创作理论与技巧》，邵牧君、齐宙译，中国电影出版社 1978 年版，第 354 页。

为大众需求预设人物与剧情，致使很多剧目缺少多层次冲突的紧凑结构，只具有时事消费性，却难以获得永久的艺术魅力。

但是，夏衍有感于抗日战争细菌般的蔓延而创作的《法西斯细菌》，与《马门教授》有很多共同之处：它们属于反法西斯剧作，剧中主人公都是相信科学领导生活的医生，他们在政治大气候逼迫下难以自保，最后被迫放弃信仰，成为救国、保家的“救亡”战士。不同的是：马门教授在家国分崩离析之际，举枪自杀来明志——“救亡”理想；俞实夫则是以实际行动走向抗日战场，充分佐证了中国抗战“救亡”信息的渗透性，即“家国”一体的概括性功能。

第二节　《法西斯细菌》“家国”一体的概括性功能

一、践行“家国”一体论的“救亡”战士——俞实夫

《法西斯细菌》将主人公俞实夫及全家置入“九·一八”事变到太平洋战争的抗战大背景中，俞实夫由承受家人困厄到痛感国家遭际而成为“救亡”战士。全剧五幕六场，时间跨度大，从1931年“九·一八”到1942年春；场景覆盖广，有东京、上海、香港和桂林四处。俞实夫迫于战争逃亡，游走于广阔时空，而追求科学的精神信仰却随着战事吃紧被逼向越来越窄的角落，最终不得不抛开细菌研究走向抗战。全剧把主人公的心路历程作为主线，把宏阔的抗战史实背景“九·一八”、“八·一三”、“一·二八”、香港沦陷作为副线。日本“法西斯细菌”，由东北侵入到太平洋战争爆发，渗透到剧中每个人物的“肌体”，残酷无情地侵蚀人们的身心，这些感染上“法西斯细菌”的病人们只能痛苦地舍弃一切与“病魔”、“病菌”做斗争。从这个角度来说，这是一部史诗性的作品，是一部抗战情感的抒情诗和心灵发展史。

从剧本结构来看，抗战时事为背景，主人公的精神状态及其嬗变是情节主线。俞实夫对科学事业忠诚，排斥政治和一切社会活动。在他看来，政治不过是公园和会堂聊天的谈资，是并不能解决问题的

“叫叫喊喊，在报上写写文章”一类的事，而科学事业则是神圣的，它不分国界，与政治无关，用他自己的话来说就是“我的研究不仅是为国家，为民族，而是为人类，为全世界全人类的将来”。而事实却如赵安涛所言：“你不管政治，政治要来管你。”女佣辞职，女儿遭受欺侮，日本背叛科学宗旨违背医道的细菌战，对俞实夫来说，如果还只是间接信息，无关个人痛痒的话，那么日本兵对他的毒打，对他妻子的侮辱以及钱裕的死亡，则是直接撕扯其灵魂的政治屠戮。随着研究空间越来越逼仄，俞实夫的政治情感的空间却逐渐增大，当其为了生存辗转到大后方之时，敞开的政治情怀才得以舒张，决心为扑灭“法西斯细菌”而工作。全剧没有强烈的外在戏剧冲突，没有一个完整集中的故事演绎，没有一条贯穿始终的情节，只以俞实夫家庭日常生活为具体的舞台背景，来表现一个中心主题——“家国”一体。

戏剧结构就是“在时间和空间方面对戏剧行动的组织”[①]。《法西斯细菌》的戏剧结构历时12年，场景转换四座城市——东京、上海、香港和桂林，其戏剧行动组织的关键点是俞实夫在科学与政治间的抉择。第一幕发生在“九·一八”事变之后的东京，把科学研究放在首位的俞实夫，认为“科学无国界”，立即决定回到日本人办的“上海自然科学研究所”。第二幕以“八·一三”的硝烟为背景，写到俞实夫家庭中发生的两件事：女佣辞职，提出不愿在一位日本女主人家中干活；女儿寿珍因为有一位日本妈妈，遭到欺侮。虽然没有人物内心描写，但出于儿女之情和第一幕中俞实夫对赵安涛提到的做人道理，读者和观众能够切身感到他心灵深处的悸痛与思索。俞实夫举家迁往香港正印证了这一点。但是，香港并不是躲避法西斯战争的避风港，随着太平洋上预报台风的“第七号风球”的升起，日本法西斯侵略者的暴行也掀起了俞实夫的内心狂澜。当战争的瘟疫追赶着包括当事者在内千千万万人的生命安全和人格尊严时，每一个人都逃不脱政治带来的厄运。

---

① ［苏］霍洛道夫：《戏剧结构》，高士彦、李明琨译，华东师范大学出版社1981年版，第24页。

《法西斯细菌》把抗战时事作为剧作背景，人物生活环境，即俞实夫一家辗转的流寓所，集中了赵安涛、秦正谊、钱家姐弟等人物反映了十多年来的时代变迁和他们与世浮沉的人生遭际。抗战时期，知识分子的书房、书桌、实验室的安宁和平静被打破了，理想的翅膀无力地垂下了，逼近的国破家亡，容不得他们在专业和“救亡”之间抉择的迟疑，文学上是文学艺术与抗战政治孰轻孰重，医学上则是科学救世与抗战救亡的选择。后者作为中心主题，肯定政治的重要性，看起来符合赵安涛式的政治逻辑，但作者却依然质疑政治激情背后的功利心态。俞实夫作为献身细菌学研究和人类拯救事业的科学工作者，自身不会轻易盲从于时代激进潮流而随波逐流，他的救世信念是坚定的，最初由于低估了政治的残酷性而回避政治，可一旦发现救亡的政治行为正是迫在眉睫的人生职责，与履行自己人生信条并不相悖，也就义无反顾地投入了抗战。这同时也说明，抗战虽具有时事性，却不是情感的、口头的，需要的是人生信念的支撑。全剧既控诉了法西斯的侵略暴行，又讽刺了缺乏抗战信心的知识分子，其中心主题是政治与科学的关系，知识分子与政治的关系，知识分子的使命意识在“救亡”时期应现时转换为“家国”一体的责任意识。

二、“救亡”衍生的“家国”一体论及概括性功能

正如罗曼·罗兰所说：“政治也是我们这个时代真正的悲剧。目前在世界上正扮演着不少伟大的悲喜剧。艺术如果不想灭亡，提高自己来应付这些悲喜剧便是它的责任。”[①] 抗战背景下，“救亡”扮演着重要角色，文学艺术和科学文化界的知识分子都在转变自身思想和专业素养来履行时代职责。《法西斯细菌》正是一个文艺工作者通过戏剧艺术的现实主义时效性来“应付”抗战政治的力作。在《老鼠、虱子和历史——〈法西斯细菌〉代跋之一》和《懒寻旧梦录》等文章中，夏衍曾提到过《法西斯细菌》创作的初衷。俞实夫作为日本

① 《罗曼·罗兰革命剧作选·序》，齐放、老笃译，人民文学出版社 1985 年版，第 2 页。

留学生在抗战背景中的奔走，极具代表性，也是夏衍本人的经历。该剧创作于1942年夏的重庆，他在此之前的辗转地正是剧中的四个地点。太平洋战争爆发以后，夏衍从香港逃难回到重庆，与精神病学家丁瓒教授相遇，又结识了也从香港逃难回到重庆的外科医生吴在东，他们都被从实验室和书斋驱逐到充满死亡血腥的战争前线与后方。在“放不下一张书桌”和一个显微镜的社会现实面前，他们被迫将视线转投向这个满目疮痍的世界。夏衍在与他们的交谈中发现，这群为科学献身的志士都谈起过理想的破灭。夏衍对此深有感触，他说：“我想这一类的事不止限于医学界吧，正像过去有过现在也还有为艺术而艺术的艺术家一样，自然科学界也会有许多为科学而科学的科学家吧。”① 因此，“这就触动了我想写一个以‘科学与政治’的关系为主题的剧本”②。

在《法西斯细菌》中，夏衍通过俞实夫抗战中的窘迫处境集中探讨了“科学与政治”的关系。俞实夫，这个相信科学拯救、逃避政治的人物形象与马门洛克一样，认为科学对人类和生活的意义要大于政治。两部剧作的人物形象都涉及“科学与政治关系”的问题，人物所处的政治环境摧毁了科学“与政治无关”的幻想。这并不是巧合，夏衍作为“旅港剧人协会”的主要成员，1941年《马门教授》的演出对他1942年创作《法西斯细菌》所产生的影响是毋庸置疑的。不同的是，《法西斯细菌》把“科学与政治”的关系作为主题，人物形象为主题服务，而《马门教授》却是以人物形象的塑造为主，集中批判和揭露法西斯主义对犹太知识分子的迫害，同时鞭挞当时德国资产阶级民主派的盲目、妥协和怯懦。《法西斯细菌》虽然也强烈地谴责了法西斯暴行，嘲讽了抗日队伍中意志不坚定的赵安涛等人，但这些都是作为人物活动的背景，为烘托主要人物服务，而主要人物又为主题服务。由此看来，俞实夫和马门教授同为现实主义典型人物，

---

① 夏衍：《老鼠、虱子和历史——〈法西斯细菌〉代跋之一》，载会林、陈坚、绍武编《夏衍研究资料》（乙种上），中国戏剧出版社1983年版，第204页。

② 夏衍：《懒寻旧梦录》，生活·读书·新知三联书店1985年版，第483页。

产生的审美效果却不相同：俞实夫坚守自己的科学，几经辗转，历时十多年，最后却不得不走向抗战的人生历程，似乎只是为了验证科学研究逃不过政治罗网，人物自身坚守信仰的人格力量，远远不如马门教授；马门教授在遭遇纳粹迫害时，毫不畏惧地捍卫自己的医学阵地，丝毫不动摇自己对工作、荣誉和祖国的热爱，虽然事实已说明“科学领导生活”是不成立的，但教授依然勇敢地走向工作岗位，依然对抗不合理的政治迫害，甚至后悔自己没有为了希望而斗争，却因为失望而自杀。从现实主义的审美效果而言，《法西斯细菌》的俞实夫，在与《马门教授》共生的“救亡”信息上获得再生性。俞实夫自身蕴含的艺术魅力虽不如马门教授，因为马门教授为真理而斗争，为工作、荣誉、祖国而献身的人格魅力更能体现现实主义典型人物的审美内涵，但他在“家国”一体的救亡意义上得到了提炼和概括，在思想内涵上体现了“家国一体”的概括性功能。

俞实夫实际是“科学与政治”问题投射的形象，是夏衍对战时知识分子政治困惑的导引。关于科学与政治的关系问题，实质上也就是知识分子与政治的关系。一般来说，知识分子“都是一些其活动基本上不是为了追求实际目的的人，都是一些在艺术和科学实践中或抽象思辨中寻求快乐的人……因此，在一定程度上，他们是在宣称‘我的王国不是在这个世界’”。然而，纷纷扰扰的现实又让他们难以安心，保家卫国之责与“个人王国”之娱，孰轻孰重？是超脱还是介入？所以，“对于历代知识分子来说，超然和介入的冲突一直是一个令人烦恼的问题，有时甚至成为痛苦的根源”。[①] 对于中国古代士大夫来说，以修身齐家治国平天下为己任的政治中心主义，使他们总是将自我实现的人格理想浓缩于政治层面。虽然，这种传统在中国现代知识分子身上，被激活后转换为救国救民的爱国情操和积极参与政治民主、民族解放事业的壮举，但因为现代政治的复杂性和某些阴暗面，常使他们对“这趟浑水”心有余悸。

---

① 转引自［美］阿尔文·豪《知识分子的定义和作用》，载《现代外国哲学和社会科学文摘》1985年第9期。

夏衍创作《法西斯细菌》之前，发表了一篇题为《杀人的与活人的》的时论。文章指出：科学研究总是取决于社会经济关系，不可能不受社会政治制度的影响。在反封建年代，自然科学是创造近代文明的原动力，科学为真理、为世界大多数人的生活更进步、更幸福而存在。可是，在“市民阶层渐渐地从成长壮大而衰老”之后，科学精神和它所追求的目的，“也就因为他们服务的阶层之堕落而渐次背离了”，“作为一个美国人之后，才在电气工学界发挥了超人入圣之天才的史坦因美茶，在他的祖国波兰是遭历过惨淡的经历的，现世界所能产生的最伟大的哲学者，物理学者爱因斯坦，不是因为犹太人的关系被逐于希特勒，而连一个安静的研习会都不可得么”[①]。实际上，夏衍的工作经历也验证了这一点。1942 年的春天，中共南方局派遣夏衍在知识分子中间开展统一战线工作。他在广泛接触一些科学工作者之后说道：“在这些人中间，绝大多数是善良而‘好心’的人。他们热爱自己的专业，具有‘科学的良心’。他们想通过自己的业务来为国家服务，为人民做好事。但是，由于在旧社会长期脱离政治，不了解什么叫做政治，不懂得‘你不管政治，政治还是要来管你’的道理。……我同情这些人的遭际，可是我不同意这些人的看法和做法，我们团结过他们，我们也批评过他们。”[②] 这是夏衍在 1954 年所谈到的《关于法西斯细菌》的创作思想。在相隔十多年以后，作者却依然在分析“科学与政治”问题：“中国的科学家又还有一点所谓知识分子的洁癖，分不清楚现象与本质，把政治看成很脏的事情，对现实政治戴起白手套来，觉得还是关起门来研究干净一些，而这样的人，实际都成了被统治阶级玩弄、利用，和作为点缀装饰的工具。……在抗日战争时期，解放战争时期，我接触过很多这样的人，也亲自看到过他们被逼着而不能不走的各种不同的路子。……对这些

---

① 夏衍：《夏衍杂文随笔录》，生活·读书·新知三联书店 1980 年版，第 127 页。

② 夏衍：《关于〈法西斯细菌〉》，《新观察》1954 年第 15 期。

人，我们的鞭挞是常常带着眼泪的。”①

在以《法西斯细菌》为代表的一系列剧作中，夏衍一直探寻着知识分子的迷惘和彷徨。他说：“我把他们放在一个可能改变，必须改变，但是一定要从苦难的实际生活里才能改变的环境里，我想残酷地压抑他们，鞭挞他们，甚至于碰伤他们，而使他们转弯抹角地经过各式各样的路，而达到他们必须达到的境地。”② 在抗战民族危亡之秋，夏衍强化知识分子与政治的关系，使传统中国士大夫安身立命的政治责任获得了现代诠释，即“救亡”再生的“家国”一体论。俞实夫从不问政治到走向抗战的经历，“说明了知识分子所履行的社会职能不仅取决于社会制度、社会关系，而且还取决于他对待社会、国家、民族和大众的态度，即政治态度，取决于他自觉地选择自己的社会立场和相应的活动”③，即政治行为。这为当时的知识分子确实是提供了很有价值的“人生路途上的参考”④。然而，在该剧创作前后的十多年中，作者强化知识分子的政治态度和政治行为一直有增无减，这预示着新中国十年和十年“文革”文学创作模式的产生——政治第一，主题先行。从抗日战争到解放战争，从战争岁月一直延续到和平岁月，如果一直强调知识分子与政治的关系，以政治先入为主的心态看待专业和学术，就会导致专业学术生命的枯竭，进而酿造政治性的思想、文化革命。

---

① 夏衍：《关于法西斯细菌》，载会林、陈坚、绍武编《夏衍研究资料》（乙种上），中国戏剧出版社 1983 年版，第 217 页。

② 夏衍：《关于一年间》，载会林、陈坚、绍武编《夏衍研究资料》（乙种上），中国戏剧出版社 1983 年版，第 191 页。

③ 陈坚：《〈法西斯细菌〉主题辨识》，《杭州大学学报》（哲学社会科学版）1988 年第 4 期。

④ 夏衍：《老鼠·虱子和历史》，载会林、陈坚、绍武编《夏衍研究资料》（乙种上），中国戏剧出版社 1983 年版，第 206 页。该文写于 1942 年 10 月 17 日该剧上演之日。

第二章

历史的“革命”激励功能

从“五四”至抗战，外国剧作译介与创作同时事政治紧密结合，在“救亡”信息上延展着“革命”激励功能。剧作题材的民族性、世界性和历史性，皆为唤醒人们的革命意识，如“五四”运动、“新文化运动”的思想革命，左翼阶段的无产阶级革命，抗战时期的民族革命和民主革命等。中国现实主义萌发之初的革命需求，反映在剧作译介上，择取的是凌厉的社会批判和戏剧形式革新——话剧的兴起和发展，追求其产生的社会革命影响力，如前面对易卜生剧作译介的分析。左翼剧运，针对民众启蒙，唤起民众的阶级意识和社会责任感，同样逃不过政治革命的斗争性。到抗战时期，摆在大众面前的民族解放斗争和民主解放斗争，要求面对民族危亡的抗战剧运充分发挥题材的“革命”激励功能。此时，外国剧作译介上偏爱革命历史题材剧；创作上，则出现了挖掘历史题材革命意识的历史剧创作。

第一节　抗战时期历史剧创作的“革命”话语

一、“五四”至抗战戏剧的“革命”话语

“五四”文学批判中国传统戏曲，提出建立新剧——话剧，树立新的戏剧观念。新的戏剧观有两方面内容：一是“把戏剧作为传播思想、组织社会、改善人生的工具”①；二是提倡现实主义的戏剧，要

① 洪深：《中国新文学大系·戏剧集·导言》，载《中国新文学大系·戏剧集》，上海文艺出版社 1981 年影印本，第 20 页。

求戏剧“在当今社会里”取材，表现“我们每日的生活”，描写“平常”的普通人，并打破传统的“大团圆”主义，如实地揭示现实本来面目。[1] 践行这些戏剧观念，建设新的戏剧，所需要的创作蓝本是外国剧作。胡适说：“赶紧多多的翻译西洋的文学名著做我们的模范。”[2] 傅斯年补充说，快对西洋剧本做一些改编，以和中国社会情况、中国人情“合拍”[3]。当然，也有持异议和质疑西洋剧的观点，1926 年 6 月至 9 月留美归国的赵太侔、余上沅，在徐志摩主持的北京《晨报》副刊上创办《剧刊》，提倡“国剧运动”，主张从“整理与利用旧戏入手”去建立“中国新剧”[4]：在戏剧观念上，主张发扬传统戏曲“目的在于娱乐”的“纯粹艺术”的倾向，反对“利用艺术去纠正人心，改善生活”[5] 的易卜生式社会问题剧；在戏剧表现上，他们受爱尔兰民族戏剧运动的影响，提出要“探讨人心的深邃，表现生活的原力”[6]，因为赞赏象征主义与表现主义，进而提出糅合东、西戏剧特点，“在‘写意的’与‘写实的’的两峰间，架起一座桥梁”，并预言“再过几十年大部分的中国戏剧，将要变成介于散文、诗歌之间的一种韵文的形式”[7]。

在现代性与民族性的碰撞中，中国现代戏剧的新形态——话剧的崛起，关涉“中国与西方、古典与现代、政治与审美、自律与他律、

① 傅斯年：《论编制剧本》，载《中国新文学大系·建设理论集》，上海文艺出版社 1981 年影印本，第 390—391 页。

② 胡适：《建设的文学革命论》，载《中国新文学大系·建设理论集》，上海文艺出版社 1981 年影印本，第 138 页。

③ 傅斯年：《戏剧改良各面观》、《再论戏剧改良》，载《中国新文学大系·建设理论集》，上海文艺出版社 1981 年影印本，第 372 页。

④ 余上沅：《中国戏剧的途径》，载《余上沅戏剧论文集》，长江文艺出版社 1986 年版，第 205 页。

⑤ 俞宗杰：《旧剧之图画的鉴赏》，载余上沅《旧剧评价》，参见《国剧运动》，上海书店出版社 1992 年重印本，第 216、194 页。

⑥ 余上沅：《〈国剧运动〉序》，参见《国剧运动》，上海书店出版社 1992 年重印本，第 3 页。

⑦ 洪深：《中国新文学大系·戏剧集·导言》，载《中国新文学大系·戏剧集》，上海文艺出版社 1981 年影印本，第 77 页。

个体与群体、二元对立与对话融合等各方面的问题”①。对立中的选项往往是与时代需要密切相关的中国现实、政治、他律、群体，即话剧的启蒙意义。话剧的“‘小舞台’只有反映并推动着历史‘大舞台’上的生活和斗争，只有不断地向人民提供新的丰富的精神食粮，它才能取得合理存在的社会价值，并为自己开辟前进的道路。话剧这一新形式的产生、发展，顺应了历史的要求和人民的意愿，这说明了新的戏剧思潮和戏剧观念在向中国封建社会末期旧戏美学原则的挑战中，取得了历史性的胜利”②。

民众戏剧社与戏剧协社都宣布自己坚持“五四”传统，强调戏剧必须反映时代、人生，负担社会教育的启蒙任务。《民众戏剧社宣言》明确提出：“萧伯纳曾说：‘戏剧是宣传主义的地方’，这句话虽然不一定是，但在我们至少可以说一句：‘当看戏是消闲’的时代，现在已经过去了。戏剧在现代社会中，确是占着重要的地位，是推动社会前进的一个轮子，又是搜寻社会病根的X光镜。”③

1929年6月5日上海艺术剧社成立④，民众戏剧的启蒙精神集中体现在“无产阶级戏剧”的口号之中，这标志着中国左翼剧运的兴起。剧社认为戏剧“激动大众、组织大众，最直接而最有力，中国戏剧运动的进路是普罗列塔利亚演剧”⑤。“激动大众、组织大众”得力于戏剧的情感力量，无产阶级戏剧作为无产阶级文学的代表，就是要“使读者得到旧社会的认识及新社会的预图”，“对敌人的厌恶，对于同志的团结，激发斗争的意志，提起努力的精神，这是革命文艺的根

① 谭好哲等：《现代性与民族性：中国文学理论建设的双重追求·绪论》，社会科学文献出版社2005年版，第1页。

② 董健：《启蒙与戏剧》，山东友谊出版社2009年版，第99页。

③ 《民众戏剧社宣言》，《戏剧》第1卷第1期，1921年5月31日。

④ 陈白尘、董健主编：《中国现代戏剧史稿》，中国戏剧出版社1989年版，第182页。据1929年6月10日上海《申报》本埠增刊第2版《剧场消息》。还有一种说法是：艺术剧社建立于1930年1月。参见孙庆升《中国现代戏剧思潮史》，北京大学出版社1994年版，第228页。

⑤ 郑伯奇：《中国戏剧运动的进路》，《艺术月刊》第1卷第1期，1930年3月。

本精神，也是它的根本任务”[1]。为创作无产阶级文学，小资产阶级作家首先要“把自己否定一遍”，“克服自己的小资产阶级的根性”[2]；要“牢牢的把握着无产阶级世界观”，“文学家应该同时是一个革命家”。[3] 与此同时，1929 年 9 月，国民党中央宣传部召开全国宣传会议，提出“三民主义文艺”的口号，在南京创办中国文艺社，刊行《文艺月刊》；在上海则有《民国日报》的文艺周刊与《觉悟》副刊，以及《絜茜》杂志，公开宣言打倒“革命文学”和“无产阶级文学”，“建设三民主义的新文学”。[4] 20 世纪 30 年代，新文学从最初自身的革命转向了政治革命，“‘社会向何处去’成为时代意识的中心，对个人价值、人生意义的思考转向对社会性质、出路、发展趋向的探求”[5]。此时的文学从自身的形式艺术革命和思想革命发展为政治革命。

“如果说注重个性解放与思想解放的‘五四’是抒情的时代，着重社会解放的现代文学第二个十年就是叙事时代。”[6]“第二个十年”的剧作家代表是洪深，他认为“摹仿就是戏剧的生命”，是“明显地、充分地描写人生的艺术”[7]；“凡一切有价值的戏剧，都富有时代性的”[8]；戏剧动作表现为“改善个人与社会关系的行为”[9]。把戏剧艺术界定为时代社会意义的表述，使现代文学，甚至当代文学，一直受制于时代和社会需求，在政治与审美、自律与他律的纠结中，难以

---

① 彭康：《革命文艺与大众文艺》，《创造月刊》第 2 卷第 3 期，1928 年 10 月 10 日。

② 成仿吾：《从文学革命到革命文学》，《创造月刊》第 1 卷第 9 期，1928 年 2 月 1 日。

③ 李初梨：《怎样地建设革命文学?》，《文化批判》第 2 号，1928 年 2 月 15 日。

④ 《民国日报》1930 年 11 月 26 日。

⑤ 钱理群、温儒敏、吴福辉：《中国现代文学三十年》，北京大学出版社 1998 年版，第 160 页。

⑥ 同上书，第 162 页。

⑦ 洪深：《戏剧的方法》，载《洪深戏剧论文集》，天马书店 1934 年版，第 52 页。

⑧ 洪深：《属于一个时代的戏剧》，载《洪深文集》第 1 卷，中国戏剧出版社 1957 年版，第 448 页。

⑨ 洪深：《电影戏剧的编剧方法》，正中书局 1935 年版，第 78 页。

获得自由的、审美的定位和价值取向。刘西渭（李健吾）曾反复申说：批评家“属于社会，然而独立”，他应该是“学者和艺术家的化合”，“批评最伟大的挣扎是公平的追求”。他反对把“批评变成一种武器，或者等而下之，一种工具”[①]。在他看来，批评应当往批评里放进批评家自己，“批评是表现”，是批评家“叙述他的灵魂在杰作之间的奇遇”[②]。类似李健吾这样的呼声是微弱的，新文学主流的政治倾向和启蒙救亡宗旨是不容置疑的。

抗战时期，“国防戏剧”除了强调“反帝抗日反汉奸，争取中华民族的解放”的主题外，还有需要发挥戏剧的宣传（以至现场鼓动）功效，在艺术形式上“提倡‘通俗化’、‘大众化’和方言话剧”[③]。在全民抗战的背景下，现代戏剧以鲜明的民族革命内容，充分发挥戏剧艺术的“革命”激励功能，号召大众抗日救亡。

二、抗战历史剧题材的“革命”话语

抗日救亡的民族革命主题，要求文学作品的选材能够唤醒大众的民族意识。民族意识是沉淀于历史长河中的共同记忆，其载体既有可能是一句凝聚民族智慧的箴言，也有可能是祖祖辈辈心中惦念的历史人物；它既可能是沉潜于大众之中的历史题材，又可能来自具有人类普遍性的文学经典。总之，激发民族情怀并使之成为民众行动内驱力的剧作，题材则须是大众熟知的历史事件或人物，剧作则常被称为历史剧。

历史剧“是一种借古喻今、强调公共福利的说教性史剧，其特点是假定群众中存在民族意识”[④]，因此，抗战时期的戏剧译介和创作，自然择取历史剧激活民族意识，激发民众革命斗志。对史料的选取和

① 刘西渭：《咀华集·跋》，载《李健吾文学评论集》，宁夏人民文学出版社 1983 年版，第 1—3 页。

② 刘西渭：《自我和风格》，《李健吾文学评论集》，宁夏人民文学出版社 1983 年版，第 216、214 页。

③ 周钢鸣：《民族危机与国防戏剧》，《生活知识》“国防戏剧特刊”，1936 年 2 月。

④ 《简明不列颠百科全书》，中国大百科全书出版社 1986 年版，第 243 页。

外国剧作译介的选择，剧作家和翻译家都有自主性，而在真正的创作和译介中却必须尊重历史事实和原著精神。苏联的文艺理论家尤·什维多夫，在评价莎士比亚历史剧时曾说："历史剧在体裁上的特殊性，并不限于再现历史事件的准确性的程度……历史剧在题材上的特殊性的实质，存在于莎士比亚对构成剧本题材的材料所持的态度本身之中……诗人在竭力用合适的艺术形式表现这些尖锐的问题时，可以自由地运用历史数据，把它变成某种悲剧的情节基础。而在历史剧中，诗人就没有改变对历史事实的想法的自由。"[①] 自由地运用历史数据作为情节设置的依据，不仅体现在历史剧创作上，还表现在对外国优秀名剧的模仿和改编上，即把握原著的精神实质和艺术技巧，将原著改头换面或效仿其在同类历史题材中的创作手法。

历史剧的争议性问题，常纠结于历史和现实的关系。熊佛西对此问题的看法颇具代表性，他说："史剧是借史料而成的戏剧，但此种史料务必关联而不违背时代性和因果律，务必诗化而合乎戏剧题材。"[②] 历史剧的材料虽源于历史，需求却源于现实，只有现实才能有效地解码和激活历史传统。当然，历史材料与时代精神的历史距离是不可回避的，对历史与现实、史实与戏剧艺术恰当的把握是历史剧创作的关键。因为"剧的情节倘过于违背史事，虽合乎戏剧的题材，然而失去史的精神，是剧，而不能称为史剧。剧中无诗境，虽事事符合史料，是史，而不是史剧"[③]。特殊的抗战背景，"史料"和"诗境"之争似乎显得多余，剧作家更多的是借史实说"现实"，"引起剧作家创作冲动与兴趣，并成为观察与表现中心的，不是历史的'人'的思想、感情、心理，而是借历史的'人'来表现现实的'人'的思想、感情、心理；而且剧作家无论对历史的'人'，还是现实的'人'的思想、感情、心理的发掘、表现，也是集中于政治

① ［苏联］尤·什维多夫：《莎士比亚历史剧》，朱富扬译，上海译文出版社1994年版，第7页。

② 熊佛西：《写作原理·史剧》，中华书局1993年版，第104页。

③ 同上书，第106页。

意识，以及与政治密切相关的那部分道德、情操”[1]。历史剧解决现实问题，历史记忆的民族意识似乎只是现实政治情感的内驱力。这样的历史剧，撇下了民族性问题，常充当映射现实和反抗不合理的革命武器，正如何其芳对《天国春秋》的评价：“曲折地然而还是无情地”给国民党统治的黑暗“现实”以“回击”，是“一种斗争形式”。[2] 当时，“面临政治不民主和经济无保障的双重压力，历史剧似乎是一种有效的斗争手段，可以借古喻今、以古鉴今，故1941年后历史剧创作蔚然成风，甚至形成了历史剧运动”[3]。

在20世纪二三十年代，中国历史剧创作已小有规模，抗战时期达到了第一个高潮。“抗战初期的《李秀成之死》和《明末遗恨》的创作，引起了很多人的注意，有人提倡描写从越王勾践到洪秀全等历史人物，编写从晋文公城濮之战到抗金、平倭的历史剧，以振奋民族精神。”[4] 虽说这个提议没有落实，但抗战时期的历史剧创作和演出还是风靡一时。“历史剧在全部剧作中，抗战前期占百分之十四，而后期（1941年后）占百分之三十三。”[5] 1941年，太平洋战争爆发，中国抗战进入转折时期，随着国内国共两党斗争形势的转变，1941年前后的历史剧创作也出现了明显变化。1941年12月到1943年4月前后的15个月中，郭沫若创作了五幕历史剧《棠棣之花》及《屈原》、《虎符》、《高渐离》、《南冠草》和四幕历史剧《孔雀胆》。阳翰笙创作了《天国春秋》（1941）、《草莽英雄》（1942）和《槿花之歌》（1944），还有吴光祖的《正气歌》（1939），陈白尘的《石达开》（1942），杨村彬的《秦良玉》、《清宫外史》，周彦的《秣陵风

① 钱理群、温儒敏、吴福辉：《中国现代文学三十年》，北京大学出版社1998年版，第483页。

② 何其芳：《评〈天国春秋〉》，载《何其芳文集》第4卷，人民文学出版社1983年版，第84页。

③ 钱理群、温儒敏、吴福辉：《中国现代文学三十年》，北京大学出版社1998年版，第292页。

④ 林刚白：《民族抗战后方之演剧运用》，《文艺月刊·战时特刊》第2卷第6期。

⑤ 田进：《抗战八年的戏剧创作》，《文联》第1卷第3期。

雨》及1941年于伶在上海“孤岛”创作的《大明英烈传》，欧阳予倩的《忠王李秀成》等。郭沫若认为此时“历史剧占据很重要的地位”的原因是：“在上海是因为那时候正在敌伪的统治下，最好反映黑暗的现实的是历史剧。大后方呢？也为了要避免检查等等的原因，所以多历史剧。”① 从政治环境对剧作的影响来分析历史剧现象，可进一步分析创作者的历史现实意义。政治环境使身心遭受压抑的创作者们，不能直抒胸臆，只能将自己追求民主和民族解放的革命思想融入人物塑造之中，剧中人物民族精神的当下演绎，不仅鼓舞了创作者，而且对读者和观众也产生了极大的号召力。对于抗战时期的历史剧作家来说，对应现实的发古之思常常是社会动荡、争战激烈的历史素材及历史人物秉持正义的抗争豪情，就能轻易置换为坚持民主民族战争的“革命”气概。如取材于战国史料的《屈原》、《高渐离》、《符虎》、《棠棣之花》；选材于太平天国史系列的《李秀成之死》、《天国春秋》、《忠王李秀成》、《翼王石达开》；还有依据南明史料的《碧血花》、《杨娥传》、《海国英雄》、《大明英烈传》、《煤山恨》，等等。前两者对应现实民主团结，后者则回应民族救亡。这些史剧将政治民族主义的革命主题融入文化民族主义之中，通过现实观众和读者认可的民族形象高扬中华民族不屈的革命战斗精神，通过历史传统的不屈斗争精神回应时代需求。历史在此充当了政治“革命”的引子，被赋予了言说现实的激励功能。

中国古代戏曲大多取材于历史和民间传说，寄寓了剧作家托古喻今的忧世情怀，有的浸透了剧作家的个人孤愤或人生际遇，有的则是对前朝往事难遣的哀伤和凄风苦雨般的追忆，没有现代历史剧与社会现实这样鲜明的因果联系。古代戏曲和现代历史剧虽都取材史料，但二者所体现的创作精神却大相径庭：“旧剧服从旧的历史观念；新的历史剧批判旧的历史观念。在戏剧艺术的处理上两者的区别是：第一，旧剧里的人物是生、丑、净、旦、忠、奸、邪、正这几种类型人物，是封建思想的傀儡，缺少内心斗争与社会斗争的性格，不能真实

---

① 郭沫若：《郭沫若讲历史剧》，《文汇报》1946年6月26日。

地表现出历史的人物。而新的历史剧，是以真实地表现出历史的人物为主，把握人底个性，具有历史时代社会特征的性格。第二，旧剧把事件处理成旧观念发展的情节，处理成宣扬因果报观念，受恩报德，大团圆主义，迷信思想等等的因果。新的历史剧，是把事件，当作社会斗争的形态，当作人与人的纠葛。事件的场面和发展都是为着显示整个历史真实的时代背景，历史社会生活真实的特征，历史人物的真实性格。第三，旧剧是我们民族的旧歌剧，没有语言艺术。剧中表达人物思想情感的语言，因为韵律化、形式化、类型化、古典化、公式化，以致不能表现出时代的思想特征，历史生活的特征，和人物个性的特征。语言之艺术性，是在它能够明确地表现出崇高伟大的思想和感情，代表着一个进步的观念或一个真实完美的形象。新的历史剧，通过语言来创造人物的性格，表现人物的个性，所以需要那最能概括那历史时期社会生活特征的语言；和表现人物社会阶层生活、教养、习尚、思想、感情的语言；使语言的运用，能表现出历史生活的真实来。"①

因为古代戏曲表演的程式化，极大地限制了史剧的现实主义手段，满足时代需求的任务也就转向了现代话剧。中国话剧，作为舶来品，尽管长期以来一直效仿外国经典剧作，但中国社会现实依然是促使其发展的内在动力。顾仲彝对此深有感触，他说："时代与文学是相依而生的；在这混乱忧患的时局里，所能创出的时代文学，也不过是颓丧的一类，说不到伟大与永久。幸而中国有极富丽极壮伟的历史传说，更幸而有近年来充量的吸收西方艺术，只要有天才出来，用西洋戏剧的艺术把富厚的材料，组成伟大的新文艺。这是中国少年文艺界的新路，也是文艺上唯一有伟大成功希望的路。""我们努力于斯道者，赶速来做两件预备的工作：一是精究西洋戏剧的艺术，一是整

① 周钢鸣：《关于历史剧的创作问题》，《戏剧春秋》第 2 卷第 4 期，1942 年 10 月。载周靖波主编《中国现代戏剧论——建设民族戏剧之路》上卷，北京广播学院出版社 2003 年版，第 345—347 页。

理中国的史实轶事。”① 中国现代历史剧“努力于斯道”的过程，大体上经历了三个阶段：“二十年代是‘抒情历史剧’，即不大尊重历史的本来面貌，只是借历史人物的躯壳，抒发现代人的感情；三十年代是由‘抒情历史剧’向现实主义历史剧的过渡阶段；四十年代历史剧基本上走上了现实主义的轨道。”②

中国现实主义戏剧在“‘八·一三’抗战爆发后，打破了原有的那种与现实生活相游离的技术传统，而同时能将原有的演剧技术真正和民族的、民众的现实生活形式相渗透结合，运用已有的技术基础来创造现实的戏剧主题底舞台性格，将原有的技术的成就与现实生活的溶合丰富发展起来”③。现实主义历史剧既要求尊重历史真实，又要密切联系民族的民众的现实生活，形成“原有的技术的成就与现实生活的溶合”的艺术真实，不应将其简单化成为抗战政治斗争的工具或附属物。在1943年的历史剧讨论中，周恩来曾指出：“历史剧不应歪曲历史，牵强附会地硬搞映射。历史剧首先要忠实于历史（但不是为历史而历史）。写出历史的真实才能获得艺术的真实，通过艺术的真实，才能获得以古鉴今的目的。”④ 历史剧的艺术真实观，很难在现实主义革命精神与艺术手段上得到统一体现，其艺术手法在于借鉴外国剧作艺术来发展，只有借外国经典历史剧的“革命”激励功能这根根“丝线”来织中国历史剧的“嫁衣”。从左翼民众戏剧运动以来，罗曼·罗兰的人民戏剧观和革命历史剧一直是中国剧作人的信念和榜样。抗战时期，罗兰的革命历史剧曾一度成为译介热点，在其接受阐释中与中国历史剧创作共生的“革命”信息，在战时转化为历史与时事的“革命”激励功能。

---

① 顾仲彝：《今后的历史剧》，《新月》第1卷第2号，1928年4月。载周靖波主编《中国现代戏剧论——建设民族戏剧之路》上卷，北京广播学院出版社2003年版，第138、145页。

② 陈白尘、董健：《中国现代戏剧史稿》，中国戏剧出版社1989年版，第307页。

③ 周钢鸣：《论新中国演剧艺术底几个问题——近年演剧方法的几个特征》，载陈白尘、董健《中国现代戏剧史稿》，中国戏剧出版社1989年版，第331页。

④ 《戏剧月报》1943年第4期。

罗兰最受中国欢迎的剧目是《爱与死的搏斗》，抗战历史剧最具代表性的作品是《屈原》，二者都是在“历史”话题上言说“革命”。但《爱与死的搏斗》是“革命”题材上的历史反思，《屈原》却是历史题材上的现实激励。罗兰赋予轰轰烈烈的法国大革命以理性反思，郭沫若则为历史披上革命激情的外衣。罗兰革命历史剧的战时热译，让中国人想起了法国大革命的民族激情，并未在意罗兰历史剧的民族反思和道德理想，如《爱与死的搏斗》的主人公曾被误读为阻碍革命的守旧者和落后分子。

第二节 《屈原》与《爱与死的搏斗》的“革命”激励功能

一、郭沫若历史剧的“革命”性

抗战时期的历史剧虽没有“革命”素材之说，却依然存在着“搏斗”、“角逐”中抉择的革命意识，但像罗曼·罗兰的革命历史剧，尊重历史，反思历史，探讨人物两难抉择中的道德价值取向的力作却相当少。抗战历史剧往往以历史人物为题材，以人物精神为主题，通过颂扬或针砭历史人物或历史现象，表达现实社会中某个集体、阶层或民众的诉求。其中的历史场景再现为塑造人物形象服务，多重的矛盾纠葛与冲突，如人与人之间、集团与集团之间、阶级与阶级之间情感价值取向上的对立与斗争，是现实政治革命的再现，历史素材只是传达革命思想感情的媒介。抗战历史剧的现实本位，虽有利于激活传统的民族精神，但因缺乏超越现实和史料的高度，所以只能使读者和观众，在情感驱动下被动地折服于剧中人物的革命精神，积极参与现实革命斗争。

抗战历史剧回应现实政治情势的批判力和号召力，再现了历史的“革命”激励功能。阳翰笙的《天国春秋》写于1941年9月，正值“皖南事变”之后。作者借太平天国的历史教训，遣责顽固派同室操戈、破坏抗日的历史罪行。每当剧中人洪宣娇觉醒后痛悔地喊出：

“大敌当前，我们不该自相残杀！”观众席就立即爆发出雷鸣般的掌声。革命历史剧《黄花岗》创作于1938年春，那时正值国共合作抗日之际，“抗战建国纲领”直接对应“三民主义”，受众借历史情境反观现实，接受情感教育，剧演成为组织民众参加民族革命的“大讲堂”。后续尾声A和尾声B，完全成为号召广大民众抗战的动员会。尾声A在众人高呼“黄花岗七十二烈士浩气长存！中华民族解放万岁！中华民国万岁！”口号的兴奋狂潮中落幕。尾声B在“团结到底！抗战到底！中华民族解放万岁！中华民国万岁！”的怒涛般“万岁”声中徐徐下幕。

郭沫若的《屈原》1942年由重庆文林出版社出版，可谓抗战历史剧精品。屈原呼唤正义、光明的炽情，在山城重庆燃起了民主革命斗争的火焰。《雷电颂》的每一句诗，都好似在观众心头添了一把火，让他们热血沸腾。“爆炸吧！毁灭吧！”的吼声，像冲破阴霾的生命之火，燃烧着的愤怒，点燃了观众的革命激情。1942年，周恩来在重庆庆贺《屈原》演出成功的宴会上说：“在连续不断的反共高潮中，我们钻了国民党反动派一个空子，在戏剧舞台上打开一个缺口。在这场斗争中，郭沫若同志立了大功。”①

二、《屈原》与《爱与死的搏斗》共生的“革命”话语

《屈原》是五幕话剧，剧情依次为：橘颂、诬陷、放逐、面斥、雷电颂。剧情发展紧紧围绕着屈原的形象塑造，多侧面地诠释人物的精神品格。情节开端的“橘颂”，对橘树精神人格化的形象描述，暗喻屈原高尚的政治情操。这使观众直接进入“文如其人”的品格判断：“深固难徙，更壹志兮。……苏世独立，横而不流兮。……秉德无私，参天地兮。”（屈原《橘颂》）作者开篇为接受者预设人物形象，在人物前理解上为观众定位，直接把受众当成被动的教育对象，指引他们的情感走向。与《爱与死的搏斗》不同，《屈原》历史人物

---

① 石曼：《中国抗日战争时期大后方文学书系·后记》（戏剧），重庆出版社1988年版，第2246页。

的活动背景是间接切入，《爱与死的搏斗》是直接还原，历史场景的媒介——背景材料或多人物侧面介绍，如舞会谈论、报纸消息和门外刑车及群众呼声。这样，《屈原》接受就是情感导向的完成，没有知性的历史判断，自然就难以具有现实主义历史剧的超越性和理性认识。剧情推进，只是依靠情感强度的增大，在情感共鸣上设置高度，并不存在价值指引和更高的精神升华。《屈原》第二幕和第三幕“诬陷”、“放逐”，观众和读者在对南后郑袖集团的憎恨之中，加深了对屈原的崇敬之情。爱之愈深、恨之弥切的情感张力指引着接受者的情感认知，在同情迫害者的角度将自己置入屈原的角色意识，进而提升自己的思想境界。尤其是到了“面斥”、“雷电颂”环节，随着迫害加深，抗议愈强，屈原“雷电”之势的愤郁之情触燃了“雷电颂”炽热的文字，受众与剧中人物一起情感沸腾，将剧情推向高潮。这种强烈共鸣，不是日常化和人性化的“感同身受”，而是来自人物扩大化的精神和情感感召所产生的同化力量。接受者甘愿处于被人物控制的被动地位，是因为人物形象在国家危难之时所表现出的英雄气概，契合处于国难之时的民众呼唤旷世英雄的愿望。接受者仰慕剧中屈原精神的伟大，不在于人性化的道德修为，而敬服他舍生救国的崇高，正如屈原的台词所说：“你陷害的不是我，是我们整个儿的楚国呵!”当人物形象的自我意识放大为国家意识时，接受者的认同实际是国家认同。年轻美丽的婵娟舍身救屈原，她的临终之言也说明了这一点，她说：“……我真高兴……我是一个普通人家的女儿，我受了你的感化，知道了做人的责任。我始终诚心诚意地服侍着你，因为你就是我们楚国的柱石。……我爱楚国，我就不能不爱先生。……先生，我经常想照着你的指示，把我的生命献给祖国。……我把我这微弱的生命，代替了你这样可宝贵的存在。先生，我真是多么地幸运啊!”尤其是“雷电颂”中，屈原呐喊着“把一切沉睡在黑暗怀里的东西，毁灭，毁灭，毁灭呀!”“这是我的意志，宇宙的意志。”人物在诗意层面自诩其意志为宇宙意志，极大地调动了观众情绪，对受众产生了强大的震撼力和号召力。但是，对历史素材如此处理，则导致了后期历史解读简单化的情感倾向，使民众的现实认知缺乏应有的冷静和理性，只习惯盲从于情绪冲动，尤其是对立情感的激励功能，则易导致人们狂热的革命行为，从而异化为革命动物。

《屈原》对立化的人物可分列为正确与错误、忠良与奸佞、“爱国”与“卖国”、进步与“反动”两大阵营。屈原、婵娟、“钓者”河伯、渔父等代表“忠良”、“爱国”；南后、怀王、张仪、靳尚等则是“卖国”的“奸佞集团”。“忠奸对立”、“善恶分明”是中国传统旧剧的叙事模式。辨善恶、分忠奸是中国观众的审美心理定式。在政治革命的语境中，这善恶分明的审美心理，自然延传到现代政治斗争心理上，即“忠奸之争加上因果报应，可以粗略地画描出中国传统社会的一般政治心理”①。这种政治伦理在“每当国家遭受不幸时，人们就会产生一种极为强烈的沉痛感和道义感”②。“沉痛感和道义感”正是现代政治的爱国主义情感。观读《屈原》，战国时期士大夫救国无门的“历史悲情”，自然会大大激发民众的现世救国之情。

历史悲情与“忠奸对立”的思维范式通常是“奸佞误国”，正如“一部《桃花扇》，实际上就是一场南明忠奸斗争史”③。“奸佞小人”与女子一体化，是“后妃误国”的传统情节模式。“忠奸对立”往往离不开“贤臣昏君”之说，情节不外乎是“忠臣为善，奸臣为恶，皇帝善而起初受蔽，最后去蔽”，奸臣为所有的罪责买单。“奸佞的文化功能，就是在君王昏聩的时候，为君王承担罪责。”④《屈原》虽沿袭了这些传统叙事模式，但结尾却是中国现代话剧的悲剧叙事，不落“平冤昭雪”大团圆的窠臼。从接受主体来看，对历史英雄品格的景仰代替了帝王崇拜和天道信仰。《屈原》之所以成功，原因在于：“作家不仅敏锐地把握住了时代的脉搏，借着‘古人的皮毛’喊出了时代的强音，而且巧妙地将‘爱国’、‘革命’、‘抗日’等最具‘现代性’的宏大历史叙事与深藏在民间的古老文化传统，特别是传

① 王宏维：《命定与抗争——中国古典悲剧及悲剧精神》，生活·读书·新知三联书店1996年版，第217页。

② 刘彦君：《栏杆拍遍——古代剧作家心路》，文化艺术出版社1995年版，第170页。

③ 同上书，第174页。

④ 张法：《中国文化与悲剧意识》，中国人民大学出版社1989年版，第143、136页。

统戏曲的审美心理定势融为一体。”①

1942年4月初，距离“皖南事变”发生不过15个月，郭沫若以极快的速度创作了《屈原》，同其他作品一样也是其“个人的郁积”与“民族的郁积”相互交会而找到的“喷火口”与“喷火方式”。②在1942年1月24日至2月7日的《中央日报》副刊全文连载后，3月初，由中华剧艺社等团体正式开排。4月3日，《屈原》如期在重庆柴家巷国泰影剧院开演。台上台下群情激昂，彼此交融成一片沸腾的海洋。第二天，重庆各报都对此作了报道，公认“此剧集剧坛之精英”，“上座之佳，空前未有”，“堪称绝唱”。《屈原》在重庆首次公演17天，场场客满，观众近30万人次。新中国成立后，该剧作又曾先后在苏联（1951年）、日本（1952年）、波兰（1957年）、匈牙利（1958年）、冰岛（1958年）等国出版。“1952年郭沫若的《屈原》由须田祯一翻译在日本出版。《屈原》的剧本改编也是由他完成。东京剧团‘前进座’曾在1952年9月—翌年8月、1962年5—7月、1972年3月、11月21日及翌年7月初、1979年3月在日本全国各地进行了该剧的公演。”③《屈原》在日本的译介背景，河原崎长十郎在1952年9月1日给郭沫若的信中写得很清楚：“首先，这部戏曲是表现正直的人被欺负的愤怒和支持正直的人的大众力量，这样的作品对今日的日本的革命是很有必要的。而从今日的国际形势来看，中国和日本的文化交流很必要。这篇作品打破了日本偏袒于一方的卖国势力，具有很大的意义。还有，由于上演这部戏曲，咱们前进座座员的思想性和艺术性也能得到提高。”④ 从国内外《屈原》剧的影响力来

① 沈庆利：《现代视界与传统魅惑——重读郭沫若历史剧〈屈原〉》，《中国现代文学研究丛刊》2009年第4期，第113页。

② 郭沫若：《序我的诗》，载《郭沫若论创作》，上海文艺出版社1983年版，第213页。

③ 权五明：《郭沫若历史剧〈屈原〉在日本的上演与影响》，载《重庆师范大学学报》（哲学社会科学版）2009年第6期，第77页。

④ ［日］河原崎长十郎、［中］郭沫若：《中国との往復の书简：长十郎—郭沫若》，《前进座》1952年9月1日，再刊第26号。

看，作为历史剧，因极富现实革命的激励功能而成为经典。

《屈原》虽然是五幕剧，结构却与独幕剧《爱与死的搏斗》一样，时间为一天“由清早到夜半过后”①。按照西方古典主义戏剧来讲，它符合“三一律”中的时间和情节要求，尽管没有地点的一致，可因为人物的中心地位，剧情依然紧凑集中。追求时间、地点、情节统一的古典剧目重在叙事，而靠人物集中情节的现代剧目则常以人物情感和人生结局来诠释一种精神。其实，“在资产阶级革命时代，古典主义也体现和反映了公民的激情、情感和自我意识，但它已经把社会义务的概念绝对化了”②。《屈原》可以说是古典主义的现代化，剧情反映了屈原的“激情、情感和自我意识”，却将他人生遭际中的“社会义务”，即拯救国家的“革命”“绝对化”了。郭沫若在短短的时间内，通过“橘颂”、“雷电颂”和“面斥”，集中再现了屈原一生的命运。这位演绎革命激情，诠释“绝对化社会概念”的历史伟人，“固然痛快淋漓，但形象的厚度不够，缺乏更深刻更耐人咀嚼的思想艺术力量，也是显然的”③。众人瞩目于屈原，使其成为穿越历史照亮现实的某一精神品格的代言人，看起来似乎不失历史厚度，但因为形象销匿了历史剧应有的历史理性和生活真实，虽在革命激励功能上获得了极大成功，却终因“社会义务的概念绝对化”而消减了艺术生命力。

罗兰的革命历史剧，以大革命史料为素材，对大革命历史观念性的反思，旨在使接受者在认识历史的同时，建构当下和未来的理想社会。而从中国抗战时期的历史剧来看，历史反思和未来建构则掩盖在现实政治功利之下，更多的是呼吁革命行动，振奋接受者的革命精神。针对罗兰现实主义的革命历史剧风格，有人认为：“罗兰式的包含‘全部真理’、超越阶级的理想从未实现。本来应当铁肩担道义的

---

① 郭沫若：《我怎样写五幕史剧〈屈原〉》，载《郭沫若全集》第6卷，人民文学出版社1986年版，第404页。

② ［苏联］鲍·苏奇科夫：《现实主义的历史命运》，傅仲选等译，外国文学出版社1988年版，第74—75页。

③ 钱理群等：《中国现代文学三十年》，北京大学出版社1998年版，第112页。

知识分子，企图‘超越混乱之上’而不能，反而身陷混乱之中。”[①]卢那察尔斯基在看了《爱与死的搏斗》后也说：“罗兰帮的绵羊假装同豺狼斗争，但只不过在吃小鸡的资产阶级面前罗罗嗦嗦地发发议论而已……正当我们号召发扬积极的人道，为了未来而投身于严酷无情的、需要牺牲的建设性工作的时候，罗兰却对这群生物大肆渲染绵羊的理想，从而在宣传真正的人的理想和实现理想的真正道路这一伟大事业中成了我们的敌人。”[②] 罗兰本人却不这样认为，他在该剧的序言中十分肯定十月革命，他说：“开我们的民治基业的那些伟人的热情，现在在我们的血里缓和了，却在异邦人的血里点燃了……我们的半人半神的巨人和我们的半人半神的怪物现大多数都已投胎在俄国了。”[③] 罗兰把革命中的“巨人”和“怪物”形象都归结为“民治基业的那些伟人的热情”，这与中国和苏联的接受者没有什么不同，所不同的是，罗兰将绝对化革命拉下圣坛，在更高的理性和人类性上表达自己的人道主义思考。中国和苏联的接受者则反对罗兰对大革命暴力的理性反思和对未来道德理想的倡导。

20世纪早期，中国和苏联对革命的认识与马克思主义历史哲学有关，他们的人道主义思想不是反思暴力，而是反思18世纪以来的人道主义实质，提出自己的革命人道主义观，正如路易·阿尔都塞对革命和人道主义关系的揭示：“当‘新生的’资产阶级在18世纪传播关于平等、自由和理性的人道主义意识形态时，它把自身的权利要求说成是所有人的权利要求；它力图通过这种方式把所有人争取到自己的一边，而实际上它解放人的目的无非是为了剥削人。这就是卢梭关于不平等起源的神话——富人向穷人作‘最深思熟虑的演说’，从

---

① 张晴滟：《舞台上的法国大革命：一个半世纪里六部剧的考察》，《文艺理论与批评》2006年第5期，第39页。

② ［苏联］卢那察尔斯基：《爱与死的搏斗——罗曼·罗兰的新剧本》，载《论文学》，人民文学出版社1978年版，第548页。

③ ［法］罗曼·罗兰：《爱与死的考验·自序》，莱蒂译，世界书局1927年版。

而说服穷人像接受自由那样接受奴役。”① 从阶级对立的暴力革命来建构新的人道主义信念和在反思革命行为中超现实的人道主义精神，都表现出追求真理的热情，提供给接受者的都是生命力的圣洁和崇高。虽然在革命暴力和非暴力的选择中，非暴力更具有超现实的高尚，但从追求真理和维护生命尊严的角度来看，其历史性价值是没有高低的。因为陷入革命观念的异议，中国接受者对罗兰的误读一直纠结于现实需求，而没有接受其剧作中揭示问题和历史现象的理性视角，接受的却是剧中人物的情感和个性。在现代中国，人们普遍认为文艺的大众启蒙功能在于使大众拥有明确的情感立场，对于大众来说也就是意识形态，即政治态度问题。吸引中国接受者的是罗兰剧中激越的革命情感和罗兰创造新的传说、新的英雄主义、新的情感激励的革命气质，他的观念和理性省思则属于看不见的盲区。因为罗兰超现实的深刻和国际人道主义胸怀及宗教的终极关怀，对于正处于国难之中而思想处于启蒙状态的中国人来说，几乎是无所指涉的意识形态。但对于知识阶层来说，罗兰超现实的大同理想，又具有很大的诱惑力，会让受众迷醉。然而，这是很危险的，因为“使群众迷恋的最致命的、最可怕的东西，就是那些实现不了的东西”②。无所指涉的意识形态，不仅不能够让受众明确现实问题，还会回避问题，对于需要革命行动的历史现实来说是没有意义的。因此，抗战时期的罗兰革命历史剧的接受阐释，与抗战历史剧创作所生发的革命激励功能是时代的选择，是历史承载的使命。

---

① ［法］路易·阿尔都塞：《马克思主义和人道主义》，顾良译，载《保卫马克思》，商务印书馆 1984 年版，第 204 页。

② ［法］安德烈·莫洛阿：《雨果传》，沈宝基等译，湖南文艺出版社 1995 年版，第 96 页。

第三章

“民族”化的修复功能

抗战时期外国剧作的译介与创作，负载着民族救亡的历史使命，不管是“救亡”信息上衍生的“家国”一体论，还是历史的“革命”激励功能，都与民族意识相关联。因为抗战总动员，需要激发大众的民族情感，文学接受批评与创作所体现的民族性特征极为突出。在外国剧作译介方面，中国接受主体择取富有人民性和民族性的作品翻译成中文，并对这些作品进行中国化改编，是世界视野的民族化再创作。如莎剧，因为显著的人民性，战时译介与战前截然不同，出现了大量的原著改编本与改编本剧演。

文化艺术的民族性，往往对置身于传统文化的接受主体来说，如同生活中的空气，不出现窒息的缺氧，就意识不到它的存在。民族危亡之秋，外国剧作的中国化改编和演出，好似文学艺术民族化修复功能的隐喻，外国经典剧作的中国化外衣，在令人窒息的政治恐怖气氛中产生了“民族”情感的修复功能。在“白色恐怖”的沦陷区，对于遭受奴役和压迫的民众来说，这样的改编和演出如同民族精神窒息中的“充氧”。

“五四”以来，中国新剧的发生与发展，在不同的历史阶段其民族性表现不等量。抗战剧作译介和创作共生的“民族”话语，可以说是一次反躬自省的、彻底的民族文艺复兴和民族情感修复。

第一节　中国剧运的民族性征

一、中国话剧的民族化之初

话剧作为“舶来品”，要扎根于中国生存、发展，“民族化”是必经之路。“民众戏剧”的提倡，戏剧改编的盛行，“国剧运动”的开展，到“戏剧大众化”讨论与“民族形式”论争，外国话剧在中国的译介传播可谓一波三折。最初，易卜生问题剧模仿只是昙花一现，很快“先前欣赏那汲 IBSEN 之流的剧本《终身大事》的英年，也多拜倒于《天女散花》、《黛玉葬花》的台下了”①。宋春舫认为这是因为内容上的社会问题挤掉了太多戏剧艺术，他说：“以吾国观剧者程度之幼稚，戏剧非赖艺术殆不足以自存，遑论其他。”② 汪仲贤也认为早期外国剧作译介传播的尴尬出现在观众这里，他说：“我们借演剧底方法去实行通俗教育，本是要去开通那班‘俗人’的啊，如果去演那种太高的戏，把‘俗人，通统赶跑了，只留下几位‘高人’，在剧场里面拍手掌‘绷’场面，这是何苦来！”③ 这不是新剧想要的，外国剧作译介的初衷是“借助戏剧的力量”，“使得中国人民有贯彻的觉悟”。④ 为了解决这个问题，“不能绝对的去迎合社会心理，也不能绝对的去求知识阶级看了适意”，而要“拿极浅近的新思想，混合入极有趣味的情节里面编成功叫大家要看底剧本”⑤。1921年5月，汪仲贤邀文学戏剧界同人沈雁冰、郑振铎、欧阳予倩、陈大悲、熊佛西、徐半梅、张幸明等人组织了民众戏剧社，在中国戏剧史上首次打出“民众戏剧”口号。“民众戏剧”并未消除“社会心理”与“知识阶级适意”的抵触。沈雁冰（茅盾）在1920年一再强调译介要尊重外国经典原著：“现在文学家的责任是在将西洋的东西一毫不变动的介绍过来”，“译时先欲变原本的颜色，译成后读的人读了一遍又要变颜色，那是最可怕的！”⑥ 事实上，按照原著表演，是必

---

① 鲁迅：《集外集·〈奔流〉编校后记（三）》，载《鲁迅全集》第7卷，人民文学出版社2005年版，第172页。

② 宋春舫：《中国新剧剧本之商榷》，载《宋春舫论剧》第1集，中华书局1923年版，第268—269页。

③ 汪优游（仲贤）：《优游室剧谈》，《晨报》1920年11月1日。

④ 傅斯年：《戏剧改良各面观》，《新青年》第5卷第4号，1918年。

⑤ 汪优游（仲贤）：《优游室剧谈》，《晨报》1920年11月1日。

⑥ 沈雁冰：《现在文学家的责任是什么?》，《东方杂志》第17卷第1期，1920年1月。

然会遭受冷落的。1920年，上海“新舞台”公演萧伯纳的《华伦夫人之职业》的失败，正说明了这一点。打出“民众戏剧”口号，是知识阶级的无奈，即出于社会责任感，追求戏剧启蒙效应而不得的无奈。1924年，洪深据王尔德《温德米尔夫人的扇子》改译《少奶奶的扇子》，是新剧民族化进程的转折点，是中国剧作家借鉴外国剧作以创建民族话剧的开端。剧中“地名人名，以及日常琐事，均有更改，惟全剧之意旨精神，情节布置，则力求保存下来”①。

话剧作为外来戏剧形式，因为与中国社会现实、民族心理、民情风俗、艺术审美等不同，难免在民众接受方面出现尴尬。因此，改译或改编势在必行，这也使早期的模仿者醒悟过来，追求大众化戏剧创作，要求戏剧“从巍峨高耸的象牙之塔上而向着群众艺术之路线”，“使它能最深刻地有潜力地浸入到民众底生活中去而使他们能直觉地感到反响”。② 当时，田汉的反思和探索极具代表性，他认为“建立民众自身的阶级的戏剧”，其终极目的是要将戏剧归还给民众（民治），但在戏剧还没有“民治”时，戏剧家开展民众戏剧，就应该以民众的生活为题材（民有），并能为民众所理解和欣赏（民享）。③ 在田汉看来，民众戏剧“自然是最能体现民众最大最深的苦闷与期待的，而又最适于舞台上的‘新样式’的表现的”④。因此他有意识地或无意识地改换他的创作风格，并提出戏剧家“莫要自命清高，温柔，优美，我们被饥寒所迫的大众等着你们更粗野更壮烈的艺术！”⑤他所说的“更粗野更壮烈的艺术”，指剧作表现的情感强度，即台词的号召性和呼吁的激情对受众情感的触动。欧阳予倩赞同田汉的观点，认为：“要替民众喊叫。要使民众自觉。要民众团结起来，抵抗一切的暴力，从被压迫中自救。”但与其不同的是，即便是开展民众宣传剧，欧阳予倩还是强调要有其艺术审美，“要用艺术的手腕把这

① 洪深：《〈少奶奶的扇子〉序录》，《东方杂志》第21卷第2期，1924年1月。

② 叶沉：《演剧运动的检讨》，《创造月刊》第2卷第6期，1929年1月。

③ 胡星亮：《论中国话剧的民族化历程》，《文艺研究》1996年第3期，第72页。

④ 田汉：《我们今日的戏剧运动》，《申报》1929年5月27日。

⑤ 田汉：《我们的自己批判》，《南国月刊》第2卷第1期，1930年4月。

种伟大的力量充分表现出来”[1]。

1929 年 6 月 5 日上海艺术剧社成立[2]，第一次提出了“无产阶级戏剧”的口号，开始了中国的“普罗列塔利亚戏剧”运动，普罗民众戏剧，即大众化戏剧运动。在普罗戏剧家看来，戏剧的本质包括以下几个方面：“（一）戏剧是最合集团主义的艺术。（二）戏剧的时间性是最显著的，同时它的反响也是最迅速而强大的。（三）戏剧是艺术中最复杂的表现形式，同时也是最切近于现实的社会，最能使人感到真实的情感的。”艺术中“谁也比不上戏剧的时代性，和现实社会的迫切，受社会情势的决定，同时是更比较容易反响到现实社会中去！”[3] 基于戏剧文艺的感染力和社会效用，1931 年 9 月《中国左翼戏剧家联盟最近行动纲领》[4] 在论述这个问题时，强调普罗戏剧为能更好地深入民众，在戏剧运动上仅仅努力于话剧是不够的，它在演剧形式上应同时“取新演剧的形式或民间传统演剧的形式”；强调普罗新兴话剧的艺术创造除致力于“普罗写实主义”建设外，工人演剧要对“现时流行的诸杂耍形式亦充分加以批评的采用”，农村演剧还“应积极利用在过去民间娱乐中占极大优势的庙戏与社戏”，等等。

二、中国话剧的民族化深入

话剧民族化中最重要的是对民族现实、民族性格、民俗风情的深刻描写：“要求那故事情节完全是中国人生活里所有的，再要求那些人物的思想、感情、动作、习惯，也完全是中国人的，对这故事的解决处理也都是根据中国的习惯、人情、道德和环境的——而这中国风的内容才能配合上中国风的形式。而且它的本身也自会要求着配合上

---

① 欧阳予倩：《演〈怒吼吧中国〉谈到民众剧》，《戏剧》第 2 卷第 2 期，1930 年 10 月。

② 陈白尘、董健主编：《中国现代戏剧史稿》，中国戏剧出版社 1989 年版，第 182 页。

③ 叶沉：《戏剧与时代》，《艺术月刊》1 卷 1 期，1930 年 3 月。

④ 载《文学导报》第 1 卷 6、7 期合刊，1931 年 10 月。

中国风的形式的。"[①] 这样的民族化追求，产生了郭沫若的《屈原》、曹禺的《北京人》、夏衍的《法西斯细菌》、田汉的《秋声赋》、吴祖光的《风雪夜归人》、陈白尘的《升官图》、阳翰笙的《天国春秋》等剧作。它们因为对民族现实的深刻反映、民族性格的真实刻画、民俗风情的忠实描绘而深受读者和观众的喜爱。

在创作和演剧的实践中，戏剧家们意识到，旧形式不是全盘照搬的"仓库"，"要通俗新颖却不要恶劣光怪；要迎合群众却不要盲从群众"[②]。对于旧形式中曾经出现的旧内容应该进行筛检置换，正如黄芝岗所说："忠孝节义的封建性是不能许他遗留的，但从封建社会挣扎出来的民族的血和肉，却正是抗战的新现实的骨干"，抗战话剧应将这忠孝节义中所包含的"新现实的骨干、民族的血和肉、中国人的具体的姿态、行动表露出来"[③]。同时，他们也意识到民族文艺与世界文艺的关系，中国话剧的民族进程与外国剧作的典范性密不可分。1939 年，杨村彬在《民族艺术之路——〈秦良玉〉之演出》中说："伊丽莎白的剧场产生莎士比亚，三面型的中国舞台产生关汉卿。并不因为产生了伟大的作家才觉得剧场可贵，实因这种剧场程式的本身极富有最大的伸缩性。所以，我觉得一个历史剧的写作技术，包括里面的结构、分场、人物等，最好以莎翁或关某的作品为准则。"[④] 由此看来，中国话剧民族化的导师，是英国莎士比亚和中国元代的关汉卿。在中西方戏剧史之维，寻求中国话剧的民族化出路，使中国文化民族主义诉求具有现代性。这不同于解放区现代政治民族主义的民族形式，这是基于真正的民族性和现代性相融合的文化传统视角，兼具民族性与世界性。

中国现代话剧面向世界人民性与自身历史传统的民族化进程，在

① 陈白尘：《戏剧创作讲话》（1940），载《陈白尘论剧》，中国戏剧出版社 1987 年版，第 73 页。

② 成捷：《"送戏下乡"的实践》，《东南戏剧》第 1 卷 7、8 期合刊，1939 年 10 月。

③ 黄芝岗：《评〈话剧民族化与旧剧现代化〉》，《新演剧》复刊号，1940 年 1 月。

④ 杨村彬：《民族艺术之路——〈秦良玉〉之演出》，载周靖波主编《中国现代戏剧论——建设民族戏剧之路》上卷，北京广播学院出版社 2003 年版，第 312 页。

战时沦陷区颇具代表性。抗战时期，沦陷区的殖民教育和文化封锁，使取材于现实的中国文学创作受到很大限制，现实主义戏剧文学，只能在历史剧和外国名著改编上曲折地表达民族情感。尤其是外国剧作改编生成的“民族”话语，使中国话剧在更深广的民族情感上获得民族修合功能。

抗战时期，1931年以后的东北沦陷区、1937年以后的华北沦陷区和1941年以后包括上海“孤岛”在内的大片沦陷区，出现了职业化、商业化的“剧场戏剧”繁荣。据不完全统计，1942年职业剧团已达20个，到1943年、1944年进入兴盛期，报纸曾这样报道当时的盛况：“剧院林立，观众云涌，一二个好剧本上演，风魔万人，持久不衰”[①]，“投资有人，观剧有人，所以剧团的组成，剧本的演出，如春雨后的嫩笋一样地竞相茁长”，连银幕上的红星，“也都纷纷投身剧坛”。[②] 当时的剧作，描写日常生活、人情世态，鞭挞虚伪邪恶，或通过历史剧创作和外国名剧改编，隐晦表达民族情怀和爱国情感。常挑选契合现实民族情感和时代氛围的外国剧作来翻译、改编和演出，“借他人酒杯浇心中块垒”。不管是翻译，还是改编，戏剧艺术上的求精在于：在原作的基础上熔铸民族情感，作品的内容上对异邦文化进行同类母题转换，赢得读者和观众的民族认同。其“民族”化视角，是面向世界借鉴外国剧作的民族性和人民性传达中国自己的民族文化精神。这不属于解放区现实主义文学的民族性追求，而更多倾向于胡风的深化现实主义观。但是，由于沦陷区的政治封锁，几乎完全没有“五四”以来追求民主自由的政治民族主义诉求，只是文化民族主义的曲折表达和潜隐的民族解放愿望。所以，沦陷区的外国剧作改编，有别于解放区和国统区的外国剧作译介，其“民族”话语表现为沉潜于历史传统的现代转换。沦陷区外国剧作改编的再创作，虽消隐了解放区、国统区“民族”话语的激情，但在历史的与外国的、民族的与世界的交集中勾勒“民族”文化“图画”，不仅是戏剧

① 鲍谌和：《曹禺论》，《万象》第3卷第8期，1944年2月1日。

② 骁夫：《故都的剧坛》，《杂志》第12卷第1期，1943年10月10日。

艺术审美上的突破，更是民族情操前所未有的陶冶提高。这既是中国现代戏剧观念的现代化和民族化融合，又是中国话剧民族化与世界化的转轨。

沦陷区的戏剧繁荣与抗战话剧热相关，也与当时敌伪政权的政治、经济和文化封锁有关。沦陷区经济萧条，很多商人转行谋求出路，很多失业者卖艺求生存，商人和艺人们带来了商业性剧团和剧演的兴盛。沦陷区的文化封锁策略是：敌伪当局除了查禁宣传抗战的剧演，迫害进步的戏剧工作者之外，还出资成立剧团通过商业文化中的色情主题来占领文化市场，淡化民众抵抗情绪，瓦解民众斗志。1941年太平洋战争爆发后，沦陷区禁演欧美影片，敌伪政权手中的电影票房数极低，大量电影观众转向话剧，大大地促使了戏剧的勃兴。

当时众多剧团的演出需要大量剧本补给，可由于剧本审查严格，现实题材剧本又不敢演，一时出现了“剧本荒”。为了解决这个问题，回避政治查禁，编剧技巧成为跻身同行的首选，外国经典剧作的结构艺术和表现技巧是剧作者和导演必不可少的研讨课，经典剧目改编一时成风。尤其是“孤岛”——沦陷区上海的戏剧舞台上，涌现出大量世界名剧改编本，如李健吾根据法国萨尔都情节剧改编的《金小玉》和《风流债》，根据莎士比亚戏剧《麦克白》改编的《王德明》，根据席勒《强盗》改编的《山河怨》；柯灵、师陀依照高尔基《底层》改编的《夜店》；师陀依照安德列夫《吃耳光的人》改编的《大马戏团》；黄佐临依照英国巴里《可尊敬的克莱登》改编的《荒岛英雄》，依照匈牙利莫纳的《律师》改编的《梁上君子》等。“据统计，现代30年，共出版110种外国戏剧改编的单行本（包括个别重译本），抗战时期最为集中，1937—1945年共出版单行本79种，约占总量（110种）的72%。”[①] 改编剧目几乎都不同程度地涉及反侵略主题。改编者大都“利用原作的某一点，或者是结构，或者是性格，或者是境界，或者是哲理，然后把自己的血肉填了进去，成为了

① 参见贾植芳等《中国现代文学总书目》，福建教育出版社1993年版。

一个有性格而有土性的东西”[1]。“土性”的东西，正是改编后的“民族化”、“中国化”内容。为了消除民族、历史、风俗、习惯所造成的隔阂，改编者把原剧人物、故事“中国化”，并联系抗战现实和救亡情势，在民族化上寻求认同。当时上海戏剧舞台上，李健吾依据《麦克白》改编的《王德明》是成就最高的代表作。

第二节　战时文学“民族”意识的强化与推广

一、解放区文艺的“民族形式”论争

从文化层面来看，现代国家建构与构建文化同一性并行不悖。抗战时期，中国现代文学的“民族形式”论争，探讨和建构现代民族文化同一性，强化民族意识，与现代国家意识认同属于同一层面的话语体系，正如相伴马克思主义中国化而出现的解放区“民族形式”论争。1938年10月，毛泽东在中共中央六届六中全会所作的报告中指出：“马克思主义必须通过民族形式才能实现。没有抽象的马克思主义，只有具体的马克思主义。所谓具体的马克思主义，就是通过民族形式的马克思主义，就是把马克思主义应用到中国具体环境的具体斗争中去，而不是抽象地应用它。成为伟大中华民族之一部分而与这个民族血肉相连的共产党员，离开中国特点来谈马克思主义，只是抽象的空洞的马克思主义。因此，马克思主义的中国化，使之在其每一表现中带着中国的特性，即是说，按照中国的特点去应用它，成为全党亟待了解并亟须解决的问题。洋八股必须废止，空洞抽象的调头必须少唱，教条主义必须休息，而代替之以新鲜活泼的、为中国老百姓所喜闻乐见的中国作风和中国气派。”[2]“中国作风和中国气派”是“民族形式”的另一种表述而已。最初提出“民族形式”的是陈伯达，

---

① 李健吾：《〈大马戏团〉与改编》，艺光公演特刊之一《大马戏团》，1943年4月。

② 毛泽东：《中国共产党在民族战争中的地位》，原为《论新阶段》报告的第七部分，《解放》第57期，1938年11月25日。后收入《毛泽东选集》时对这段文字略有修改，参见《毛泽东选集》第2卷，人民出版社1991年版，第534页。

1938年5月陈伯达等人在一篇带有宣言性质的文章中明确指出："文化的新内容和旧的民族形式结合起来，这是目前文化运动所最需要强调提出的问题，也就是新启蒙运动与过去启蒙运动不同的主要特点之一。"[①] 这是从文化建设角度提出的"民族形式"，在毛泽东运用到马克思主义中国化阐释之后，形成了解放区独特的"民族"话语。最早将毛泽东有关"中国作风和中国气派"的观念与文艺上的"民族形式"问题关联起来的是柯仲平。1939年2月，他在一篇题为《谈"中国气派"》的短文中说："每一个民族，都有自己的气派。这是由那民族的特殊经济、地理、人种、文化传统造成的"，"最浓厚的中国气派，正被保留、发展在中国多数的老百姓中"，"国际主义的马克思主义应该中国化，其他优良适合的西洋文化也同样是应该中国化的"。[②] 柯仲平认为民族"气派"源自特殊的传统，存活在民间，马克思主义和西洋文化的中国化，就是将其改换为中国老百姓熟知的经济、地理、人种、文化。这样，建构现代国家的马克思主义中国化问题，就顺理成章地拓展到西洋文化民族化改造上来了。后来，周扬等人在延安率先组织文艺界进行民族形式问题大讨论，并且在《文艺战线》上组织出版"艺术创作者论民族形式"特辑，该辑共刊有冼星海《论中国音乐上的民族形式》、罗思《论美术上的民族形式与抗日内容》、萧三《论诗歌的民族形式》、柯仲平《论文艺上的中国民族形式》、何其芳《论文学上的民族形式》、沙汀《民族形式问题》6篇论文。编者按语是："下面是一个民族形式问题特辑，专请艺术各部门的几位创作者执笔的。因为是创作者，从事的部门又不尽同，所以都献出了各自的心得与独见。大家的意见，在对文艺民族形式之建立的积极主张上，是一致的。新文艺过去还民族化，中国化，大众化得不够，正因为不够，所以需要向这方面特别努力，这也是大家所共同承认的。自然，在个别具体问题上，还不免有意见上的若干差异，如在民族化的具体做法上，在对新文艺过去成就的评价上，在对旧形

---

① 陈伯达：《我们关于目前文化运动的意见》，《解放》第39期，1938年5月21日。

② 柯仲平：《谈"中国气派"》，《新中华报》第4版，1939年2月7日。

式及其可能利用的限度的估计上。这些问题是需要讨论的，更仔细更深入的，这样才能使民族形式问题的理论更为精密与坚实。”[①] 1940年，毛泽东《新民主主义论》用“民族形式”分析中国文化建设时说：“中国文化应有自己的形式，这就是民族形式。民族的形式，新民主主义的内容……就是我们今天的新文化。”[②] 从“文化的新内容和旧的民族形式”，到“民族形式的马克思主义”，再到文化的民族形式，到此，中国的文化民族主义与政治民主主义水乳交融，密不可分。政治上，抗战时期的解放区在国际共产主义视域，将马克思主义诉之于“民族”、“民族形式”、“中国化”，谋求共产主义运动的民族自主性，或者说，摆脱共产国际支配，使中国共产党成为一个具有独立自主权及相应意识形态的政党。[③] 解放区马克思主义中国化派生的新民主主义，成为中国共产党构建现代国家政治的核心，马克思主义中国化和西洋文化民族化而生成的新文化自成一体，血肉相融。“新文化”的民族化，更大意义上是落实新民主主义思想的大众化文化，在《延安文艺座谈会上的讲话》中，“毛泽东特别从作家思想情感转变这一关键问题上去解释新文学；历来关注的‘大众化’含义。在他看来，所谓‘大众化’，首先就‘化’在‘文艺工作者的思想情感和工农兵的思想情感打成一片’”[④]。

解放区“民族形式”强调民族情感认同的思想核心是新民主主义。凭借传统艺术形式承载现代国家意识，创作者应该摒弃自我小空间走向民间，将新民主主义的国家理念贯彻到大众化文艺中，即文化民族主义直接服务于政治民族主义。传统民族文化虽然在新民主主义民族国家构建中焕发了新的活力，却还是会因民间传统与现代官方政

---

① 《文艺战线》第1卷第5号，1939年11月16日。

② 毛泽东：《新民主主义论》，载《毛泽东选集》第2卷，人民出版社1991年版，第708页。

③ 参见汪晖《地方形式、方言土语与抗日战争时期“民族形式”的论争》，《汪晖自选集》，广西师范大学出版社1997年版，第344页。

④ 钱理群、温儒敏、吴福辉：《中国现代文学三十年》，北京大学出版社1998年版，第355页。

治上的隔膜而遭到扬弃。这既沿承了“五四”反封建的传统，又否定了“五四”以来的非马克思主义文学或不符合新民主主义需要的文学。看起来是为“工农兵服务”的大众化民族形式，实际上是为教育和改造“工农兵”服务，为现代国家构建服务。这反映到抗战剧运上，则是排斥异端，在政治高度挑拣外国剧作进行译介。

大约自1940年年初，在大后方“剧场戏剧”带动下，延安的戏剧舞台曾先后上演了《钦差大臣》、《大雷雨》、《蠢货》、《吝啬鬼》、《伪君子》、《马门教授》以及《雷雨》、《日出》、《北京人》、《蜕变》、《上海屋檐下》、《李秀成之死》等中外名剧。整风中又很快将“演大戏”、“关门办学”定性为错误倾向，同时提出“话剧民族化”，批评“左联”时期“话剧大众化运动”和“只注重描写大众的现实生活，而完全没有留心形式”的现象，认为现阶段的“话剧民族化”就是“要把方向转变到接受中国旧剧和民间遗产这上面来”[①]。当时延安文学界普遍认为，“民族形式”就是民间形式或传统形式，这使解放区文学赋予新文学以特殊的“寻根”意义，使民间形式在现代转换中焕发出新的活力，成为大众文化传播的有效形式。如1943年春节，鲁迅艺术学院的师生，组织了宣传拥政爱民、拥军优属的秧歌队，走上街头、广场，再次掀起“广场戏剧”高潮。民族传统所激发的活力，因为受制于政治民族主义内容，只能仰仗思想文化传播的需求而现身，却不能在文化民族主义方面启动更丰富多彩的传统资源。

二、国统区的“民族形式”论争

延安的“民族形式”论争，很快在国统区引起了反响。首先是向林冰的“民间形式是民族形式的中心源泉”说，他直接根据“大众化”的需求来谈民族形式，认为民间文学原属于大众，民间文学的形式是大众习见常闻的，而“五四新文学形式”是“缺乏口头告白性质”的“畸形发展的都市的产物”，是所谓“大学教授、银行经理、

---

① 张庚：《话剧民族化与旧剧现代化》，《理论与现实》第1卷第3期，1939年9月。

舞女、政客以及其他小‘布尔’的真切形式”，是不属于“民族形式”的新文学，只有“民间形式是民族形式的中心源泉”。① 与此观点针锋相对的是葛一虹的论述，他在《民族形式的中心源泉是所谓“民间形式”吗?》一文中指出：“抹煞‘五四’以来在新文学上艰苦奋斗的劳绩，责难它不大众化和非民族化，而所谓大众化和民族化形式的完成，只有到旧形式或民间形式里找寻。或者认为这样的追求至少要‘以民间形式为中心源泉’、为‘主导契机’等等是‘国粹主义’。旧形式虽现今犹是‘习见常闻’，实在濒临于没落文化的垂亡的回光返照。作为封建残余的反映的旧形式没有法子逃避其死灭的命运。新文艺在普遍性上不及旧形式，是不容讳言的。其原因，固然新文艺工作者不能全部卸下他的责任，但主要还是在于精神劳动与体力劳动长期分家以致造成一般民众的知识程度低下的缘故。而旧形式之所以能激发观众和读者的原因也在此，所以，目前我们迫切的课题是怎样提高大众的文化水准，而不是放弃比旧形式‘进步完整’的新形式，降低水准的从‘大众欣赏形态’的地方利用旧形式开始做什么，而是继续了‘五四’以来新文艺艰苦斗争的道路，坚决地站在已经获得的劳绩上，来完成表现我们新思想新感情的新形式——民族形式。而这样的形式才是真正的新鲜活泼为老百姓喜见乐闻的中国作风和中国气派。”② 胡绳对此表示认同，认为“旧形式实在就是农民的文艺形式，但是若认为从这样的形式中就能自发成长出完满的民族形式，那是民粹主义的观点”③。许多人不满意两种观点的片面性，折中两派观点综合阐释“民族形式”，如叶以群说：“我以为民族形式底创造应该以现今新文学多已经达到的成绩为基础，而加强吸收下列三种成分：（一）承继中国历代文学底优秀遗产……（二）接受民间文艺底优良成分……（三）吸收西洋文学底精华，以丰富自己，

① 参见向林冰《论“民族形式”的中心源泉》，《大公报》1940年3月4日。

② 葛一虹：《民族形式的中心源泉是在所谓“民间形式”吗?》，《新蜀报》1940年4月10日。

③ 胡绳在“文艺的民族形式问题座谈会”上的发言，《新华日报》1940年7月4日。

完成自己。”潘梓年则说：“民族形式不是利用旧形式”，而是“应当吸收它的优点”，“把它粉碎了消化了创造新的民族形式”。文艺的民族形式是文艺运动的进一步发展，所以不会把过去努力的成果放弃，无疑是要去吸收的。民族形式的创造，“中心是在研究遗产、接受遗产”。①

国统区“民族形式”的论争集中于对文化民族主义的探讨，是对民族传统文化的再认识，对“五四”以来新文学传统的反思。论争焦点是，是否对民族传统文化资源估计不足，是否高估了“五四”新文艺传统与古旧的民族文化传统之间的冲突。实际上，传统再挖掘源自客观现实需求，在探究民间文化艺术形式时，依然以社会现实研究为前提。正如黄芝岗说：“我们不能把民族形式单看作一种新文艺的手法或体裁，而应该注意他的波澜壮阔的内容，血淋淋的现实。我们只有根据这才能寻出文艺的新形式。”② 郭沫若的《“民族形式”商兑》，从比较文学的影响接受和古今中外纵横捭阖的角度，进一步阐发了现实性、现代性和民族性的关系，他说：“‘民族形式’的提起，断然是由苏联方面得到的示唆。苏联有过‘社会主义的内容，民族的形式’的号召。但苏联的‘民族形式’是说参加苏联共和国的各个民族对于同一的内容可以自由发挥，发挥为多样的形式，目的是以内容的普遍性扬弃民族的特殊性。在中国所被提起的‘民族形式’，意思却有些不同。在这儿我相信不外是‘中国化’和‘大众化’的同义语，目的是要反映民族的特殊性以推进内容的普遍性。……无论是思想，学术，文艺或其他，在中国目前固须充分吸收外来的营养，但必须经过自己的良好的消化，使它化为自己的血、肉、生命，而重新创造出一种新的事物来，就如吃了桑叶的蚕所吐出的丝，虽然同是纤维，而是经过一道创化过程的。……民族形式的中心源泉，毫无可议

① 参见秀沅整理《文艺的民族形式问题座谈会》，载《文学月报》第1卷第5期，1940年6月15日。

② 参见田汉记《戏剧的民族形式问题座谈会（中会）》，载《戏剧春秋》第1卷第3、4期，1941年2月、7月。

的是现实生活。今日的民族现实的反映，便自然成为今日的民族文艺的形式。它并不是民间形式的延长，也并不是士大夫形式的转变，从这两种遗产中它是尽可以摄取营养的。……不要以为用外来语便是'欧化'，其实中国话中有不少的外来成分，在目前国际洞达的时代，彼此的言语和交流是使国语充实的一个契机。文艺家不仅要活用国语，而且要创造国语……世界伟大作家的遗产，我们是更当以加倍的努力去接受，我们要不断的虚心坦怀的去学习，学习他们的方法，怎样取材，怎样表现，怎样剪辑，怎样布置，怎样造成典型，怎样使作品浑然一体。"[①] 这段论述中，现代性的意义是"反映民族的特殊性以推进内容的普遍性"中的"内容"，民族性与现代性都只限于艺术形式中的语言技巧，这与解放区毛泽东对"民族形式"的阐述类似，但却在文化民族主义内涵上延续了"五四"新文学传统，认为"民族形式"论争是文化民族主义建设中现代性与民族性在民族压迫的特殊历史背景下的再次碰撞与激活。

温儒敏认为，抗战时期的"民族形式"论争，"实际上是为了调整新文学作家与读者的关系，为了从形式大众化入手，重视民间形式的利用，追求形式大众化，更好地适应新的读者的需要。抗战以后，因为读者层已经由或正力争由原来的小资产阶级圈子，扩展到一般文化水准较低的其他阶层，作家和读者之间的思想意识和审美观念、习惯等存在着较大的差异性。本时期作家的创作肩负着动员和教育读者的任务，形式上就要求能充分'顺应'读者，甚至'迎合'、'迁就'读者较低层次的审美趣味和习惯，而这种审美趣味是与'旧形式'相联系的"[②]。适应读者需要，也是民族、民主解放斗争的需求，只停留于"形式"如何服务于内容的探讨，对战时文学的民族性认知是难以深入的。当时对"民族形式"的思考超越于形式探究的是胡风，他汇聚了解放区和国统区的"民族"化问题，强调"现实的突进"，认为民间的、传统的、生活的是内容和形式的聚合体，创作者

---

① 郭沫若：《"民族形式"商兑》，《大公报》1940年6月9—10日。

② 温儒敏：《新文学现实主义的流变》，北京大学出版社2007年版，第158页。

的“主观精神”是首要的，主张顺着鲁迅所开辟的“五四”文学发展道路，去深化新文学传统，既修复其民族性缺失，又不偏向民族一隅关闭新文学以来的世界文学窗口。

第三节 《麦克白》“民族”化的修复功能

戏剧，作为抗战宣传最强有力的传播媒介，在战时“文学”的民族化讨论中最受重视。新文学以来，中国剧运的“民族”化之旅从未间断，战时一时成为“民族化”研讨的热点。不管是国统区、解放区还是沦陷区，戏剧民族化迅速推进，如解放区的大众化戏剧运动、国统区的历史剧热、沦陷区的外国剧作改编等。其中，能够在世界文学视野中，修复新文学的民族性缺失，深化新文学传统的外国剧作译介，当属沦陷区的外国剧作改编更具代表性。沦陷区的外国剧作改编在更为深广的文化民族主义方面体现了“民族”化的修复功能。改编本中的经典作品是李健吾对《麦克白》的改编——《王德明》。

戏剧艺术的空间和时间转换，靠中断动作来换幕或场。剧本场幕是剧演时间和空间变换的必要手段，也是情节发展中的必要停顿，对强调主题、强调人物的思想活动、加强戏剧气氛，都有不可忽视的作用。《麦克白》五幕二十七场，《王德明》是六场。《王德明》只是塑造了对应《麦克白》的主要人物：邓肯—王熔，麦克白—王德明，班戈—符通等。而辅佐王子讨伐的麦克德夫既对应李震，又对应符习。王子命运也有所变动，《王德明》插入了《赵氏孤儿》的部分情节。相对《麦克白》，李健吾减除了出场的次要人物和部分人物独白，同时又依循中国传统戏曲的分场来结构全剧，虽比原剧情节结构显得更为紧凑，但剧中“莎士比亚化”的历史背景和富有哲理高度的人性探讨却被筛检很多。西方戏剧的幕接近于中国传统戏剧的场，《王德明》之所以不是五场，是因为将独孤秀与巫婆的占卜和王德明夫妇的预谋从原剧的第一幕中分离出来做了第二场，其余场次皆对应《麦克白》的幕次。第一幕都是战争背景中充满了惊慌和鬼气的荒野，最后一幕都是主人公麦克白和王德明（张文礼）的覆灭。李健吾剪除了

《麦克白》的枝蔓，将中国五代时期的历史人物植入故事主干，通过人物紧张恐惧中的思想感情活动，既唤醒了抗战背景中读者和观众的民族意识，同时又因莎剧自身的丰富性，使中国传统戏剧的人物刻画和戏剧气氛营造艺术得以提高，使其在民族性和现代性上互为修补，实现了高度融合。

《麦克白》是取材于霍林谢德《编年史》的一部历史悲剧，风格与莎翁其他历史剧不同：它迅捷、简明，行动沿着一条线索直指最后结局，没有多个情节的穿插交替；它凝练、集中，舍弃了广阔的社会背景，将视点落在麦克白夫妇的感情和心理活动上，减少了事件和问题追问。这非常符合中国观众和读者追求情节的叙事模式和关注人物情感的审美心理。但是，中国接受者不喜欢过多地琢磨人物心理，认为心理活动无关宏旨，即独白或旁白显得多余，除非心理活动本身极富戏剧性。因此，李健吾对人物独白、旁白和对话中与行动无关的台词进行了再加工，力求使其通俗和符合民族语言特点。实际上，这与经典原著并不冲突。“伊丽莎白时代的戏剧几乎都是世俗的戏剧；莎士比亚在写作的时候，实际上只把他的视力局限于非神学的观察和思想的世界，因此，不论他所写的故事基于基督教以前的时期，或是属于基督教的时期，他表现这个世界的时候，大体上是使用同一个方式。他观察这个‘世俗’的世界，是最专注的和最认真的，我们不能不得出结论说，他描绘这个世界，是完全忠实的，丝毫不想硬加上自己的意见，而且根本上不注意任何人的希望、恐惧或信仰。”① 这使得其剧作具有通俗性、普世性和民族性。

改编外国作品，首先遇到的是不同民族、历史、风俗、习惯，不同的思想感情表达方式等问题。若改编不背离原作精神，又浑然天成，改编者必须具有较高的艺术修养来对原著进行民族语言转换。李健吾作为一位优秀的剧作家、文学评论家和翻译家，对《麦克白》语言诗意的民族性转换，主要表现在浓烈的戏剧氛围和叙事节奏方

① ［英］布拉德雷（A. C. Bradley）：《莎士比亚悲剧的实质》，曹葆华译，载杨周翰编选《莎士比亚研究资料》下编，中国社会科学出版社1981年版，第38页。

面，这从《王德明》的戏剧场景设置可以看出。“场景的基础，就是人同世界（归根结底同社会）的关系，就是人在悲剧中如何经受得住考验和走向毁灭，达到完善和被命运折磨得支离破碎之间的统一的方式。”“场面的氛围通过对话表现出来的图像的本质以及他们集中地表现出来的心灵运动直接归于一个概括的整体之中。与现代戏剧《野鸭》、《樱桃园》、《生不逢时辰者的月亮》的‘先验性’的情感综合不同，莎剧场面的戏剧综合是一种由事实归纳出来的综合。它是由单一独立的个体之间相互作用而建立起来的。”① 中国接受还停留在莎剧的场面综合阶段，对于西方现代戏剧中“先验性”的情感综合还比较陌生，容易产生误读。而针对事实归纳出来的综合，李健吾参照莎剧，成功地实现了戏剧场面的移植。如第二场独孤秀对王德明的劝告：“你的脸就像外面的天，是风是雨，一望而知。放平你的脸，摊匀你的皱纹，别让人看出你心里有事。一时有一时的花样。一脸的笑，一嘴的蜜，花就像满园的花，迎着遍地的春光，可是暗箭就像蛇，藏在叶稠花密的地方。”② 而麦克白夫人在类似情景中对麦克白所说的台词是：“您的脸，我的爵爷，正像一本书，人们可以从上面读到奇怪的事情。您要欺骗世人，必须装出和世人同样的神气；让您的眼睛里，您的手上、您的舌尖，随处流露着欢迎；让人家瞧您像一朵纯洁的花朵，可是在花瓣底下却有一条蛇潜伏。”（参见朱生豪翻译的《麦克白》）与《麦克白》第一场中麦克白夫人的劝告相比可发现，李健吾对莎士比亚式比喻转换的民族语言特征是“口蜜腹剑”或“笑里藏刀”，毒蛇藏于花下的比喻完全来自莎剧，但台词读起来比原文短促，节奏感更强，带着诗的节律，既符合莎剧的诗性特点，又不失中国传统戏剧台词曲律性特质。

这样极富民族特色的台词转换，对于李健吾来说还不是最见艺术

---

① ［匈牙利］卢卡契：《戏剧和戏剧创作艺术中有关历史主义发展的概述》（1945），殷宝书译，载杨周翰编选《莎士比亚研究资料》下编，中国社会科学出版社 1981 年版，第 490—491 页。

② 李健吾：《李健吾剧作选》，中国戏剧出版社 1982 年版，第 436 页。

功力的。对《麦克白》杀人前迟疑中的幻觉场景的移植，才最能体现李健吾的艺术心境。王德明看见宝剑的幻觉是：“什么亮晃晃的在我前面？不是一把宝剑？剑柄冲我，要我去握。过来，我就握你。我握了一个空，不过，我看见你，你亮晶晶的还在放光……你闪，你动，我仍然看见你，噢！还有血，点点滴滴，新染上你的刃，你的柄。不会，不会是真血，要杀的人还没有杀，要流的血还没有流。全是我心里的鬼把戏，——鬼！这黑黑的夜晚真是鬼的天下，人全睡了，宇宙昏沉沉和死了一样，只有荒山的饿狼，尖鼻子，老远闻见死人的气味，好像阴曹地府的牛头马面，轻轻放下脚步，悄悄到阳世来做一趟可怕的生意。（惊觉）什么响？我把你这硬壳子砖地！你就行行好，装一次聋，做一次哑，把我的脚步瞒一个实实在在。（钟声紧促）”这与麦克白看见刀子在面前摇晃着的幻象几乎毫无出入：“在我面前摇晃着、它的柄对着我的手的，不是一把刀子吗？来，让我抓住你。我抓不到你，可是仍旧看见你。不祥的幻象，你只是一件可视不可触的东西吗？或者你不过是一把想象中的刀子，从狂热的脑筋里发出来的虚妄的意匠？我仍旧看见你，你的形状正像我现在拔出的这一把刀子一样明显。你指示着我所要去的方向，告诉我应当用什么利器。我的眼睛倘不是受了其他知觉的嘲弄，就是兼顾了一切感官的机能。我仍旧看见你，你的刃上和柄上还流着一滴一滴刚才所没有的血。没有这样的事，杀人的恶念使我看见这种异象。……坚固结实的大地啊，不要听见我的脚步声音是向什么地方去的，我怕路上的砖石会泄漏了我的行踪，把黑夜中一派阴森可怕的沉寂打破了。我正在这儿威胁他的生命，他却在那儿活得好好的；在紧张的行动中间，言语不过是一口冷气。（钟声）”（朱生豪译）

李健吾理性平静地将《麦克白》场景置换为中国历史场景时，既阐扬了莎剧的普世性，又激活了中国传统文化的审美心理和济世救民的儒家精神。天人感应的道家思想，因果报应的大团圆结尾，是中国观众再熟悉不过的，在《王德明》中却只是用来营造戏剧气氛，而不被当作传统戏曲中的主题和宿命性结局。王德明不说“幻象”，而说“鬼”，这契合了中国人“做贼心虚”、“鬼鬼祟祟”、“心怀鬼胎”

的心理表述。同时运用阴曹、阳世和饿狼、牛头马面这些老百姓迷信的恐怖意象代替了淫乱神塔昆。这与李健吾将西方女巫的直接预言归化成中国的巫婆扶乩及“九天玄女娘娘”显灵一样，这样的民族性转换丝毫无损于原剧的戏剧性效果，却弥补了中国传统戏曲和中国现代话剧以人物性格心理推进情节发展的单一模式之不足，丰富了营造戏剧氛围的艺术手法。所以，从李健吾对《麦克白》的改编来看，他通过世界名著的艺术成果激活传统文化艺术，在修复话剧民族性过程中彰显了现代性。

“悲剧世界中的最终力量是一种道德秩序。”①《麦克白》的悲剧性在于内在自我道德责难和外在道德谴责的双重压力下，内心的惊悚恐慌与镇伏了无穷的狂欢精神的呈现。莎翁之所以通过大量独白展示麦克白的内心矛盾冲突，目的不在于对谋杀进行道德谴责，而是揭示人自身与社会的冲突，在哲理高度追问人类该如何实现自我和自我实现的痛苦折磨与覆灭。麦克白不管如何坚信自己的力量和预言，最终还是无法战胜道德秩序的力量。布鲁克因此称其为“悲剧的伟大主角”②。

抗战剧目多是英雄救世题材，《王德明》公演时曾被命名为《乱世英雄》，虽有吸引观众眼球的商业炒作之嫌，但麦克白既有“悲剧的伟大主角”之称，麦克白式的“王德明”被命名为“英雄”也就不算过。然而，这又不符合中国历史的英雄标准，中国英雄大多是舍生取义、杀身成仁或精忠报国的忠臣良将，而不是弑君篡位的叛逆贼子。王熔尽管贪图享乐、贪生怕死，是不辨是非恩怨的昏聩君王，王德明的作为依然不能算作英雄义举。在王德明与独孤秀的对白中，虽然提到过“王侯将相宁有种乎”的谋杀缘由，但按照中国传统伦理，他依然不可能被授予“英雄”称号。但是，王德明敢于对抗和挑战现有秩序的勇气和镇伏无穷的狂欢精神，对于当时身处奴役和压迫之

① ［英］布拉德雷（A. C. Bradley）：《莎士比亚悲剧的实质》，曹葆华译，载杨周翰编选《莎士比亚研究资料》下编，中国社会科学出版社 1981 年版，第 46 页。

② ［英］布鲁克斯（Cleanth Brooks）：《赤体婴儿和英雄外衣》（1949），殷宝书译，载杨周翰编选《莎士比亚研究资料》下编，中国社会科学出版社 1981 年版，第 362 页。

下的沦陷区人民来说，是当之无愧的英雄。而二号人物，李震和符习奋不顾身地扶持王室推翻暴政的行为，则完全符合观众心目中的英雄形象。

抗战时的沦陷区是群魔乱舞的白色恐怖。《王德明》的第四幕第五场，类似《麦克白》中麦克德夫和马尔康的会合，写了李震与符习的会面，这是正义之师讨伐暴君的会师。二者共同的特点是声讨暴政的血腥，召唤英雄举事。《麦克白》第四幕第二场和第三场的时代氛围描述是：

洛斯：现在这种时世太冷酷无情了，我们自己还不知道，就已经蒙上了叛徒的恶名，一方面恐惧流言，一方面却不知道为何而恐惧，就像在一个风波险恶的海上漂浮，全没有一定的方向。（第二场，朱生豪译）

麦克德夫：我们还是紧握着利剑，像好汉子似的卫护我们被蹂躏的祖国吧。每一个新的黎明都听得见新孀的寡妇在哭泣，新失父母的孤儿在号啕，新的悲哀冲上霄汉，发出凄厉的回声，就像哀悼苏格兰的命运，替她奏唱挽歌一样。（第三场，朱生豪译）

《王德明》类似《麦克白》的恐怖气氛描述是：

李震：张文礼把杀人当儿戏，杀人是他治国平天下的经纶。白天闹市好像一片坟地，夜晚你听见四处传来哭号的声音。城门封锁，乡间的吃食进不了城，城里的居民下不了乡，有钱的没有了粮，没有粮的一天一天等着饿死。……他拿死来封人民的口。我告诉你，口虽不言，肚子里面全有一颗心。心不服，十个暴君也没有用。他杀人，正因为他怕，什么也怕，是活着的东西他就不放松，觉得全要替死去的人报仇。出门带着上千的弓箭手，箭在弦，弓在手，随时全好放射。一万个屈死鬼里面有一个不屈，他就要九千九百九十九个奉陪。那勇猛的视死如归的王德明随着他的义父死了，剩下一个空壳子，交给张文礼这个莽撞的草包，篡了位，得了意，和狐狸一样多疑，样样东西变成他的杯弓蛇影，风声鹤唳。……将军，这个吸血鬼疯狂了，你不除他，他会吸尽天下人的血……行军司马尽管带兵来讨伐，全城的男女老幼会是你的内应，全城的男女老幼会把你们当作天神。①

这些台词都是对正义、正人君子、英雄和爱国主义者的呼唤。《王德明》的描述比《麦克白》更为细致，根据史料②可发现此段的描述正是20世纪40年代上海沦陷区的真实情景。

“戏剧是处理观念最恰当的工具。观念总是某些人的观念。而人们又在具有其他观念的人中间活动着。在真理或环境的影响下，人们可能选定一种观念，也可能抛弃另一种观念。我们注视着一种观念和一个人的发展，人在推动观念，观念也在推动人。观念是人物的一部分，人物是情节进程的一部分，我们这样描述人们存在时，也就等于描述戏剧的形式。”③ 呼唤民族英雄，拯救国民于水火的“天神”，是《王德明》一剧的观念，它借外喻中，借古喻今，以隐喻方式传达民族情感和道德理想。《王德明》借助史料和外国剧作的改编，通过适当准确的民族语言和民族形式转换，真实地再现了历史现实，真实地诠释了抗战背景下的民族情绪和自我意识的集体认同，即对民族国家的忠诚。因为对正义、善良、美德的渴望与民族解放和祖国强盛联系在一起，所以，祖国的沦丧才会出现恐怖和邪恶的肆虐。

“在莎士比亚所有的伟大人物形象身上，社会行动、社会命运都完全溶化到个性的伦理道德的实体之中，它只是作为个性或个性的表现方式而出现的。”④ 李健吾充分借鉴了这一点，但王德明内心的情

① 李健吾：《李健吾剧作选》，中国戏剧出版社1982年版，第471—472页。

② 如郑振铎《蛰居散记》，福建人民出版社1982年版。

③ ［英］丹比（John. F. Darby）：《两种自然》（1949），殷宝书译，载杨周翰编选《莎士比亚研究资料》下编，中国社会科学出版社1981年版，第226—227页。

④ ［匈牙利］卢卡契：《戏剧和戏剧创作艺术中有关历史主义发展的概述》（1945），殷宝书译，载杨周翰编选《莎士比亚研究资料》下编，中国社会科学出版社1981年版，第490页。

感斗争没有像麦克白那样繁复和模糊，王德明频频引经据典拿历史和“天意”作为自己行为的伦理依据。实际上，他的历史观并不符合中国传统道德观，以李震、符习为代表的观念才属于中国传统儒家精神。全球语境中的文化民族主义常常牵涉宗教观念。在《麦克白》中，从人物内心的罪恶感诠释了上帝救赎观念的宗教道德力量。《王德明》中，李健吾却用儒家精神，如“君子笃于亲，则民兴于仁；故旧不遗，则民不偷”，恢复传统道德秩序或通过儒家传统的现代转换再建伦理秩序。《王德明》中的占卜、佛像、经典古籍和历史典故，以及天人感应的预兆、天意和鬼魂等，极富中国民间的宗教迷信色彩，也符合孔孟之道的道德伦理观。这不同于“为工农兵服务”的解放区大众化运动，也不同于国统区“民族形式”实践。针对沦陷区的文化围剿和殖民政策，创作者找到民族文化认同的根基是首要的。只有这样，才能在民族情感上产生共鸣，实现文化突围。

在抗战时期，民族救亡与人民革命，构成了时代的两大主题，其中民族主义的政治诉求尤为突出。“民族主义首先是受到伤害的社会做出的反应”，其主要特征是“受伤害的文化自豪感与一种哲学和历史幻象结合在一起，试图消弭伤痛并创造一个反抗的内在中心”。[①]“民族形式”的文学创作是组成这个反抗中心的一部分，“文学”的民族主义之于民族语言、生活题材与浪漫精神理想的展望，是“保国保种”的重要组成部分之一。《王德明》对《麦克白》的改编，正是借助外国剧作译介和史料，通过民族语言的转换，历史与现实的对接以及对英雄救世的展望，来对抗沦陷区的民族伤害，修复民族伤痛的再创作。

《王德明》演出的成功使它的影响延伸到几十年以后。1945 年，导演黄佐临将它搬上上海辣斐大戏院（今长城电影院）的舞台，40 年以后，黄佐临又将《麦克白》改编为昆曲《血手印》，演出再次引起轰动，并在前往英国演出时获得一致好评。

---

① ［英］伯林：《反潮流：观念史论文集》，冯克利译，译林出版社 2002 年版，第 416—417 页。

第四章

“家园”的抒情性功能

1938年10月武汉失守后，抗战进入相持阶段，整个时代情绪、社会心理为之一变，正如诗人臧克家所言：“热情凝固了，幻想破灭了，光明是远了，代替了这些是新的苦闷和郁悒。”① 抗战文学中高亢的乐观战斗精神锐减，开始对文学创作的社会性、时代性和倾向性进行冷静审视，相继出现了“‘文艺大众化’问题，‘抗战无关’问题，‘暴露与讽刺’问题，‘民族形式’问题，‘主观论’及‘生活态度’论问题等”的论争②。这些争论，集中于反思文学的政治倾向性，再认识文学的审美性和真实性。钱理群认为这个时期是“整个民族，特别包括中国作家在内的知识分子，开始了认真的思考：既对于现实，对于历史，以及对于自身的反思，显示了从未有过的广度与深度，又是与对象拉开一定距离的审视，不仅具有历史的高度，而且表现出理性的清明力量，这种交织着孤独、寂寞与喜悦的沉思状态，既保持着探索的热情，又滤去前一个时期难免的浮躁之气，从根本上说，是一种真正的学术的与文学的氛围”③。

回顾抗战前后，外国文学译介出现了规模式运动。1945年，茅盾总结性地介绍那个时期的外国文学作品译介情况：“介绍世界名著的工作由来已久，可以说，自从五四以来，系统地翻译古典作品的呼

---

① 臧克家：《我在民族革命的战场上的歌唱》，载《国统区抗战文学研究丛书·诗歌史料选》，四川教育出版社1989年版，第333页。

② 蔡仪：《中国抗日战争时期大后方文学书系·序》（理论），载林默涵、曹禺主编《中国抗日战争时期大后方文学书系》（理论），重庆出版社1988年版，第3—10页。

③ 钱理群：《大小舞台之间——曹禺戏剧新论》，北京大学出版社2007年版，第139页。

声不曾间歇过，而事实上也已有了若干卓越成绩了，虽然还不能说是怎样有系统的。但是，这一工作之成为一种风气，乃至隐隐成为一种运动，却是近年的事。到现在，这一风气还是蓬蓬勃勃地，大部的译作正在陆续问世，而一作数译亦屡见不鲜。”① 在抗战文学一时冷却之时，外国文学译介热却再次来临，新文学与外国经典作品在民族化和大众化上的相生共融，提升了新文学的现代品格。

由于契诃夫现实主义戏剧，此时与中国接受者产生了情感共鸣，其作品译介出现了强劲势头。他的五部多幕剧被先后介绍过来后，很快就出现了多种版本。《海鸥》有 1940 年 4 月上海世界书局出版的芳信译本；1944 年 2 月重庆南方书馆出版的胡随译本。《凡尼亚舅舅》有 1940 年 7 月上海世界书局出版的芳信译本；1944 年 9 月重庆文化生活出版社出版的丽尼译本。1942 年 9 月重庆文林出版社出版曹靖华的《三姊妹》译本，1945 年 3 月重庆文化生活出版社也出版了同一译本。契诃夫《樱桃园》是此时译本最多的剧目，1939 年上海海燕出版社出版俞狄译本；1940 年上海文化生活出版社两次出版满涛译本，1944 年 1 月重庆文化生活出版社又再版；另外，还有芳信译本在 1944 年 11 月由上海世界书局出版，焦菊隐译本在 1943 年由重庆明天出版社出版。加上 1921 年耿式之翻译的《樱桃园》和 1946 年 7 月由昆明小民出版社出版的梓江译本，《樱桃园》在现代文学时期共有六种译本。《樱桃园》与夏衍剧和曹禺剧创作共生的“家园”抒情性，具有战时中国的“家园”象征功能。

第一节　中国剧创作与《樱桃园》的“家园”抒情性

中国传统文学一直以超越政治的审美追求而处于社会边缘。契诃夫自觉地将美学价值置入政治倾向之上，在作品中追求一种纯粹的美学超越，其创作既有现实主义特色，又有现代主义因素，这对于既有传统文学积淀，又有现实主义、现代主义追求的新文学作家来说，极

① 茅盾：《近年来介绍的外国文学》，《文哨》第 1 卷第 1 期，1945 年 5 月。

易产生情感共鸣。“情感上的亲近，艺术精神的某种相通，使得不同的文学流派、不同的文学主张的中国作家都有可能从契诃夫那里借鉴艺术样式和审美形态。”[①] 抗战时期，在反思文学政治倾向性，加强现实主义审美追求的话语背景下，契诃夫剧作的现实主义创作技巧和审美风格对当时的中国作家产生了很大影响。

抗战的特殊环境，使历史现实生活深处沉睡的民族意识和传统文化，在内外交困之际，在抗战激情勃发之时，浮出了历史地表。文学艺术反映现实的力度和深度在此时都得到了强化。重新审视艺术反映生活的真实性，反思中国现实主义发展中政治思想的倾向性，成为抗战相持阶段再塑文学审美品格的首要任务。《樱桃园》中所体现的现实主义力度和深度，深受该时期剧作家的喜爱。《樱桃园》的现实主义力度表现在，把家族的倾覆、时代的变迁置于平淡的生活叙事，在人物行为的点滴细节和对话中提供人物情感的线索。其深度表现在，围绕樱桃园易主事件，通过并列的多层次人物关系、人物情感的集中展示，使樱桃园的寓意变得丰厚，同时因为生活自身的彼此交错，作者使用独特的反讽叙事所造成的喜剧效果又使剧作的思想性获得进一步升华。

《樱桃园》的中国接受有两个方面，一是处理题材的现实主义技巧，二是人物日常生活困顿所产生的忧郁。这两方面与抗战时期知识分子的生命立场、文化立场、民族立场相关。“中国现代文化到（20世纪）40年代已发展到了一个需要总结的关键时刻，经由个体生命和民族生命的双向挤压、滋养，是经典诞生的不可或缺的条件。基于对生命的热爱和尊重，文化创造才能达到深刻人性的向度；而以文化立场为基点的民族主义、爱国主义又使其民族立场不至蹈空，而立于坚定的创造基石之上；以生命立场和民族立场‘双星拱卫’的文化创造，既有个体生命张扬、诗意盎然的一面，又有民族战胜血雨腥风

① 刘研：《契诃夫与中国现代文学》，上海社会科学院出版社2006年版，第92页。

中哀婉悲壮的一面。这就得他们的文化创造获得了相当宽广的包容量。”① 抗战相持时期，文学艺术家凭着自我生命感悟和对民族传统的意会，以前所未有的真诚走进民间，把他们生活中的细节和琐碎写进作品，搬上舞台。在内忧外患的战时背景中，中国广大民众既面临着物质需求的愁苦，又面临着精神压抑的苦闷。中国作家笔下人物的郁闷不同于俄罗斯贵族、知识分子的忧郁，他们首先是面对物质贫困的烦闷与无奈。“樱桃园”拍卖虽然也有经济原因，但感到惆怅的仅是充满诗意芬芳的樱桃园难逃被砍伐的厄运，而中国这些郁闷之人，在物质匮乏的困苦中没有诗意感伤，作者之所以反映他们真实的生活情状，是让处于同样境地的读者和观众集中看到自己生活的悲苦，同情人物，并反躬自省，为未来的理想社会而奋斗。因此，契诃夫剧中的多层次人物，中国读者倾向于具有改变现实能力和拥有改变现实理想的人物。

因此，《樱桃园》的中国接受偏向于对新生阶级代表人物的解读，如对罗巴辛的解读，夏衍类比为“老百姓”。抗战时期，老百姓生存艰辛，尤其是到了相持阶段，整个社会处于停滞状态，上层阶级在大厦将倾之际醉生梦死，下层百姓在即将崛起之时苦苦挣扎，抗战初期同仇敌忾的民族革命热情渐渐淡去，新旧阶级意识越来越对立。20世纪30年代兴起的左翼“无产阶级文学”，此时扩充为“老百姓”文学——所有遭受压迫人们的文学。这些被压迫者们无可奈何地挣扎着，苦恼着，正如“契诃夫笔下的人物，他们哭着，叹息着，苦笑着……”② 如《北京人》（曹禺著）中的愫方、曾霆、曾文清；《上海屋檐下》（夏衍著）的黄家楣、林志成、赵振宇；《寒夜》（巴金著）中的汪文宣和曾树生，等等。这些“契诃夫式的忧郁人物”造就了现代文学经典。

曹禺、夏衍、巴金等都曾经说过契诃夫对他们创作的陶染。他们

---

① 姚丹：《西南联大历史情境中的文学活动》，广西师范大学出版社2000年版，第27—28页。

② 巴金：《谈契诃夫》，平明出版社1955年版，第47页。

基于个人生命立场，共同选择了契诃夫的抒情特性，表现了那个特定时代的精神烦闷和物质困苦，同时也像契诃夫一样“哀而不伤”，并不放弃对未来的希望，给作品的沉郁哀怨一抹未来的亮色。曹禺和夏衍的剧作虽有沉重和压抑气氛，可他们却认为自己的作品是“喜剧”，而不是“悲剧”。曹禺说：“《北京人》是喜剧，因为剧中人物该死的都死了，不该死的继续活下去，并‘找到了出路’。”[①] 夏衍也曾强调自己的“小市民”戏剧“大都是写于忧郁时代”的“喜剧”[②]。依他们的观点可看出，“喜剧”特征指的是忧郁情绪的调和和化解矛盾的结局。他们与契诃夫喜剧的不同点在于，站在弱势群体立场，把人物安放在较为明确的未来设想之中，通过再现现实之困顿唤醒他们沉睡的心灵，鼓励他们行动。这类似萧伯纳剧，但并没有舍弃契诃夫剧再现生活细节的技巧和“哀而不伤”的抒情风格。

契诃夫现实主义戏剧的抒情成分超过社会分析批判。他并非是回避社会现实，而是超越了现实政治的集团性和道德的庸凡常伦，立足于人的内心需求与整个庸常环境无迹的、潜在的、心灵的冲突，激起读者和观众内心深处的律动。所以，“契诃夫自有他的深刻处，……学是学不像的，中国也演不出来，就是演得出，也没有人看”[③]，在戏剧方面，只有传统文化积淀沉厚，对戏剧或俄苏文学有大量积累的剧作家和作家才能得其神韵，曹禺和夏衍就是代表。

第二节　夏衍剧作的“家园”抒情性功能

在现代文学史上，夏衍是一位深受俄苏文学影响的剧作家。他对俄国文学的中国阐释是：“俄罗斯人民大众在沙皇的专制政治和地主贵族的暴压下正苦痛呻吟而开始觉醒挣扎的时候，西欧已经是资本主

① 曹禺：《论戏剧》，四川文艺出版社1985年版，第185页。

② 夏衍：《小市民·后记》，载会林、绍武编《夏衍剧作集》第1卷，中国戏剧出版社1984年版，第392页。夏衍1940年作于桂林。

③ 田本相：《曹禺传》，十月文艺出版社1988年版，第279页。

义全盛时代了。对于暴政的反抗，对于愚昧的嘲讽，对于贱民的悲悯，庄园文化的没落，市民阶级的抬头，这是当时俄罗斯特有的社会条件。而从这一切社会现象来观察，和西欧各先进资本主义国家比拟起来，无疑的，俄罗斯民族的苦难与悲喜，是更多与更真切地接近于落后的亚细亚人民大众的。十九世纪俄罗斯文艺真实而严肃地表现了该国社会集团的深刻的经济恐慌与思想苦闷，这一切现象正和二十世纪初叶的中国有了一脉之通……樱桃园的丁丁伐木声音未曾消失，洛伯兴还没有走上兴起，而海禁大开，中国人一觉醒来，身上已经加上了一副殖民地奴隶的锁铐了。在这时候，我们又从俄罗斯的赤脚汉，工人，农民，高尔基和绥拉菲摩维支、法捷耶夫笔下的英雄获得了我们的同感和启示。"[1] 夏衍赞同俄罗斯文学的阶级立场，希望底层的穷苦人民振作起来，改变自己贫弱的生存状况。他认为要真实地反映现实生活，不但要描写"未死"的事物，而且更要描写"方生"的事物。他说："真的，文艺工作者的事业是困难而又复杂的事业。我们要正确地诊断出这个'未死'而必死者的病症，指出他的传染性而唤起一般人的警惕、提防；而更重要的是在于无保留地参加'方生'的一面，全心全力地去同情他们，歌颂他们，肯定他们。"[2] 他基于民族立场观照《樱桃园》，认为文学艺术家"必须学会观察，在旧的腐败物冒烟的当中，未来的火花是在怎样地燃烧起来，怎样的越烧越旺"[3]。他基于个体生命和家园体验来解读《樱桃园》，他说："随着时代的变迁，这旧家也有了几度的沧桑，第一次欧战之后，因为民族工业勃兴，我哥哥也在这封建的屋子里开过一个现代化的工厂，用新式的"机子"织杭纺，在'城外'这屋子算是第一所'工场'，浙江丝绸业凋落了之后，'机子'停止了工作，于是这屋子在五年前又变了'正大茧厂'。那一年，因为哥哥要把母亲卧房侧面的

---

① 夏衍：《乳母与教师——关于俄罗斯文学》，《时代文学》第 4 卷第 19 期，1941 年 9 月。

② 夏衍：《夏衍杂文随笔集》，生活·读书·新知三联书店 1980 年版，第 96 页。

③ 同上书，第 482 页。

‘果园’改作屯茧的仓库，要把‘果园’里的枣树和橘子树斫掉，他们曾引起过一次很大的冲突，但是结果是母亲失败了，我最后一次回家的时候，青葱的枣树园已经变了煞风景的‘茧灶’了。我虽则不曾亲耳听见丁丁的伐木声音，但是《樱桃园》最后一场的主人公们的心境，我是感受得到的。”① 夏衍从生命立场、文化立场和民族立场，将《樱桃园》的“家园”抒情内化为个人体验，并与作者产生了情感共鸣，他说：“契诃夫是优美而洗练的，所以当他看明白了安德列维娜们的命定了的不可抗拒的没落的时候，他只能‘哀愁’、‘感叹’，支配着这位作家的是一种难以排解的凄绝之情。”②

抗战时期，夏衍剧创作发生了转变，他“痛切的反省那种‘戏作’的态度，更沉潜地学习更写实的手法”③。1937年创作的《上海屋檐下》“开始了现实主义创作方法的摸索”④：“写自己所十分了解的题材，创作出来的作品才不致陷于观念化，才不致陷于公式主义。”“公式、概念、面谱，是艺术工作者的不能妥协的敌人。我们必须挣脱这些东西，而创造出清新丰富、使人感动的作品。”⑤《上海屋檐下》与夏衍前期作品相比，可算得上“清新丰富、使人感动”的抒情性作品，颇有契诃夫戏剧之风。

《上海屋檐下》充溢着“山雨欲来风满楼”（抗战全面爆发之前）的压抑情绪，在晦暗、沉闷、让人窒息的上海里弄，生活底层的各色人等都在叹息、呻吟、哭泣、愤怒着。这群可怜的受难者，有的长吁短叹，有的怨天尤人，有的悲痛至极，有的以悲情戏自慰。他们无心或无力去改变生活的苦难，听天由命地等待着：黄家楣在等待工作的机会，李陵碑等待着儿子归来，施小宝在等待着丈夫的船到港……他

① 夏衍：《夏衍杂文随笔集》，生活·读书·新知三联书店1980年版，第566页。

② 夏衍：《从〈樱桃园〉说起》，载《夏衍杂文随笔集》，生活·读书·新知三联书店1980年版，第373—374页。

③ 夏衍：《〈上海屋檐下〉后记》，载会林、绍武编《夏衍剧作集》第1卷，中国戏剧出版社1984年版，第257页。

④ 同上。

⑤ 夏衍：《夏衍杂文随笔集》，生活·读书·新知三联书店1980年版，第470页。

们等待着变化，等待着小小的梦想得以实现的奇迹发生。作者通过五个家庭的横断面，真实地反映了他们各自不同的情感期待，人物各自代表不同层次，如同樱桃园各色人物一样，是社会缩影，具有“家园”寓意。但不同于契诃夫的是，人物茫然于情感自存，没有自我分析和自我否定，也不存在他人的解构，虽有无奈的自嘲，却未构成喜剧效果。孩子们的作业（阿牛计算存款和工资的作业）的戏谑和洋溢着乐观精神的歌曲，虽一时能够化解这群人的无望与沉闷，但还是难以揭去笼罩在人们头上的愁雾，剧情也没有类似《樱桃园》消解沉重愁绪的嘲讽。作者有意在不知人生忧苦的孩子身上投抹一层亮色，用来照亮阴暗，就像匡复，在自己的女儿身上找到了未来的答案。但这又与喜剧性的滑稽突兀和嘲讽沾不上边，因为未来的希望与真理指向了革命，革命呼声一直是奋斗者、解放者的理想，不可能作为否定的喜剧对象。该剧如果作为喜剧来看，那是相对于中国传统悲剧观来理解的，认为平淡的现实生活的愁闷还不具备震撼心灵的悲剧力量，剧尾寄予未来的希望又为剧情提供了预期的圆满，这才将《上海屋檐下》定为抒情喜剧。

《上海屋檐下》把孩子当作未来新生力量的代表，是灰色人群中潜藏着的抗争种子和民族未来的希望，旧式弄堂里天真的童音：“强盗来了，打不打？打打打，打打打！走夜路，怕不怕？我不怕，我不怕！……碰钉子，怕不怕？……钉子越碰越胆大！”这不是儿童的嬉戏，而是人民解放，民族斗争的预演，是时代精神的召唤。“作者叫他的光明人物（指林葆珍）把‘国家’两个大字摆在她的观众面前。一种什么东西，神差鬼遣，在这首促成全剧高潮与认识的童歌里面，把‘国家’做为我们努力的最高的鹄的。……观众和作者全不错，作祟的另有一个东西，叫做时代精神，在这下面我们生活着，这是‘九一八’以后新兴文学的特征。”[①] 孩子们是底层兴起的希望，给阴郁的街角屋檐投下了希望之光。剧作者把现实循环无期的静态忧郁与

---

① 刘西渭：《上海屋檐下》，载会林、陈坚、绍武编《夏衍研究资料》（乙种下），中国戏剧出版社1983年版，第521页。原载《咀华二集》，文化生活出版社1942年版。

发展变化着的动态希望融合起来，借鉴了契诃夫“旧生活的悲哀的落日之余晖与新时代微熹的曙光的交错”① 的对比式抒情手法。契诃夫感慨历史变迁，夏衍慨叹现实静止，希望绵绵无期的沉闷黄梅天得以尽快结束，迎来灿烂的阳光，不存在对“余晖”的留恋，只有对“曙光”的渴望。作者充分借用契诃夫潜入生活之流反映生活现实的艺术技巧，但却内在地改变了契诃夫的当下境遇体悟，即历史与未来的纵深思考。夏衍以契诃夫式的诗意情调，把不满的社会现象客观地揭示出来，不着一字的含蓄中又不乏鲜明的政治情感，被唐弢誉为“沁人心脾的政治抒情诗”②。

夏衍深受契诃夫现实主义抒情风格的影响，剧情基调忧郁，却不是悲剧，也不是喜剧，更多是抗战背景下的社会问题剧。刘西渭说：“《上海屋檐下》的造诣就在它从人生里面打了一个滚出来。这是现实的，和广大的人群接近；这是道德的，指出一条道路给大家行走；不属于纯粹的悲剧，没有死亡，没有形而上学的哲学，没有超群轶众的特殊人物；不属于纯粹的喜剧，虽说作者之曰喜剧，因为人物并不完全典型，愁惨并不完全摒除；这里不是自然主义的现实，我们明白作者在介绍芸芸众生的色相之下，同时提出一些严重的社会问题，一些人与人之间的纠纷，一些行为之间的关系……”③

抗战初期，民族情感被唤醒后一时引发了高涨的斗争热情，而到了抗战相持阶段却出现了冷静的民族反思。短时期看来，是因为抗日战场上的节节败退，而从“五四”至抗战这个长时段来看，民族传统文化反思一直存在，只不过在抗战的中后期，变得更为深入而已。这种反思与批判，是知识分子深入民间，突进生活底层后对广大民众生存困境的真切体会与理解。夏衍说：“在抗战中，这些小人物都还

① 芳信：《樱桃园·译后记》，转引自王璞《契诃夫与中国》，见《俄国文学与中国》，华东师范大学出版社 1991 年版。

② 唐弢：《沁人心脾的政治抒情诗》，载会林、绍武编《夏衍剧作集·序》第 1 卷，中国戏剧出版社 1984 年版，第 2 页。

③ 刘西渭：《上海屋檐下》，载会林、陈坚、绍武编《夏衍研究资料》（乙种下），中国戏剧出版社 1983 年版，第 516 页。原载《咀华二集》，文化生活出版社 1942 年版。

活着，而且，在一个不很短的时期之内，他们还要照着他们自己的方式生活下去，一种压榨到快要失去弹性的古旧的意识，已经在他们心里抬起头来，这就是他们的民族感情。但是从他们祖先时代就束缚了他们的生活样式，思想方法，是如何的难以摆脱啊！我不想凭借自己的主观和过切的期望去勉强他们的生活！我把他们放在一个可能改变的环境里面。我想残酷地压抑他们，鞭挞他们，甚至于碰伤他们，而使他们转弯抹角地经过各种样式的路，而到达他们必须到达的境地……抗战里面需要新的英雄，需要奇峰突起、进步得一日千里的人物；但是我想，不足道的大多数，进步迂缓而又偏偏具有成见的人，也未始不是应该争取的一面。要争取他们，单单打骂和嘲笑是不中用的，这里需要同情，而我终于怜悯了他们。"① 夏衍从个体生命立场、阶级立场和民族立场出发，以家庭为单位，充满情感地描绘这些承载民族情感的小人物，给他们的哀怨无望以希望指引。这是战时夏衍的生命感触与家园感伤衍生的“家园”抒情性。

第三节 曹禺剧作的“家园”抒情性功能

夏衍在现实中把握现代，同情被压迫阶级，走进生活困苦的小市民，与他们一起寻求改变。他切入这些小人物历史纵深处的哀怨，其怜悯之情虽不乏政治倾向性，但依然具有契诃夫真实、优美、洗练的艺术风格。然而，由于对旧时代的理解与新时代渴望之间的鲜明冲突，很自然地把读者和观众导向思想教育之途——“使他们转弯抹角地经过各种样式的路，而到达他们必须到达的境地”，依旧未能逃脱中国化的易卜生问题剧樊篱。

曹禺与夏衍不同，夏衍“接受契诃夫的影响，是作为革命作家在创作过程中由于艺术个性的相似在戏剧观念上的一种不自觉的契合，而曹禺的‘契诃夫式’戏剧则是艺术家对新的艺术形式的一种自觉

---

① 夏衍:《关于〈一年间〉》，载会林、绍武编《夏衍剧作集》第1卷，中国戏剧出版社1984年版，第359页。作于1939年9月1日，载《长途》，集美书店1942年版。

的审美追求”[①]。与夏衍不同，曹禺对契诃夫戏剧的中国接受，是“家园”抒情艺术的中国化改造。

并不是“每一代人都觉得他们的戏剧在某一方面比上一代人的戏剧更为真实”[②]，就是同一位剧作家的创作也是追求后一部作品比前一部真实。抗战时期，不仅夏衍在对其创作反思的过程中开始摸索现实主义创作方法，而且曹禺也从未间断过个人创作反思，且毫不避讳外国剧作家对其创作的陶染。他说，第一对他产生影响的是易卜生，第二是莎士比亚。在谈到契诃夫对他的影响时，他说：“对我影响较大的另一个作家是契诃夫。他教我懂得艺术上的平淡。一个戏不要写的张牙舞爪。在平淡的人生的铺述中照样有吸引人的东西。读了他的作品，使你感到生活是那样丰富。他的作品反映生活的角度和莎士比亚、易卜生都不一样，它显得很深沉，感情不外露，看不出雕琢的痕迹。莎士比亚的戏剧往往从动作开始，紧紧抓住观众。易卜生的剧本则大都把往事压缩在一起，让出场人物说出来，即‘对话铺叙’，如《娜拉》《群鬼》等。……契诃夫的戏，没有我们通常所说的那种动作，实际上它是有动作的。只是他剧本中的动作并不表现在通常安排的高潮、悬念和矛盾冲突之中，他看得更深，写真实的人在命运中有所悟，在思想感情上把人升华了，把许多杂念都洗涤清净了。我写的《北京人》在风格上确实受契诃夫的影响，但不等于说《北京人》和《三姊妹》相似，因为《北京人》写的是中国人的事，中国人的思想感情。”[③]

曹禺叹服契诃夫剧作平淡叙事中蕴藉的深刻思想和深厚情感，他说：“我记起几年前着了迷，沉醉于契诃夫深邃艰深的艺术里，一颗沉重的心怎样为他的戏感动着。……我想再拜一个伟大的老师，低首

---

① 刘研：《契诃夫与中国现代文学》，上海社会科学院出版社 2006 年版，第 218 页。

② ［英］J. L. 斯泰恩：《现代戏剧的理论与实践》，周诚译，中国戏剧出版社 1986 年版，第 1 页。

③ 曹禺：《和剧作家们谈谈读书和写作》，载曹禺《论戏剧》，四川文艺出版社 1985 年版，第 179—180 页。原载《剧本》1982 年第 10 期。

下气地做个低劣的学徒。”[①] 在契诃夫的剧作中，曹禺偏爱《三姊妹》，把创作于1942年的《北京人》与《三姊妹》相比，事实上，《北京人》与《樱桃园》更相似。《北京人》也写到抗战时期的小人物——“他们还要照着他们自己的方式生活下去，一种压榨到快要失去弹性的古旧的意识，已经在他们心里抬起头来，这就是他们的民族感情。但是从他们祖先时代就束缚了他们的生活样式，思想方法……他们是不足道的大多数，进步迂缓而又偏偏具有成见的人……”[②] 但与夏衍不一样，曹禺描写的是挣扎在封建士大夫家庭中的人物。

《樱桃园》和《北京人》都通过谱写家庭变迁的音符，奏出整个社会、时代动荡中前进的乐章。《北京人》虽没有诗意芬芳的樱桃园被砍伐的忧郁，却有曾老太爷棺材被抬走的无奈。两部作品都涉及新旧时代转型时期的家庭没落，传达的都是人物对自己命运的沉重叹息，无为的努力，挣扎中的哀伤。但是，两位作者都没有拿伤感来煽情，他们深入生活真实之流，传递诗意的历史感伤，并在尊重现实生活的庸常性和时代性前提下，让人物情感在具体的生活环境中得以喜剧性消解，进而达到“哀而不伤”的艺术效果。已面临着垂死的、坐吃山空的曾家，像柳鲍芙兄妹一样，沉湎于“快要失去弹性的古旧的意识”，不自知“他们的生活样式，思想方法”与社会环境的冲突。安德烈耶夫娜一家对儿时的美好往事记忆犹新，只有即将成为樱桃园新主的罗巴辛出场，才会把他们拉回到现实；曾家告贷裱字画，上百道的油漆棺材，在生计快成为问题的时候，还依旧寄情琴棋书画，追求百年归世的荣光。他们不计生存和生前，只顾死后和往日情愫，逃匿于古旧的意识，蓄意忘却饮食起居和时代变换。他们浑忘现实物质之困，念惜未来与往昔之情，在与现实错位的时空中抒发情感，现实清醒的受众从中看到了他们不自知的喜剧性。

这种不自知的盲目造成的戏剧性冲突产生了喜剧效果。契诃夫称

---

① 《曹禺文集》第1卷，中国戏剧出版社1988年版，第456页。

② 夏衍：《关于〈一年间〉》，载会林、绍武编《夏衍剧作集》第1卷，中国戏剧出版社1984年版，第359页。作于1939年9月1日，载《长途》，集美书店1942年版。

《樱桃园》为喜剧，曹禺也自称《北京人》为喜剧："我说《北京人》是喜剧，因为剧中人物该死的都死了，不该死的继续活下去，并找到了出路，这难道不是喜剧吗？至于说到这个戏的调子沉闷一些，忧郁一些，这是我对那个时代的感觉。"① 契诃夫的喜剧产生于各色人物言行的相互否定和嘲讽引起的轻松娱乐，使家族没落与历史变迁的失落忧郁变得既可怜、可悲又可笑。曹禺却将喜剧设定为符合历史规律的生死结局，将剧作的忧郁基调定格于时代感觉。这种将历史规律与时代精神相结合的"家园"抒情，比契诃夫剧作的抒情风格更为简单明确，其喜剧性和夏衍喜剧观念一样，是历史的乐观主义精神表现。夏衍阐扬新生代的兴起，而曹禺则再现历史转型时期各色人物的命运结局。如果说，他在艺术技巧方面对契诃夫艺术的借鉴更为深入的话，也正是因为他的人物观照更为深切复杂些而已。

《北京人》的戏剧冲突复杂而不隐晦，每一幕结尾处都有"且听下回分解"的"包袱"，如，第一幕结尾处要账的人冲入小花厅；第二幕以老太爷发现曾文清抽大烟气得昏了过去结尾等。全剧以曾家文清的自杀和愫方、瑞贞的出走结局，要账的、欠债的、抵债的构成了整个社会再分配、再整合的外在形式，是剧情结构的外在冲突，而潜在流动的则是这些人物精神上的挣扎和情感上的漂泊无依。

契诃夫的剧作人物，通常都是并列式的集体舞台呈现，互相交叉的平淡谈话"说明了他们的言行举止，他们的生活处境，他们的生活和相互关系的内在意义"②。曹禺对此进行了民族形式的改换，虽然也在人物活动的常态化和片断性中抒发情感，淡化激烈的矛盾冲突，但他却无法回避幕间的中心人物转换，观众非常清楚幕间中心人物是谁：第一幕曾思懿，第二幕曾文清，第三幕愫方。契诃夫追求着最真实的客观，让人物自己解说自己，在一个受尽嘲讽的环境中挣扎着，让受众忘却作者的在场，而曹禺却无时不在标明自己的倾向性。《北

① 曹禺：《论戏剧》，四川文艺出版社 1985 年版，第 185 页。

② ［苏联］叶尔米洛夫：《契诃夫的戏剧创作》，张守慎译，中国戏剧出版社 1985 年版，第 95 页。

京人》另一条线索，袁任敢、袁圆父女俩，并没有参与戏剧主要冲突，但袁博士的“北京人”解说，好像在代言新思想和健全人格，与特罗费莫夫和安尼雅对新生活的憧憬极为相似，却在艺术处理上有作者代言人之嫌，这与《樱桃园》大相径庭。《樱桃园》中，特罗费莫夫和安尼雅的“新生活”理想，是毕不了业的大学生空谈，作者对他们不无嘲讽之意。曹禺针对曾家命运，用“北京人”来命名，让人类学博士来阐释，其间的启蒙、救世思想相当明确，尤其是“北京人”出现后，剧中追求新生活的热情渐渐升温，结局愫方、瑞贞的出走燃起了“北京人”的希望。

曹禺对契诃夫戏剧现实主义抒情风格的中国化改造，除了时代精神之外，还在于他对中国民众审美心理的艺术性把握。他说：“我们现在的观众要故事，要穿插，要紧张的场面。”① 日本的中村元认为这是因为“中国人仅注视那些能被具体经验的事情，注视那些通过视觉的直接感知而能把握的事物”。这种“信赖感觉和依附感觉的立场，使他们对现象的复杂多样性尤为敏感，从而替代了对事物法则的把握，替代了对事物抽象地孕育着的统一性的把握”②。中国观众和读者能够接受细节描写中的具体可感，然而却对细节的随意性缺少整合的兴趣。他们“信赖感和依附感”造就的情感取向，需要作者有说服人的新道德观来说服读者和观众。正因为这样，很多中国评论者往往把契诃夫作品的细节看成是他营造生活氛围的简单手段，而忽视了细节本身的艺术内蕴。他们在对契诃夫戏剧的阐释和借鉴中，将其改造为细节描述与抒情相结合的现实主义抒情风格。其间既有“家园”寄寓的历史感伤，也有现实“家国一体”的慨叹和乐观的未来展望。

---

① 曹禺：《日出·跋》，载《日出》，人民文学出版社 1994 年版，第 197 页。

② ［日］中村元：《东方民族的思维方法》，林太、马小鹤译，浙江人民出版社 1989 年版，第 141 页。

第五章

“批判”的社会干预功能

1938年4月，张天翼在《文艺阵地》创刊号上发表了《华威先生》，塑造了一位只做“救亡要人”、不做救亡工作的“华威先生”，这位极具讽刺性的典型形象，暴露了现实社会的阴暗面。《华威先生》发表后的第八天，即4月24日，林焕平发表文章指出：“张天翼的小说《华威先生》描绘了一个实际救亡工作一点不做、而专做‘救亡要人’的典型。在抗战中，这种人物不少，小说正是对这类人物的有力讽刺，这是完全必要的。”[①] 半个月之后，李育中发表文章对《华威先生》提出了不同看法：“在紧张的革命行进和作生死决斗的时期，严肃与信心是异常需要的，接受幽默的余暇是太少了，何况幽默有时出了轨，会闹乱子的，伤害着严肃的。……有些人却会看过这篇小说之后，把一些真正苦干的救亡工作者也认作‘华威先生’，取着敬而远之的态度，甚至出言不逊，一口抹煞了组织的一切事宜。仿佛也学会了：你们是华威先生，你们只会开会，你们只会说漂亮话！”[②] 有关《华威先生》讽刺暴露之论争即由此展开，高飞、唯庸、林焕平、文俞、罗苏、茅盾等人纷纷撰文参加了讨论。这些角度不尽相同、立论不分高下的论述，更多是对作品给予肯定，认为“暴露与讽刺”于抗战有利，并不违反抗日统一战线原则。茅盾在同年10月1日，在《文艺阵地》发表《暴露与讽刺》一文，文中说：“暴露的对象应该是贪污土劣，以及隐藏在各式各样的伪装下面的汉奸——民

① 林焕平：《读〈文艺阵地〉》，《救亡日报》1938年4月24日。

② 李育中：《幽默、严肃和爱——读张天翼的〈华威先生〉》，《救亡日报》1938年5月10日。

族罪人。讽刺的对象应该是一些醉生梦死，冥顽麻木的富豪，公子，小姐，一些风头主义的‘救国专家’，报销主义的‘抗战官’，‘做戏主义’的公务员……”“讽刺作者的笔触是冷峭的，但他的心是热的，他是希望今日被讽刺的对象明日会变成被他赞扬的对象。”[①] 此后对《华威先生》褒贬不一的争论衍生的“暴露与讽刺”之争，在国统区和解放区一时掀起了文学社会干预功能的大讨论。不管是1938—1940年国统区“暴露与讽刺”的论争，还是后来解放区“歌颂与暴露”的讨论，都在为文学“批判”的社会介入功能正名。

第一节　战时文学的讽刺批判性

一、“暴露与讽刺”的论争中的“批判”话语

1938年，抗战初期全民士气高昂，以何容先生为代表的一些人认为，《华威先生》“暴露了黑暗，足以引起一般人的失望，悲观，灰心，丧气”，应该“只写光明而不写黑暗，其目的不只是在表现光明而是要增进光明；光明日进，黑暗自可渐退”[②]。这不是没有道理的，日本翻译界正是看到了其中的负面影响，很快将《华威先生》译为日文，1938年11月，在日本报纸《改造》上刊载。有人认为这是“敌人的法西斯主义宣传，有利于增强他们侵略的信念”，作品具有“灭自己威风，长他人志气”[③] 之嫌。冷枫认为，华威先生这流人物，会随着时代的转变而死亡，必然要被抗战的巨流所淹没，这“枪毙了的华威先生”[④] 不足为惧。张天翼本人认为，“我们的自我批判，被敌人听见了也不要紧。为要我们自身的健康，故不讳自身上的疾

① 茅盾：《暴露与讽刺》，《文艺阵地》第1卷第12期，1938年10月1日。

② 何容：《关于暴露黑暗》，载林默涵、曹禺主编《中国抗日战争时期大后方文学书系》（理论），重庆出版社1988年版，第114—115页。原载《文艺月刊·战时特刊》第3卷第7期，1939年7月。

③ 林林：《谈〈华威先生〉到日本》，《救亡日报》1939年2月22日。

④ 冷枫：《枪毙了的华威先生》，《救亡日报》1939年2月26日。

病”，“我们绝不惧怕真实”[1]。针对“暴露讽刺”的顾虑，很多人给出了积极正面的回应，对作者的创作给予了充分肯定。郑知权针对何容先生的观点，回应说：“只要我们的作家对抗战必胜，有正确的认识，坚强自信心，他所暴露出来的黑暗，决不会于抗战有害的。”[2]

有关华威先生“出国”问题的论战结束之时，《文艺月刊》围绕“暴露与讽刺”刊载了克非的《谈讽刺》[3]和该刊编辑室的《都应为了抗战》[4]等文章。文章一方面认为“暴露黑暗与表现光明原则上是不冲突的，而且是应该可有同等价值的”，另一面却又重申文艺创作一定要遵从国民党的“国策”，“勿使它引起不健全的意识”，极力限制暴露讽刺的范围，并且规定暴露讽刺的内容不得超过“事实所需”；有的文章把“暴露讽刺”称为“一种文学现象”，认为“暴露黑暗不容易作得恰到好处，稍一不慎便会于抗战有害”，“足以引起一般人的失望，悲观，灰心，丧气”，最好不写；有的文章将暴露与讽刺称为“破坏的工作”，将作者称为“出气主义者”[5]。论争的政治取向，引起了文艺工作者的高度关注，一些文艺工作者在《蜀道》召开了题为“从三年来的文艺作品看抗战胜利的前途”的座谈会，会上对“暴露与讽刺”问题再次集中讨论。田汉、罗苏、以群、宋之的、沙汀等一致认为《华威先生》式的“暴露与讽刺”是必要的，对抗战无害而有益，“因为暴露黑暗是为了消灭黑暗，讽刺腐败是为了医治腐败”。同时还指出，今后作家们应更深入地观察现实，挖掘产生黑暗的根源，以积极战斗的精神去暴露、鞭挞黑暗。[6]这些观点比较集

① 张天翼：《关于“华威先生”赴日》，《救亡日报》1939年3月15日。

② 郑知权：《论暴露黑暗》，《文艺月刊·战时特刊》第3卷第10、11期合刊，1939年9月16日。

③ 克非：《谈讽刺》，《文艺月刊》第3卷第10、11期。

④ 文艺月刊编辑室：《都应为了抗战》，《文艺月刊》第3卷第10、11期。

⑤ 苏光文：《“暴露与讽刺仍旧需要”——关于〈华威先生〉所引起的论争》，《重庆师范学院学报》（哲学社会科学版）1981年第10期。载《国统区抗战文艺研究论文集》，重庆出版社1984年版，第276—277页。

⑥ 《蜀道》座谈会：《从三年来的文艺作品看抗战胜利的前途》，《新蜀报》1940年10月10日。

中地反映了整个国统区广大文艺工作者的意见。至此，“国统区抗战文艺界围绕张天翼的短篇小说《华威先生》展开的关于‘暴露与讽刺’的论争就告一段落”[①]。

“暴露与讽刺”的论争实际上是“讽刺”的论争。“讽刺”的艺术手法是为了“暴露”真实。之所以称“暴露”，是因为揭示的是丑恶。“‘讽刺’的生命是真实；不必是曾有的实事，但必须是会有的实情。……如果貌似讽刺的作品，而毫无善意，也毫无热情，只使读者觉得一切世事，一无足取，也一无可为，那就并非讽刺了，这便是所谓‘冷嘲’。”[②]“非写实决不能成为所谓‘讽刺’；非写实的讽刺，即使能有这样的东西，也不过是造谣和诬蔑而已。”[③] 因此，如果没有把握讽刺批判的现实主义特征，很容易使其沦为政治斗争的武器而失去文学的自身特性。

抗战时期，“暴露与讽刺”之争，虽曾屡屡牵涉政治观念，但始终没有偏离文艺层面的现实主义问题，唤起了人们对现实主义创作精神的再思考。自鲁迅“撕下那好看的假面具来”[④] 以引起疗救的注意，“暴露与讽刺”一直是新文学现实主义作家独特的创作风格。这场辩争，重新肯定了现实主义的批判精神，更加深化了现实主义，推动了抗战文艺运动沿着抗日民主运动的轨道和革命现实主义原则发展。论争触动了国民党的政治权威，也澄清了某些糊涂观念，诸如文艺与生活、文艺与政治、文艺的社会作用等问题，也同时明确了“暴露与讽刺”乃是抗战文艺的重要任务之一。广大文艺工作者的理论和创作水平也由此得以提高，并获得了可喜的创作成果。温儒敏说：“1940 年以后，越来越多的作家转向比较冷静地观察抗战现实，敢于

---

① 苏光文：《“暴露与讽刺仍旧需要”——关于〈华威先生〉所引起的论争》，载《国统区抗战文艺研究论文集》，重庆出版社 1984 年版，第 278 页。

② 鲁迅：《几乎无事的悲剧》，载《且介亭杂文二集》，《鲁迅全集》第 6 卷，人民文学出版社 2005 年版，第 341—342 页。

③ 同上书，第 287—288 页。

④ 鲁迅：《华盖集·通讯》，载《鲁迅全集》第 3 卷，人民文学出版社 2005 年版，第 27 页。

正视并暴露阻碍民族进步的各种腐败现象以及不利于抗战的潜在危机，整个创作向生活纵深部分开掘，主题的深广度、人物塑造的典型化以及具体手法，都日趋成熟。在比较成功的有影响的现实主义创作中，以暴露和讽刺黑暗社会现象为特征的作品占了很大比重，并取得了突出成果。如剧作《魔窟》（陈白尘）、《残雾》（老舍）、《微尘》（宋之的）、《结婚进行曲》（陈白尘）、《升官图》（陈白尘），以及《在其香居茶馆里》（沙汀）、《淘金记》（沙汀）、《救亡者》（周文）、《陈国凯先生的一群》（黄药眠）等小说，都以讽刺为基调，深入抨击了抗战中腐败的社会现象，以及敌伪魔爪下的社会现实，在现实主义讽刺艺术上作出了可贵的探索。”[①] 由《华威先生》引发的“讽刺与暴露”之争，同时在国统区带来了讽刺喜剧创作热，这股热情在抗战期间一直有增无减。

二、简述抗战时期的讽刺喜剧创作

抗战时期，喜剧大量涌现，陈白尘、丁西林、老舍、洪深、宋之的、吴祖光、张俊祥、沈浮、李健吾、杨绛以及解放区的胡可等，在喜剧创作上取得了很大成就。这些喜剧大致分为两类，一是以丁西林、李健吾、杨绛为代表的，受英、法、美喜剧影响的幽默派；一是以陈白尘为代表的《钦差大臣》式的政治讽刺喜剧。关于喜剧的分类，中外较有代表性的观点是阿·尼柯尔和陈瘦竹的戏剧分类法。英国现代戏剧理论家阿·尼柯尔把喜剧分为五类：“闹剧、情绪喜剧、浪漫喜剧、阴谋喜剧、风俗喜剧。”[②] 陈瘦竹根据中国现代喜剧的创作实践，“把喜剧概括为三种，即讽刺喜剧、幽默喜剧和赞美喜剧”[③]。尼柯尔按喜剧情景设置来划分，陈瘦竹则从题材风格来归类。按照陈瘦竹的喜剧类别，阿·尼柯尔的五类喜剧大都属于世俗的幽默

① 温儒敏：《新文学现实主义的流变》，北京大学出版社2007年版，第153—154页。

② ［英］阿·尼柯尔：《西欧戏剧理论》，徐士瑚译，中国戏剧出版社1985年版，第277页。

③ 陈瘦竹：《论悲剧与喜剧》，上海文艺出版社1983年版，第74页。

讽刺喜剧。讽刺喜剧的历史悠久，自“喜剧之父”和“有强烈倾向的诗人”[1]阿里斯托芬始，跨越久远的历史时空，历经莎士比亚、莫里哀和果戈理时代，都对中国的讽刺喜剧产生了很大影响。其实，喜剧精神主要是讽刺、嘲弄。从题材上讲，有的讽刺喜剧来自社会政治内容，主要是对黑暗政治、腐败官僚和社会邪恶势力的揭露与批判；有的则取自民间世态，在道德伦理层面对人性弱点给予温婉的嘲讽。前者常被称为《钦差大臣》式的政治讽刺喜剧，后者具有莎士比亚、莫里哀风格的世态讽刺喜剧特点，通常认为它的源头是古希腊新喜剧代表作家米南德，因为米南德“不仅培育了罗马喜剧，而且影响了莎士比亚和莫里哀”[2]。以丁西林、李健吾、杨绛为代表的幽默派，更接近于世态讽刺喜剧，但因相同的政治背景，与政治讽刺喜剧一样，寄托着作者的政治民族主义和文化民族主义理想，只不过视角不是官场，而是“世道人情”罢了。

在中国的20世纪40年代，抗战改变了中国现代喜剧的生存样式，政治讽刺喜剧一时成为喜剧创作的主流。政治讽刺喜剧既显露出清醒透彻的理性精神，又具有强烈的战斗激情，兼具写实和浪漫的风格，呈现出批判、审美、认知和情感释放的功能，尼柯尔正是从这些功能来区分喜剧的。当然，写实的现实主义风格是政治讽刺喜剧的主要特征，情感、认知和审美都不能离开客观的现实场景。

抗战时期的政治讽刺喜剧创作的勃兴，按照马克思的说法，是抗战特定的历史背景造成的，这是一个“把陈旧的生活形式送进坟墓”的时期，这种“历史形式的最后一个阶段就是喜剧”[3]。寄托着民族理想，怀着“抗建”热情的现实主义作家，面对旧观念和与历史发展相背离的人物，心中激起的是嘲讽情感和批判斗争精神。他们集中概括这个时期的丑恶社会现象，特别是黑暗的政治现象，大胆地运用

① 恩格斯：《致敏·考茨基》，载《马克思恩格斯选集》第4卷，人民出版社1972年版，第454页。

② 陈瘦竹：《论悲剧与喜剧》，上海文艺出版社1983年版，第85页。

③ 马克思：《〈黑格尔法哲学批判〉导言》，载《马克思恩格斯选集》第1卷，人民出版社1972年版，第5页。

夸张手法加以揭露。他们的出发点是抗日和民主，这是两个决定中华民族历史命运的政治主题。与民族解放和民主斗争相悖的对象，是他们以嘲讽的笔触批判的目标。在戏剧创作方面，陈白尘剧作极具代表性，像《禁止小便》、《升官图》这样具有高度艺术性和战斗性的政治讽刺喜剧，都是前所未有的。《禁止小便》、《升官图》借鉴了果戈理《钦差大臣》的结构技巧，又继承了中国志怪小说和晚清谴责小说的讽刺传统，如《升官图》既借鉴了《钦差大臣》的艺术技巧，又模仿了《邯郸记》、《南柯记》的讽刺手法，是集古今中外的讽刺艺术于一身的代表作。其间既有《钦差大臣》讽刺艺术的中国化改造，也有《邯郸记》、《南柯记》讽刺传统的现代转换，其中对立冲突的平衡点是抗日与民主两大主题。

第二节 《升官图》与《钦差大臣》共生的“批判”功能

在“暴露与讽刺”论争波及戏剧界后，《钦差大臣》作为一部政治讽刺喜剧经典，对以陈白尘为代表的讽刺喜剧创作产生了很大影响。陈白尘的喜剧，有《未婚夫妻》、《结婚进行曲》这类以爱情婚姻为题材，表现妇女问题幽默喜剧，但其中占主导倾向的还是政治讽刺喜剧。《恭喜发财》、《魔窟》、《乱世男女》、《禁止小便》和《升官图》等泼辣、犀利的政治讽刺喜剧，充分地展示了暴露、讽刺的社会干预功能。尤其是《魔窟》、《禁止小便》和《升官图》，可以说是一部直击国民党统治的新版“官场现形记”。

抗战时期的中国讽刺喜剧，在艺术形式上借鉴了《钦差大臣》的人物群像模式，在主题上围绕着抗日民主斗争来选材，表现出前所未有的高度概括力。陈白尘的一部独幕剧《禁止小便》，就能折射某一机关部门单位或整个官场政治的腐败无能。

与早期讽刺喜剧的经典模仿不同，陈白尘对《钦差大臣》的讽刺艺术与其说是借鉴，不如说选择性地改造，将讽刺打造为笔伐的利剑，直击黑暗现实的靶心。他在谈到自己的创作与外国文学的关系时曾说：“喜剧创作上的借鉴，不外乎果戈理、莫里哀等人。《升官图》

是受《钦差大臣》影响的。但在我来说，想的主要是要战斗。”[①] 陈白尘像现代很多文学家一样，是一位富有政治责任感和战斗精神的文学艺术家。他通过《钦差大臣》那种泼辣犀利的讽刺精神来思考现实，“认识了中国的官僚政治，认识了自己当前的敌人”[②]。他认为，当时的官僚政治的黑暗应该成为作家批斗之鹄的，应该对此“加以无情的暴露”，“该忘了利害，无视顾忌，而无情地把一个赤裸裸的现实剥脱出来”[③]。直面现实的讽刺文学，发扬了鲁迅直面惨淡人生的新文学传统，而自鲁迅到陈白尘这一传统沿承的活力始终与中国接受主体对果戈理作品的译介接受相关。真可谓“仁者见仁智者见智”，他们从果戈理那里“拿来”的又各有不同，就拿《钦差大臣》来说，有的作家择取《钦差大臣》对官僚政治的嘲讽来观照中国的官场黑暗，有的则选取骗子题材来反映中国社会弊病，鲁迅却发现了果戈理作品直面人性之丑的一面，冷静无畏地揭示国民性的喜剧性悲哀，即“含泪的微笑”。抗战时期，《华威先生》引起的“讽刺与暴露”之争，再次确认了文学讽刺批判性的合理性和战斗精神，与政治民主和民族解放的时代要求背道而驰的夸夸其谈者，“抗日要人”成为当时讽刺文学的主人公。具有讽刺批判性的现实主义文学，主要通过反映重大政治事件、政治内幕或政治主题和时代精神来启发民众的觉悟，充分发挥文学的社会介入功能。因此，此时以陈白尘为代表的喜剧作家，大都选取《钦差大臣》对官僚政治的嘲讽来揭露中国的政治腐败和落后。

陈白尘说：“果戈理的作品，是我所酷爱的，他的《钦差大臣》，1935 年在上海演出，给了我巨大的影响。这影响表现在我的许多喜剧，特别是在《升官图》那个剧本里。”[④]《升官图》创作于 1945 年

---

① 袁庶：《在周总理鼓励下写戏——访剧作家陈白尘》，载董健编《陈白尘写作生涯》，百花文艺出版社 1986 年版，第 215 页。

② 陈白尘：《〈巡按〉在中国》，《人民日报》1952 年 3 月 4 日。

③ 陈白尘：《我的欢喜——〈乱世男女〉自序》，见《五十年集》，江苏人民出版社 1987 年版，第 391—392 页。

④ 曹靖华：《果戈理百年祭》，《人民日报》1952 年 3 月 3 日。

10月，近十年的艺术创作经验使陈白尘对《钦差大臣》不单表现在艺术形式上的接受，更重要的是对其进行了接受性改造和审美内涵的中国延伸。剧情以美梦给两个流氓、强盗加冕，以梦醒被捉拿而脱冕，虽仿效了《南柯记》梦的结构，却融入了《钦差大臣》的讽刺技巧和批判精神。与《钦差大臣》不同，《升官图》披上了“梦”的衣裳，“这样，一方面为自己的思想的进攻阵地找到了一个很巧妙的掩蔽体；另一方面，他可以无顾忌地采用夸张的手法，把自己的全部宗旨和故事自由地表现了出来”[①]。在“梦”的虚幻外衣遮掩下，陈白尘尽情地运用夸张、漫画式的讽刺手法挞伐掩盖下的肮脏交易，绘制了一幅由省长、强盗（假知县和假秘书长）等人物组成的国统区官场的“群丑图”，一群没有灵魂的官棍、“死魂灵”。通过“钱”、“权”交易，强盗做了县长，在省长巡察期间，众官员狼狈为奸、沆瀣一气，带来梦中的各得其所。该剧同时也是对元杂剧《看钱奴》和小说《儒林外史》、《官场现形记》与《二十年目睹之怪现状》等讽刺传统的传承。

《升官图》中，貌似县长的强盗做县长的误会、巧合、以假乱真的斗争和钱权交易等桥段，虽与《钦差大臣》相似，但在结构形式上，《钦差大臣》不存在“梦”的掩饰，而是直逼现实，假钦差并未蓄意充假。然而，《升官图》对赤裸裸钱权交易的直接揭露和明知是梦境的情节结构，又增加了闹剧成分，台词虽似利刃般犀利尖刻，但因有“梦”之隔的戏谑，批判呈蹈空之势，同时因剧中人物情绪无变化，观众情绪只能跟随作者笔法游走，与作者一起去讽刺嘲笑他们，使该剧缺少情绪节奏的艺术魅力。“梦”中人物的自我暴露无遗，肆无忌惮得理所当然，不存在不得不如此的场景支持和情绪反应，因此，这样的讽刺批判性具有批斗会特点或审判场之嫌，这样的喜剧效果，是价值观引导下对否定对象的嘲笑，并不能引起受众的理性思考与自我认知。

---

① 冯牧：《关于〈升官图〉》，载卜仲康编《陈白尘专集》，江苏人民出版社1983年版，第353页。

陈白尘在谈及《钦差大臣》时说：果戈理“从旧俄罗斯辽远的、古老的边境上一个小镇里所捕捉到的这个喜剧题材，不仅由于引起了旧俄罗斯整个官场的普遍愤怒和攻击，而证明了它是尖锐而深刻地暴露了旧俄罗斯整个官僚政治的专横和腐败，而且从全世界人民，特别是中国人民对它的狂热喜爱上，更证明了伟大作家的如椽之笔所勾画出来的是全世界反动统治者的丑恶脸谱，而特别相像于中国官僚的脸谱”①。陈白尘从《钦差大臣》所看到的喜剧战斗力量，与作者的观念是相通的，果戈理在谈到《钦差大臣》的创作时说：“我是想把我当时在俄罗斯看到的一切丑恶现象，一切在需要人们主持正义的场合所发生的非正义的行为都汇集起来，然后给予淋漓尽致的嘲笑。”②然而，虽然都视喜剧为干预现实社会的利器，但却有很大的不同，陈白尘站在政治观念的角度嘲讽官僚，果戈理则站在俄罗斯民族庸凡之丑或人类遮丑中的惶急和怯懦来讽刺官僚丑态。《钦差大臣》中的“笑”，不仅有嘲笑的批判意味，“他的快活笔调，无尽无休的笑话，滔滔不绝的幽默——世人能看得见的一切都具有一种特殊的附加味道，具有一种世人看不见的泪所赋予的沁人心脾的力量”。因此，虽然《钦差大臣》“表面上是滑稽可笑的，可它的骨子里却隐藏着痛苦”，“在这笑的背后实际上隐藏着痛苦、愤怒和与日俱增的惶恐”，所以普希金当年在观看演出的时候才会“差不多要悲伤和愤怒得哭起来”③。这种笑既是对黑暗的俄国现实的辛辣讽刺，又有想改变现实而不能的无奈，带给受众的是思索后的悲哀，其间的思考不仅是现实的官僚政治，更多的是人在无视道德审判的作恶和面对审判的慌乱和自欺，嘲笑讽刺对象的同时，也是对自身的道德评判与灵魂洗礼的过程，嘲笑的否定力量与自我道德教育的肯定力量成正比。

陈白尘是在左翼文艺运动中成长起来的剧作家。1930 年，受欧

---

① 陈白尘：《〈巡按〉在中国》，《人民日报》1952 年 3 月 4 日。

② 转引自斯捷潘诺夫《果戈理传》，张达三、刘健鸣译，黑龙江人民出版社 1984 年版，第 19 页。

③ ［俄］巴赫金：《诗学与访谈》，白春仁、顾亚铃译，河北教育出版社 1998 年版，第 354、40、352、243 页。

阳予倩先生《潘金莲》的影响试写独幕剧《汾河湾》，1934 年的《除夕》是他创作的第一部多幕剧。抗战以后，陈白尘从事话剧工作，讽刺喜剧的独幕剧代表作是《禁止小便》，多幕剧的代表作是《乱世男女》、《魔窟》和《结婚进行曲》等。虽然《升官图》创作在抗日战争胜利之时，但大后方的国统区文学，介入政治民主斗争的性质依然未变，该作与陈白尘在此之前的作品一脉相承。抗战时期，陈白尘的第一部讽刺喜剧是《乱世男女》。剧中讽刺的对象很多，他对此的解释是："在'国难声中'，各种沉淀已久的古老的渣滓都乘势泛起来，现一现色相。"[①] 他认为现实主义的文学就应该暴露这些"渣滓"。他不仅把《乱世男女》作为文学创作的分界点，而且当作了生活的分界线，他说："它（指《乱世男女》）产生在一个划分我自己生活时代的界线上。在它完成之前，我的生活，以至我的写作中都还残留着一些'浪漫主义'的余渣，虽然我曾一再企图摆脱它。但在它的完成之后，人类无耻的卑鄙与人类伟大的同情，使我对人类恨与爱的鸿沟更加宽深起来。一面是诬蔑、陷害、侮辱、恐吓与谋杀，而另一面是深不可测的友爱：热情的慰藉、切骨的关怀，甚至于是以生命之泉的血作为赠予的友爱！假如我是在恨中死亡的，那我如今是在'友爱'中复活了，再生了。"[②] 陈白尘的讽刺喜剧，以鲜明的爱憎倾向来选材，其艺术效果必然会出现情感对立的肤浅，缺乏理性认知的传达。

陈白尘的剧作但凡被搬上舞台，总能引起轰动。"1939 年刚完稿的《魔窟》一经演出，顷刻便轰动了山城，由后方演到前线，由陕北延安演到了华东新四军总部。"[③] 1942 年《结婚进行曲》上演时，"剧场外天天人山人海，剧场内场场座无虚席，第一轮的演出共十二场，观众达到了一万七千余人"[④]。"1946 年《升官图》的演出，不

---

① 陈白尘：《我的欢喜——〈乱世男女〉自序》，载董健编《陈白尘的写作生涯》，百花文艺出版社 1986 年版，第 173 页。

② 同上书，第 176 页。

③ 陈虹：《自有岁寒心——陈白尘纪传》，山西人民出版社 1999 年版，第 120 页。

④ 同上书，第 149 页。

论是山城重庆的万人空巷，还是上海光华戏院门口长达月余的人山人海，水泄不通。”[1] 由此看来，陈白尘的讽刺喜剧给受众带来了狂欢节的享乐。《升官图》曾经在很多地区上演，观众获得了“纵情的狂笑”[2]。这“纵情的狂笑”，与果戈理的笑不同，而是充满了战斗的豪情，激发了受众的革命斗志，在现实主义的时事性和革命性之上，充分发挥了文学批判的社会干预功能。

① 董健编：《陈白尘写作生涯》，百花文艺出版社1986年版，第205页。

② 陈虹：《自有岁寒心——陈白尘纪传》，山西人民出版社1999年版，第205页。

参考文献

中文部分

专著

《别林斯基文学论文选》，满涛、辛未艾译，上海译文出版社 2000 年版。

《车尔尼雪夫斯基文学论文选》，辛未艾译，上海译文出版社 1998 年版。

《俄苏形式主义文论选》，中国社会科学出版社 1989 年版。

《国剧运动》，上海书店出版社 1992 年重印本。

《国统区抗战文学研究丛书·诗歌史料选》，四川教育出版社 1989 年版。

《国统区抗战文艺研究论文集》，重庆出版社 1984 年版。

《简明不列颠百科全书》，中国大百科全书出版社 1986 年版。

《抗战文艺论集》，文缘出版社 1939 年版。

《民国时期总书目》（外国文学卷），书目文献出版社 1987 年版。

《苏联现实主义问题讨论集》，刘宁译，外国文学出版社 1981 年版。

《图书目录（1897—1949）》，商务印书馆 1981 年版。

《外国现代剧作家论剧作》，中国社会科学出版社 1982 年版。

《文学的战斗传统》，新文艺出版社 1953 年版。

《文学理论学习参考资料》，高等教育出版社 1956 年版。

《五四前后东西文化问题论战文选》，中国社会科学出版社 1989 年版。

《西方哲学原著选读》，商务印书馆 1982 年版。

《中国话剧运动五十年史料集》，中国戏剧出版社 1985 年版。
《中国新文学大系·建设理论集》，上海文艺出版社 1981 年影印本。
《中国新文学大系·戏剧集》，上海文艺出版社 1981 年影印本。
《中国现代作家著译书目》，书目文献出版社 1986 年版。
《转型期演剧纪程》，商务印书馆 1942 年版。
[英] 阿·尼柯尔：《西欧戏剧理论》，徐士瑚译，中国戏剧出版社 1985 年版。
[英] 阿瑟·波拉德：《论讽刺》，谢谦译，昆仑出版社 1992 年版。
阿英：《易卜生的作品在中国》，《阿英文集》，生活·读书·新知三联书店 1981 年版。
[英] 埃里克·霍布斯鲍姆：《民族与民族主义》，李金梅译，世纪出版集团 2006 年版。
艾晓明：《中国左翼文学思潮探源》，湖南文艺出版社 1991 年版。
[苏联] 安·屠尔科夫：《安·巴·契诃夫和他的时代》，朱逸森译，中国社会科学出版社 1984 年版。
[比利时] 安德雷·利夫威尔：《翻译、历史与文化论文集》，劳特雷奇出版公司 1992 年版。
[法] 安德烈·莫洛阿：《雨果传》，沈宝基等译，湖南文艺出版社 1995 年版。
[美] 安敏成：《现实主义的限制：革命时代的中国小说》，姜涛译，江苏人民出版社 2001 年版。
[俄] 巴赫金：《陀思妥耶夫斯基的诗学问题》，白春仁、顾亚铃译，生活·读书·新知三联书店 1988 年版。
[俄] 巴赫金：《巴赫金全集》，钱中文译，河北教育出版社 1998 年版。
[俄] 巴赫金：《诗学与访谈》，白春仁、顾亚铃译，河北教育出版社 1998 年版。
[俄] 巴赫金：《文本对话与人文》，白春仁、晓河等译，河北教育出版社 1998 年版。
巴金：《谈契诃夫》，平明出版社 1955 年版。

［英］伯林：《反潮流：观念史论文集》，冯克利译，译林出版社 2002 年版。
［苏联］鲍·苏奇科夫：《现实主义的历史命运》，傅仲选等译，外国文学出版社 1988 年版。
［德］彼得·斯丛狄：《现代戏剧理论》，王建译，北京大学出版社 2006 年版。
［俄］别林斯基：《别林斯基选集》，满涛译，上海译文出版社 1982 年版。
［丹麦］勃朗兑斯：《易卜生评传及其情书》，林语堂译，春潮书局 1929 年版。
卜仲康编：《陈白尘专集》，江苏人民出版社 1983 年版。
［德］蔡特金：《蔡特金文学评论集》，付惟慈译，人民文学出版社 1978 年版。
曹葆华：《苏联文学艺术问题》，曹靖华等译，人民文学出版社 1959 年版。
曹靖华：《曹靖华研究专集》，黄河文艺出版社 1987 年版。
曹树钧编：《顾仲彝戏剧论文集》，中国戏剧出版社 2004 年版。
曹顺庆：《比较文学论》，四川教育出版社 2002 年版。
曹禺：《日出》，人民文学出版社 1994 年版。
曹禺：《曹禺代表作》，华夏出版社 2008 年版。
曹禺：《曹禺文集》，中国戏剧出版社 1988 年版。
曹禺：《论戏剧》，四川文艺出版社 1985 年版。
陈白尘、董健：《中国现代戏剧史稿》，中国戏剧出版社 1989 年版。
陈白尘：《陈白尘论剧》，中国戏剧出版社 1987 年版。
陈白尘：《五十年集》，江苏人民出版社 1987 年版。
陈惇、刘洪涛：《现实主义批判——易卜生在中国》，江西高校出版社 2009 年版。
陈多等：《现代戏剧家熊佛西》，中国戏剧出版社 1985 年版。
陈虹：《自有岁寒心——陈白尘纪传》，山西人民出版社 1999 年版。
陈瘦竹：《论悲剧与喜剧》，上海文艺出版社 1983 年版。

陈顺馨:《社会主义现实主义理论在中国的接受与转化》，安徽教育出版社 2000 年版。
陈思和:《中国新文学整体观》，上海文艺出版社 1987 年版。
陈望道:《陈望道全集》，上海人民出版社 1979 年版。
陈孝英:《喜剧美学论纲》，陕西人民教育出版社 1993 年版。
陈玉刚主编:《中国翻译文学史稿》，中国对外翻译出版公司 1989 年版。
陈周方:《罗曼·罗兰》，辽宁人民出版社 1985 年版。
[俄] 丹钦柯:《文艺·戏剧·生活》，焦菊隐译，文化生活出版社民国 35 年版。
董健:《启蒙与戏剧》，山东友谊出版社 2009 年版。
董健编:《陈白尘写作生涯》，百花文艺出版社 1986 年版。
董健:《中国现代喜剧观念研究》，北京师范大学出版社 1994 年版。
范伯群、朱栋霖:《中外比较文学史》，江苏教育出版社 1993 年版。
冯雪峰:《雪峰文集》，人民文学出版社 1983 年版。
[法] 傅勒:《思考法国大革命》，孟明译，生活·读书·新知三联书店 2007 年版。
傅敏编:《傅雷文集》(文学卷)，安徽文艺出版社 1998 年版。
高尔基:《论文学》，孟昌译，人民文学出版社 1978 年版。
高尔基:《文学论》，林林译，东京质文社 1936 年版。
高中甫编:《易卜生评论集》，外语教学与研究出版社 1982 年版。
[苏联] 格·尼·波斯彼洛夫:《文学原理》，王忠琪等译，生活·读书·新知三联书店 1985 年版。
葛桂录:《中英文学关系编年史》，上海三联书店 2004 年版。
[美] 耿德华:《被冷落的缪斯：中国沦陷区文学史》，张泉译，新星出版社 2006 年版。
耿云志、欧阳哲生编:《胡适书信集》，北京大学出版社 1996 年版。
郭沫若:《郭沫若论创作》，上海文艺出版社 1983 年版。
郭沫若:《郭沫若全集》，人民文学出版社 1986 年版。
[俄] 果戈里:《钦差大臣》，芳信译，海燕书店 1950 年版。

何其芳:《何其芳文集》,人民文学出版社 1983 年版。
[德] 黑格尔:《美学》第三卷,朱光潜译,商务印书馆 1991 年版。
洪深:《电影戏剧的编剧方法》,正中书局 1935 年版。
洪深:《洪深文集》,中国戏剧出版社 1957 年版。
洪深:《洪深戏剧论文集》,天马书店 1934 年版。
胡德才:《中国现代喜剧史》,武汉出版社 2000 年版。
胡风:《胡风评论集》,人民文学出版社 1984 年版。
胡风:《胡风文集》,希望杂志社 1945 年版。
胡风:《胡风选集》,四川人民出版社 1995 年版。
胡绍轩:《战时戏剧论》,独立出版社 1940 年版。
胡湛珍:《果戈理和他的创作》,北京出版社 1982 年版。
[美] 华莱士·马丁:《当代叙事学》,伍晓明译,北京大学出版社 2005 年版。
会林、陈坚、绍武编:《夏衍研究资料》,中国戏剧出版社 1983 年版。
会林、绍武编:《夏衍剧作集》,中国戏剧出版社 1984 年版。
[苏联] 霍洛道夫:《戏剧结构》,高士彦、李明琨译,华东师范大学出版社 1981 年版。
贾植芳 、俞元桂:《中国现代文学总书目》,福建教育出版社 1993 年版。
贾植芳主编:《中国现代文学的主潮》,复旦大学出版社 1990 年版。
蒋孔阳主编:《20 世纪西方美学名著选》,复旦大学出版社 1988 年版。
[法] 居伊·珀蒂德芒热:《20 世纪的哲学与哲学家》,刘成富等译,江苏教育出版社 2007 年版。
[俄] 康斯坦丁·斯坦尼斯拉夫斯基:《我的艺术生活》,瞿白音译,上海译文出版社 2005 年版。
旷新年:《20 世纪中国的学术与社会·文学卷》,山东人民出版社 2001 年版。
李健吾:《师陀研究资料》,北京出版社 1984 年版。

李健吾:《李健吾剧作选》，中国戏剧出版社 1982 年版。
李江、于闽梅:《世界戏剧史话》，国际文化出版公司 1999 年版。
李今:《三四十年代苏俄汉译文学论》，人民文学出版社 2006 年版。
廖全京:《大后方戏剧论稿》，四川教育出版社 1988 年版。
林默涵、曹禺主编:《中国抗日战争时期大后方文学书系》，重庆出版社 1988 年版。
刘蜀贝:《罗曼·罗兰传》，中国广播电视出版社 2003 年版。
刘西渭:《李健吾文学评论集》，宁夏人民文学出版社 1983 年版。
刘研:《契诃夫与中国现代文学》，上海社会科学院出版社 2006 年版。
刘彦君:《栏杆拍遍——古代剧作家心路》，文化艺术出版社 1995 年版。
[匈] 卢卡契:《卢卡契文学论文集》第 2 卷，中国社会科学出版社 1981 年版。
[苏联] 卢那察尔斯基:《论文学》，蒋路译，人民文学出版社 1978 年版。
鲁迅:《鲁迅全集》，人民文学出版社 2005 年版。
陆文采:《时代女性论稿》，沈阳出版社 1993 年版。
[法] 路易·阿尔都塞:《保卫马克思》，顾良译，商务印书馆 1984 年版。
罗大冈:《论罗曼·罗兰》，上海文艺出版社 1984 年版。
罗果夫、戈宝权编:《高尔基研究年刊》，时代书报出版社 1947 年版。
[法] 罗杰·加洛蒂:《论无边的现实主义》，吴岳添译，百花文艺出版社 1998 年版。
[法] 罗曼·罗兰:《爱与死的搏斗》，李健吾译，文化生活出版社 1939 年版。
[法] 罗曼·罗兰:《爱与死的考验·自序》，莱蒂译，世界书局 1927 年版。
[法] 罗曼·罗兰:《罗曼·罗兰革命剧作选》，齐放、老笃译，人民

文学出版社 1985 年版。

[法] 罗曼·罗兰:《罗曼·罗兰文钞》，孙梁译，广西师范大学出版社 2004 年版。

罗选民:《文学翻译与文学批评》，人民文学出版社 2005 年版。

马克思、恩格斯、列宁、斯大林:《论文艺》，北京大学中文系文艺理论教研室编，人民文学出版社 1980 年版。

马克思、恩格斯:《马恩科学的文学论》，欧阳凡海编译，光华书店 1948 年版。

[德] 马克斯·韦伯:《学术与政治》，冯克利译，生活·读书·新知三联书店 1998 年版。

毛泽东:《毛泽东选集》，人民出版社 1991 年版。

茅盾:《茅盾选集》，四川文艺出版社 1985 年版。

茅盾:《汉译西洋文学名著》，中国文化服务社 1936 年版。

茅盾:《茅盾全集》，人民文学出版社 1989 年版。

[法] 明兴礼:《巴金的生活和著作》，王继文译，文风出版社 1950 年版。

欧阳予倩:《戏剧在抗战中》，《抗战独幕剧选》，戏剧时代出版社 1938 年版。

[苏联] 帕佩尔内:《契诃夫怎样创作》，朱逸森译，上海译文出版社 1991 年版。

[俄] 契诃夫:《契诃夫论文学》，汝龙译，人民文学出版社 1958 年版。

[俄] 契诃夫:《契诃夫戏剧集》，焦菊隐译，上海译文出版社 1980 年版。

钱理群:《大小舞台之间——曹禺戏剧新论》，北京大学出版社 2007 年版。

钱理群、温儒敏、吴福辉:《中国现代文学三十年》，北京大学出版社 1998 年版。

钱杏邨:《一九三〇年一月创作评》，神州国光社 1930 年版。

钱中文:《果戈理及其讽刺艺术》，上海文艺出版社 1980 年版。

瞿秋白:《瞿秋白文集》，人民文学出版社 1986 年版。
莎士比亚:《捕风捉影》，方平译，平明出版社 1953 年版。
沈承宽等编:《张天翼研究资料》，中国社会科学出版社 1982 年版。
沈福伟:《西方化与中国》，上海教育出版社 2003 年版。
[奥地利] 斯蒂芬·茨威格:《罗曼·罗兰》，杨善禄、罗刚译，安徽文艺出版社 2000 年版。
[奥地利] 斯蒂芬·茨威格:《罗曼·罗兰传》，张玉书译，华夏出版社 2002 年版。
[苏联] 斯捷潘诺夫:《果戈理传》，张达三、刘健鸣译，黑龙江人民出版社 1984 年版。
[英] 斯泰恩:《现代戏剧的理论与实践》，周诚译，中国戏剧出版社 1986 年版。
宋春舫:《宋春舫论剧》，中华书局 1923 年版。
孙庆升:《中国现代戏剧思潮史》，北京大学出版社 1994 年版。
孙晓芬编著:《抗日战争时期的四川话剧运动》，四川大学出版社 1989 年版。
谭好哲:《文学与意识形态》，山东大学出版社 1997 年版。
谭好哲等:《现代性与民族性：中国文学理论建设的双重追求》，社会科学文献出版社 2005 年版。
唐弢、严家炎:《中国现代文学史》，人民文学出版社 1980 年版。
田本相:《曹禺传》，十月文艺出版社 1988 年版。
田本相主编:《中国现代比较戏剧史》，文化艺术出版社 1993 年版。
童庆炳等:《中国现代文学理论价值观的演变》，北京大学出版社 2005 年版。
[俄] 屠格涅夫等:《回忆果戈理》，蓝英年译，天津人民出版社 1986 年版。
汪晖:《汪晖自选集》，广西师范大学出版社 1997 年版。
王爱民、任何:《俄国戏剧史概要》，中国戏剧出版社 1984 年版。
王宏维:《命定与抗争——中国古典悲剧及悲剧精神》，生活·读书·新知三联书店 1996 年版。

王嘉良：《中国新文学现实主义形态论》，文化艺术出版社 2002 年版。

王宁、孙建编：《易卜生与中国》，天津人民出版社 2004 年版。

王元化：《向着真实》，上海文艺出版社 1982 年版。

［英］韦恩·布斯：《小说修辞学》，华明等译，北京大学出版社 1987 年版。

［美］韦勒克：《批评的概念》，张金言译，中国美术学院出版社 1999 年版。

温儒敏：《新文学现实主义的流变》，北京大学出版社 2007 年版。

温儒敏：《中国现代文学批评史》，北京大学出版社 1993 年版。

温儒敏等编：《时代之波》，中国广播电视出版社 1995 年版。

［德］沃尔夫：《沃尔夫戏剧集》（上），肖三译，人民文学出版社 1959 年版。

吴洁敏、朱宏达：《朱生豪传》，上海外语教育出版社 1990 年版。

伍晓明：《西方文艺思潮与 20 世纪中国文学》，中国社会科学出版社 1990 年版。

夏衍：《边鼓集》，美学出版社 1944 年版。

夏衍：《懒寻旧梦录》，生活·读书·新知三联书店 1985 年版。

夏衍：《夏衍剧作集》，中国戏剧出版社 1984 年版。

夏衍：《夏衍论创作》，上海文艺出版社 1982 年版。

夏衍：《夏衍选集》，四川文艺出版社 1988 年版。

夏衍：《夏衍杂文随笔集》，生活·读书·新知三联书店 1980 年版。

夏志清：《中国现代小说史》，复旦大学出版社 2005 年版。

向培良：《中国戏剧概评》，上海泰东书局 1928 年版。

萧乾：《萧乾全集》，湖北人民出版社 2005 年版。

谢天振、查明建：《中国现代翻译文学史》，上海外语教育出版社 2004 年版。

谢天振主编：《翻译的理论建构与文化透视》，上海外语教育出版社 2000 年版。

熊佛西：《佛西论剧》，新月书店 1931 年版。

熊佛西:《戏剧大众化之实验》，正中书局 1937 年版。

熊佛西:《写作原理·史剧》，中华书局 1993 年版。

许宝强、袁伟编：《语言与翻译的政治》，中央编译出版社 2001 年版。

许道明:《中国现代文学批评史新编》，复旦大学出版社 2002 年版。

许纪霖编:《二十世纪中国思想史》，东方出版中心 2000 年版。

徐迅:《民族主义》，中国社会科学出版社 2005 年版。

杨思信:《文化民族主义与近代中国》，人民出版社 2003 年版。

杨周翰编选：《莎士比亚研究资料》，中国社会科学出版社 1979 年版。

姚丹：《西南联大历史情境中的文学活动》，广西师范大学出版社 2000 年版。

[苏联] 叶尔米洛夫:《契诃夫传》，张守慎译，人民文学出版社 1960 年版。

[苏联] 叶尔米洛夫:《契诃夫的戏剧创作》，张守慎译，中国戏剧出版社 1985 年版。

[苏联] 叶水夫主编：《苏联文学史》，中国社会科学出版社 1994 年版。

[挪威] 易卜生:《易卜生文集》，人民文学出版社 1995 年版。

[苏联] 尤·什维多夫:《莎士比亚历史剧》，朱富扬译，上海译文出版社 1994 年版。

余上沅:《戏剧论集》，北新书局 1927 年版。

余上沅:《余上沅戏剧论文集》，长江文艺出版社 1986 年版。

袁晚禾、陈殿兴编:《果戈理评论集》，复旦大学出版社 1993 年版。

[美] 约翰·劳逊:《戏剧与电影的创作理论与技巧》，邵牧君、齐宙译，中国电影出版社 1978 年版。

[英] 约翰·密尔:《代议制政府》，汪瑄译，商务印书馆 1982 年版。

张大明：《西方文学思潮在现代中国的传播史》，四川教育出版社 2001 年版。

张法:《中国文化与悲剧意识》，中国人民大学出版社 1989 年版。

张光年：《张光年文集》，人民文学出版社 2002 年版。
张健：《三十年代中国喜剧文学论稿》，河南大学出版社 1995 年版。
张黎：《布莱希特研究》，中国社会科学出版社 1984 年版。
张隆溪：《同工异曲》，江苏教育出版社 2006 年版。
郑克鲁主编：《外国文学史》，高等教育出版社 2003 年版。
智量等：《俄国文学与中国》，华东师范大学出版社 1991 年版。
［日］中村元：《东方民族的思维方法》，林太、马小鹤译，浙江人民出版社 1989 年版。
钟敬之：《在延安的舞台上》，文津出版社 1989 年版。
周靖波编：《中国现代戏剧论——建设民族戏剧之路》上卷，北京广播学院出版社 2003 年版。
周文：《周文选集》，人民文学出版社 1981 年版。
周扬：《周扬文集》，人民文学出版社 1984 年版。
朱雯、张君川：《莎士比亚辞典》，安徽文艺出版社 1992 年版。
朱栋霖等主编：《中国现代文学史》（上），北京大学出版社 2007 年版。
朱立元主编：《西方现代美学史》，上海文艺出版社 1996 年版。
朱生豪：《莎士比亚全集》，译林出版社 1994 年版。
朱自清：《朱自清全集》，江苏教育出版社 1993 年版。

期刊文献

《民众戏剧社宣言》，《戏剧》第 1 卷第 1 期，1921 年 5 月 31 日。
《“永远的契诃夫”——纪念契诃夫逝世一百周年座谈会纪要》，《读书》2004 年第 12 期。
［美］阿尔文·豪：《知识分子的定义和作用》，《现代外国哲学和社会科学文摘》1985 年第 9 期。
艾思奇：《旧形式运用的基本原则》，《文艺战线》第 1 卷第 3 号，1939 年 4 月 16 日。
艾思奇：《抗战中的陕甘宁边区文化运动》，《中国文化》第 1 卷第 2 期。

鲍蔼和:《曹禺论》,《万象》第3卷第8期,1944年2月1日。
冰(茅盾):《对于“翻译年”的希望》,《文学》第4卷第2期,1935年2月。
蔡楚生:《新形势与新艺术》,《文艺生活》第2卷第2期。
曹靖华:《果戈理百年祭》,《人民日报》1952年3月3日。
曹未风:《莎士比亚在中国》,《文艺月报》1954年4月号。
陈白尘:《〈巡按〉在中国》,《人民日报》1952年3月4日。
陈白尘:《奔向现实主义的道路》,《新闻报》1946年11月11日。
陈白尘:《大地回春·代序》,《戏剧岗位》第3卷,1941年。
陈独秀:《现代欧洲文艺史谭》,《新青年》第1卷第4期。
陈坚:《〈法西斯细菌〉主题辨识》,《杭州大学学报》(哲学社会科学版)1988年第4期。
陈铨:《民族文学运动》,《大公报·战国副刊》1942年5月20日。
陈勺水:《论新写实主义》,《乐群》第1卷第3期,1929年3月。
陈望道:《妻的教育》,《民国日报·觉悟》1920年7月29日,署名V. D。
陈咏芹:《中国现代话剧的现实主义特征及其历史生成》,《首都师范大学学报》(社会科学版)2002年第1期。
成仿吾:《从文学革命到革命文学》,《创造月刊》第1卷第9期,1928年2月1日。
成捷:《“送戏下乡”的实践》,《东南戏剧》1卷7、8期合刊,1939年10月。
冯乃超:《中国戏剧运动的苦闷》,《创造月刊》第2卷第2期,1928年9月。
[美]弗·纳博科夫:《论契诃夫》,《世界文学》1982年第1期。
傅斯年:《白话文学与心理的改革》,《新潮》第1卷第5号,1919年。
傅斯年:《戏剧改良各面观》,《新青年》第5卷第4号,1918年。
傅学敏:《抗战时期的街头剧与大众政治行为》,《戏剧》2009年第1期。

高尔基:《论社会主义现实主义》,《人民文学》1953年第3期。
葛一虹:《抗战以来的中国戏剧》,《中苏文化》第9卷第3期。
葛一虹:《民族形式的中心源泉是在所谓“民间形式”吗?》,《新蜀报》1940年4月10日。
耿济之:《俄国四作家合传》,《小说月报》1921年12月号外。
顾仲彝:《今后的历史剧》,《新月》第1卷第2号,1928年4月。
光未然:《文艺的民族形式问题》,《文学月报》第1卷5期,1940年5月。
郭沫若:《“民族形式”商兑》,《大公报》1940年6月9—10日。
郭沫若:《郭沫若讲历史剧》,《文汇报》1946年6月26日。
郭沫若:《抗战以来的文艺思潮》,《抗战文艺》文协成立五周年纪念特刊,1943年第3期。
郭沫若:《娜拉的答案》,《新华日报》1942年7月19日。
郭沫若:《契诃夫在东方》,《新华日报》1944年7月15日。
何容:《关于暴露黑暗》,《文艺月刊·战时特刊》第3卷第7期,1939年7月。
洪深:《〈少奶奶的扇子〉序录》,《东方杂志》第21卷第2期,1924年1月。
洪深:《从中国的新戏说到话剧》,《现代戏剧》第1卷第1期,1929年5月。
洪深:《话剧浅说》,《矛盾》第1卷第5、6期合刊,1933年3月。
胡风:《A. P. 契诃夫断片》,《中原》第2卷第1期,1945年3月。
胡风:《人生·文艺·文艺批评》,《群众》第10卷第1期,1944年。
胡绳:《“文艺的民族形式问题座谈会”上的发言》,《新华日报》1940年7月4日。
胡适:《论译戏剧》——《复T. F. C. 书》,《新青年》第6卷第3期。
胡适:《我们走那条路》,《新月》第2卷第10期。
胡适:《易卜生主义》,《新青年》第4卷第6期,1918年6月。
胡星亮:《论中国话剧的民族化历程》,《文艺研究》1996年第3期。
胡愈之:《近代文学上的写实主义》,《东方杂志》第17卷第1期。

黄芝岗：《评〈话剧民族化与旧剧现代化〉》，《新演剧》复刊号，1940 年 1 月。
［苏联］吉尔波丁等：《论社会主义的现实主义》，田方绥译，《文艺科学》创刊号，1937 年 4 月 10 日。
贾植芳：《在这个复杂的世界里》，《新文学史料》1992 年第 1 期。
靳明全：《论中国抗战文论中的现实主义之深化》，《文学评论》2005 年第 3 期，
静华（瞿秋白）：《马克思、恩格斯和文学上的现实主义》，《现代》第 2 卷第 2 期。
鋗冰：《娜拉走后究竟怎样》，《国闻周报》第 11 卷第 11 期，1934 年 3 月 19 日。
柯仲平：《谈"中国气派"》，《新中华报》，1939 年 2 月 7 日第 4 版。
克非：《谈讽刺》，《文艺月刊》第 3 卷第 10、11 期。
冷枫：《枪毙了的华威先生》，《救亡日报》1939 年 2 月 26 日。
李初梨：《怎样地建设革命文学?》，《文化批判》第 2 号，1928 年 2 月 15 日。
李健吾：《〈阿史那〉前言》，《文学杂志》复刊第 2 卷第 1 期，1947 年 7 月。
李健吾：《〈大马戏团〉与改编》，艺光公演特刊之一《大马戏团》，1943 年 4 月。
李健吾：《阿史那 · 前言》，《文学杂志》1947 年 2 卷 2 期。
李育中：《幽默、严肃和爱——读张天翼的〈华威先生〉》，《救亡日报》1938 年 5 月 10 日。
李宗绍：《一年来孤岛剧运的回顾》，《戏剧与文学》创刊号。
梁实秋：《"与抗战无关"》，《中央日报 · 平明副刊 · 编者按》，1938 年 12 月 6 日。
林伯修：《一九二九年急待解决的几个关于文艺的问题》，《海风周报》第 12 期，1929 年 3 月 23 日。
林刚白：《民族抗战后方之演剧运用》，《文艺月刊 · 战时特刊》第 2 卷第 6 期。

林焕平：《读〈文艺阵地〉》，《救亡日报》1938年4月24日。
林林：《谈〈华威先生〉到日本》，《救亡日报》1939年2月22日。
林同济：《寄语中国艺术人》，《重庆大公报》副刊《战国》第8期，1942年1月21日。
刘念渠：《战时中国的演剧》，《戏剧时代》第3期，1944年2月15日。
刘文飞：《两座"樱桃园"》，《读书》2004年第12期。
［苏联］卢那察尔斯基：《社会主义的写实主义底风格问题》，《国际戏剧》，国际戏剧协会出版社1933年第5期。
鲁迅：《高尔基的四十年创作生活》，《文化月报》1932年11月创刊号。
鲁迅：《文化偏至论》，《河南》第2号、第3号，1908年2月、3月。
［英］麦里狄斯：《论喜剧思想与喜剧精神的功用》，文美惠译，《古典文艺理论译丛》第7辑，人民文学出版社1964年版。
毛泽东：《中国共产党在民族战争中的地位》，《解放》第57期，1938年11月25日。
茅盾：《〈娜拉〉的纠纷》，《漫画生活》第7期，1935年3月20日。
茅盾：《暴露与讽刺》，《文艺阵地》第1卷第12期，1938年10月1日。
茅盾：《介绍外国文学作品的目的》，《文学旬刊》第45期，1922年8月。
茅盾：《近年来介绍的外国文学》，《文哨》第1卷第1期，1945年5月。
茅盾：《谈谈〈傀儡之家〉》，《文学周报》第176期，1925年6月。
欧阳予倩：《民众戏剧的研究》，《戏剧》第1卷第3期，1929年9月。
欧阳予倩：《演〈怒吼吧中国〉谈到民众剧》，《戏剧》第2卷第2期，1930年10月。
彭康：《革命文艺与大众文艺》，《创造月刊》第2卷第3期，1928年

10月10日。

秋涛:《怎样发动抗战戏剧》,《文艺月刊·战时特利》创刊号。

权五明:《郭沫若历史剧〈屈原〉在日本的上演与影响》,《重庆师范大学学报》(哲学社会科学版)2009年第6期。

陕甘宁边区文化界救亡协会:《我们关于目前文化运动的意见》,《解放》第39期,1938年5月21日。

沈庆利:《现代视界与传统魅惑——重读郭沫若历史剧〈屈原〉》,《中国现代文学研究丛刊》2009年第4期。

沈雁冰(茅盾):《谭谭〈傀儡之家〉》,《文学周报》第176期,1925年6月7日。

沈雁冰:《现在文学家的责任是什么?》,《东方杂志》第17卷第1期,1920年1月。

沈泽民:《民众戏院的意义与目的》,《戏剧》第1卷第1期,1921年5月。

史东山:《纪念果戈理逝世一百周年》,《人民日报》1952年3月4日。

"蜀道"座谈会:《从三年来的文艺作品看抗战胜利的前途》,《新蜀报》1940年10月10日。

田汉:《关于抗战戏剧改进的报告》,《戏剧春秋》第1卷第6期,1942年4月。

田汉:《我们的自己批判》,《南国月刊》第2卷第1期,1930年4月。

田汉:《我们今日的戏剧运动》,《申报》1929年5月27日。

田汉记:《戏剧的民族形式问题座谈会(中会)》,《戏剧春秋》第1卷第3、4期,1941年2月、7月。

田稼:《契诃夫和他的〈樱桃园〉》,《上海戏剧》1960年第2期。

田进:《抗战八年的戏剧创作》,《文联》第1卷第3期。

汪优游(仲贤):《优游室剧谈》,《晨报》1920年11月1日。

文艺月刊编辑室:《都应为了抗战》,《文艺月刊》第3卷第10、11期。

吴春迟：《社会主义的写实主义底风格问题》，《文学》第1卷第6号，1933年12月1日。
夏衍：《〈上海屋檐下〉的创作》，《剧本》1975年第4期。
夏衍：《改编〈复活〉后记》，《新华日报》1943年4月28日。
夏衍：《关于〈法西斯细菌〉》，《新观察》1954年第15期。
夏衍：《乳母与教师——关于俄罗斯文学》，《时代文学》第4卷第19期，1941年9月。
夏衍：《我们要在困难中前进》，《新华日报》1944年2月15日。
向林冰：《论“民族形式”的中心源泉》，《大公报》1940年3月4日。
肖明：《中国比较文学学会第二届年会暨学术讨论会综述》，《文学评论》1987年第6期。
骁夫：《故都的剧坛》，《杂志》第12卷第1期，1943年10月10日。
萧三：《论诗歌的民族形式》，《文艺战线》第1卷第5号，1939年11月16日。
熊佛西：《写给一位戏剧青年》，《戏剧岗位》第1卷第4期。
秀沉整理：《文艺的民族形式问题座谈会》，《文学月报》第1卷第5期，1940年6月15日。
阎哲吾：《怎样编作移动剧本》，《文艺月刊·战时特刊》第5期。
叶沉：《戏剧与时代》，《艺术月刊》第1卷第1期，1930年3月。
叶沉：《演剧运动的检讨》，《创造月刊》第2卷第6期，1929年1月。
叶庄新：《跨越文化的戏剧旅程》，博士学位论文，福建师范大学，2007年。
以群：《关于抗战文艺运动》，《文艺阵地》第1卷第2期，1938年5月。
佚名：《易卜生之戏剧》，《晨报》1919年8月26—29日。
英溪：《三四十年代的易卜生翻译》，《中国现代文学研究丛刊》2003年第3期。
于潮：《论生活态度与现实主义》，《中原》创刊号，1943年6月。

余上沅:《我们为什么公演莎剧》,《中央日报》(戏剧副刊)1937 年 6 月 18 日。

袁振英:《易卜生传》,《新青年》第 4 卷第 6 期。

藏原惟人:《到新写实主义之路》,林伯修译,《太阳月刊》1928 年 7 月。

张庚:《话剧民族化与旧剧现代化》,《理论与现实》第 1 卷第 3 期,1939 年 6 月。

张嘉铸:《易卜生的思想》,《新月》第 1 卷第 3 期,1928 年 5 月 10 日。

张晴滟:《舞台上的法国大革命:一个半世纪里六部剧的考察》,《文艺理论与批评》2006 年第 5 期。

张天翼:《关于"华威先生"赴日》,《救亡日报》1939 年 3 月 15 日。

张天翼:《我的幼年生活》,《文学杂志》月刊第 1 卷第 2 号,1933 年 5 月 15 日。

[日] 河原崎长十郎、[中] 郭沫若:《中国との往復の书简:长十郎—郭沫若》,《前进座》1952 年 9 月 1 日,再刊第 26 号。

郑伯奇:《中国戏剧运动的进路》,《艺术月刊》第 1 卷第 1 期,1930 年 3 月。

郑知权:《论暴露黑暗》,《文艺月刊·战时特刊》第 3 卷第 10、11 期合刊,1939 年 9 月 16 日。

周钢鸣:《关于历史剧的创作问题》,《戏剧春秋》第 2 卷第 4 期,1942 年 10 月。

周钢鸣:《民族危机与国防戏剧》,载《生活知识》"国防戏剧特刊",1936 年 2 月。

周钢鸣:《现实主义的求真精神》,《当代文艺》第 1 卷第 4 期,1931 年 4 月 15 日。

周扬:《对旧形式利用在文学上的一个看法》,《中国文化》创刊号,1940 年 2 月 15 日。

周扬:《关于"社会主义的现实主义与革命的浪漫主义"》,《现代》

第4卷第1期，1933年11月1日。
周扬：《抗战时期的文学》，《自由中国》创刊号，1938年3月9日。
周作人：《文学上的俄国与中国》，《小说月报》1921年第12卷号外《俄国文学研究》。
朱英：《历史剧往哪里去?》，《戏剧与文学》第1卷第3期，1940年3月25日。

英文部分

Corrigan, Robert W., *Introduction: Comedy and the Comic Spirit, Comedy: Meaning and Form*, California: Chandler Publishing Company, 1965.
Eide, Elisabeth, *China's Ibsen: from Ibsen to Ibsennism*, London, 1987.
Newmark, Peter, *A Textbook of Translation*, Shanghai: Shanghai Foreign Language Education Press, 2001.
William Shakespeare, *The Oxford Shakespeare: The Complete Works*, Oxford University Press, USA, 2005.

后　记

抗战时期，“战争……使中国在为了抵抗帝国主义的入侵中进入了全面的政治、经济、军事、文化动员之中”①。这其中就包括外国文学的翻译事业。在民族危难的历史时期，不管是国统区、解放区的译者还是沦陷区译者，都以顽强的精神克服种种困难，翻译了一大批外国文学精品佳作。

战时动荡和中国各地的情况比较复杂，很难梳理清楚这个时期文学翻译的线性特征或寻找一种规律。当然，可进行分类，如从文类翻译、名著翻译、反法西斯主题的作品翻译等来分析；从时间与地域的特点来研究文学翻译；从翻译文学的载体，如报纸、期刊、丛书、单行本、作品集来着手；从不同的国别文学翻译来研究这个时期文学翻译的特点。本书从文类切入，选择抗战时期的戏剧译作来比照戏剧文学创作，从译介接受角度研究中国文学的现代化进程，力求在更深层次挖掘历史、文化、民族接受心理，企望再现文学艺术在战时焦灼、商业营利中的左突右进，在民族情感与道德认同上的话语体系。

抗战时期的戏剧创作借鉴译作艺术手法诠释救亡主题，如同抽“丝线”织“嫁衣”。这种嫁接产生的艺术效果与译作的创作手法本身虽有出入，但依然促进了我国戏剧创作和现代文学的现代化转换和民族化推进。现代化进程中的现实主义和现代戏剧创作手法的借鉴对象，主要是易卜生、契诃夫、奥尼尔、斯特林堡、梅特林克等人的剧作；而民族化推进，参照的是西方古典剧作译介，如莎剧、莫里哀喜

---

① 旷新年：《民族抗战与文学》，载《20世纪中国的学术与社会·文学卷》，山东人民出版社2001年版，第207页。

剧、古希腊戏剧以及罗曼·罗兰的革命历史剧等。这跨时空的多思潮多流派的剧作，一时让人莫衷一是。经过认真爬梳剧作译介史料，笔者发现西方现实主义剧作是中国译介主流，现实主义创作方法一直是现代作家研讨的重要对象，于是就在中国现实主义特性，如时效性、讽刺批判性、革命历史性和抒情性等方面与剧作译介个案的共生关系上走笔，以期在空茫的历史时空中获取实在的文化和文学感悟、真切的家园观念以及反观现实的历史理性。

本书中多次提到现实主义，对于中国现当代文学来说，一直是概括力强、争议性大的理论概念。尽管饱受争议，但对其历史发展语境中的多侧面阐释，甚至进入具体的文本个案中去考察的论述却相当欠缺。本书立足于战时的现时需求，通过东西方比较研究的跨文化视角，对中国接受主体的言说与原作共生的关键词进行解读，以期在此寻找现实主义的真切释义。

中国现实主义文学传统，一直自觉不自觉地受制于抗战前的启蒙责任和战后的“救亡”使命，或二者之交错，始终在现实的逼真性、真实的理性、理性的深刻性等哲学深度和审美高度上不予深究或寻求超越，这使得当下文学建设存在着一个误区，要么在思想观念上固执于中国接受性创造的现实主义，要么在审美意义上厌倦于现实主义的僵硬和呆板。本书通过戏剧文本细读，跨文化比较分析，“超越单一文学传统有限的视野，纵览人类创造力的各种表现和无穷的可能性”①，旨在反思中国现当代文学的现实主义传统，给中国现实主义文学建设以“史”的明鉴。

目前，大众影视网络文艺盛行，其商业娱乐性呈现为全民狂欢的“游戏”和“梦幻”色彩，追求着视觉效果的泡沫式炫彩与无限的畅想。现实主义文艺创作一时为众人避之不及。事实上，当下大众文艺的思想内容和审美艺术一直面临着无法解决的困境。究其原因，依然可发现文艺在现实把握上出现了问题。文学艺术家们没有真正静下心来捕捉现实生活的内在律动，而这律动正是现实主义文艺的真髓。实

① 张隆溪：《同工异曲》，江苏教育出版社2006年版，封底语。

际上，任何时期的大众化文艺，都属于现实主义文艺。尽管当下文艺表面看来是非现实主义的“唯美”和“玄幻”式的戏谑，而在深层次意义上，依旧是现实生存压力下的一种释放或填补更多精神追求而不得的空虚。不管是释放还是填补，都是短期的自我安慰，表现为文学艺术发展的停滞或非良性发展。从长远来看，必须赋予接受群体精神上的多层面启示以及真正现实主义艺术审美上的精神抚慰。

本书涉及的大量抗战史料，主要集中在北京图书馆、上海图书馆和重庆图书馆，笔者曾多次出入其间，得到了很多工作人员的支持和帮助，尤其是重庆图书馆副馆长、抗战文史中心主任王志昆的全力协助，让我见到了重庆陪都时期大量的戏剧文学史料。熊飞宇学弟不仅帮助我查找资料，还帮我翻译一些外文资料，与我一起商讨剧本译介中深层次的文化问题。由于专业原因，在撰写文稿中，常常滞笔于中国传统文化层面，这时赵德坤先生常俯身悉心指导。赵德坤，古代文学专业博士，与我关系甚密，集学友、老乡、同事、老公多重身份，常给我以传统文化的熏陶和文字润色方面的支持，并在生活上悉心照顾，是我难得的人生伴侣。2013 年 5 月，文稿即将完成之际，正值四川省社科联课题申报期，得到了四川省社科联后期资助项目，前面三位理所当然就成了课题参与者。

本书从构思到成文，笔者走访和聆听了多方专家意见，在此深表感谢。首先是四川大学教授、重庆抗战文史基地主任靳明全先生，作为我的导师，是他让我萌发了外国剧作译介研究的冲动。2008 年，我得知重庆抗战文史基地课题招标，其中有一项是抗战文学翻译类的。在同靳老师多次商量之后，我就接下课题。可是，在立项通知下达之后，我还依旧犹豫惶惑。抗战时期的文学翻译研究，实在是太宽泛了，让我一时摸不着头脑。在多次聆听曹顺庆院长、赵毅衡先生、阎嘉先生、刘亚丁先生和王晓璐先生等诸位的教诲后，我的思路逐渐清晰起来。他们宏阔的学术视野、敏锐的学术思维，使我明白要用前沿视角去审视历史，发现历史与当下的联系，使历史和经典在当下得以激活和再发展。针对当下大众影视传媒文化的泛滥，纷繁即时的多元、多层次文化的商业消费性，知识分子应以主导之姿引导价值走向。因此，我就走进了抗战时期外国剧作译介研究领域，同时也更为深入地走进了当下。努力在“现时”性层面获取历史“拯救”的信息功能，同时尝试着去开拓译介学研究的新方法。另外，还有中国社会科学院的党圣元教授、杭州师范大学的张直心教授、重庆师范大学的陈忻教授等都给过我非常中肯的建议和鼓励，在此致以深深的谢意。

陈传芝

2014 年 12 月 22 日于宜宾